Sarah Ockler
Verlieb dich nie in einen Herzensbrecher

Foto: © R. Alex Morabito

DIE AUTORIN

Sarah Ockler lebt mit ihrem Mann in Colorado, und weil sie immer noch an den Spätfolgen ihrer turbulenten Teenagerjahre leidet, hat sie sich aufs Verfassen von Jugendbüchern spezialisiert. Ihre Romane wurden in der Presse gefeiert und haben zahlreiche Auszeichnungen erhalten, u. a. ALA's Best Fiction for Young Adults.

Weitere lieferbare Titel bei cbt:

Der Geschmack des Sommers (30907)

Sarah Ockler

Verlieb dich nie in einen Herzensbrecher

Aus dem Englischen
von Katrin Weingran

cbt

Kinder- und Jugendbuchverlag
in der Verlagsgruppe Random House

MIX
Papier aus verantwortungsvollen Quellen
FSC® C014496
FSC
www.fsc.org

Verlagsgruppe Random House FSC® N001967
Das für dieses Buch verwendete
FSC®-zertifizierte Papier *Pamo House* liefert
Arctic Paper Mochenwangen GmbH.

1. Auflage
Erstmals als cbt Taschenbuch Juni 2015

Die amerikanische Originalausgabe erschien 2013
unter dem Titel »The Book of Broken Hearts«
bei Simon Pulse, New York.

Aus dem Englischen von Katrin Weingran
Lektorat: Ulrike Hauswaldt
Umschlaggestaltung: *zeichenpool, München,
unter Verwendung eines Motives von
Gettyimages/MariaPavlova
he · Herstellung: kw
Satz: KompetenzCenter, Mönchengladbach
Druck und Bindung: GGP Media GmbH, Pößneck
ISBN: 978-3-570-30970-4
Printed in Germany

www.cbt-buecher.de

Für Zoe Strickland,
meinem Lieblingsbücherwurm

1

Das Gesetz der Wahrscheinlichkeit sieht vor, dass ein Mädchen mit drei älteren Schwestern wenigstens ein Paar süße Shorts erben sollte, die ihm tatsächlich passen. Sind wir uns da einig?

Bzzz! Schön, dass Sie mitgemacht haben! Bitte versuchen Sie es erneut.

Wenn diese Dinger der Sprache mächtig gewesen wären, hätten sie freudig gerufen: Hi! Wir sind Aracelis alte, abgeschnittene Jeans! Und ich hätte erwidert: Respekt, dass ihr eure Bestimmung erfüllt, indem ihr jegliche Blutzirkulation in den lebenswichtigen weiblichen Organen unterbindet! Gebt mir fünf!

Tatsächlich saßen sie im Schritt so eng, dass es eher wie *ompf mpff mpff hrmm* geklungen hätte, wenn sie hätten sprechen können.

Wie bitte?

Genau.

»Bereit für die Show?« Ich stellte den Motor aus und lächelte Papi an, der neben mir auf dem Beifahrersitz saß. Er äußerte sich weder so noch so, kniff bloß die Augen zusammen, als ich mich vorbeugte, um mit einem Blick in den Rückspiegel mein Lipgloss aufzufrischen.

»Du siehst alt aus, *mi querida*.«

»Sagt der Typ, der seine Socken in die Mikrowelle steckt?«

»Sie waren kalt.« Er zuckte mit den Schultern. Also echt. Als wäre ich die Verrückte bei dieser Aktion.

»Zum Glück hast du keinen Brand ausgelöst.« Ich sprang aus dem Truck und nahm unseren Golden Retriever Pancake an die Leine, der plötzlich diesen Wackel-Wedel-Schüttel-Tanz mit seinem Hundepopo machte – ganz schön niedlich.

Ich zupfte mir die Ex-Jeans meiner Schwester aus der Poritze und wandte mich wieder Papi zu. »Schon mal davon gehört, man solle sich dem Anlass entsprechend kleiden? Wenn sie uns ernst nehmen, ziehen sie uns vielleicht nicht über den Tisch.«

Er taxierte Aracelis Shorts und das im Namen der Authentizität zerrissene Van-Halen-T-Shirt, das ich aus Lourdes' Stapel abgelegter Sachen stibitzt hatte. »Jude Catherine Hernandez. Ich möchte zu gerne jemanden sehen, der in diesem Outfit Motorrad fährt.«

Ich verkniff mir ein Augenrollen. *Viejito* war seit dreißig Jahren nicht mehr Motorrad gefahren, ich dagegen war so was von drin in der Materie. Ich hatte praktisch sämtliche Videotagebücher der Sturgis-Bike-Week heruntergeladen, die je gepostet worden waren, und dank einiger mithilfe von Red-Bull-Transfusionen und Oreokeksorgien durchwachter You-Tube-Nächte war mein Expertenstatus auf dem ebenso weiten wie dubiosen Feld der Bikerkultur zum Greifen nah.

Leder, Ketten und schamloser BH-Verzicht? Immer her damit!

Papi sah mich erneut mit zusammengekniffenen Augen an. »Du siehst aus wie …«

»Deine Lieblingstochter? Erzähl mir mehr.« Ich ließ meinen Arm um seine Taille gleiten. Abgesehen von meiner eindeutigen Pro-Unterwäsche-Haltung fühlte ich mich zu mindestens siebenundachtzig Prozent als wahres Biker Babe, während ich die Fifth Street entlangspazierte, die Schultern fein säuberlich unter den Arm eines Mannes geschmiegt, der mein Vater hätte sein können.

Okay – der Fairness halber –, er *war* mein Vater, aber trotzdem. Künstlich generierte Authentizität? War das Motto des Tages, Leute!

»*Duchess: Motorräder wie maßgeschneidert.*« Papi las den Schriftzug ausgerechnet in dem Moment von dem Schild ab, als mein Blick auf die Glasscheibe fiel, in der wir uns spiegelten. Wir boten einen extrem zusammengewürfelten Anblick. Er hatte darauf bestanden, ein gefüttertes Flanellhemd anzuziehen und seinen gratis abgestaubten Cowboyhut mit dem Spruch *Danke, dass du den Western-Kanal abonniert hast, Kumpel,* obwohl draußen ungefähr zweihundert Grad herrschten, und ich hätte mit einer Rolle Nähgarn und etwas Isolierband sehr viel mehr von mir verhüllen können als mit den paar Stofffetzen, die ich am Leib trug.

Beim Barte des Westernhelden Jeremiah Johnson, was waren wir für ein Paar!

Papi öffnete die Tür, und ich zappelte mit Pancake hinterdrein, weil ich immer noch versuchte, die gnadenlosen Shorts zu bezirzen, mir mehr Raum zu gewähren. Die Leute dachten wahrscheinlich, ich hätte irgendein medizinisches Problem, was ganz schön ironisch war, wenn man bedachte, warum ich mich überhaupt auf dieses wilde Abenteuer eingelassen hatte.

Trotz seines hochherrschaftlichen Namens erfüllte das

Duchess meine recherchegestützten Erwartungen. Es war staubig. Schmierig. Tapeziert mit Postern spärlich bekleideter Damen, die sich auf Motorrädern räkelten. Ich passte dermaßen gut hierher! Aber als sich die Tür erst einmal hinter uns geschlossen hatte, beleidigte der Gestank nach Motoröl und Schweiß meine Nase, und mir schossen die vielen Dinge durch den Kopf, die ich während des endlos langen Sommers nach dem Abschluss eigentlich hätte tun sollen: Sachen fürs Wohnheimzimmer kaufen. Sommertheater mit der Upstart-Crow-Truppe spielen. Eiskalten Javakaffee im *Witch's Brew* schlürfen und mit den Kanuten von der Ostküste flirten, die Blackfeather jeden Juni überschwemmten.

Das Gefühl von Papis warmer Hand auf meiner Schulter holte mich in die Gegenwart zurück. Wir waren vor dem Ladentresen angekommen. Durch die Glastür dahinter konnte man in die Garage gucken, einen großen Raum mit Zementfußboden, in dem überall Motorradteile und Lappen und ölverschmierte Mechaniker verteilt waren.

Der Typ, der durch die Tür kam, hatte einen schmalen Mund, den er unter einem struppigen blonden Bart verbarg. Bei seinem Anblick musste ich an die Kerle mit den Fuchsschwänzen denken, die den ganzen Sommer über durch Old Town cruisten. Er wischte sich die Hände an einem schmutzigen Lappen ab, als er uns begrüßte, und sein Blick blieb an meinem T-Shirt hängen, das er kritisch beäugte.

Jesses. Ich nehme mal an, Pancake wollte nur nett sein, als er meinem Outfit am Morgen das beifällige dreifache *Wuff-Wuff* gegeben hatte.

»Wir benötigen einige Infos über die Reparatur einer alten Harley mit Panhead-Motor«, sagte ich. »Und einen Mechaniker, der bei uns zu Hause an ihr arbeitet. Bei *Blackfeather Harley* haben sie gemeint, Sie könnten meinem Dad einen besseren Deal anbieten.«

Das Lächeln des Typen wurde wärmer, als ich *Dad* sagte, und ich entspannte mich. Aber nur ein bisschen, da besagte Shorts noch immer versuchten, via Pobacken-Pass in den Sonnenuntergang zu reiten, und es eine ziemliche Herausforderung war, stillzustehen.

»Wir können es zumindest versuchen, Täubchen.« Er sprach um einen abgenagten Zahnstocher herum, der wahrscheinlich schon seit den Siebzigern in seinem Mund steckte. »Mein Name ist Duke. Was habt ihr für mich?«

»Einundsechziger mit Duo-Glide. Hab sie ihrem ursprünglichen Besitzer achtundsiebzig in Buenos Aires abgekauft.« Papi ratterte die Fakten herunter, bis hin zum Tachostand und den Anpassungen, die er vorgenommen hatte, bevor er mit siebzehn auf dem Motorrad durch sein Heimatland gebrettert war.

Die Story war von der Sorte, die einen echt umhaut – ich hatte bis jetzt nicht mal alles zu hören bekommen –, und Dukes Miene leuchtete, während er der Erzählung lauschte.

Sie war abenteuerlich.

Wagemutig.

Was für beinharte Jungs.

Das war der Bär Hernandez, den alle kannten und liebten. Nicht der Typ, der seine Socken grillte oder den Weg von der Arbeit nach Hause vergaß. Papis Augen strahlten, während er redete, und er drückte meine Schulter, und mein Herz legte genau hinter Van Halens Gesicht einen Trommelwirbel hin.

Mein alter Papi war noch immer irgendwo da drinnen – ich wusste es einfach.

Das Motorrad würde ihn zurückbringen. Wir mussten es nur wieder zum Laufen bringen. Ein paar neue Teile, einmal überlackieren, und es würde so gut wie neu sein.

Ich reichte Duke mein Handy, um ihm die Fotos zu zeigen, die ich am Morgen gemacht hatte.

»Wow«, sagte Duke. »Sie hatten sie die ganze Zeit über eingemottet?«

»*Sí*. Für sie hieß es Leerlauf, seit …« Papi musterte Pancake mit zusammengekniffenen Augen, als stünde die Antwort in seinen großen braunen Hundeaugen geschrieben. »Ich bin ziemlich sicher, dass Reagan noch regierte, als ich sie das letzte Mal gefahren bin. Sie springt nicht mehr an. Die Bremsschläuche sind auch hinüber, wenn ich mich recht entsinne.«

»Die Reifen sind ganz matschig«, warf ich um Hilfe bemüht ein. »Und ein paar dieser Dingsbumsrohre an der Seite sind lose.« Ich zog den Saum meines T-Shirts über den Streifen Haut, der sich jedes Mal zeigte, wenn ich zu tief Luft holte. *Dingsbumsrohre. Matschige Reifen*. Meine ausgiebige Recherche hatte sich offenbar nicht auf die technischen Fachbegriffe erstreckt.

Duke inspizierte das Foto. Die Farbe war verblasst, sie war von Rost und Staub überzogen, aber es fiel nicht schwer, sich ihre glorreichen Tage auszumalen. Babyblau und Cremeweiß, Chrom, der funkelte wie helles Licht. Einst war sie bestimmt unbesiegbar gewesen, hatte Meile um Meile jener argentinischen Bergstraßen gefressen.

Und dann hatten meine Eltern geheiratet. Waren in die

Staaten gezogen. Hatten Lourdes bekommen. Araceli. Mariposa. Und acht Jahre darauf mich.

Überraschung!

In der Garage röhrte ein Motor los, die Mechaniker jubelten. Pancake wimmerte und rollte sich an meinen Füßen zusammen.

Harleys. Für mich war es nur schwer vorstellbar, dass Papi eine von ihnen fuhr, aber ich schätze mal, in jenen Tagen war er ziemlich hardcore drauf gewesen. Er hatte eine Gang und alles: *Las Arañas Blancas*. Die weißen Spinnen.

»*Queridita.*« Papi grinste, als das Röhren erstarb. »Das ist der Klang der Glückseligkeit, hm?«

Um ehrlich zu sein, kamen in meiner persönlichen Vorstellung von Glückseligkeit weniger Maschinenteile und Testosteron vor, als einem die durchschnittliche Harley bot, aber ich erwiderte sein Lächeln. Trotz meines Fehlgriffs in Sachen Garderobe und der generellen Gefahren, die einen dieser Tage erwarteten, wenn man mit Papi in der Öffentlichkeit unterwegs war, hatten wir bereits ein leckeres Frühstück in Rubys Mountainside Café genossen und es geschafft, den ganzen Weg vom Pick-up bis zum Duchess zurückzulegen, ohne dass Papi versucht hätte, ein Auto zu klauen oder die Frau eines anderen zu küssen.

Bis jetzt war der Tag ein echter Knaller gewesen.

»Ich habe gute und schlechte Neuigkeiten.« Duke gab mir mein Handy zurück. »Die gute? Sie is' 'ne wahre Schönheit und wir kriegen sie auf jeden Fall wieder hin.«

Papi sah plötzlich zur Ladentür, als müsse er sich vergewissern, wo der Ausgang war, als müsse er so schnell wie möglich raus hier, und ich hielt den Atem an und betete, dass, was immer als Nächstes aus dem Mund des Kerls kommen würde, keinen von Papis Ausrastern auslöste und ihn zur Tür hinausstürmen ließ.

Mom würde mich umbringen, wenn ich ihn erneut verlöre. Sie würde jeden einzelnen Knochen in meinem Körper brechen und mich von einer Klippe schmeißen, und die heilige Dreifaltigkeit meiner allwissenden Schwestern würde dastehen, sich meine Asche aus den Haaren schütteln und die Augen darüber verdrehen, dass ich selbst post mortem nicht fähig war, Anweisungen zu befolgen.

Bleib mit ihm in der gewohnten Umgebung. Sorge dafür, dass er genug Ruhe bekommt und sich nicht aufregt.

Aber sie waren nicht dabei gewesen, als ich vor einer Woche das Motorrad im Schuppen entdeckt hatte, als ich es von Kisten voller Weihnachtsdekorationen und alten Zeugnissen befreite und die staubige blaue Abdeckplane wegzog und Papi bat, mir alles darüber zu erzählen.

Sie hatten das Licht in seinen Augen nicht gesehen, hatten nicht erlebt, wie es sich nach Monaten der Finsternis flackernd entzündete.

Und ich hatte nicht vor, an diesem Tag etwas zu verlieren, mal abgesehen von einem klein wenig Würde und der Fähigkeit, normal laufen zu können; was den Shorts zuzuschreiben und daher von vorübergehender Natur war.

»Und die schlechte Neuigkeit?«, fragte ich.

»Zeit und Geld, Süße.« Duke ließ den Zahnstocher von der einen Seite seines Mundes zur anderen schnellen. »Reparaturen, Farbe, Schnickschnack … da gibt's höllisch viel zu tun. Ich bin nich' sicher, ob wir die großen Jungs im Preis überhaupt schlagen können. Ich sag's nich' gern, aber ihr würdet wahrscheinlich 'nen besseren Deal machen, wenn ihr sie in Zahlung gebt und dem alten Herrn was Neueres besorgt.«

Hitze schoss mir ins Gesicht. »Er ist nicht alt.«

»Wir reden hier von einer Sie. Und ein Eindundsechziger Modell hat mehr als fünfzig Jahre auf dem Buckel, Schätzchen. Da sind nicht mehr besonders viele Meilen drin, wenn du verstehst, was ich meine.«

Oh ja, durchaus.

Ich hakte mich bei Papi ein und lehnte mich an seine Schulter. Pancake, der zu meinen Füßen saß, stieß ein leises Jaulen aus.

»Wir geben sie nicht in Zahlung.« Das alles hatte ich bereits bei *Blackfeather Harley* durchgekaut. »Hören Sie, ich will vollkommen ehrlich zu Ihnen sein, Mr Duchess …«

»Duke.«

»Duke. Wir haben nicht endlos Kohle zur Verfügung. Wie wär's, wenn wir gebrauchte Ersatzteile verwenden?« Ich erwiderte seinen Blick und hielt ihm stand, während ich gleichzeitig hoffte, es würde nicht erforderlich sein, meine Tränendrüsen anzuzapfen. Ein paar Tränen hervorzupressen war durchaus eine Option, aber die sieben Pfund Mascara, die meine Wimpern an diesem Tag umhüllten, ließen die Aussicht darauf ziemlich unattraktiv erscheinen.

Er strich sich über die struppigen Barthaare, als würde er ernsthaft über unser Dilemma nachgrübeln. Zumindest darüber, wonach es für ihn aussehen musste. Absoluter Preisschildschocker: Ein kleines Mädchen, das seinem Daddy zu helfen versucht, hat gerade mal genug Babysittergeld, um die Basics zu finanzieren.

»Die Teile sind nicht das Problem.« Er kaute immer noch wild entschlossen auf diesem Zahnstocher rum, was irgendeine Art Bikercode sein musste; ich hatte es in den Videos auch schon beobachtet. »Es sind die Arbeitsstunden. Ich habe nur einen Mann, der Erfahrung mit Oldtimermaschinen hat, und der ist nicht gerade billig. Und Zeit hat er im Moment auch keine, er ist bis Herbst ausgebucht. Wann wollt ihr sie denn fertig haben?«

»Ich fahre im August mit Freunden weg«, sagte ich. Ich hoffte nur, dass Zoe und Christina nicht längst alles ohne mich unter Dach und Fach gebracht hatten. »Also vorher?«

Duke holte zischend Luft. »Das wird eng. Für einen Nebenjob zum niedrigsten Tarif könnte ich nur meinen Nachwuchsmechaniker erübrigen. Er hat noch nicht alle Prüfungen abgelegt.«

Ich spähte in die Garage. Die Männer hatten sich auf verschiedene Motorräder und Motorcrossmaschinen verteilt. Die meisten von ihnen trugen Jeans und zerrissene T-Shirts und ihre nackten Arme waren mit Motoröl beschmiert. Ihre Unterhaltung wurde von der Glasscheibe gedämpft, aber dass sie gut gelaunt rumflachsten, war unmissverständlich.

Duke deutete durch die Scheibe auf ein dunkelblaues Motorrad, dessen Hinterteil nackt bis auf das stählerne Gerippe war. Ein Typ kniete davor – ein wenig jünger als der Rest vielleicht, aber gleichermaßen von sich überzeugt. Einer seiner Arme steckte tief in dem Bike, auf dem Boden um ihn herum lagen Werkzeuge und Lappen verteilt, und seine Schultern hoben und senkten sich, während er irgendeinen riesigen Bohrer bediente.

»Das da drüben ist er, der mit dem blauen Kopftuch«,

sagte Duke. »Guter Junge, weiß, was er tut. Aber wie ich schon sagte, er ist noch nicht lange ohne Stützräder unterwegs.«

»Sieht für mich nicht wie ein blutiger Anfänger aus.« Ich verschob unauffällig die Hüfte. Verdammt. Diese Shorts verfolgten eine Mission; meine Konzentrationsfähigkeit wurde allmählich ernsthaft untergraben. »Außerdem ist uns vollkommen egal, wie alt er ist. Uns kümmert nur, dass er die Reparaturen günstig erledigen kann.«

Papi nickte, aber sein Blick verriet, dass er in Gedanken meilenweit weg war.

Duke klopfte an die Scheibe und winkte den jungen Mechaniker zu uns rüber.

Der Typ sprang auf und wischte sich die Hände an einem Tuch ab, das aus seiner hinteren Hosentasche hing. Er hielt den Kopf gesenkt, als er die Tür öffnete, sodass ich seine Augen nicht sehen konnte. Nur Bartstoppeln. Grübchen. Eine Narbe am Kinn. Sein Arm war ebenfalls mit zackigen weißen Narben übersät.

Gefährliche Sache, so ein Bikerleben.

»Wie lange schraubst du schon an den Maschinen?«, fragte Duke.

»Äh … schon immer?«

»Hier, Klugscheißer. Bei mir.«

»So zwei oder drei Monate, schätze ich. Wieso?« Seine Aufmerksamkeit war komplett auf den Boss gerichtet, aber meine Haut kribbelte, als würde ich beobachtet. Nicht auf die unangenehme Art – sondern auf eine vertraute. So als hätte ich diesen Kerl schon mal gesehen, aber wegen des Kopftuchs und der dicken Schmutzschicht konnte ich ihn nicht zuordnen. Auf keinen Fall aus der Schule oder vom Sommertheater. Vielleicht war er der Cousin von jemandem?

»Du bist noch nicht bereit, Junior.« Duke köderte den armen Kerl. Aber so was von. »Nicht für eine Einundsechziger Hog.«

»Willst du mich verarschen? Eine Einundsechziger?« Er drehte sich endlich zu mir um, ein breites Grinsen im Gesicht. Seine Grübchen waren ziemlich entwaffnend, wenn sie wie jetzt ihre volle Kraft entfalteten, aber ich schaffte es, mich unbeeindruckt zu geben, als er mich von oben bis unten musterte.

Unter seinem forschenden Blick wurde mir ganz heiß. Ich wünschte mir sehnsüchtig, Zoe hätte mir an diesem Morgen bei meinem Outfit geholfen. Ich mochte Van Halen nicht mal, und darauf hätte sie mich genüsslich hingewiesen und mir so die Kopfschmerzen erspart, die inzwischen hinter meinen Augen pochten.

Sich dem Anlass entsprechend kleiden? Mal ehrlich, Jude. Eines Tages wird dein Hang zur Dramatik noch dein Untergang sein.

»Eine Einundsechziger Panhead«, sagte ich schließlich.

Seine Augenbrauen schossen überrascht beziehungsweise anerkennend nach oben. Vielleicht beides. »Du fährst?«

»Nein. Ich …«

»Sie gehört mir«, sagte Papi. »Und soweit es mich betrifft, hast du den Job, wenn du ihn willst.«

Der Junge plapperte rasend schnell auf Spanisch los, tief und leise. Mit puerto-ricanischem Akzent, glaube ich. Es klang schneller und weniger umständlich als das argentinische Zeugs, mit dem ich aufgewachsen war. Er versuchte

Duke zu überzeugen, dass er das packen würde, *el dinero* – die Kohle – außerdem für irgendeinen Motorradtrip im Sommer bräuchte.

»Gentlemen«, sagte ich. Der Juniormechaniker drehte sich wieder zu mir um und sah mich an, aber ich hielt den Blick fest auf Duke gerichtet. »Wir wollen kein Museumsstück. Wir müssen sie nur wieder auf die Beine bekommen. Falls er also helfen kann …«

»Ich kann helfen.« Er wandte sich erneut Duke zu. Das Spiel seiner Armmuskeln zeichnete sich unter seiner Haut ab, als er den Verkaufstresen mit festem Griff umklammerte. »Ich habe letztes Jahr meine eigene Hog repariert.«

»Das ist eine Achtundsiebziger, Junge. Und dazu noch eine Sportster.«

Er zuckte mit den Achseln. »Mal abgesehen vom Kickstart hat sich die Mechanik nicht groß verändert.«

»Duke, bitte«, sagte ich. »Wir müssen sie unbedingt wieder zum Laufen bekommen.«

Ohne dass ich darum gebeten hätte, prickelten Tränen in meinen Augen. Vielleicht war es albern, so viel Hoffnung in die Reparatur eines Motorrads zu setzen, so fest zu glauben, dass dieses Abenteuer Papi tatsächlich heilen könnte.

Aber es war unser letzter Versuch – die eine Sache, die den Ärzten entgangen war, der schwache Schimmer eines *Vielleicht*, den die medizinische Forschung und die Fallstudien aus irgendeinem Grund übersehen hatten.

Ich räusperte mich und holte tief Luft. »Was ich damit meine, ist … es ist zwingend erforderlich, dass wir bei der Wiederherstellung den geplanten Zeitrahmen einhalten.«

Papi schüttelte den Kopf, sein Lächeln kehrte endlich zurück. »Meine Tochter … sie versteht es, mit Worten umzugehen.«

Duke beäugte mich skeptisch, aber er stand eindeutig unter dem Bann unseres Vater-Tochter-Charmes. Sogar der Zahnstocher hörte auf, hin- und herzuwandern. »Okay, was der Kunde will, das bekommt er auch. Selbst wenn es sich um den Jungen handelt, der noch grün hinter den Ohren ist.«

»Genau den wollen wir«, bestätigte Papi. Er strahlte wieder, war vollkommen im Hier und Jetzt angekommen. »Du bist engagiert.«

»Sie werden es nicht bereuen.« Der Junge schüttelte erst Papis Hand, dann war ich an der Reihe. Ich presste automatisch meine Handfläche in seine, doch als meine Haut sich in seinem Griff erwärmte, machte etwas in mir *klick*, etwas Vertrautes und Gefährliches, und ich riss die Hand zurück und starrte darauf, als hätte mich etwas gestochen.

Freakshow!

Meine Wangen brannten, aber bevor er eine Bemerkung über meine seltsame Reaktion machen konnte, legte Duke eine fleischige Hand auf die Schulter des Jungen. »Ich hoffe für dich, dass du tatsächlich so weit bist, Emilio.«

Emilio?

Mein Kopf fuhr hoch, als mich urplötzlich die Erkenntnis durchzuckte, die unmöglich wahr sein konnte. »Wie war dein Name noch gleich?«

»Emilio.« Seine Lippen bildeten das Wort und es wirbelte Silbe für Silbe in einem Strudel aus Vertrautheit und brennend heißer Schuld in meine Ohren. Diese karamellbraunen Augen. Schwarze Haare, die sich unter dem Rand eines ölbefleckten Kopftuchs hervorlockten. Er lächelte jetzt nicht mehr, aber seine Grübchen waren noch da. Sie lauerten direkt unter der Oberfläche, als wollten sie mich herausfordern.

Ich war davor gewarnt worden, dass diese Grübchen mein Untergang sein würden. War darauf gedrillt worden, ihnen aus dem Weg zu gehen; eine Aufgabe, die mir sehr erleichtert worden war, als er vor zwei Jahren ohne jede Erklärung von der Blackfeather High abgegangen war. Einen Monat vor dem Abschluss.

Und doch stand er nun vor mir. Erwachsener, mit einem Dreitagebart um die Kieferpartie, das T-Shirt auf sämtliche Arten ausfüllend, von denen zuvor nicht die Rede gewesen war. Mich praktisch *angaffend*.

Der Knallertag, den ich bis dato gehabt hatte?

Ging. In. Flammen. Auf.

Der einzige Mensch in ganz Blackfeather, der uns helfen konnte – der Kerl, den wir gerade unbedingt hatten anheuern müssen –, war ausgerechnet der, den zu ignorieren ich den weiblichen Mitgliedern der Hernandez-Familie bei meinem Blut, bei meiner Ehre und unter Androhung des Verlustes sämtlicher Gliedmaßen geschworen hatte.

Ich mache keine Witze, was das Blut angeht. Es gab einen Schwur und alles, der sorgfältig in ein skandalumwittertes schwarzes Buch gekritzelt worden war, das einst sämtliche Geheimnisse meiner Schwestern in sich barg.

Ich hätte beinah gelacht.

Natürlich musste ausgerechnet er es sein.

Emilio fucking Vargas.

2

Ich, Jude Hernandez, schwöre, mich niemals, nie, unter gar keinen Umständen, egal, ob sie sich meiner Kontrolle entziehen oder nicht, selbst wenn das Schicksal der Menschheit davon abhinge, selbst wenn mein eigenes Leben in Gefahr wäre, mit einem Vargas einzulassen …

Zurück in der herrlich jungenfreien Umgebung unserer Küche hackte ich auf eine Tomate ein, bis ihre Innereien hervorquollen. Es waren fünf Jahre vergangen, und ich war die einzige Hernandez-Schwester, die noch zu Hause lebte, aber der uralte Schwur hallte so klar in mir nach wie der Schrei eines Falken in einer Schlucht.

»Verdorben«, flüsterte ich.

»Oh, sie sind nur ein bisschen weich.« Mom brachte hinter mir einen Stieltopf voll Paprika und Pilzen zum Brutzeln. ¡Caliente! ¡Cuidado! *Ofen und Herd sind nur zum Kochen. Nicht allein benutzen.* Die Karteikarte auf der Dunstabzugshaube wellte sich im Dampf. »Wie war Papi heute drauf? Seid ihr zwei angeln gegangen?«

Bäh. Angeln und Brettspiele – Moms Vorstellung ungetrübter Sommerfreuden. Es war erst Juni und Papi, Pancake und ich hatten bereits jedes lebende Wesen aus dem Animas gefischt. Und *Viejito* schummelt wie verrückt beim Scrabble. Ihr solltet mal die Wörter sehen, die er sich ausdenkt, um den dreifachen Buchstabenwert zu bekommen. Hallo? Manches davon steht weder im englischen noch im spanischen Wörterbuch.

»Wir sind zum Frühstücken in die Stadt gegangen«, sagte ich. »Waren auf der Fifth bummeln, haben uns in ein paar Läden umgeschaut.«

Moms Paprikamix zischt etwas lauter. »Und, was Süßes entdeckt?«, fragte sie.

Und der Preis in der Kategorie Untertreibung des Jahres *geht an …*

»Niemanden. Nichts.« Ich drehte den Wasserhahn auf. *Rechts für kalt*/frío. *Links für heiß*/caliente. »Zum Schluss sind wir in dieser Motorradwerkstatt gelandet. Papi hat einen Typen angeheuert, diesen Jungen, der dort arbeitet.«

Sobald Papi und Duke sich auf einen Stundenlohn für Emilio geeinigt hatten und alle Papiere unterzeichnet waren, hatte ich ihn hastig aus dem Duchess gelotst, und Papi hatte kein Wort mehr gesagt. Als wir nach Hause kamen, zog ich mir normale Sachen an, und er machte es sich für einen Westernmarathon auf dem Sofa gemütlich. Jetzt brauchte ich Moms Zustimmung für die Motorradpläne, ohne Namen zu nennen. Es war ein paar Jahre her, aber ich war mir ziemlich sicher, dass *Vargas* in unserem Haus nach wie vor ein Schimpfwort war.

Jedenfalls für diejenigen, die sich daran erinnerten, wofür es stand.

»*Mi amor.*« Moms Akzent wird stärker, wenn sie aufgeregt oder besorgt ist, und ich drehte mich um, damit ich ihre Lippen sehen konnte, nur für alle Fälle. »Vielleicht solltest du ihm wegen der Reparatur dieses alten Schrotthaufens keine Flausen in den Kopf setzen. Es ist teuer und Papi … für ihn ist es nicht gut, ständig Fremde im Haus zu haben.«

In letzter Zeit hatte sie begonnen, Besucher abzuwimmeln – hauptsächlich Nachbarn, die es gut meinten, und ehemalige Arbeitskollegen – und ihnen zu erzählen, Papi sei müde, beschäfigt, unabkömmlich. Jetzt sprach sie wieder von *Fremden im Haus*, als hätte ich jeden Tag nonstop Party gemacht, seit ich den Highschoolabschluss in der Tasche hatte. Klar, diese Scrabblerunden konnten ganz schön ausufern. Und an dem einen Tag hatte Pancake sein ganzes Fressen aus der Schüssel katapultiert und überall auf dem Boden verteilt. Einfach ab-ge-fah-ren, mein Leben!

»Mach dir mal keine Gedanken deswegen«, sagte ich, den Blick wieder auf die Spüle gerichtet. *Runterdrücken um Wasser abzustellen, wenn fertig.* Die ganze Angelegenheit bereitete auch mir Bauchschmerzen, nur nicht aus denselben Gründen. Und dennoch, hier ging es nicht um irgendwelche Fremde, und es ging auch nicht um einen alten Schwur und einen Jungen, der seine Seele dem Teufel verkauft hatte. Es ging darum, für Papi da zu sein. »Ich behalte die Dinge im Auge. Und Papi freut sich total, an der Harley zu schrauben – so haben wir diesen Sommer noch was anderes zu tun als angeln.«

»Hm.« Mom seufzte und hob die Pfanne an, wendete das Gemüse mit einem perfekten Schwung aus dem Handgelenk. Während alles noch dampfte, löffelte sie die Mischung auf Teigkreise und faltete jeden fachmännisch zusammen. Dann verschloss sie die Ränder mit den Zinken einer Gabel. Ich fand es schlimm, dass sie so viel arbeitete, nur um dann nach

Hause zu kommen und zu kochen, aber das war ihr Ding. Darauf bestand sie. Es war ihr Anker, der sie mit der Normalität verband. Früher hatte Papi immer behauptet, er habe sich zuerst in ihre Kochkünste verliebt und dann in ihre Seele, und vielleicht war das der Grund, warum sie nach wie vor kochte. Ich setzte meine Hoffnungen auf das Motorrad, aber vielleicht dachte Mom, die Form ihrer *empanadas* würde seiner Erinnerung auf die Sprünge helfen; dass ihr halbmondförmiger Anblick ihn zurückbringen würde.

»Hm. Vielleicht sollten wir deine Schwestern fragen, was sie von der Idee mit dem Motorrad halten, *queridita*?«

»Nein!« Ich hätte beinah mein Messer fallen gelassen, aber ich riss mich schnell wieder zusammen und stützte mich mit den Händen auf die Anrichte. »Ich meine … sie haben superviel zu tun und wir müssen ihnen wegen meiner Sommerpläne mit Papi keinen Stress machen. Ich habe alles im Griff, Mom.«

Mom nickte endlich und ich wandte mich wieder meinen matschigen Tomaten zu. Sie erinnerten mich an Herzen, und ich musste blinzeln, als mir Lourdes' Abschlussballkorsage einfiel, die zerdrückt im Müll gelegen hatte. Und dann, sieben Jahre später, Aracelis tränenüberströmtes Gesicht.

Die ganze Familie ist verflucht, hatte Mari an Aracelis Abend gesagt. *Schwarze Seelen, alle miteinander*.

Du darfst dich niemals im Leben mit einem Vargas einlassen? Von jener Nacht an war es eins der Dinge, die wir fraglos zu akzeptieren hatten, so wie die Art und Weise, auf die Mom eine Gabel in ihre *empanadas* drückte, weil *Abuelita* es ihr so beigebracht hatte. Es spielte keine Rolle, ob es eine bessere Methode gab, etwas Neues, das man hätte ausprobieren können. Es war nun mal auf diese Weise von Generation zu Generation weitergegeben worden und genauso Teil der Familiengeschichte wie unsere olivenfarbene Haut oder die langen braunen Locken.

Na ja, Mari schnitt sich die Locken ab und wurde sexbombenblond, aber nicht jede Tradition lässt sich mit einer Schere und einer Schachtel *Nice 'n Easy Blond* abschaffen.

Die Backofentür öffnete sich mit einem Quietschen, und ein Hitzeschwall ergoss sich über meine nackten Beine, als Mom die *empanadas* in den Ofen schob.

»Noch zehn Minuten«, sagte sie. »Wie geht's mit dem Brunnenkressesalat voran?«

Ich verteilte rote Zwiebelringe über die Tomaten. »Fertig.«

»Er sieht perfekt aus.« Sie zwinkerte mir über meinen *ensalada de berros* zu, als ob sie von Anfang an gewusst hätte, dass es so sein würde.

Falls unser Haus je von Zombiehäschen angegriffen werden sollte, würde Pancake sofort Alarm schlagen, aber für den Moment war die Luft rein, und er hatte es sich auf dem Boden bequem gemacht, drückte die Schnauze gegen die Fliegengittertür und lauschte unserer Unterhaltung, während wir beim Abendessen saßen.

Papi erzählte zum dritten Mal von den Blaubeerpfannkuchen, die wir im Mountainside Café gegessen hatten, und der Kopf des armen Hundes schnellte unentwegt zwischen Papi und der Tür hin und her. Pfannkuchen-Häschen-Pfannkuchen-Häschen-Pfannkuchen-Häschen.

Als Papi zum Teil mit dem Duchess kam, gab ich ihm ein

unauffälliges Zeichen, ehe er Emilios Namen erwähnen konnte, und er streckte mir die Zunge raus und zupfte an seinem Ohrläppchen, als wären wir die Schiedsrichter bei einem Baseballspiel.

»Alles okay mit dir?«, fragte Mom ihn.

»*Que*?«

»Alles okay?«, wiederholte sie lauter. »Stimmt etwas mit deinen Ohren nicht?«

Er winkte ab und schaufelte sich mit der Gabel Salat auf den Teller.

»*Dios mío*, benutz das Salatbesteck.« Sie sprang von ihrem Stuhl und häufte ihm Salat auf den Teller. Dann verteilte sie noch Öl und Essig darüber.

Manchmal fragte ich mich, wie es wohl wäre, davonzufliegen, so weit weg, wie ich konnte, so wie Lourdes und Celi es bei der ersten Gelegenheit getan hatten, die sich ihnen bot. Nicht bloß nach Denver, wohin ich im Herbst aufs College gehen würde.

Weit, weit weg.

»*Ay*, Rita. Nicht so viel Dressing.« Papi lud auf ihren Teller, was ihm zu viel war. Er gab ihr einen Klaps auf den Po, und sie wehrte ihn händewedelnd ab, aber sie lächelte breit dabei.

»Du machst viel zu selten *empanadas*.« Papi schaufelte sich noch ein paar auf den Teller.

»*Por favor*«, erwiderte Mom. »Es gab erst letzte Woche welche.«

Er wackelte mit dem Zeigefinger. »Du versuchst mich reinzulegen, Frau.«

Spanien. Dorthin würde ich gehen. Oder vielleicht auch

nach Südamerika, Papis alte Bikerkumpel aufsuchen, den Spuren folgen, die er vor all diesen Jahren hinterlassen hatte.

»Gab es wirklich«, sagte Mom. »Juju, sag du es ihm.«

»Ich erinnere mich nicht«, sagte ich schließlich.

»Das liegt daran, dass es keine gab.« Papi nahm sich noch eine *empanada*. Da Cholesterin auf der Liste von Dingen, die einen umbringen, wenn man es am wenigsten erwartet, etliche Positionen eingebüßt hatte, konnte er guten Gewissens ein paar mehr essen. »Wenn ich sterbe, begrabt mich bitte mit einem Teller von denen hier.«

Mom lachte. »Ich würde nicht wollen, dass *empanadas* in der Erde verrotten, die man noch wunderbar essen kann. Und da wir gerade von Geldverschwendung reden, was wolltest du über den Jungen vom Duchess erzählen?«

»Scheint ein guter Junge zu sein«, sagte Papi mit vollem Mund. »Sein Name war … wie hieß er noch gleich, Juju?«

»Kau erst mal zu Ende«, sagte Mom.

»Es war etwas … Simples.« Ich rückte meinen Stuhl näher an Papis heran. »Oh, Eddie. Das war's. Eddie.« Sie erinnerte sich vielleicht nicht an den Namen eines jeden einzelnen Vargas, aber es wäre dumm gewesen, ein unnötiges Risiko einzugehen.

»Wie viel nimmt dieser simple Eddie?«, fragte Mom.

»Er ist günstig«, sagte Papi.

»Und was wäre, wenn ihr es selbst macht?« Mom lud noch eine *empanada* auf meinen Teller. »Vielleicht könntet ihr die Teile, die ihr braucht, bei diesem Eddie bestellen und dann ein paar Anleitungen lesen …«

»Sei nicht albern. Juju und ich, ein Motorrad vollkommen neu zusammensetzen? Oh, *mi amor*, du schaffst mich.«

Papi hatte recht. Falls einer von uns versuchte, die Harley allein zu reparieren, würden wir am Ende mit dem teuersten Toaster der Welt dastehen.

»Ich sage dir, es ist ein sehr guter Deal. Und es wird ein tolles Gefühl sein, ein bisschen mitzuwerkeln.« Papi pochte sich an die Stirn. »Ich erinnere mich an alles, was mit diesem Motorrad zusammenhängt. Wir werden *El Demonio* schon zeigen, wer hier der Boss ist, he, Juju?«

So nannte er es – den Dämon. Das teuflische Ding, das sich durch sein Gehirn fraß und seine Erinnerungen verschlang. Ich stellte es mir ebenfalls so vor, als roten, der Hölle entsprungenen Drachen aus Schatten und Feuer, der eine Spur der Verwüstung hinter sich herzog.

Die Ärzte hatten einen anderen Namen dafür: früh einsetzender Alzheimer.

Ich betrachtete ihn aufmerksam und fragte mich, ob er irgendetwas davon bewusst wahrnahm, ob die Wörter und Bilder vor seinen Augen in Rauch aufgingen, während er hilflos zusehen musste. Oder ob es eher so war, als versuche man, eine Datei auf dem Computer zu öffnen, die man längst gelöscht hatte, eine, von der man dachte, sie sei letztes Mal noch da gewesen, es aber nicht mit Sicherheit wusste, und alles, was man als Antwort bekam, war diese nervige Nachricht. Wieder und wieder.

Datei nicht gefunden.

Ich wartete darauf, dass er sich endlich danach erkundigte, warum wir das Duchess so überstürzt verlassen hatten, oder Eddie-Schrägstrich-Emilio erwähnte und dass ihm die Familienähnlichkeit aufgefallen sei und er seine Meinung geändert habe.

Aber Papi kaute und lächelte weiter. Er hatte keine Vorstellung davon, wer Emilio war.

… niemals, nie, unter gar keinen Umständen …

Dios mío, der Schwur war total kindisch gewesen. Die Kerzen. Das Messer. Die verbrannten Haare. Das schwarze Buch. Mari war so eine Drama-Queen. Außerdem hätten meine Schwestern in jener Nacht alles gesagt, um Celi zum Lachen zu bringen. *Und* ich war erst zwölf Jahre alt gewesen – sicherlich würde kein Gericht der Welt einen Vertrag für bindend erklären, zu dessen Unterzeichnung ein Kind genötigt worden war. *Und* falls mich irgendjemand darauf festnageln wollte: Einen Vargas zu engagieren, um Papis Motorrad zu reparieren, war ganz gewiss nicht dasselbe, wie sich *mit einem einzulassen*, was ich in einer Million Jahren nicht tun würde, Schwur hin oder her. Ich stand hundertprozentig zu meiner Pro-Unterwäsche-Haltung. Und die war ohne Zweifel unvereinbar mit dem Lebenswandel eines Vargas.

»Dir gefällt dieser Junge also, Juju?«, fragte Mom.

»Was? Nein! Wie kommst du darauf?«

Sie musterte mich über den Rand ihres Weinglases hinweg mit zusammengekniffenen Augen. »Das begreife ich nicht. Wieso hast du ihn engagiert, wenn er dir nicht gefällt?«

»Er gefällt mir ja. Aber nicht so, als wollte ich ihn zum Freund.«

»Freund?« Mom setzte ihr Glas ab. »Juju, wovon redest du um Himmels willen?«

Ich griff mir mein Wasserglas und stürzte seinen Inhalt in einem Zug hinunter. Wofür ich ungefähr zehn Minuten brauchte. Dann stellte ich es zurück auf den Tisch und tat ihre Verwirrung mit einem Handwedeln ab. »Schlechter Freund. Guter Mechaniker. Und da wir einen Mechaniker gesucht haben und keinen Freund, haben wir noch mal Glück gehabt.«

»Juju …« Ihre Augenbrauen waren gerunzelt, ihr Blick schoss zwischen Papi und mir hin und her. »Vertraust du darauf, dass der Junge gute Arbeit an dem Motorrad leisten wird? *No estoy seguro* … Ist das mit ihm eine gute Idee?«

Nein. Unter gar keinen Umständen, weder auf Spanisch noch auf Englisch, ist das mit Emilio Vargas eine gute Idee.

Aber vom anderen Ende des Tisches leuchtete mir Papis sorglose Miene entgegen, sein Blick war aufgeregt und voller Hoffnung, und ich wusste, wir hatten heute das Richtige getan. Papis Seele war untrennbar mit der Harley verbunden, die seine unverfälschte Essenz bewahrte. Emilio Vargas' Name brachte mich vollkommen durcheinander, aber wir brauchten ihn. Ohne ihn waren wir mit unserem Latein am Ende. Er war unsere einzige Hoffnung.

Meine einzige Hoffnung war, dass der Jüngste aus einer Familie notorischer Herzensbrecher keinerlei Erinnerung mehr daran besaß, dass wir einst, in einer Galaxie weit, weit weg, *so* dicht dran gewesen waren, eine Familie zu werden.

»*Sí*«, sagte ich, und Papi strahlte wie tausend Watt. »Es ist eine großartige Idee.«

3

Den Schuppen trennte höchstens ein schwankender Kartonstapel von einer Folge »Raus aus dem Messie-Chaos«, aber es standen eine alte Werkbank und einige Tische darin, die Papi aufgestellt hatte, als er noch mit Elektrowerkzeugen hantieren durfte. Er und ich hatten den Morgen damit verbracht, Platz zu schaffen, und jetzt stand die Harley inmitten von allem auf ihrem Ständer unter der staubigen blauen Abdeckplane.

»Das ist euer Mädchen, hm?« Emilio strahlte uns über das Motorrad hinweg an, und ich kam mir völlig nackt vor, so als trüge ich ein noch knapperes Outfit als tags zuvor.

Weiß er, wer ich bin?

Nein. Unmöglich. Er hatte mich seit zwei Jahren nicht gesehen, und selbst als wir noch auf dieselbe Schule gegangen waren, hatten sich unsere Wege nicht gekreuzt. Zoe und ich waren unzertrennlich, und später kam dann noch Christina dazu, und er verbrachte seine Highschooltage umringt von einem undurchdringlichen Wall aus Mädchen, die ihn umschwärmten wie eine Masse hin- und herflitzender kleiner Elektronen.

Und davor? Wir bekamen nie die Gelegenheit, uns bei einem offiziellen Familientreffen kennenzulernen. Dafür sorgte sein Bruder Johnny.

Ich nahm Haltung an und schüttelte die Wolke aus Nervosität und Schuldgefühlen ab, die mich umhüllte. Wir waren nicht hier, um in Erinnerungen an die verpasste Gelegenheit zu schwelgen, mein Brautjungfernkleid zu tragen, das fliederfarben gewesen war und immer noch irgendwo im Schuppen hing, frisch gewaschen und gebügelt.

»Wir überlassen dir die Ehre«, sagte ich.

Emilio schälte die Abdeckung von der Harley, bis sie entblößt vor uns stand. Ihr fehlte der Glanz, und sie war etwas angeschlagen, aber ihre Schönheit leuchtete ungebrochen von all diesen Meilen, all dieser Zeit. Emilio ließ die Hand der Länge nach über sie gleiten, wobei seine federleichte Berührung an ihren Rundungen verweilte. Seine Stirn war eindringlich gerunzelt, als bemühe er sich, mit ihrer Seele in Kontakt zu treten.

»Haben Motorräder eine Seele?«, fragte ich.

»Das kannst du aber glauben.« Papi stand an der Werkbank, wo er durch alte Werkzeuge stöberte. Seine Hände waren staubverschmiert, sein Blick hellwach. Der Schuppen schien eine bewusstseinsschärfende Wirkung auf ihn zu haben. Vielleicht lag es am schwachen Geruch nach Öl und Gas, dem vertrauten Klirren, mit dem Werkzeug und Metall aufeinandertrafen. Oder vielleicht gefiel es ihm auch bloß, weit weg von all den Karteikarten zu sein, die Mom auf jeden potenziell gefährlichen Gegenstand im Haus gepappt hatte. Der Schuppen war eine beschriftungsfreie Zone.

»Sie haben ihren eigenen Zauber«, fuhr Papi fort. »Besonders Valentina – sie ist etwas ganz Besonderes.«

»Valentina?«

»So heißt sie. Wir zwei sind schon seit Langem ein Paar,

waren an unzähligen Orten. Hab ich dir je von Paraguay erzählt? Wir sind einem Jaguar davongefahren. Das Biest hat uns ich weiß nicht wie lange die Straße entlanggejagt.« Papi fuhr sich über die Augen. »Falls man nicht an Gott glaubt? Ist das einer der Tage, an denen man religiös wird.«

Ich verdrehte die Augen. Ein Jaguar? Also ehrlich.

Emilio sagte nichts, er musterte Valentina nur aus zusammengekniffenen Augen, klopfte und tätschelte sie, beobachtete und lauschte. Ich hatte Leute schon so mit Pferden umgehen sehen, aber nicht mit Motorrädern. Papi schien es jedoch nicht zu stören. Vielleicht war es normales Biker-Gehabe, so wie die Sache mit dem Zahnstocher.

Ich zog das Handy aus meiner Hosentasche und schoss ein Foto. Emilio blickte hoch.

»Es ist für meinen Vater«, sagte ich.

»Viele Mädchen wollen ein Bild von mir.«

Papi lachte.

»Eigentlich wollte ich ein Foto von dem Motorrad machen, aber dein monströser Kopf war im Weg.« Ich wandte mich wieder Papi zu. »Du bist lieber still. Ich habe es für dich gemacht.«

»Sprich mit mir, Valentina.« Emilio kniete auf dem Boden und presste sein Ohr an den Tank.

Was für ein Angeber!

»Sagt sie irgendwas?«

Emilio sah zu mir hoch, dann zurück zum Motorrad. »Ich kann sie nicht hören.«

»Das ist merkwürdig«, erwiderte ich. »Du musst leicht abzulenken sein. Denn hier ist es meistens ziemlich ruhig. Außer wenn Pancake ein Kaninchen entdeckt und durchdreht. Oder wenn es regnet. Dann klingt es, als würde jemand einen Haufen Vierteldollarmünzen auf das Dach prasseln lassen, und man kann sich selbst nicht mehr denken hören, weil …«

»Juju?« Hinter mir klatschte Papi in die Hände, um sie vom Staub zu befreien. »Lass den Mann seine Arbeit machen.«

Meine Wangen begannen zu glühen und ich hielt die Klappe.

Schön. Ich konnte schweigend zusehen. *No problema.* Überhaupt gar keins. Seht her, so bin ich, wenn ich vollkommen leise bin. Und den Mann seine Arbeit machen lasse.

Auf dem staubigen Boden gähnte Pancake und streckte sich der Länge nach aus. Wir warteten gemeinsam, bis Emilio Papi schließlich herüberwinkte, um sich mit ihm zu beratschlagen. Die zwei kauerten sich dicht vor die Maschine und unterhielten sich in einer fremden Sprache. Soll heißen eine, die nicht Spanisch war.

Ich hüpfte von der Werkbank. Offenbar war ich keine große Hilfe in Sachen Motorradreparatur, und es war komisch, einfach nur rumzusitzen und hübsch auszusehen, wie es so schön heißt. Außerdem war mein Hintern eingeschlafen.

Emilio verstummte und sah hoch, als könnte ich versucht sein, ein paar Worte einzuflechten, aber dem war nicht so. Er und Papi brauchten die stumme Jude, also bekamen sie auch die stumme Jude.

»Getränke.« Meine Lippen bildeten das Wort tonlos, während ich den Akt des Trinkens pantomimisch mit meiner rechten Hand darstellte und mit der linken auf unser Haus zeigte.

Ja, meine Freunde, so etwas kommt dabei raus, wenn man auf sechs Jahre Schauspielunterricht für Fortgeschrittene zurückgreifen kann!

Als ich zurück in den Schuppen kam, saß Emilio auf dem Boden und untersuchte ein paar Teile, die er vom Motorrad abgeschraubt haben musste. Papi sah ihm aufmerksam zu, aber er war verstummt, seine Miene erschöpft und bleich.

»Kommt raus in den Garten und macht eine Pause«, sagte ich zu ihnen. Dieses Mal laut, kein weiterer Ausdruckstanz.

Wir gingen zum Gartentisch hinüber, auf den ich ein paar Dosen Cola, eine Auswahl an kalten *empanadas* vom Vorabend und eine große Schüssel Doritos gestellt hatte.

Papi ließ sich auf seinen Stuhl fallen und griff nach einem Nacho. Er drehte und wendete ihn in den Händen und zerkrümelte ihn, doch als die Krümel auf den Tisch fielen, starrte er sie mit offenem Mund an, als hätte er ein vollkommen anderes Ergebnis erwartet.

»Ich hoffe, sie schmecken nicht alt«, sagte ich. »Trink etwas Cola, Papi.«

Uns gegenüber knusperte Emilio laut, und ich betete, er wäre zu tief im *Blazin Buffalo and Ranch*-Delirium versunken, um Papis Aussetzer zu bemerken.

»Sind die schlecht?« Papi drückte seinen Daumen in die Schweinerei auf dem Tisch.

»Sie sind nicht gerade gesund.« Emilio nahm sich noch eine Handvoll. »Aber sie sind der Hammer.«

Endlich schob sich Papi ein paar Chips in den Mund.

»Ich bin im Grunde kein Morgenmensch«, sagte er, die Lippen mit Krümeln übersät. »Ich zelte gern.«

Mein Nacken wurde heiß und kribbelte. In der einen Minute erzählte Papi von Jaguaren und Kolbendeckeln aus Chrom, an die er seit Jahrzehnten nicht gedacht hatte, und in der nächsten war er völlig weggetreten.

Er war wie ein GPS-Gerät in den Bergen, das abwechselnd die schwierigsten Routen entlangnavigierte und dann wieder die Satellitenverbindung verlor.

»Wir sollten irgendwann alle zusammen zelten gehen. Lourdes, hast du immer noch dieses alte Zelt?«

Suche Signal … Suche Signal … Suche Signal …

»Ich bin Jude, Papi. Ich weiß nicht, wo das Zelt ist. Vielleicht irgendwo im Schuppen.«

Ich war vollkommen starr und wartete darauf, dass Emilio die Flucht ergreifen würde, sich irgendeine dringende Sache einfallen lassen würde, die ihn an einen x-beliebigen Ort führen würde, Hauptsache weg von hier. Vielleicht hatte Mom gar nicht so unrecht mit ihrem Bemühen, Papi vor der Welt zu verstecken. Nicht, weil er uns hätte peinlich sein sollen, sondern weil unsere Situation allen anderen peinlich war, und ihnen dabei zuzusehen, wie sie sich wanden, war schlimmer, als das unangenehme Sich-Winden selbst zu durchleiden.

»Ich gehe total gern zelten.« Emilio griff nach einer *empanada*. »Allerdings nur im Sommer. Bei allem unter zehn Grad kneife ich.«

»Erinnerst du dich daran, wie wir im Rocky-Mountain-Nationalpark zelten waren, Lourdes?«, fragte Papi.

Ich hielt den Blick auf meine Hände gerichtet, die miteinander verschränkt in meinem Schoß lagen und die ich so fest zusammenpresste, dass die Fingerspitzen weiß wurden. »Ich bin Jude, Papi.«

»Jude war damals noch nicht geboren. Mom war noch schwanger mit ihr. Weißt du nicht mehr? Mom konnte die großen Wanderungen nicht mitmachen, und du und Mari wolltet bei ihr im Zelt bleiben, während Celi und ich die Twin Sisters bestiegen haben. Was für eine wunderschöne Aussicht wir da oben hatten – wir haben eine Dickhornschaffamilie gesehen. Ich hätte beinah einen Herzinfarkt bekommen, so nah ging Celi mit ihrer Kamera an sie ran!«

Ich lächelte. Es schien eine schöne Erinnerung zu sein. Ich wäre nur zu gern dabei gewesen.

Aber das war ich nicht.

Lourdes lebt inzwischen in Argentinien. Sie ist schon seit zwölf Jahren aus dem Haus. Ich erinnere mich kaum noch an die Zeit, als sie hier gewohnt hat und sich ein Zimmer mit Mari teilte, die vor sechs Jahren nach Denver gezogen ist. Celi ist als Letzte gegangen und auch sie lebt schon seit vier Jahren in Manhattan. Sie sind alle ausgeflogen, um ein erfolgreiches Leben zu führen – Winzerin, Literaturagentin, Assistentin der Geschäftsführung –, und ich bin seitdem mit meinen Eltern allein gewesen.

Ich ließ den Blick über unseren einst voll besetzten Gartentisch schweifen und spürte die Abwesenheit meiner Schwestern plötzlich wie einen schweren Druck auf meiner Brust lasten. Ich schloss die Augen und versuchte sie mir genau so vorzustellen, wie ich sie zuletzt an diesem Tisch gesehen hatte – zwei Jahre zuvor, um Papi herum gedrängt, während er sich beim Ausblasen der fünfzig Kerzen etwas wünschte.

Lourdes hatte nicht persönlich kommen können, aber sie war via Skype über Maris Laptop dabei gewesen und hatte am lautesten gejubelt, als Papi die Kerzen ausblies und alle bis auf eine erloschen.

»Jude?« Emilios Stimme holte mich in die Gegenwart zurück. Als ich die Augen öffnete, löste sich das Bild meiner Schwestern in Luft auf. Alles, was von der Erinnerung blieb, war jene einsame Flamme, die inmitten des aufsteigenden Qualms der anderen so hell gebrannt hatte.

»Jude?«, wiederholte Papi. Er lächelte mit vollem Mund und das Herz wurde mir schwer.

Bitte schenke Papi jede Menge Geburtstagsglück und Gesundheit. Ende.

»Ich bin vollkommen erledigt.« Ich täuschte ein Gähnen vor. »Sollen wir zurück ins Haus gehen?«

Papi starrte mich so lange an, dass ich beinah sehen konnte, wie sich die Rädchen in seinem Kopf drehten, wie die Teile des Puzzles von einer Lücke zur nächsten wanderten, um nirgends mehr richtig zu passen. »Okay, *querida*.«

Emilio war im Schuppen, als ich zurückkam, überprüfte Valentinas Tachostand und machte sich Notizen auf einem gelben Block.

»Du bist noch hier?« Die Frage war mir entschlüpft, ehe ich es verhindern konnte, meine Stimme klang belegt vor Überraschung und unerwarteter Erleichterung.

»Hast du etwa gedacht, ich schlage mir den Bauch voll und hau ab? Wir haben noch jede Menge Arbeit vor uns, du und ich.« Er lächelte und legte den Block auf die Werkbank. Dann wischte er sich die Hände an seiner Jeans ab. Alles, was er tat, war von so viel Selbstvertrauen erfüllt, so viel

Entschlossenheit, und als unsere Blicke sich erneut trafen, überlief mein Herz ein unfreiwilliger Schauer. »Alles okay mit deinem Paps?«

»Er … Es geht ihm gut.«

Emilio nickte. »Ich wusste es! Du brauchtest bloß eine Ausrede, um mit mir allein zu sein. Das nächste Mal sag das doch gleich, *princesa*. Ich werde dich an ein nettes, ruhiges Plätzchen entführen.«

Die Haut um seine Augen legte sich in kleine Fältchen, wenn er lachte, und mein Bauch versuchte mit einem wohligen Prickeln darauf zu reagieren, aber ich bereitete diesem Unsinn rasch ein Ende. Allein dadurch, dass ich mit diesem Jungen redete und dieselbe Luft wie er atmete, brach ich den ehernen Schwesternkodex, wofür ich ohne jeden Zweifel in der Hölle landen und/oder mir mindestens ein paar Knochenbrüche einhandeln würde.

Ich schloss die Augen und drängte das Universum, mir ein Zeichen zu geben.

Äh, Universum? Falls ich Verrat an meinen Schwestern begehen sollte, verursache bitte einen Stromausfall oder eine gewaltige Sintflut oder irgendeine andere Naturkatastrophe. Vorzugsweise eine, die megaoffensichtlich ist und keinen Raum für Interpretationen lässt. Etwas? Irgendetwas? Nein? Bist du sicher?

»Es war schlau von deinem Paps und dir, mich anzuheuern«, sagte Emilio. »Ich bin wirklich gut.« Er wölbte seine Augenbrauen zu einem hoffnungsvollen Bogen, was ihn ungefähr fünf Jahre jünger aussehen ließ, aber seinem Charme keinerlei Abbruch tat. Und das wusste er auch – er trug das flirtende kleine Grinsen wie ein Abzeichen zur

Schau. »Ich kann es kaum erwarten, mit den Händen in diesem Baby zu stecken.«

»Da bin ich sicher.« Ich beugte mich über die Maschine und erwiderte seinen Blick ungerührt. Das Lächeln, das ich aufblitzen ließ, stand seinem in nichts nach, dann wurde meine Miene vollkommen ausdruckslos, und ich öffnete den Kalender meines Handys. Ich hatte eine neue Einladungs-SMS von Zoe bekommen – Kaffee morgen im *Witch's Brew* mit Christina –, aber ich ignorierte sie. Ich hatte im Moment keinen Kopf für meine Freundinnen. Papis Minikrise war ein Alarmzeichen, eine Erinnerung daran, wie wenig Zeit uns blieb, wie wichtig es war, das Motorrad zu reparieren und Papis alte Erinnerungen aufs Neue in ihm zu verankern, ehe er noch mehr davon verlor. »Wenn du damit fertig bist, dir selbst auf die Schulter zu klopfen, muss ich wissen, über welchen Zeitraum wir hier reden. Wir haben schließlich nicht den ganzen Sommer.«

Er wich beinah unmerklich zurück, aber mir entging nicht, dass sich etwas verändert hatte. Gut. Jetzt, da er wusste, dass er keinem hilflosen kleinen Mäuschen gegenüberstand, konnten wir endlich zur Sache kommen.

»Zeit?«, wiederholte ich, während mein Finger über dem Touchscreen schwebte.

Emilio legte seine Hände behutsam auf das Motorrad. »Ich weiß nicht, wie viel Arbeit mich erwartet, bis ich nicht einen genaueren Blick ins Innere geworfen habe, und dann müssen wir die Teile bestellen. Ich kenne da diesen coolen Onlineshop für gebrauchte Ersatzteile und …«

»Hör zu, Emilio. So heißt du doch, oder?« Inzwischen hatte ich ganz auf Schauspielermodus umgeschaltet und vereinte sämtliche eiskalte Herzensbrecherinnen in mir, die ich je auf der Bühne verkörpert hatte.

»Schaffst du es, sie bis August zum Laufen zu kriegen, oder nicht?«

»Auf jeden Fall.«

»Gut. Dann schätze ich, wir sehen dich morgen um … wie viel Uhr hast du noch gleich gesagt?« Ich hielt mein Handy weiter in der Hand, auf dessen Display Zoes Einladung noch immer blinkte.

»Ich habe gar nichts gesagt.« Emilio lachte wieder, während er gleichzeitig den Kopf schüttelte. »Ich arbeite morgen im Duchess. Glaubst du, du hältst es einen ganzen Tag lang ohne mich aus?«

»Nein. Ich meine ja. Ich meine, zu deiner Information, ich habe morgen schon was vor.« Hastig nahm ich Zoes Einladung an und fuhr fort, durch meinen Kalender zu scrollen, als gelte es, weitere Einladungen in Erwägung zu ziehen. *Busy, busy!* »Ich versuche nur, mir einen Überblick über deine Terminplanung zu verschaffen, für meinen Vater. Ich bin bei der Reparatur der Hog seine Partnerin, und ich habe vor, deine Arbeit aus nächster Nähe zu managen. Kapiert?«

Emilio machte einen Schritt auf mich zu und lächelte breit. »Was immer du sagst, *princesa.* Aber falls du wirklich so eng mit mir zusammenarbeiten willst, ziehst du dir besser was anderes an.« Sein Blick wanderte mein mit Spitze besetztes rosafarbenes Oberteil und die weiße Caprihose hinunter, seine bescheuerten Grübchen waren ein warnendes Leuchtfeuer. »Hier drin wird es diesen Sommer ganz schön schmutzig zur Sache gehen.«

4

Christina hatte große Pläne für diesen Sommer, darunter, möglichst viele Schichten im *Witch's Brew* zu übernehmen und die Bergsteiger abzuchecken, die bei uns haltmachten, bevor sie die East Animas in Angriff nahmen. Sie hatte behauptet, all die minutiösen Beobachtungen würden ihr bei ihrem Soziologiestudium in Berkeley zugutekommen.

Zoe und ich sollten als ihre Rechercheassistentinnen fungieren. In Gänsefüßchen.

Bis jetzt sah es aus, als hätte Zoe ihren Teil der Abmachung eingehalten – nachdem ich an diesem Morgen im Café eingetroffen war, hatte ich ganze fünf Minuten gebraucht, um ihre Aufmerksamkeit von der Horde Jungs am Tresen abzulenken.

Ich hatte mich bemüht, genug Zeit mit den Mädels zu verbringen, um meinen BF-Status zu behaupten, sie wissen zu lassen, dass ich nach wie vor zu ihnen gehörte, nach wie vor an sie dachte. Aber die Sache mit Papi wurde allmählich heftiger, und seit er nicht mehr arbeitete, hatte Mom zusätzliche Schichten am NICU in Willow Brush übernommen, was Überstunden für uns alle bedeutete. Ich hatte meine besten Freundinnen seit Wochen nicht gesehen.

Ursprünglich hatte ich Zoes Einladung nur angenommen, um Emilio etwas zu beweisen – was, das wusste ich nicht –, aber jetzt war ich froh, dass ich es getan hatte.

»Ihr zwei habt mir gefehlt«, sagte ich. Und das war die reine Wahrheit.

»Du hast mir auch gefehlt!«, sagte Zoe, und Christina nickte, sonnengebräunt und zum Anbeißen in ihrer lila Witch's-Brew-Schürze. Auf der Vorderseite, neben ihrem Namensschild, war ein kleines Emblem eingestickt, eine schwarze Hexe vor einem weißen Mond, die auf ihrem Besenstiel ritt.

»Ich hätte dich so gern angerufen, aber ich wusste nicht …« Christinas Blick schoss kurz zu Papi hinüber, den ich an einem Tisch am Fenster geparkt hatte. Er trug seine *Arañas*-Lederjacke, die er vor Kurzem wieder ausgegraben hatte. Ihr Lächeln hatte geflackert, als er vorhin in meinem Kielwasser das Café betreten hatte, aber sie hatte sich rasch zusammengerissen und ihm einen Gratis-Blaubeerscone und einen Becher Dark-Moon-Röstung gebracht. Als er sie nach ihren Sommerplänen gefragt hatte, hatte sie vorgegeben, ihn nicht gehört zu haben, und war zurück hinter den Tresen gesaust, um einem nach Koffein lechzenden Bergsteiger zu Hilfe zu eilen.

Ich stellte meinen eisgekühlten Javakaffee und eine Tüte Salzkaramellen auf den Tisch. »Was ist mit Sand Dunes? Haben wir uns schon auf ein Datum geeinigt?«

Zoe grinste so breit und strahlend, dass jede einzelne ihrer Zehnmillionen Sommersprossen aufleuchtete und ihre roten Locken auf der Stelle auf und ab zu hüpfen schienen. »Yay! Ich habe dir doch gesagt, sie würde nicht kneifen!«

Die Worte waren für Christina bestimmt gewesen, aber

unsere Lieblingskaffeehexe war vollauf damit beschäftigt, Papi zu beobachten und vor lauter Angst, er könnte womöglich wieder ausrasten, den Atem anzuhalten.

Ich konnte es ihr nicht verübeln. Als sie Papi das letzte Mal gesehen hatte, hatte er ihr vorgeworfen, ihn vergiften zu wollen.

Ein Truthahnsandwich. Damit hatte alles angefangen.

Einer der Freiwilligen beim BHS-Familienpicknick hatte es irrtümlich als Roastbeef etikettiert und Christina hatte es in bester Absicht als solches an Papi weitergereicht.

Dieser kleine Fehler hatte alles verändert.

Den Truthahnsandwichvorfall (TSV) nannten Mom und ich es später. Alle waren dort und bekamen es mit. Alle Schüler des Abschlussjahrgangs. Eltern. Geschwister. Lehrer. Der Schulleiter.

Und so reagierten meine Freunde: geschockt. Verwirrt. Verängstigt. Und dann das Schlimmste: mitleidig. Ich hatte ihnen bis dahin noch nichts von der Diagnose erzählt – Mom wollte es so lang wie möglich in der Familie halten –, und innerhalb von fünf Minuten war alles, was mich zu *mir* machte, ausgelöscht. Ich hatte mich von Jude Hernandez, beste Freundin, Theaterverrückte, Bücherwurm, schlechte Zeichnerin, Kennerin salziger Snacks, in Jude Hernandez, Tochter des Gestörten, verwandelt.

Er war nicht gestört. Er hatte Alzheimer. Und er mochte keinen Truthahn. Er mochte ihn ganz und gar nicht.

Genauso wenig wie ich seitdem.

»Das würde ich um nichts in der Welt verpassen wollen«, sagte ich mit einer gehörigen Portion Enthusiasmus. »Wann fahren wir los?«

»Am zwanzigsten August«, erwiderte Zoe. »Plus minus einen Tag.«

Damit blieben uns mehr als zwei Monate, um das Motorrad wieder in Schuss zu bringen.

»Perfekt«, sagte ich.

Zoe strahlte. »Schauen wir morgen bei Target vorbei? Und decken uns mit Urlaubsklamotten ein?«

»Ich habe morgen eine Doppelschicht«, sagte Christina. »Wie wär's mit Freitag?«

»Ihr müsst euch ohne mich eindecken.« Ich erzählte ihnen eine Version unseres Motorradprojekts, die sich auf die Highlights beschränkte, und ließ dabei den Namen des Mechanikers unter den Tisch fallen. Emilio und seine Brüder waren zu Mittelstufenzeiten öfter Gegenstand von Jude-und-Zoe-Schmachtorgien gewesen als die Cullens, die Lightwoods oder irgendwelche anderen geheimnisvollen, wenngleich erfundenen bösen Jungs, für die wir damals geschwärmt hatten, und sie wäre ausgeflippt, wenn sie gewusst hätte, dass er wieder aufgetaucht war. Bei mir zu Hause. Und den ganzen Sommer bleiben würde.

»Ich kann nicht von zu Hause weg«, sagte ich. »Ich muss die Sache für meinen Dad im Auge behalten.«

»Den ganzen Sommer über?«, fragte Christina.

Ich warf mir ein paar Bonbons in den Mund und zuckte mit den Schultern. »Der Mechaniker hat versprochen, fertig zu sein, bevor wir drei aufbrechen.«

»Aber es ist unser letzter Sommer.« Zoes Sommersprossen büßten an Strahlkraft ein. »Was ist mit dem Stück?«

Das Upstart-Crow-Theater inszenierte diesen Sommer *Alice im Wunderland* mit Zoe als Herzkönigin. Sechs Monate zuvor hatten sie und ich noch Pläne geschmiedet: Sie würde die Königin sein, ich wäre Alice, und wir würden den ganzen Sommer proben, damit wir es absolut perfekt hinbekämen. Eine standesgemäße Verneigung vor unserem letzten Sommer.

Als ich dann den Rückzieher gemacht hatte, für die Rolle vorzusprechen, hatte ich versprochen, trotzdem noch hinter der Bühne zu helfen, bei den Proben, mit den Kostümen, bei allem, was ich während der Produktion übernehmen konnte. Doch nun würde selbst das unmöglich sein.

»Ich kann nicht«, sagte ich.

»Okay. Ich kapiere, dass du zu Hause helfen musst«, sagte Zoe. »Aber du hast gerade deinen Abschluss gemacht. Und bald werden wir aufs College gehen und dann werden wir uns um einen richtigen Job bemühen müssen und einen Hauskredit und all diesen Mist. Das hier ist unsere letzte Chance, einen normalen Teenagersommer zu verbringen.«

Ich kaute auf meinem Strohhalm. Ein normaler Teenagersommer? Was sollte das überhaupt sein?

»Wenigstens kommt sie mit nach Sand Dunes«, sagte Christina.

»Das will ich ihr auch geraten haben.« Zoe stupste mein Knie mit ihrem an, und ich schluckte den Kloß in meinem Hals hinunter und wartete darauf, dass er sich wieder in meiner Brust festsetzte, wo er sich nach Papis Diagnose im Januar dauerhaft eingenistet hatte. Ich hatte Zoe und Christina kurz nach dem unsäglichen Picknick davon erzählt, aber sie begriffen nicht wirklich, wie jemand, der so jung war wie Papi, eine Krankheit haben konnte, die sie mit Omas und Opas in Verbindung brachten, mit zerbrechlichen alten

Körpern, die der Zahn der Zeit in die Knie gezwungen und ausgelaugt hatte. Selbst ich begriff es nicht. Papi hatte noch immer die lockigen schwarzen Haare und die sonnengebräunte Haut seiner Jugend; er war breitschultrig und stark, und jedes Mal, wenn ich ihn ansah, glaubte ein Teil von mir nach wie vor, dass er die Krankheit überwinden würde, dass er eines Tages beschließen würde, genug sei genug, und sie abschütteln würde, so wie bisher noch jede Grippe und jeden gebrochenen Knochen.

Offensichtlich war heute nicht dieser Tag.

Aus dem Augenwinkel ertappte ich Papi dabei, wie er auf kürzestem Weg zur Tür strebte. Er hatte sein Scone nicht ganz aufgegessen, trug aber einen großen Teil davon auf seinem T-Shirt nach Hause, wie mir auffiel, als ich näher kam.

»Papi, alles okay?«

»He?«

»Können wir noch ein paar Minuten hierbleiben?«

Er musterte mich einen Moment lang, dann kehrte er zu seinem Tisch am Fenster zurück.

»Sorry«, sagte ich, als ich wieder bei den Mädels war. Sie wechselten einen nervösen Blick, und ich zerbrach mir den Kopf, was ich sagen konnte, um das Gespräch wieder in Gang zu bringen. »Noch irgendwelche Ideen wegen des Trips?«

Zoe lehnte sich auf ihrem Stuhl zurück. »Wir haben überlegt, ein Auto zu mieten, damit wir uns keine Sorgen machen müssen, eine Panne zu haben.«

»Gute Idee. Was noch?« Ich schlürfte meinen Kaffee, während ich darauf wartete, dass sie fortfuhr.

»Unterwegs gibt es ein paar coole Sachen, die wir uns ansehen können, wie zum Beispiel …«

»Jude?« Christinas Miene war verzerrt und aschfahl. »Dein Dad … wühlt im Müll.«

Ich folgte ihrem Blick quer durch das Café. Und klar steckte Papi mit beiden Armen bis zu den Ellbogen im Mülleimer.

»Ich brauche etwas.« Er richtete sich auf und sah mich an, als sollte das eigentlich offensichtlich sein. »Es ist nicht hier. Ich denke … ich muss jetzt gehen.«

Die Sonne war trügerisch heiter und warm, und sobald wir nach draußen kamen, blieb er stehen und badete in ihrem Licht. Hinter uns fegte eine der anderen Kaffeehexen eine Familie Steppenläufer vom Bürgersteig, und Papi beobachtete, wie sie sich von der Luftströmung mitreißen ließen und sich die Straße hinunterwirbelnd davonmachten.

»Da lang.« Er ging über die Straße zu Grants Drogerie und scheuchte mich in den Laden hinein. Er schnappte sich einen Einkaufswagen, und die Alarmglocke in meinem Kopf schrillte schwach, aber bevor ich weitere Fragen stellen konnte, rief Mari an.

Mari ist nicht die Sorte Schwester, die man so einfach auf die Mailbox weiterleitet.

»Bereit für Maris Online-Dating-Fiasko die Siebzehnte?«, fragte sie fröhlich, kaum dass ich abgehoben hatte.

Sie begann zu erzählen, ohne meine Antwort abzuwarten, und redete wie ein Wasserfall auf mich ein, während ich hinter Papi her durch den Laden trottete – er kurvte ohne anzuhalten an den Kühltruhen vorbei, durch den Gang mit den Fußpflegemitteln, vorbei an den Vitamintabletten und Fischölpillen, bis zur Regalwand *Alles für Ihr Baby*.

»Ihm fehlte also nicht bloß ein Zahn«, sagte Mari gerade,

als wir bei den Windeln ankamen, »sondern er war auch noch verheiratet!«

»*Iiih.*« Es war das einzige Wort, das einzuwerfen ich bis jetzt geschafft hatte, und Mari kicherte.

»Genau, oder? Er hätte sich doch längst 'ne Krone besorgen können!«

»Ich meinte den Teil mit dem Verheiratet-Sein. Bleib dran.« Ich hielt die Sprechmuschel zu und drehte mich zu Papi um. »Können wir wieder?«

»Ah!« Er lächelte und tippte sich an die Stirn. »Falscher Gang. Hier lang.«

»... der letzte Typ hatte zumindest sämtliche Zähne.« Mari plapperte ahnungslos weiter. »Aber er wohnte bei seiner Mutter im Keller in Capitol Hill, also konnte das mit uns offensichtlich nirgendwohin führen.«

»Papi, wonach suchst du?«

»Papi ist da?«, sagte Mari. »Gib ihn mir mal.«

»Wir ... sind gerade einkaufen.« Ich ließ den Teil aus, der davon handelte, dass wir gerade im Gang mit den Hygieneartikeln standen und akribisch rosafarbene und blaue Schachteln unter die Lupe nahmen, als enthielten sie irgendeinen geheimen Code, während der arme Junge, der die Schwangerschaftstests auffüllte, sich krampfhaft bemühte, uns nicht anzustarren.

»Was macht ihr zwei heute sonst noch so?«, fragte Mari.

»Kaffeetrinken mit den Mädels. Vielleicht ... angeln gehen? Ich weiß nicht. Was hast du gerade über den Kellertypen gesagt?«

Papi schnappte sich eine Packung Tampons aus dem Regal. »Vier Mädchen«, erzählte er dem Auffülljungen. Er schwenkte die rosa-weiße Schachtel herum, als wäre es eine Fahne.

»Mit wem redet er da?«, fragte Mari.

Ich hielt das Telefon ans andere Ohr und griff in den Einkaufswagen, um die Packung wieder herauszunehmen. »Nur mit dem Jungen, der die Waren auffüllt.«

»Wir brauchen die, Juju.« Papi nahm mir die Packung aus der Hand und ließ sie zurück in den Wagen fallen, dann fügte er noch ein paar mehr hinzu. Der Junge lächelte unbehaglich. Gott sei Dank kannte ich ihn nicht aus der Schule.

»Jedenfalls«, sagte Mari, als näherten wir uns nicht gerade Alarmstufe Rot im Tampongang, »werde ich mein *Match*-Profil löschen.«

Ich versuchte, den Einkaufswagen davonzusteuern, aber Papi rührte sich nicht vom Fleck.

»Tu dir selbst einen Gefallen, Sohn.« Seine Stimme wurde lauter, während er die Hygieneartikel für Frauen schneller in den Einkaufswagen schaufelte, als ich sie ins Regal zurückstellen konnte.

»Juju?«, sagte Mari. »Was ist da los?«

Mir schnürte sich die Kehle zu, als ich ein Schluchzen unterdrückte. Ich schaffte das nicht ohne sie, ohne Celi oder Lourdes. Mom arbeitete so viel, und Papi ging es immer schlechter, und alles drohte auseinanderzubrechen …

»Papi ist durcheinander«, sagte ich. »Er flippt gerade aus und …«

»Wo bist du?« Ihr Ton wurde alarmiert. »Kannst du Mom anrufen?«

»Sie ist auf der Arbeit. Was mache ich jetzt?«

»Was ist mit Zoe? Juju? Jude!« Mari wurde panisch. »Muss ich die Polizei rufen?«

Polizei? Das Wort sandte einen Stromschlag durch mein Herz und befreite mich aus meiner Schockstarre. Nein. Wenn die Cops hier auftauchten, würde die ganze Angelegenheit nur noch beschämender für Papi – für jeden von uns. Ich musste mich darum kümmern. Wir konnten die Tampons kaufen, wenn es denn sein musste, einen Vorrat für das nächste Jahrzehnt anlegen, solange es uns auf schnellstem Wege hier rausbrachte.

Ich holte tief Luft. »Nein. Ich hab's im Griff. Sorry … falscher Alarm. Aber ich hör dich kaum noch. Melde mich später noch mal!« Ich schaltete das Handy aus und ließ es in meine Hosentasche gleiten. Mit der anderen Hand griff ich nach Papi.

»Falls du je Mädchen bekommst«, erzählte er dem Auffülljungen, »kauf Anteile von diesen Unternehmen. Wenn du dann erst einmal in meinem Alter bist, werden dir Tampax, Kortex und alles andere gehören, das auf -x endet.«

»Okay, Papi«, sagte ich. »Guter Anlagetipp. Lass uns nach Hause gehen und Mittag essen.«

»Lourdes, deine Schwestern werden mich umbringen, wenn ich ohne dieses Zeug nach Hause komme.« Seine Stimme wurde mit jedem Wort lauter.

»Wir kommen später wieder«, sagte ich. »Ich weiß nicht, welche Marke sie wollen.« Das Telefon summte an meinem Hüftknochen. Mari.

»Es ist diese Marke hier. Ich bin mir sicher.« Er ließ eine weitere Schachtel in den Wagen fallen – einen Schwangerschaftstest.

»Den brauchen sie definitiv nicht.« Ich versuchte, die Schachtel zurück ins Regal zu legen, aber er packte mich am Arm.

»Was tust du da?«, fragte er.

»Das ist ein Schwangerschaftstest, Papi. Ich dachte, wir wollten Tampons kaufen?«

Und damit ist unsere Liste der zehn Dinge vollständig, die kein Mädchen je gezwungen sein sollte, zu seinem Vater zu sagen!

Papi schnappte sich den Test aus meinen Händen, warf ihn zurück in den Einkaufswagen. »Junge Dame, ich denke, ich weiß selbst, was für Schuhe meine Töchter tragen.«

Der Kloß war wieder zurück in meinem Hals, wo er mir die Luft abzuschnüren drohte. Mein Handy summte und summte, und die grellen Lampen über unseren Köpfen versengten meine Haut, und ich drückte sanft Papis Hand und beugte mich näher zu ihm, um ihm ins Ohr zu flüstern: »Bitte, Papi. Ich bin am Verhungern. Können wir uns etwas zu essen besorgen?«

»Ich bin nicht hungrig.« Er entzog sich meinem Griff und schmuggelte eine grellgelbe Packung Binden in den Wagen.

»Jude?«

Ich wandte mich der Stimme am Ende des Ganges zu: Zoe, die Hände in die Hüften gestemmt, die rotgoldenen Locken von den Neonleuchtröhren über uns angestrahlt. »Was …«

»Oh, gut, Mariposa ist hier. Ist das die Sorte, die du magst, *querida*?« Papi streckte den Arm nach ihr aus, als sie näher kam, und hielt eine Packung Binden hoch, damit sie sie sehen konnte.

»Papi«, sagte ich leise. »Das ist Zoe. Mariposa ist nicht hier.«

»Zoe?« Er sah sie an, als sei sie eine Fremde, als hätte sie nicht den Großteil ihrer Kindheit in unserem Garten gezeltet und Eiscremetüten aus unserer Tiefkühltruhe stibitzt. Ich nickte langsam, während ich gleichzeitig betete, dass Zoe nichts sagen würde, das den Schaltkreis zwischen seinen Ohren weiter zerhackstückte.

Auf seinem Gesicht breitete sich Wiedererkennen aus. »Braucht ihr … braucht ihr Mädchen jemanden, der euch zur Schule fährt? Oder … nein. Zuerst muss ich ein paar Dinge für Araceli besorgen, dann können wir … Sind wir bei *Burger Barn*?« Er verlor den Faden, seine Augen waren plötzlich ganz rot und füllten sich mit Tränen.

Zoe rührte sich nicht. Ich wollte, dass sie ging. Dass sie sich ohne ein weiteres Wort umdrehte und vergaß, dass sie hier gewesen war. Denn wenn es etwas gab, das schlimmer war, als einem erwachsenen Mann dabei zuzusehen, wie er im Gang mit den Tampons durchdrehte, war es, einen erwachsenen Mann weinen zu sehen, weil er sich nicht erinnerte, wie er überhaupt im Gang mit den Tampons gelandet war.

Zoe rührte sich nicht vom Fleck, und Papi drehte den Kopf nach rechts und nach links, als ob ihm das helfen würde, sich zurechtzufinden. Der Auffülljunge kehrte an seine Arbeit zurück, aber er sortierte wieder und wieder dieselben Schachteln, mit knallrot leuchtendem Nacken und hochroten Ohren.

Papi sah sich weiter nach allen Seiten um, sprachlos und beschämt, und ich schloss die Augen, innerlich das Mantra abspulend, mit dem die Sozialarbeiterin uns beglückt hatte, nachdem wir die Diagnose bekommen hatten: Das ist nicht mein Vater, das ist die Krankheit. Das ist nicht mein Vater, das ist die Krankheit …

»Wir sind in der Drogerie«, erklärte ich ihm. »Wir waren erst letztens bei *Burger Barn,* also lass uns heute ins *Cantina* gehen. Ich habe schon die ganze Zeit wahnsinnigen Appetit auf ihre Nachos und Guacamole.«

Ich berührte Papis Ellbogen und sein Blick wurde wacher. Er sah mit neu gewonnener Klarheit von mir zu Zoe, scharf und entschlossen.

»Meine Töchter haben mich beauftragt, dieses Zeugs für sie zu besorgen, ist das zu glauben? Aber ich mache es. Denn man tut, was man kann, stimmt's?«

Zoe rang sich ein Lächeln ab. »Jude, *ähm,* lass uns ein andermal Kaffee trinken gehen. Ich sag Christina Bescheid … *äh* … ruf mich an, wenn du zu Hause bist, okay?«

Ihr Blick war glasig und zuckte unruhig hin und her, und im nächsten Moment schoss sie auf den Ausgang zu, als stünde der Laden in Flammen, und eine Frau hinter uns flüsterte ihrer Begleitung zu: »Ich glaube, das ist ihr Vater. Armes Ding.«

»Lass uns was essen gehen.« Ich zupfte Papi am Ärmel, aber er schüttelte mich sofort ab.

»Jude Hernandez, du wirst dich jetzt zusammenreißen und dich in der Öffentlichkeit anständig benehmen.«

Ich war wieder fünf Jahre alt, zerfloss in der Hitze Colorados und jammerte, weil ich nach einem langen Tag voller Besorgungen endlich nach Hause wollte. Leute beobachteten uns, ihre Blicke brannten sich in meine Haut. Das

Handy summte ununterbrochen in meiner Hosentasche und meine Zunge war unförmig und dumm und nutzlos. »Papi …«

»*¡Cállate!*« Sein Befehl war kurz und bestimmt, und ich befolgte seine Anweisung: Ich hielt die Klappe. Er ließ die nächste Schachtel in den Wagen fallen, während ich einen Riss im Boden anstarrte und mir wünschte, er würde sich weiter auftun, mich verschlingen und tief in der roten Erde bei den Dinosaurierknochen begraben. Aber das tat er nicht, und die Leute liefen weiter an uns vorbei und rempelten mich an, und Papi belud den Einkaufswagen und …

»Wenn das nicht meine Lieblings-Hernandezes sind!« Emilio kam den Gang heruntergestapft, die Arme mit genügend Süßigkeiten und Chips beladen, um die gesamte Werkstattcrew zu versorgen. Als er die wacklige Pyramide aus rosa und blauen Schachteln in unserem Einkaufswagen bemerkte, wurden seine Augen groß.

Mir blieb keine Zeit, Entsetzen über diese ungeheure Demütigung zu empfinden. Papi war nur drei Minuten von einer vollständigen nuklearen Kernschmelze entfernt. Und das im Gang mit den Hygieneartikeln. Wir mussten hier weg. *Rápido*.

»Wir gehen gerade«, sagte ich. »Wir mussten nur ein paar Sachen … für meine Mutter besorgen. Und meine Tanten. Und all meine Cousinen.« *Obwohl sie in Argentinien leben, wo sie ihre eigenen Tampons anbauen.* »Bist du so weit, Papi?«

Papi drehte sich zu Emilio um, einen weiteren Schwangerschaftstest in der Hand. »Hast du Kinder, *júnior*?«

Emilio sah mich mit hochgezogenen Augenbrauen an, aber ich hatte keine Antwort für ihn. Gab es eine richtige?

Eine falsche? Alles konnte Papi zurück in die Realität schnippsen oder über die Kante in den Abgrund stoßen.

»Nein, Sir«, sagte Emilio. »Hab auch noch keine Frau.«

Papi schnalzte mit der Zunge. »Ein gut aussehender Kerl wie du? Das ist ja kaum zu glauben.«

»Finde ich auch.« Emilio wurde lockerer, das Lächeln auf seinem Gesicht war aufrichtig. »Ich bin froh, dass ihr mir über den Weg gelaufen seid. Ich habe diesen Blog über Oldtimer-Harleys entdeckt und …«

»Harleys? Bin ich früher auch gefahren. Eine Einundsechziger mit Duo-Glide«, warf Papi ein.

Emilios Augenbrauen zogen sich zusammen, aber ich schüttelte den Kopf, um ihm zu bedeuten: Frag nicht, spiel einfach mit. Und er machte mit. »Ja, hab ich gehört.«

»Aber das Leben hält so manches für einen bereit. Bringt nichts, sich an die Vergangenheit zu klammern.« Er hielt den Schwangerschafstest hoch und warf ihn in den Wagen. »Wisst ihr zwei, ob sie die … wie heißen sie noch gleich haben?« Papi zeichnete mit den Händen eine runde Form in die Luft.

»Wonach suchst du?«, fragte ich.

»Du weißt schon. Die … Dinger. Für die …« Er schloss die Augen, das Gesicht vor Konzentration und Frustration verzerrt. »Verdammt! Gott verdammt!«

Emilio sah mich über den Einkaufswagen hinweg an. Ich hätte mich am liebsten vor Panik und Scham gewunden, aber sein Blick wankte nicht. »Sing, Jude.«

Papi ballte eine Hand zur Faust und prügelte damit auf den Griff des Einkaufswagens ein, hämmerte immer weiter, und bei jedem Schlag fluchte er. Der Auffülljunge stand nun doch vom Boden auf.

»Miss?«, sagte er. »Möchten Sie, dass ich jemanden rufe?«

Emilio hob die Hand, schickte den Jungen in die Warteschleife. »Hat er ein Lieblingslied, Jude?«

»Ich habe keine … ich weiß es nicht.«

Hatte er eins?

Papi prügelte weiter auf den Wagen ein, und ich durchforstete meine Erinnerungen, so weit sie zurückreichten, auf der Suche nach einer Melodie, ein paar Zeilen, einer Strophe. Mein Gedächtnis bot mir fröhliche Geburtstagsständchen an, Erkennungsmelodien aus dem Fernsehen, Moms Tango-CDs, aber keine Erinnerung an etwas, das ich ihn hatte singen hören, nichts, wofür er je das Radio aufgedreht hätte.

Jeder hat ein Lieblingslied … Wieso kenne ich seins nicht?

»Ich sollte den Geschäftsführer holen«, sagte der Auffülljunge.

»Wir haben alles im Griff«, versicherte ihm Emilio. »Jude, sing etwas. Irgendetwas. Wir müssen ihn ablenken, ihn dazu bringen, sich zu beruhigen.«

Ich räusperte mich und begann *Many a New Day* aus dem Musical *Oklahoma!* zu singen, was Papi hoffentlich zu schätzen wissen würde, weil er doch auf dem Westerntrip war. Meine Stimme war zuerst unsicher, aber Papi hörte auf zu hämmern, lächelte sogar, und ich machte weiter.

Never have I wept into my tea over the deal someone doled me …

Am Ende meines Drogerie-Konzertdebüts ließ Papi den Einkaufswagen stehen, der nur wenige Augenblicke zuvor noch seine ganze Welt gewesen war. »Du hast die Stimme eines Engels, Juju. Wie kommt es, dass du nicht mehr singst?«

Ich zuckte mit den Schultern, aber tief in mir schlug die Scham ihre Klauen in meine Eingeweide. Ich hatte ihn manipuliert, ihn hereingelegt, wie man es mit einem kleinen Kind macht, das einen Wutanfall hat, und ihm ein neues, glänzendes Spielzeug angeboten, damit er endlich aufhörte.

»Nun, das solltest du aber.« Papi legte seinen Arm um meine Schulter. »Hast du Hunger, *queridita*? Sollen wir uns etwas zu essen holen?«

Und einfach so lösten sich Wut und Verwirrung in Luft auf, und jeder im Laden kehrte zu seinen Vitaminpillen und Grußkarten und Aftersunlotionen zurück, als sei nichts passiert.

Ruhe folgte auf den Sturm, eine vorübergehende Entspannung, falsch und trügerisch.

So und nicht anders herrschte *El Demonio*.

5

»Woher weißt du so viel über Motorräder?« Ich hockte auf der Werkbank und öffnete eine Coladose. Jetzt, da Emilio seine Motorradflüsterershow beendet hatte, hoffte ich inständig, dass meine Tage als stumme Zuschauerin der Vergangenheit angehörten, insbesondere weil Papi sich hingelegt hatte, um ein Nachmittagsschläfchen zu halten, und Emilio den Tamponvorfall vom Vortag noch immer nicht erwähnt hatte und jede weitere herabschwebende Feder aus ungesagten Worten mich zermalmen würde.

Emilio zuckte mit den Achseln. »Mein Paps war Motorradfan. Und meine Onkel waren es auch. Von meinen Brüdern konnte dagegen keiner was damit anfangen.« Er erwiderte meinen Blick einen Moment lang, während sich so etwas wie ein Schatten auf sein Gesicht legte. Bedauern womöglich? Schuldgefühle? Ich schluckte meine eigenen hinunter und hoffte, er würde meine Schwestern nicht erwähnen.

»Was ist mit deinem Dad?«, fragte ich. »Fährt er immer noch?«

Emilio wischte sich mit dem Handrücken über die Stirn. »Er ist in Puerto Rico bei meiner Großmutter. Ich sehe ihn nur zu Weihnachten.«

»Wo ist deine Mom?«

»Sie ist hier bei mir.«

»Sie sind geschieden?« Ich erinnerte mich nicht daran, dass Celi je etwas davon erzählt hatte. Vielleicht war es noch frisch. »Tut mir leid.«

»Nein, sie sind noch zusammen. Sie sind bloß … seltsam.« Es sah aus, als wollte er noch mehr sagen, doch dann verflüchtigte sich der Schatten und er gab mir mit einem Nicken zu verstehen, ich solle näher kommen. »Sieh dir das an.«

Ich kniete mich neben ihn und spähte in das Innere der Maschine. Er zeigte auf ein Ziehharmonikateil unter dem Tank, das aussah wie ein riesiges V, dessen Enden von zwei identischen Metallplatten gedeckelt wurden.

»Weißt du, warum die Leute verschiedene Spitznamen für die Harleys haben, wie Panhead oder Shovelhead?«, fragte er.

»Das hier ist eine Panhead.« Das hatte ich als Allererstes nachgeguckt, keine Chance, dass ich es je vergessen würde.

»Ja, aber wieso?«

Ich nahm noch einen Schluck von meiner Cola, während ich die Archive nach einem Hinweis durchsuchte. *Datei nicht gefunden.* »Ich hab's vergessen.«

»Es hat was mit der Form dieser Zylinderkopfabdeckungen zu tun.« Er löste eine der Metallplatten und reichte sie mir. »Siehst du, dass sie wie Pfannen aussehen?«

Ich nickte, und er zog ein Handbuch aus einem Stapel, den er mitgebracht hatte, und blätterte zu einer Seite in der Mitte des Buches, auf der die unterschiedlichen Modelle alle abgebildet waren.

»Das ist eine Shovelhead«, sagte er und zeigte darauf.

»Das hier ist eine Knucklehead. Valentina ist eine Duo-Glide Panhead, was bedeutet, dass sie die pfannenförmigen Abdeckungen hat und den Kickstarter. Man muss draufspringen, um den Motor anzuwerfen.«

»So wie bei deiner«, sagte ich. Es war mir aufgefallen, als er am anderen Tag von hier losgefahren war.

»Genau. Aber meine ist nachgerüstet. Man könnte sie auch mit dem Schlüssel starten, aber mir gefällt der Kick. Fünfundsechzig hat Harley die Electra Glide rausgebracht, die als Erste einen elektrischen Anlasser hatte.« Er ließ das Handbuch fallen und deutete erneut auf das Motorrad, ein Leuchten breitete sich über sein ganzes Gesicht aus. »Jetzt ist die Duo-Glide ein FLH-Modell, wobei das H für hohe Kompression steht – sie hat also mehr Power als die FL-Räder. Duo, weil sie die erste der *Big Twins* ist, die vorne und hinten über eine Federung verfügt …« Er verstummte und wandte den Blick ab, während er sich mit einer Hand durch den dichten Haarschopf fuhr, der an diesem Tag kopftuchlos war. Sein Gesicht leuchtete immer noch. »Entschuldige. Das hat dir dein Paps sicher alles schon erzählt, stimmt's?«

»Nur zum Teil.« Papi hatte sich nicht über die Technik oder die Harleyhistorie ausgelassen, aber er hatte mir alles andere über Valentina erzählt. Wie er auf sie gespart hatte, monatelang nach der richtigen gesucht hatte. »Sie hat zu mir gesprochen, Juju«, hatte er gesagt. »Sie hat meinen Namen gerufen.« Wenn man ihn die Geschichte erzählen hörte, war es die reine Magie gewesen und sie ein uraltes Juwel, mit dem sich sein Schicksal erfüllte.

»Bestimmt nicht umsonst, oder?«, sagte Emilio. »Es ist ganz schön abgefahren, dass ihr zwei das macht. Nicht viele

Mädchen hätten Interesse daran.« Er zuckte mit den Schultern und steckte seinen Kopf wieder ins Handbuch.

»Mädchen interessieren sich nicht für Harleys?«

»Das habe ich damit nicht …«

»Wofür dürfen wir uns denn dann interessieren? Das Heimchen am Herd zu spielen und uns nach dir zu verzehren?« Ich hatte ihn necken wollen, aber die Worte kamen recht schnippisch heraus, und Emilio hob die Augenbrauen.

»Hey, ich will deinen Träumen auf keinen Fall im Weg stehen oder so.«

Ich öffnete den Mund, um dem Trottel verbal eins überzubraten, aber anstelle einer geistreichen Antwort entschlüpfte mir ein gigantischer Rülpser.

»Gratulation!« Emilio lachte. »Du hast deinen Urinstinkten freie Bahn gelassen, *princesa*.«

»Das lag an der Cola! Und warum nennst du mich ständig Prinzessin?«

Emilio warf mir ein weiteres Lächeln zu, das seine Grübchen aufblitzen ließ, doch dann zuckte er nur mit den Schultern und wandte sich wieder dem Motorrad zu. Er stocherte herum und klopfte ab, beugte sich weiter vor, um ein paar Dinge am Motor zu überprüfen.

Und dann fing er an zu summen. Erst einen Ton, dann zwei, die erste Zeile, die zweite …

Märchen schreibt die Zeit aus *Die Schöne und das Biest*. Es war vergangenes Jahr das Schulmusical gewesen. Ich hatte die Belle gespielt.

»Woher …«

»Hab die Aufführung gesehen«, erklärte er. »Mein Cousin Ben hat den Kerzenleuchter gespielt.«

Also *hatte* er mich von der Schule her wiedererkannt.

Mein Magen geriet in Aufruhr, als ich mir vorstellte, wie Emilio mich in Belles weitem gelben Kleid über die Bühne wirbeln sah, mit sprechenden Kerzen und Uhren herumspringend. Das Ganze kam mir inzwischen so albern vor. Und Ben war sein Cousin? Gott, gab es viele von diesen Vargas-Jungen. Auch wenn Ben ein Ribanowski ist, kein Vargas. Und dennoch. Ich fragte mich, ob meine Schwestern wussten, wie weit sich diese Dynastie von Herzensbrechern erstreckte? Es konnte durchaus sein, dass wir es hier mit einer landesweiten Pandemie zu tun hatten.

Emilio sah mich über die Schulter hinweg an. Er lächelte immer noch, als führe er etwas im Schilde. »Jedenfalls finde ich es saucool. Ich kenne kein anderes Mädchen, das den Sommer damit verbringen würde, mit seinem Paps eine alte Panhead zu reparieren. Mehr habe ich vorhin gar nicht gemeint.«

Seine Grübchen zerstreuten die Spannung zwischen uns und meine Schultern sackten unter dem Gewicht von Papis Geheimnis nach unten. Emilio musste wissen, dass etwas mit ihm nicht stimmte – es gab keine logische Erklärung für den Ausraster in der Drogerie, für die Ausflüge zum Mond, die seine Sätze alle naselang im Nichts enden ließen.

»Mein Vater … Das hier ist kein Sommerprojekt, das uns einander näherbringen soll.«

Emilios Miene war offen und neugierig, nicht wertend. Ich wollte ihm die Wahrheit erzählen, das Familiengeheimnis, das Mom so unbedingt wahren wollte, dasjenige, das ich mit dem Röhren von Valentinas repariertem Motor so unbedingt zerschmettern wollte. Aber die Worte versengten meine

Kehle, als würde die Krankheit beim Namen zu nennen eine weitere Wolke entfesseln, schwärzer als diejenige, die sich bereits über unsere Familie gelegt hatte, und ich ließ zu, dass sie auf meiner Zunge zu Staub zerfielen.

»Das mit gestern tut mir leid«, sagte ich schließlich. »Er wird manchmal müde. Das wirft ihn dann irgendwie aus der Bahn.«

Emilio hielt meinen Blick noch einen Moment lang fest, bedrängte mich aber nicht. Als er mich bat, ihm zu helfen, die Werkzeuge und Handbücher wegzuräumen, als wäre es keine große Sache, war ich so erleichtert, dass ich ihn am liebsten umarmt hätte.

Aber das würde ganz eindeutig *nicht* passieren.

»Die gute Nachricht?« Er wischte sich die Hände an einem Lappen ab. »Das hier ist ein gewaltiges Projekt. Ich muss sie komplett auseinandernehmen, reinigen und Stück für Stück wieder zusammensetzen.«

Wir verließen den Schuppen und gingen auf sein Motorrad zu, das neben Papis altem Truck geparkt war, und Emilio grinste. »Du wirst also sehr viel von meinem hübschen Gesicht zu sehen bekommen.«

»Was, bitte schön, soll daran gut sein?«

Er trat einen Schritt näher und sah mich herausfordernd an, ohne zu blinzeln, und mein Magen schlug Purzelbäume.

»Jude, ich hätte nie für möglich gehalten, dass ich einmal so empfinden würde, aber …«, er legte eine Hand auf sein Herz, »ich glaube, ich liebe …« Sein Blick ging mir durch Mark und Bein, und mein Atem stockte, als er seine Lippen anfeuchtete und sich vorbeugte …

»Eure *empanadas*«, flüsterte er.

Ich fuhr blitzschnell zurück. »Das war eine einmalige Sache.«

Emilio beugte sich noch weiter vor und verringerte so den Abstand zwischen uns wieder. »Hey, mal im Ernst. Es ist ein cooles Projekt. Das beste, das ich je übernehmen durfte.« Er ließ sein Schlüsselbund um den Finger kreisen. Der Anhänger – die puerto-ricanische Flagge mit ihrem einen Stern – glitzerte in der Sonne, er war dort silbern, wo er weiß hätte sein sollen. »Lass die Ölwanne so stehen. Das alte Zeug muss vollständig rauslaufen.«

»Kein Problem. Brauchst du ein …«

Die Worte verflüchtigten sich in dem Moment, als ich Moms dunkelgrauen VW Jetta in die Einfahrt biegen sah.

»Sie kommt sonst nie so früh nach Hause! Ähm … geh.« Ich begegnete seinem Blick. Die Belustigung, die darin stand, wies keinen Hauch der Panik auf, die in meinem flackern musste. »Nein, ernsthaft. Gehst du bitte?«

Mom stellte den Motor ab und stieg aus dem Wagen.

»Ich glaube, sie hat mich schon gesehen.« Emilio versteifte sich. »Muss ich mir wegen irgendwas Sorgen machen?«

Es war zu spät. Sie war bereits auf dem Weg zu uns und musterte uns interessiert, während sie Schritt für Schritt näher kam. *Bitte bemerk die Familienähnlichkeit nicht …*

»Überlass das Reden mir«, sagte ich.

»*Hola, mi amor.*« Mom küsste mich auf die Wange und warf Emilio einen Seitenblick zu. »Wo ist dein Vater?«

»Er macht ein Nickerchen. Das ist …«

»Emilio«, sagte er, und ich zuckte zusammen, während ich gleichzeitig hoffte, dass er das V-Wort nicht aussprach.

Mom betrachtete ihn einen Moment abschätzend. »Bist du … Judes Neuer?«

»*Mom*! Herrgott.« Mari war diejenige, die in der Highschool wahllos was mit einer Reihe von Typen gehabt hatte. Der einzige Junge, den ich je mit nach Hause gebracht hatte, war Dylan Porter gewesen, mein erster, letzter und einziger Freund, und er war seit Ewigkeiten Geschichte. Genau genommen seit der zehnten Klasse. »Red nicht so einen Quatsch. Das ist der Mechaniker. Der, den wir angeheuert haben, um das Motorrad zu reparieren.«

»Oh! Tut mir leid, *querida*«, sagte Mom. »Ich war verwirrt. Ihr kommt mir bereits wie zwei alte Freunde vor.«

»Ich gebe mein Bestes, aber sie macht alle meine Versuche zunichte.« Emilio ließ ein weiteres Grübchenlächeln aufblitzen und beugte sich so dicht zu mir, dass unsere Arme sich streiften. Unter dem Geruch nach Öl und Metall stieg eine warme Wolke aus Leder und Weichspüler empor. Seine Gesichtsmuskeln zuckten, als bemühe er sich, nicht zu lachen.

Ich bemühte mich, nicht zu *sterben*. Nicht, dass das jemanden interessiert hätte.

»Bleibst du zum Essen, Emilio?«, fragte Mom. »Ich mache *milanesa napolitana*.«

»Er kann nicht«, warf ich ein, ehe sie zu einer genaueren Beschreibung ihrer köstlichen Kreation ansetzen konnte. Ich hätte es kommen sehen müssen. Menschen zu füttern – Freunde, Familie, notorisch böse Jungs –, war mehr oder weniger ihre Lebensaufgabe, eine heilige Mission, die sogar die Keine-Fremden-im-Haus-Regel übertrumpfte. »Er hat irgend so ’n Ding.«

Emilio lachte inzwischen laut. »Hab ich das?«

»Ja, du weißt schon. Dein Ding!« Ich blickte ihn mit großen, verzweifelten Augen an. *Basketballtraining, Schachklubtreffen, Monstertruckrallye … Lass dir was einfallen!*

»Stimmt. Mein … Ding. Hab ich wohl vergessen.«

»Ein andermal dann.« Mom musterte uns gefühlte fünf Stunden lang. »Oh! Typisch – ich quatsche euch noch ein Ohr ab. Ich lasse euch mal allein, damit ihr euch in Ruhe verabschieden könnt. Es war schön, dich kennenzulernen, Emilio. Ich weiß nicht, warum Juju erzählt hat, dein Name sei Eddie. Du siehst gar nicht wie ein Eddie aus. Emilio passt so viel besser zu dir …«

»Mom! Hör auf damit. Geh rein, bevor es Verletzte gibt.«

Sie errötete tatsächlich. Was war nur mit den Frauen dieser Familie los? Vargas war das reinste Hernandez-Lady-Kryptonit!

Gott sei Dank hatte ich die Gene meines Vaters.

»Nur gut, dass alle Eltern meinem Charme erliegen«, sagte Emilio, sobald meine Mutter weg war. »Andernfalls hätte ich als dein Freund schlechte Karten.«

Emilio zwinkerte mir zu, stieg auf sein Motorrad und sprang auf den Kickstarter, von dem ich dank seiner hilfreichen Lektion inzwischen wusste, dass er bloß Show war.

Wer ist der heiße Typ, den du an Land gezogen hast, um für euch zu arbeiten?

Wovon redet Mari da? Welcher heiße Typ?

OMG, wovon redet Celi da? Hast du einen neuen Freund?

NA ENDLICH! Ich hoffe nur, du passt auf!

Es waren erst weniger als zwei Stunden vergangen, seit Mom Emilio begegnet war, und auf meiner öffentlichen – ja, öffentlichen, danke sehr! – Facebookseite funkelten die Erbsenhirnkommentare meiner Schwestern um die Wette. War dieser Familie denn gar nichts heilig? Fünf Frauen, und nach Jahrzehnten, die wir Klatsch und Tratsch miteinander geteilt hatten, war es immer noch, als würden wir nonstop Stille Post spielen. Wenigstens hatte Mom seinen Namen weggelassen. Bis jetzt.

Löschtaste. Löschtaste. Löschtaste.

Ich ließ den Kopf auf die Schreibtischplatte sinken und schloss die Augen; die Fragen meiner Schwestern blinkten hinter meinen Augenlidern. Nein, ich hatte keinen Freund, nein, es gab also keinen Grund, aufzupassen. Und falls meine Schwestern herausfanden, wer dieser heiße Nichtfreund war, würden sie mich eh umbringen. Lourdes würde sich ins nächste Flugzeug nach New York setzen, Celi würde sie am JFK treffen, sie würden sich einen Prius mieten und den ganzen Weg nach Denver rasen, ohne auch nur eine Pinkelpause einzulegen. Dort würden sie sich Mari schnappen, und die heilige Dreifaltigkeit würde am nächsten Morgen bei uns auf der Matte stehen, mich beim Frühstück mit düsteren Blicken anfunkeln, die Hände in die Hüften stemmen und eine Erklärung verlangen.

»Alles ist gut«, sagte ich zu den Stofftiereulen auf meinem Bett. Das mit Emilio war nur eine vorübergehende Sache. Ein Mittel zum Zweck. Sobald das Motorrad lief, würde er aus meinem Leben verschwinden, und das Wort Vargas würde mir nie wieder über die Lippen kommen.

Aus.

Vorbei.

Terminado.

Ich nickte wie wild, als würde das den Wörtern helfen, sich festzusetzen, und es funktionierte ungefähr zehn Sekunden lang. Aber durch das wilde Genicke hatte ich ein Bild losgerüttelt, das mein Kopf eingefangen und ohne meine Erlaubnis abgespeichert hatte: Emilio, wie er mir zuzwinkerte und auf den Kickstarter sprang, woraufhin das Motorrad unter ihm röhrend zum Leben erwachte. Mein verräterisches kleines Biest von einem Herz flatterte.

Ich verstand es als das, was es war: eine Warnung. Das Herz – in seiner unendlichen Weisheit (und mit ein wenig diskreter Bestechung durch die Hormone) – mischte sich gehörig in diese ganze Vargasjunge-Angelegenheit ein. Und das Herz kannte die Bedeutung des Wortes *terminado* nicht.

6

Emilio Vargas hatte uns definitiv hängen gelassen.

Papi, Pancake und ich hatten zwei Stunden lang gewartet, bevor ich mir schließlich die Autoschlüssel schnappte und uns alle zum Duchess kutschierte.

Wer brauchte schon das Sommertheater? Ich spielte lässig von meinem Kopf aus in einer netten kleinen Produktion mit.

Die ganze Welt ist eine Bühne!

»Seid ihr etwa hier, um euch über den Jungen zu beschweren?« Duke blickte von seiner Zeitschrift auf und lächelte, als wir vor seinem Ladentisch auftauchten. »Ist nicht mal ’ne Woche.«

»Wir wollten uns nur mal das Zubehör angucken«, sagte Papi. Er hatte zugestimmt, mich die Sache regeln zu lassen, weil das mit diesem Emilio und mir zu passen schien *wie die Faust aufs Auge*. Oh ja, da passte durchaus etwas. Und zwar meine Faust auf sein Auge.

Duke lotste uns zu einer Reihe Haken, an denen verchromte Motorradteile und verstaubte Handbücher hingen, die aussahen, als stammten sie noch aus der Zeit der industriellen Revolution. Oder zumindest aus den Achtzigern.

»Arbeitet Emilio heute?«, fragte ich.

»Yep. Geh ruhig durch.« Duke deutete mit dem Daumen

auf die Glastür. »Bleib nur dicht an der Wand – da hinten fliegen zu viele lose Teile und scharfe Sachen rum.«

Ich wusste nicht, ob er damit die Maschinen oder die Jungs meinte, aber ich nahm mir vor, seinen Rat zu befolgen, und stieß die Tür auf. Sämtliche Augenpaare waren auf mich gerichtet, als mein Blick suchend über die Mannschaft glitt. Keine Spur von Mr Komm ich heute nicht, komm ich morgen.

»E!«, rief einer der Männer. »*Tu novia está aquí.*«

Deine Freundin ist hier? Ich kann nicht fassen, dass er ihnen davon erzählt hat.

»Ro-milio, Ro-milio!«, trompetete einer der anderen Kerle. Die übrigen kicherten. Sie waren schlimmer als Zoe und ich zu Mittelstufenzeiten nach einer Ahoi-Brause-Überdosis.

Emilio kam durch eine Tür im hinteren Teil der Werkstatt, die von einem Keil offen gehalten wurde. Er boxte den ersten Typen auf den Arm, als er an ihm vorbeiging, und ich stieß einen dramatischen Seufzer aus, der meinem Eins-a-Pokerface den letzten Schliff verlieh.

Es gab nur ein Problem.

Der verfluchte Ro-milio trug kein T-Shirt.

Er nickte mir zu, als er mich sah, und wandte sich kurz ab, um sich sein T-Shirt vom Sitz der blauen Honda zu greifen, an der ich ihn an jenem ersten Tag hatte schrauben sehen. Er hatte ein Tattoo auf seiner linken Schulter, Wörter und Zahlen in schwarzer Tinte, zu weit weg, als dass sie einen Sinn ergeben hätten. Da war eine fiese Narbe an seinem unteren Bauch und eine weitere an seiner rechten Schulter. Wahrscheinlich von einem Unfall, und ich fragte mich, was passiert sein mochte, aber ich wandte den Blick ab, als mir klar wurde, dass der Romilio-Rufer mich unverwandt anglotzte.

Was für ein Spanner!

Ich meine, der Typ. Nicht ich. Selbstverständlich.

Emilio streifte sich das T-Shirt über. »Weiß Duke, dass du hier hinten bist?«

Ich zwang mich dazu, meine Aufmerksamkeit auf die glänzenden Werkzeuge zu konzentrieren, die neben der Honda verteilt lagen. »Er hat gemeint, es sei okay.«

»Cool. Also …« Er rieb sich mit der Hand über sein Kopftuch und sämtliche Meine-Faust-auf-sein-Auge-Absichten lösten sich in Luft auf.

»Wo warst du heute?«, fragte ich. »Mein Vater hat zwei Stunden lang gewartet.«

Emilio schüttelte den Kopf. »Vor übermorgen läuft bei uns nichts.«

»Nicht?« Ich zog meinen Telefonkalender zu Rate. »Ich muss die Termine durcheinandergebracht haben. Ich hätte schwören können … Nein, du hast recht. Vor übermorgen läuft nichts. Was der Tag ist, an dem du kommst.«

»Bist du dir da sicher, *princesa*?« In Emilios Augen glitzerte ein neckendes Funkeln. »Vielleicht solltest du es dir diesmal auf Papier notieren.«

Hinter ihm flüsterten die drei Typen auf Spanisch und lachten, was die Demütigung nur noch größer machte, weil der eine von ihnen immer wieder sagte, wie heiß ich sei und dass er sich meines gebrochenen Herzens nur zu gerne annehmen würde, falls Emilio das Ding gegen die Wand fuhr. Und dann: *Murmel, murmel murmel*, nackt.

»Oh, Ro-milio!«, säuselte einer der drei. Das schrille Kreischen der schweren Bohrmaschine übertönte ihr Glucksen, aber Emilio zeigte sich unbeeindruckt. Er betrachtete mich immer noch mit jenem verschmitzten Funkeln in den Augen.

»Ich mag dich nicht«, sagte ich. »Nur damit wir uns verstehen.«

»Habe ich etwas falsch gemacht?«, fragte er. »Habe ich dich irgendwie beleidigt?«

»Nein, ich …«

»Bin ich nicht schön genug für dich?«

»Nein. Ich meine ja. Ich meine … ich mag dich nicht auf *die* Art.«

»Welche Art?« Er lächelte.

»Die Art, von der deine Freunde denken, dass sie hier zur Debatte stünde. Das tut sie nicht.«

»Komisch.« Er rieb sich das mit Stoppeln bedeckte Kinn und hob den Blick zur Decke, als würde er über die großen Fragen der Welt nachgrübeln. »Jemand muss dein Facebookaccount gehackt haben.«

»Hä?« Ich brachte nicht mehr als ein Krächzen heraus, ehe mein Hals sich zuschnürte. Im Ernst, es war wie ein anaphylaktischer Schock da drin.

»Man darf Sicherheit im Internet nicht für selbstverständlich halten, Jude. Wenn sich jemand in dein Account gehackt hat, solltest du ihn melden. Die Leute könnten deine Absichten missverstehen. Auf die falsche Idee kommen, was dich und mich betrifft.«

Ich hustete und starrte ihn wütend an, so wie die Berglöwen-Warnschilder auf den Wanderwegen es einem raten. *Machen Sie Lärm. Gucken Sie ihm fest in die Augen, um Ihre Überlegenheit zu demonstrieren. Sorgen Sie dafür, dass Sie größer wirken, als Sie sind.* »Es gibt kein ›dich und mich‹. Ich mag dich nicht. Nicht als Freund. Nicht als Kumpel. Nicht als irgendwas. Okay?«

»Okay. Also …« Er löste sein Kopftuch und band es neu, sodass es fester anlag. »Wieso bist du noch mal hier?«

Ich stampfte mit dem Fuß auf wie eine Fünfjährige. Was war mein Problem? Ich war mein ganzes Leben von Jungen umgeben gewesen – hatte auch eine Menge von ihnen geküsst, nicht nur Dylan Porter. Zugegeben, die anderen nur für die Schulaufführungen, aber trotzdem. Contenance, Leute. Ich besaß sie eimerweise.

Der Bohrer stieß ein paar kurze Zwitscher aus und ich fuhr zusammen. Mich in dieser Werkstatt aufzuhalten zog ganz offensichtlich mein Gehirn in Mitleidenschaft – wahrscheinlich hatten die Chemikalien, dass fehlende Sonnenlicht und die Lärmbelästigung auch etwas damit zu tun.

»Ich bin herkommen, um ein Missverständnis in unserer Terminabsprache aufzuklären«, sagte ich. »Aber offenbar ist dir das Prinzip einer Konversation unter Erwachsenen fremd, daher überlasse ich dich deinen Motorrädern und erwarte dich übermorgen. Und ich weiß nicht, gegen welche Hygienevorschriften du hier üblicherweise verstößt, aber bei mir zu Hause wirst du ein T-Shirt tragen.«

Der *Tu novia*-Kerl – ich meinte gehört zu haben, wie jemand ihn Samuel nannte – lachte. »*Chica loca*«, sagte er zu Emilio.

Ich warf ihm ein bitterböses Grinsen zu, das eins zu eins aus *Mari Hernandez' Universalhandbuch der Melodramatik* stammte. »Ich bin also verrückt? Ist das so?«

Sämtliche Mechaniker drehten sich mit einem dämlichen

Jungsgrinsen zu mir um, als hätten sie Erste-Reihe-Tickets für die Show. Aber ihnen stand eine Überraschung bevor. Ich war nicht hier, um für irgendwen den Alleinunterhalter zu spielen.

»*Si usted está buscando para un espectáculo, trate de* Netflix«, sagte ich. Dann pikste ich Emilio in die Brust. »*Día después de mañana. No llegues tarde.*«

Übermorgen. Komm nicht zu spät.

Wenn mir der spanische Ausdruck für Volltrottel eingefallen wäre, hätte ich ihn auch noch hinzugefügt.

»*¡Adiós!*« Ich schob mich an ihm vorbei und marschierte zurück in den Laden.

Duke blickte von seiner Lektüre auf. »Hatte ganz vergessen, dass du da hinten bist, Engelchen. Alles okay mit dir? Die Jungs haben dir doch nicht das Leben schwer gemacht, oder?«

Ich schüttelte den Kopf und erwiderte sein Lächeln, aber etwas fehlte …

Papi.

»Wo ist mein Vater?«

Duke blickte sich im Laden um. »Hm. Muss nach draußen gegangen sein.«

Ich lief das ganze Ladenlokal ab, obwohl es offensichtlich war, dass Papi nicht hier war. Duke überprüfte die Toiletten, aber das war ebenfalls eine Fehlanzeige. Ich steckte den Kopf zur Werkstatttür hinein. »Hat irgendwer meinen Vater gesehen?«

Die Männer sahen sich schulterzuckend um, aber Papi war nicht dort. Er war nirgendwo. Er musste zur Tür hinausspaziert sein, während ich mit dem blöden Emilio diskutiert hatte, der mich jetzt mit einer Mischung aus Neugierde und leichter Beunruhigung ansah.

Ich stürzte zur Ladentür hinaus.

»Er kann nicht weit gekommen sein.« Emilio war direkt hinter mir. Er spähte suchend die Straße hinauf und hinunter. »Buchhandlung und Drogerie sind in die Richtung und die Eisdiele da runter – das sind die wahrscheinlichsten Orte.«

»Woher willst du das wissen? Er könnte überall sein.«

Emilio hob eine Hand, um die Augen vor der grellen Sonne abzuschirmen. »Das sind unsere besten Optionen.«

»Es ist deine Schuld, dass er überhaupt abgehauen ist. Wenn du nicht so beschäftigt gewesen wärst, den großen Macker zu markieren …«

»Jude.« Emilio packte mich am Arm. »Lass uns deinen Paps finden, okay?«

Ich wollte ihm entgegenschleudern, dass ich absolut in der Lage sei, meinen Vater zu finden, aber das war ich ganz offensichtlich nicht, und Emilio war bereits in Richtung *Onkel Fuzzys Eisladen* davongegangen.

»Papi!« Meine Beine gaben beinah unter mir nach, als die Angst mich verließ. »Wo bist du gewesen?«

Papi lief neben Emilio her. Er löffelte Minzeis mit Schokostückchen in seinen Mund und schlenderte gemächlich mit Pancake den Bürgersteig entlang. »Ich hatte Lust auf ein Eis. Ich wusste ja nicht, wie lange du bei den Jungs sein würdest.«

»Du hast mir eine Riesenangst eingejagt!« Ich wischte hastig die Tränen ab, die mir aus den Augen quollen. Emilio muss mich für total irre gehalten haben, wie ich da an einem strahlend schönen Tag auf dem Bürgersteig stand und weinte, nur weil mein Vater – ein erwachsener Mann, der einst ohne GPS oder etwas, das auch nur entfernt an eine Karte erinnert hätte, auf einem Motorrad durch ganz Argentinien gefahren war – mit seinem Hund zwei Blocks die Straße hinuntergelaufen war.

Papi legte seinen Arm um mich und drückte mich fest, die Hand noch kalt von der Eiswaffel. »Es tut mir leid, Jujube. Ich wollte nicht, dass du dir Sorgen machst.«

»Das darfst du nicht machen, okay? Du musst mir Bescheid geben. Du kannst nicht …«

»Mir geht es gut. Es ist alles in Ordnung, *querida.*« Er tätschelte mir noch einmal die Schulter und trottete mit Pancake zur Bank einer Bushaltestelle hinüber, um sein Eis aufzuessen.

»Bist du okay?«, fragte Emilio. »Ich muss wieder zurück.«

»Ja, ich … tut mir leid, dass ich ausgerastet bin.« Ich hielt meine Stimme gesenkt, den Blick auf Papi gerichtet. »Es war meine Schuld. Es ist meine Aufgabe, auf ihn aufzupassen. Er ist … Ich hätte besser achtgeben müssen.«

»Was noch?«, fragte Emilio.

Ich schüttelte den Kopf. »Nur, dass es mir leidtut.«

»Nö, du wolltest noch mehr sagen. Das sehe ich. Du presst deine Lippen zusammen, wenn dir etwas durch den Kopf geht.«

»Mach ich nicht.« Ich ließ meinen Mund zuklappen, im nächsten Moment öffnete ich ihn wieder. Schloss ihn. Öffnete ihn. Dann wusste ich nicht mehr, was ich tun sollte, weil Emilio wahrscheinlich recht hatte, und *der* Gedanke machte mich wahnsinnig, also stand ich bloß mit leicht geöffneten Lippen da.

»Jude?« Emilio trat näher, sein Körper schirmte mich vor der Sonne ab, und mein Herz wurde schwer. Ich konnte das nicht schon wieder durchmachen. Die Blicke. Das Geflüster. Die unangenehme Stille, die sich breitmachte, wann immer die Leute daraufkamen, dass etwas mit Papi nicht stimmte. Ich kannte Emilio nicht einmal und ich sah es bereits kommen.

Er legte seine Hände auf meine Schultern und ich wappnete mich gegen die Enttäuschung. *Sorry, Jude, vielleicht ein andermal …*

»Alles klar zwischen uns?«, sagte er. »Wegen …«

»Tut mir leid«, sagte ich erneut. »Die Facebook-Sache … meine Schwestern … Sie … äh … leben nicht in der Stadt«, endete ich schließlich.

Bingo!

»Das ist … schön. Ich rede von dem Motorrad. Mittwoch ist abgemacht? T-Shirt erwünscht?« Emilio lächelte, und es war so … Stoppeln, Grübchen, Narbe.

Verdammt.

»Mittwoch«, sagte ich mit einer Bestimmtheit, von der ich hoffte, sie würde kaschieren, wie erleichtert ich darüber war, dass Emilio sich nicht hatte abschrecken lassen. »T-Shirt erwünscht.«

7

Ich rieb mir noch den Schlaf aus den Augen, als ich Papis Silhouette vor den Wintergartentüren erspähte. *Glastüren vor dem Rausgehen zur Seite schieben.*

Er drehte sich zu mir um, kniff die Augen zusammen, als handle es sich bei mir womöglich um einen Schatten, und ich musterte sein Outfit: graue Stoffhose mit einer Falte vom Kleiderbügel über jedem Knie. Hellgrünes Button-down-Hemd, Manschetten nicht zugeknöpft. Glänzende schwarze Schuhe, nicht zugebunden. Das Rasierwasser zu identifizieren dauerte einen Moment.

Rasierwasser. Das hatte mich aufgeweckt, erkannte ich. Der Geruch war mir nicht mehr vertraut, nach Monaten der Abwesenheit war er beinah zu etwas Fremden geworden.

»Papi?« Ich trat ins Licht. »*¿Hacerte un café?*« Es war ein alter Scherz, die Macht der Suggestion, derer er sich jahrelang bedient hatte, als meine Schwestern noch hier lebten. *Mach dir einen Kaffee!* Anders ausgedrückt: Mach mir einen Kaffee!

Aber dieses Mal lächelte er nicht, zwinkerte nicht oder wackelte mit dem Zeigefinger, als hätte ich ihn schließlich doch noch mit seinen eigenen Waffen geschlagen.

»Nein.« Er musterte seine Hände, die Stirn vor Konzentration gerunzelt. »Ich … ich glaube, ich bin für irgendetwas spät dran. Einen Termin?«

»Dein Termin ist erst morgen. Siehst du?« Ich führte ihn zu dem wiederbeschreibbaren Kalender, der inzwischen an unserem Kühlschrank hing. »Du hast dich im Datum vertan, das ist alles.«

Er guckte auf seine Armbanduhr und dann wieder zu den Glastüren hinaus. Pancake stupste ihn am Bein an und kläffte einmal kurz.

»Das ist nicht schlimm. Mir ist gestern dasselbe mit Emilio passiert, weißt du noch? Ich dachte, er käme zu spät, und …«

»Wir haben eine Betriebsversammlung.« Papis Gesicht war von der Anstrengung gezeichnet, nach etwas zu suchen, nach etwas zu streben, das er niemals finden würde, und als mir schließlich klar wurde, was dahintersteckte, erblühte ein dunkler Schmerz in meiner Brust.

Er war nicht wegen des Arzttermins am nächsten Tag verwirrt. Er hatte sich für die Arbeit zurechtgemacht, so wie dreißig Jahre lang jeden Wochentag; bis vor ein paar Monaten, als sie ihm freundlich nahegelegt hatten, in Frührente zu gehen – eine diplomatische Art, ihm die Berufsunfähigkeit zu bescheinigen.

»Du hast diesen Job nicht mehr«, sagte ich sanft. »Jetzt ist es dein Job, den ganzen Tag mit mir zu verbringen.«

Er brauchte wahrscheinlich nur eine Pause. Einen Tag, um sich zu entspannen, die Menschenmengen von Old Town zu meiden, nicht länger über Valentinas Probleme nachzugrübeln.

»Wie wäre es mit einer Partie Scrabble?«, fragte ich. »Bist du bereit für einen Tritt in den Allerwertesten, *mi viejito*?«

Papi starrte mich so lange an, dass ich schon dachte, er versuche, mich zuzuordnen, sich daran zu erinnern, wann er mein Gesicht das letzte Mal gesehen hatte. Ich hatte peinlich genau darauf geachtet, ihm seine Medizin zu geben, war mit ihm in der Sonne spazieren gegangen, wenn er Lust dazu hatte, genau wie die Ärzte es uns geraten hatten. Aber das hier war sein zweiter großer Aussetzer diese Woche.

Sein Zustand verschlechterte sich.

»Ich denke, ich werde etwas Fernsehen gucken. Vielleicht einen Kaffee trinken. Okay?« Er lächelte, aber seine Augen waren feucht. Eine leichte Röte stieg in seine Wangen, und ich wandte mich zur Speisekammer um, *nur getrocknete Lebensmittel und Konserven*, und kramte nach den Kaffeefiltern, als wäre es mir nicht aufgefallen.

Clint Eastwood war ein gern gesehener Gast in unserem Wohnzimmer, und seine charakteristische raue Stimme und seine Darbietung Pistolen schwingender Abgebrühtheit zog den ganzen Morgen eine flammende Spur durch meinen Schädel. Nach *Eine Handvoll Dollar* schlüpfte ich auf die vordere Veranda hinaus, um eine weniger flammende Kaffeepause zu genießen, und ließ Papi zum hundertsten Mal seinen absoluten Favoriten gucken – *Zwei glorreiche Halunken*.

Ich war schon seit ein paar Stunden dort draußen, war im golden-buttrigen Schein der Sonne zwischen Wachen und Schlafen hin und her geglitten, als ein einst vertrauter Anblick mit stetem Tritt die Auffahrt hochgeradelt kam. Ich bildete mir ein, zu träumen, wieder zehn Jahre alt zu sein und nach dem Abendessen darauf zu warten, dass Zoe endlich kam, damit wir zum Animas hinunterrennen und unsere staubigen Füße und Brauseschnurrbärte in ihm baden konnten.

Zoe stellte ihr Rad neben dem Haus ab und stapfte mit ihrem Rucksack die Verandatreppe hinauf. Ich blinzelte sie gegen die Sonne an, noch immer in der nebelverhangenen Traumwelt gefangen, wo alles möglich war. War sie tatsächlich hier? Während mein Blick über ihr Gesicht glitt, zählte ich stumm ihre Sommersprossen. Eine alte Gewohnheit.

»Guten Morgen, Sonnenschein!« Zoe zog strahlend einen Stapel Blätter aus ihrem Rucksack. »Ich hab den Text! Hilfst du mir, ihn durchzugehen? Ich muss mir Notizen machen und …«

»Es gibt zwei Arten von Menschen«, warnten Papi und Clint Eastwood uns im Chor durch das offene Fenster hinter mir, während die Lautstärke des Fernsehers exponentiell anstieg. »Die einen haben einen geladenen Revolver und die anderen buddeln! Du buddelst.«

Papi brüllte vor Lachen. Es war seine Lieblingsstelle, kurz vor dem Ende.

»Ich hoffe, ein bisschen Konkurrenz beim Textsprechen macht dir nichts aus.« Ich stand von meinem Korbstuhl auf und streckte mich. »Diese Stelle ist wirklich gut. Willst du mitgucken? Es ist das Ende, aber es ist witzig.«

»Nein, aber …« Zoes Blick schoss an mir vorbei zum Fenster, und als Papi wieder losgackerte, wich sie einen Schritt zurück. »Schraubt dein Vater denn nicht an der Harley? Wo ist der Motorradfritze?«

»Im Schuppen.« Als Emilio nach dem Frühstück eingetroffen war, hatte ich ihn allein hinters Haus geschickt, um Papi seine Fernsehpause zu gönnen. In dem Moment war es mir wie eine gute Idee erschienen, aber jetzt, da Zoe mit all ihren Fragen auf der Veranda stand, wollte ich bei ihm im Schuppen sein, ihm die Werkzeuge reichen und lauschen, wie der Staub auf die alten Kartons rieselte.

»Zoe, wir reden hier von *Papi*«, sagte ich. *Der Mann, der unser Baumhaus gebaut und sich krankgemeldet hat, um für unsere* Angry Hermits-*Tickets vor der Kartenvorverkaufsstelle zu kampieren.* Ich ließ den Gedanken unausgesprochen zwischen uns in der Luft hängen und beobachtete, wie es in Zoes Kopf ratterte, während sie sich bemühte, die möglichen Folgen abzuschätzen. Sie liefen innerhalb von acht Sekunden wie ein Film über ihr Gesicht, und als die neunte verstrichen war, streckte ich die Hand nach der Tür aus, ohne mich nach ihr umzusehen.

»Ich komme.« Sie schlüpfte hinter mir ins Haus und war im nächsten Moment durch den Eingangsbereich direkt an Papi vorbei in die Küche marschiert.

»Hey, Mr H.«, rief sie, sobald sie am Küchentisch Platz genommen hatte. Es war eine sichere Entfernung. Er hörte sie nicht.

»Ich weiß, sie ist als diese irre Psychotante angelegt«, sagte Zoe gerade, »aber ich halte mich bis zum Ende mit dem richtig verrückten Zeug zurück. Mache die ganze Zeit einen auf übertrieben höflich, und dann, *bumm!*, kehre ich die Verrückte raus. Total gruselig, oder?«

»Total.« Ich schüttete eine Packung Spaghetti in einen Topf mit kochendem Wasser, während Zoe Notizen an den Rand ihres Textbuchs kritzelte.

»Was ist mit der ›Ab mit dem Kopf‹-Stelle? Soll ich sagen:

›Ab mit dem *Kopf*‹ oder ›*Ab* mit dem Kopf‹? Oder vielleicht: ›Ab mit *dem* Kopf‹?

»Vielleicht das Zweite?«

»*Ab*. Ja, hab ich auch gedacht. Was ist mit …«

»Hey, Mädchen«, rief Papi aus dem Wohnzimmer. »Wisst ihr, dass all diese Western Spaghettiwestern genannt werden?«

»Ja«, sagen wir im Chor. Es war das dritte Mal, dass er es verkündete, und der Grund dafür, dass es Spaghetti zum Mittagessen gab – auf Papis Wunsch.

Er stellte die Werbung stumm und kam in die Küche geschlurft. Nach dem Frühstück hatte er sich seiner guten Schuhe entledigt und trug nun selbstbewusst ein Paar von Moms Hausschuhen, die ihm viel zu klein waren und noch dazu übersät mit apricotfarbenen und gelben Rosen. »In den Sechzigern haben die Italiener diese ganzen Cowboyfilme produziert. Sie haben sie in Italien und Spanien gedreht, und wenn man genau hinsieht, kann man erkennen, dass einige der Schauspieler Italienisch sprechen. Sie haben den englischen Ton später darübergelegt. Ist das nicht verrückt?«

»Das ist echt abgefahren, Papi«, sagte ich.

Zoe vergrub das Gesicht in ihren Notizen, krickelte und krakelte tief in Gedanken versunken, und Papi schlurfte zurück ins Wohnzimmer. Einmal mehr durchbrachen Schüsse die Stille.

Ich stieß den *Nur-Müll-Eimer* auf – *keine Teller, keine Kleider!* Eine hochglänzende Broschüre in Magazingröße blitzte mir unter dem Kaffeesatz vom Vormittag entgegen. Ich musste mir zu große Sorgen um Papi gemacht haben, um sie zu bemerken. Im Vordergrund war ein weißhaariges

Paar abgebildet, deren Hände über dem Knie der Frau miteinander verschränkt waren. Hinter ihnen hatte eine Frau, die kaum älter als Lourdes war, dem Mann eine Hand auf die Schulter gelegt und lächelte unsicher.

Ich zog die Broschüre aus dem Müll und schüttelte den Kaffeedreck ab. Leuchtende lilafarbene Buchstaben marschierten am unteren Rand der Seite entlang, als hätten sie nichts zu verbergen, als gäbe es nichts, wofür sie sich schämen müssten.

Neue Wege: Wir bieten Ihrer Familie ein breites Angebot an Langzeitpflegemöglichkeiten.

»Was denkst du, warum die Königin überhaupt so eine Mörderzicke ist?«, fragte Zoe. »Miese Kindheit?

»Wahrscheinlich«, erwiderte ich, doch ich hörte ihr kaum noch zu.

Wie sich herausstellte, war *Neue Wege* eine Pflegeeinrichtung in Willow Brush, der Stadt, in der Mom jene extra Schichten arbeitete, ungefähr eineinhalb Stunden nördlich von uns. Sie verfügten über medizinisches Personal, einen Gemeinschaftsraum, einen Ballsaal, Schwimmunterricht, Yoga, einen Salon und, am wichtigsten von allem – schließlich war es in Großbuchstaben gedruckt –, über EINE SPEZIELLE STATION FÜR ALZHEIMER-PATIENTEN! Und wenn man den Hochglanzfotos Glauben schenken durfte, waren diese Patienten glücklich, gut genährt und extrem umgänglich.

Und so alt und wettergegerbt wie Fossilien.

Zoe schnatterte weiter über die traumatische Vorgeschichte der Königin, während ich jede einzelne zerknitterte Seite durchblätterte und von den Herausforderungen erfuhr, die eine Pflege dieser *speziellen Bevölkerungsgruppe* bedeutete, von Patienten, die nachts orientierungslos umherirrten, weil sie vergessen hatten, wo sie sich befanden. Die Neue-Wege-Leute waren super ausgestattet, um sie zu *managen.* Sie verschlossen Türen und Fenster, polsterten die scharfen Kanten, schlossen sie in *sicheren Bereichen* ein.

Ich knirschte mit den Zähnen. Ich sah Vieh und Pferde vor mir, die hinter einen elektrischen Zaun gepfercht waren, aus einem gemeinsamen Trog fraßen und die Stunden zählten, bis der Schlachter kam.

Ganz zum Schluss entdeckte ich die Nachricht. Eine beigefarbene Karte, in der Mitte gefaltet, steckte hinten in der Umschlagseite.

Handgeschrieben. Als ob sie uns kennen würde.

Liebe Rita,
ich bin so froh, dass wir die Zeit für ein persönliches Gespräch gefunden haben. Ich habe die Broschüre und die Bewerbungsunterlagen beigefügt, um die Du gebeten hast. Bitte zögere nicht, Dich an mich zu wenden, falls Du noch Fragen hast oder gerne weitere Informationen über unsere Einrichtung oder unsere Mitarbeiter hättest.
Du, Ted und Deine Töchter, Ihr seid in dieser schweren Zeit in meinen Gedanken. Ich möchte, dass Du weißt, dass ich für Dich da bin, wenn Du mich brauchst.
Herzlich
Janice McMullen

Ted? Niemand nannte ihn Ted. Er war Papi oder Bär oder in seltenen Fällen Teddy. Und wer war diese Janice-Person?

Welches Recht hatte sie, uns in ihre Gedanken aufzunehmen? Sie wusste rein *gar* nichts über uns. Denn wenn es so gewesen wäre, hätte sie sich in ihrem Brief dafür entschuldigt, uns mit dieser nutzlosen Broschüre zu belästigen. Papi war kein mürrischer Griesgram, dem man sein Essen pürieren musste, und in einem Ballsaal hatte er bisher nur mit Mom getanzt, Tangofiguren, die sie ausschließlich auf Hochzeiten nach ein paar Gläsern Malbec zum Besten gaben.

Schuld sickerte in meinen Magen, machte sich dort breit.

Das Letzte, was ich gewollt hatte, war Mom von Papis Drogeriemarktdebakel zu erzählen, aber wir hatten nach der Diagnose eine Abmachung getroffen. Ausraster, längere Phasen der Orientierungslosigkeit, starke Stimmungsschwankungen – das alles waren Hinweise, die es zu dokumentieren galt. Die Ärzte hatten gesagt, sorgfältige Aufzeichnungen könnten ihnen helfen, den Verlauf der Krankheit nachzuvollziehen und Papis Behandlungsplan entsprechend anzupassen. Aber ich hatte es für reine Augenwischerei gehalten, für etwas, das uns von der Tatsache ablenken sollte, dass überhaupt keine Behandlungsmöglichkeit existierte. Es war, als würde man eine Schatzkarte so verkehrt zeichnen, dass alle Hinweise, Pfeile und Kreuze direkt ins Meer führten, egal wie man sie auch drehte und wendete.

Ich hatte mein Versprechen gehalten und Mom und Mari noch am selben Abend von dem Vorfall in der Drogerie erzählt. Doch nun wurde mir klar, dass sie nach diesen Dingen Ausschau gehalten hatten. Den willkürlichen Ausbrüchen. Dass er sich für eine Arbeit anzog, die er nicht mehr hatte. Dass er zu müde war, um Emilio mit der Harley zu helfen. Es ging überhaupt nicht mehr um die Behandlung. Es war

Munition – jedes Falschabbiegen, jeder verwirrte Gesichtsausdruck eine weitere Entschuldigung dafür, ihn ins Heim abzuschieben.

Ich zerriss die Karte und ließ die Fetzen in den Mülleimer fallen. Dann nahm ich mir die Broschüre vor, zerschredderte sie Seite für Seite, bis die alten Leute sich in Staub verwandelt hatten und die Gift spritzenden Worte zu einzelnen Buchstaben wurden, neutral und harmlos.

»Alles okay?«

»Hm?« Ich hatte beinah vergessen, dass Zoe da war. »Entschuldige. Die Königin … ja. Sie hatte wahrscheinlich eine schlimme Kindheit.«

Zoe zog die Nase kraus. »Wir haben uns gerade über Kostüme und Maske unterhalten.«

Ich betrachtete die zerrissenen Papierschnipsel in meinen Händen. Dann Zoe. Dann wieder die Schnipsel. Vor meinen Augen verschwamm alles.

Falls Janice auch nur eine Sekunde lang glaubte, wir würden zulassen, dass Papi an diesem Ort zu Staub zerfiel …

»Jude? Was machst du da? Was ist das?«

Meine Besorgnis spiegelte sich in ihrem Blick wider. Sie hatte sich immerhin so weit von ihrem Textbuch losgerissen, um zu bemerken, dass in meiner Welt etwas im Argen lag.

»Mom muss sie von ihrem letzten Termin mit nach Hause gebracht haben«, sagte ich leise. Ich erzählte ihr von dem Brief. Was er bedeutete.

Sie sagte erst einmal nichts, und ich stopfte den Rest der Broschüre in den Müllschlucker und legte den Schalter um, *nicht anfassen*, bis nur noch grauer Brei übrig war.

Neue Wege, Janice? Ha!

»Ich bin sicher, es hat nichts zu bedeuten.« Zoe ordnete ihren Papierstapel, ihre Finger schlossen sich um die Kanten, sie blätterte die obere Ecke mit dem Daumen durch. »Sie geben die Info wahrscheinlich jedem mit, der … den Patienten und Ehepartnern und so.«

Ich blinzelte gegen die Bilder an, die mir durch den Kopf schossen. Gestärkte weiße Laken. Metallbetten. Keine scharfen Kanten …

»Denk nicht mehr daran«, sagte Zoe. »Wenn deine Mom sie brauchen würde, hätte sie die Broschüre schließlich nicht weggeschmissen. Hab ich recht?«

Die Nudeln kochten über, Wasser zischte auf der Herdplatte. Einige Nudeln klebten am Boden des Topfes fest, und ich rührte und schabte, mit einem Mal verzweifelt darum bemüht, sie wieder zu lösen.

»Sie geht morgen mit ihm zum Arzt«, sagte ich, sobald ich die Nudeln befreit hatte. »Vielleicht geht es dabei um …«

»Stopp. Weißt du, was du brauchst? Eine Pause«, sagte Zoe munter. »Du machst dich sonst noch verrückt. Komm morgen zur Probe. Wir planen einen kompletten Textdurchlauf. Du kannst zusehen – es wird dir Spaß machen.« Zoe lächelte, als hätte sie mich bereits überzeugt, als würden ihre Pläne für den sogenannten normalen Teenagersommer alles richten.

Wir malen die Rosen rot … Wir malen die Rosen rot …

Ich versprach ihr, zu kommen, aber bevor ich die Uhrzeit bestätigen konnte, schlug die große Standuhr *keine Telefonzelle* im Flur eins, ein einzelner Gong, der die Worte auf meiner Zunge schockgefror, und in seinem Echo kehrte eine Zeile aus Janice' Notiz an die Oberfläche zurück. Sie hämmerte sich mir mit plötzlicher, grell leuchtender Offensichtlichkeit ein.

Ich habe die Broschüre und die Bewerbungsunterlagen beigefügt, um die Du gebeten hast …

Es hatte nicht nur die Hochglanzbroschüre gegeben – da existierte noch etwas. Bewerbungsunterlagen.

Und Mom hatte darum gebeten.

»Bereit für eine erste Einschätzung?«

Ich fuhr zusammen, drehte mich um und entdeckte Emilio, der durch die Fliegengittertür in die Küche spähte.

»Ich habe die vordere Verkleidung abmontiert«, sagte er. »Das Innere ist in gutem Zustand. Nichts, was wir nicht wieder hinbekommen.«

Ich hörte die Wörter, wusste, dass Emilio über das Motorrad redete. Aber mein Gehirn steckte im ersten Gang fest und schaffte es nicht, von den Bildern der Broschüre wegzuschalten, von dem Brief der Frau, die dachte, sie kenne unsere Familie.

»Jude?« Emilios Tonfall veränderte sich, seine Stimme klang jetzt ernster. »Geht es dir …«

»Also, ich bin Zoe.« Meine beste Freundin sah Emilio mit großen Augen an und klimperte mit den Wimpern, bis sich allmählich die Erkenntnis auf ihrem Gesicht breitmachte. »Warte mal, du bist …«

»Emilio.« Er öffnete noch im selben Moment die Tür, durchquerte die Küche, bis er bei mir an der Spüle war. Wieder sah ich alles geschehen – Emilios Sneakers auf dem Fliesenboden, Zoes Gezappel am Tisch, Nudeln, die im heißen Wasser trudelten, das spritzte und zischend auf dem Herd landete –, aber es war, als würde ich von draußen durch das

Fenster zuschauen, und plötzlich stand Emilio neben mir, und sein weiches graues T-Shirt streifte meinen Arm, als er sich vorbeugte, um den Herd abzuschalten.

»Alles okay?«, fragte er.

Ich starrte schweigend seine Hand an, die auf der Küchenanrichte lag, vollkommen auf einen Ölstreifen konzentriert, der über seinen Zeigefinger verlief.

»Vielleicht setzt du dich besser, Jude.« Er legte eine Hand auf meinen Arm, und ich kam endlich wieder zu mir und wandte mich erneut dem Topf zu, der auf dem Herd stand. Das Wasser darin war jetzt still und milchig.

»Mittagessen«, sagte ich. »Ich mache gerade … Was hast du wegen der Maschine gesagt?«

Ich spürte seinen Blick im Rücken, aber als ich den Topf vom Herd nahm und mich zur Spüle drehte, um das Wasser abzugießen, trat er beiseite und fuhr mit seinem Bericht fort.

»Ich habe gesagt, dass das Innenleben in ziemlich gutem Zustand ist, uns aber ein paar Flanschmuttern fehlen.«

»Flanschmuttern.«

»Sie halten die Schrauben an Ort und Stelle«, erklärte Emilio. »*El jefe* hat vielleicht irgendwo im Schuppen noch ein paar davon rumfliegen.«

»Ich wollte ihn gerade zum Essen rufen. Hast du Hunger? Ich habe Ummengen gemacht.« Ich schüttete die Nudeln und ein Glas Soße in eine riesige Keramikschüssel, und Emilio lächelte, breit und hocherfreut. Ich schickte ihn ins Bad, damit er sich die Hände wusch, *antibakterielle Seife: nur zweimal pumpen*!

»Emilio Vargas?«, flüsterte Zoe, sobald er außer Hörweite

war. Ihre Augen waren schockiert aufgerissen. »Der Motorradtyp ist Emilio Vargas?«

»Sch!« Ich stellte die Schüssel mit den dampfenden Nudeln auf den Tisch.

»Schwarze Seelen, alle miteinander«, zog sie mich auf. Nicht, dass es einer Auffrischung meiner Erinnerung bedurft hätte. Mit genau diesen Worten hatte Mari als Erste die Vargas-Jungen beschrieben. Damals, als ich mitten in der Nacht vor Celis Zimmertür stand, hatten die Worte einen prickelnden Schauer über meinen zwölfjährigen Rücken gejagt. Und dasselbe geschah, als ich Zoe am nächsten Abend in die ganze Geschichte einweihte. Es waren die passenden Worte, fand auch sie. Zwei teuflisch gut aussehende Brüder, Jahre auseinander, jeder dazu bestimmt, ein Hernandez-Herz zu brechen. Es kam uns wie etwas aus einem Buch vor, direkt von dem schwarz-silbernen Umschlag. *In einer Welt aus Feuer und Rauch, gefangen in einem jahrhundertealten Kampf zwischen Gut und Böse …* Vielleicht waren die Vargas-Jungen ja Vampire oder gefallene Engel, hatten Zoe und ich gerätselt. Diese spezielle Fantasie hatte monatelang ihr Dasein am Rand unserer Träume gefristet und in den dunklen Stunden, die wir zeltend im Garten verbrachten, raunend zu uns gesprochen.

Doch Zoe schwelgte in diesem Moment nicht in Erinnerungen.

»Du hast Emilio Vargas angeheuert? Und mir nichts davon erzählt?«

Ich verteilte Teller und Besteck auf dem Tisch und hoffte, sie würde die Schuld nicht bemerken, die mir ins Gesicht geschrieben stand. »Ich hab es wohl vergessen.«

»Wie kann man Emilio Vargas vergessen?«

»Genau das sage ich auch andauernd.« Emilio verschränkte die Arme und lehnte sich gegen den Türrahmen zwischen Flur und Küche.

»Wir haben über etwas anderes gesprochen«, sagte ich.

Er ließ sein Wahnsinnslächeln aufblitzen. »Etwas anderes, das Emilio Vargas heißt?«

Zoe schaufelte ihre Sachen vom Tisch und warf mir einen verletzten Blick zu. »Ich habe Mom versprochen, ihr heute im Garten zu helfen, also bin ich dann mal weg. Danke für deine Hilfe mit dem Text.«

Sie verabschiedete sich nicht von Papi, blieb aber an der Tür stehen, um sich zu Pancake hinunterzubeugen und ihn hinter den Ohren zu kraulen. Zoe blickte noch einmal zu mir hoch, vielleicht, um mir die Möglichkeit zu geben, ihr alles zu erklären, sie zum Bleiben zu bewegen, aber ich rührte mich nicht vom Fleck, und sie ging zur Tür hinaus und stieg auf ihr Fahrrad.

Mein Verstand sagte mir, dass Papis Krankheit fortschritt. Die Ärzte hatten uns erzählt, er würde abbauen, sowohl mental als auch körperlich, bis wir ihn nicht länger zu Hause würden versorgen können. Sie wussten nicht wann, nur dass es so kommen würde. Ich spürte es ebenfalls. Jeden Tag verschwand ein kleines Stück von ihm. Er konnte immer noch allein auf die Toilette gehen und essen und all die anderen blöden Dinge, über die man nicht nachdenkt, bis man sie nicht mehr ohne Hilfe bewältigt, aber es kam vor, dass er sich nicht erinnerte, *Die glorreichen Sieben* zwei Tage hintereinander geguckt zu haben oder dass er im Sommer keine

Flanellhemden zu tragen brauchte. Womöglich hatte er an diesem Morgen Moms Hausschuhe angezogen, weil es ihn zu sehr frustriert hatte zu versuchen, die Schnürsenkel seiner eigenen Schuhe zuzubinden.

Oder vielleicht hatte er sie auch für *seine* Hausschuhe gehalten.

Progressiv. Degenerativ. Destruktiv. Die *ivs* waren uns dieses Jahr wie Tennisbälle um die Ohren geflogen.

Aber als ich ihn nun sah, wie er mit spanischem Akzent seine Cowboynummer für Emilio zum Besten gab und über jene fehlenden Flanschmuttern sprach und darüber, welches Teil wohin gehörte … Wie konnte jemand, der so vollkommen und lebendig war, innerlich zerfallen? Von dem Versuch, es zu begreifen, bekam ich Kopfschmerzen, und ich zwang mich, damit aufzuhören, damit der Dämon meine Gedanken nicht aufschnappte und versuchte, mir zu beweisen, was in ihm steckte.

Ich brauchte keine weiteren Beweise.

»Es gibt zwei Arten von Menschen, hab ich recht, Jude?« Papi fuchtelte mit der Gabel herum, als sei sie eine Pistole. »Die einen haben volle Gabeln und die anderen reichen die Spaghetti weiter. Du reichst die Spaghetti weiter.«

Ich verdrehte die Augen und reichte ihm die Schüssel, aber hinter meinen Lidern sammelten sich Tränen.

Wer wird im Heim neben Papi sitzen und Western mit ihm gucken? Kennen die Schwestern alle Filmzitate? Wissen sie über die Italiener und die Spaghetti Bescheid?

Ich huschte zur Spüle hinüber und tat so, als würde ich Spaghettisoße von meinem T-Shirt tupfen, während Papi und Emilio über Valentina fachsimpelten. Papi wusste, dass er die Schrauben ersetzt hatte, als er die Maschine gerade gekauft hatte, denn es war derselbe Tag gewesen, an dem er Mitglied der *Las Arañas Blancas* geworden war. Er erinnerte sich daran, wie das Leder gerochen hatte, als er zum ersten Mal deren Jacke übergestreift hatte, wie rasch sie sich in der argentinischen Sonne aufgeheizt hatte.

Ich schloss die Augen. Valentina war so wichtig, an ihr hingen so viele Erinnerungen. Vielleicht verstand ich die dämonische Krankheit nicht, aber ich wusste ohne jeden Zweifel, dass der einzige Weg, Papi in die Gegenwart zurückzuholen, der war, ihn aufs Neue mit seiner Vergangenheit in Kontakt zu bringen. Und nun, da Mom bereits Einrichtungen unter die Lupe nahm, wo sie ihn hinverfrachten konnte …

Um mit den Worten von John Wayne in *Die Cowboys* zu sprechen: *Wir verlieren nur Zeit.*

»Ich erledige den Abwasch«, sagte ich, als Emilio mir die Teller brachte. »Sieh du zu, dass du mit dem Motorrad weiterkommst.«

Emilio legte die Stirn in Falten. »Kein Kaffee? Ich dachte, ihr Argentinier seid verrückt danach.«

»*Hacerte un café*, Juju«, sagte Papi.

»Mach dir selbst einen«, gab ich Emilio zur Antwort.

»Deiner schmeckt besser«, riefen Papi und Emilio wie aus einem Mund. Beide lachten. Sie waren so clever, diese Motorradrowdys!

»Es ist nur die Dark-Moon-Röstung aus dem *Witch's Brew*.« Ich füllte die Maschine mit Wasser und einem sauberen Filter. »Zehn Kröten das Pfund, zum Mitnehmen für jedermann.«

»Wow«, sagte Emilio. »Du verstehst dich wirklich darauf, den Dingen ihren Zauber zu nehmen.«

»Na schön. Es ist nicht *nur* Dark Moon. Die Mischung besteht aus fünfzig Prozent Dark, dreißig Prozent Espresso und zwanzig Prozent Sonnenwendglut. Es ist meine Spezialmischung. Genug Zauber für dich?«

»Abrakadabra.«

»Hier hat sich jemand was vorgenommen«, sagte Dad scherzhaft, und ich erwiderte sein Lächeln. Das Motorrad würde diesen Sommer fertig werden, und Papi würde es wieder gut gehen, und Janice und all die anderen ach so betroffenen Fachmediziner konnten ihre Langzeitpflegeeinrichtungen nehmen und sie sich sonst wohin schieben, während wir anderen *empanadas* futterten und über den einen Sommer lachten, in dem Papi beinah den Verstand verloren hätte.

8

»Wir werden ein paar Stunden weg sein«, sagte Mom. »Der Arzt will uns noch einem weiteren Spezialisten vorstellen.«

»Was ist mit Janice?«

Mom hielt in der Bewegung inne.

»Papi hat eine Janice erwähnt«, sagte ich rasch.

»Sie ist eine neue Sozialarbeiterin. Sie hilft uns dabei …« Mom machte eine ausholende Handbewegung, während sie nach der passenden Formulierung suchte, von der ich hoffte, dass sie nicht *neue Wege zu beschreiten* lautete, denn dann wären mir meine Waffeln wieder hochgekommen, und das wiederum hätte mich ernsthaft ausrasten lassen, weil es eine Stunde dauerte, bis sie perfekt gebacken waren, und sie waren so köstlich, dass es mir nicht einmal etwas ausgemacht hatte, als Papi seine mit Mayo anstelle von Butter bestrich.

»… uns den neuen Herausforderungen zu stellen«, sagte Mom endlich.

Papi kam aus dem Schlafzimmer und fummelte an seinen Hemdsärmeln herum, während er die Treppe hinuntertrottete. Die Button-down-Hemden und die Khakihosen, die Mom ihm für die Arztbesuche rauslegte, waren meilenweit von den unsäglichen Flanellhemden entfernt, die ich ihm durchgehen ließ.

»Diese blöden Dinger.« Er brummte und grummelte in sich hinein und drehte die Handgelenke, als berge das Zuknöpfen der Ärmel womöglich ein noch zu entdeckendes Mysterium.

»Ay, wir sind spät dran.« Mom streckte die Hand nach den Ärmeln aus, aber er schüttelte sie ab.

»Bär, wir haben keine Zeit …«

»Dann zwing mich nicht, diese Hemden anzuziehen.« Falls er an das Hemd dachte, das er am Vortag versehentlich angezogenen hatte, um ins Büro zu gehen, erwähnte er es nicht, und nun zog er die Brauen zusammen, als seine Finger sich erfolglos bemühten, den winzigen Knopf durch das winzige Knopfloch zu schieben.

»Mach es im Auto«, sagte Mom. »Wir müssen los.«

»Halb angezogen gehe ich nirgendwohin.« Er sah die Knöpfe mit zusammengekniffenen Augen an; seine Finger schienen mit jeder Sekunde dicker zu werden.

Mom verfügte über einen schier unendlichen Vorrat an Energie. Beinah täglich hielt sie Neugeborene mit Koliken im Arm, sang und wiegte sie stundenlang. Sie führte mit ruhiger Hand Beatmungsschläuche ein und wechselte Windeln von der Größe einer Cocktailserviette. Sie führte wichtige, lebensrettende Maßnahmen inmitten ganzer Legionen brüllender Babys aus.

Sie hatte selbst vier brüllende Babys auf die Welt gebracht und großgezogen.

Aber hier in unserem Wohnzimmer drohten zwei kleine Plastikknöpfe ihr Untergang zu werden. Ihr Blick war wild und verzweifelt, ihre Wangen leuchteten so wachsrot wie Äpfel aus dem Supermarkt.

»Was würde Clint Eastwood dazu sagen?« Ich trat zwischen meine Eltern und hielt Papis Hände fest. »Trag ein schickes Hemd wie das, und die Leute bilden sich womöglich noch ein, du wärst ehrbar geworden.«

»Das würde ich auf keinen Fall wollen.«

»Dein Geheimnis ist bei mir sicher, *viejito.*« Ich lächelte, und er vergaß, wie frustriert er wegen der Knöpfe gewesen war, während ich sie zumachte. »Ruft mich an, wenn es was Neues gibt. Ich fahre nachher zum Upstart-Crow.«

»Ach? Ich dachte, du würdest dieses Jahr nicht Theater spielen?«, sagte Mom.

Ich schnappte mir meinen Rucksack, der höllisch schwer war, weil darin ein gebundenes Manuskript steckte, das Mari mir geschickt hatte (da ich den Vorteil besaß, zur Zielgruppe ihres Autors zu gehören), und dazu eine Tüte weißes Käsepopcorn. Wer konnte schon sagen, wie lange ich heute im Publikum sitzen und mir in einer Endlosschleife die immergleichen Szenen ansehen würde. »Ich helfe nur Zoe.«

»*Bueno, mi amor.*« Mom wandte sich ihrer täglichen Suche nach Sonnenbrille (auf ihrem Kopf), Handtasche (auf dem Tisch, wo sie sie abgestellt hatte) und Schlüssel (in ihrer Hand) zu. Sie war noch zerstreuter als sonst, in Gedanken zweifellos bei Papi und dem, was sie im Krankenhaus erwartete: *Malen Sie ein Gesicht. Malen Sie eine Uhr. Wie lautet Ihre Adresse? Wiederholen Sie diesen Zungenbrecher. Brauchen Sie noch mehr Drogen?* Papi war dagegen die Ruhe selbst. Jetzt, da sein Hemd vollständig geknöpft war, kniete er sich auf den Boden und rief nach Pancake.

Aber bevor er Papi eine Dosis Hundesabber mit auf den

Weg geben konnte, kam Emilio unsere Einfahrt entlanggeschlendert. Er traf uns an der Tür, wo Mom sich von ihrer besten Seite zeigte und ihn mit einem freundlichen Hallo begrüßte. Papi folgte ihrem Beispiel, indem er Emilio die geballte Faust entgegenstreckte, der erfreut mit seiner dagegenstieß.

Oh, so ist das jetzt also?

»Hey, Jude.« Er startete eine Grübchenattacke, aber ich hatte die schützenden Mauern bereits hochgezogen.

»Hast du meine SMS bekommen?«, fragte ich. »Ich werde eine Weile weg sein, daher …«

»*No problema.* Ich hab im Schuppen alles, was ich brauche.«

»Es ist viel zu schön draußen, um den ganzen Tag drinnen zu hocken«, sagte Mom. »Ihr zwei solltet einen Spaziergang machen oder ein Picknick.«

»Gute Idee.« Papi zwinkerte mir zu. »Macht mal 'ne Pause.«

Zoe hatte immer gesagt, ich hätte Glück, so lockere, aufgeschlossene Eltern zu haben. Doch in diesem Moment wünschte ich mir bloß, sie würden mich auf mein Zimmer schicken und mir verbieten, mit einem Jungen allein zu Hause zu sein, wie ganz normale Eltern.

»Seid ihr nicht spät dran?«, sagte ich.

»Oh!« Mom fielen vor Schreck fast die Augen aus dem Kopf. »Ja! Bär, lass uns gehen. *¡Vamos! ¡Vamos!*« Sie küsste mich und nahm mir das Versprechen ab, dass ich den *ensalada rusa*, der vom Abendessen übrig war, für das Picknick einpacken würde. »Hab Spaß heute, *querida*. Genug für uns alle zusammen.«

Zurück im Haus waren die einzigen Geräusche Pancakes Krallen auf dem Linoleum und das endlose Ticken der Standuhr. Es war das erste Mal seit Papis unangekündigter Eiskremjagd, dass ich mit Emilio allein war.

Ich füllte mein Käsepopcorn in eine türkise Schüssel, die auf der Anrichte zwischen uns stand, und bediente mich. »Tut mir leid, falls Mom dir Hoffnung gemacht hat, aber ich muss in die Stadt. Du bist heute auf dich gestellt.«

Emilio beugte sich über die Kücheninsel, die Ellbogen auf die weißen Kacheln gestützt. »Was ist mit unserem Picknick?«

»Nimm dir Popcorn.« Ich öffnete den Kühlschrank, um die Getränkelage zu checken. *Oberstes Fach, kalte Getränke und Joghurt.* »Möchtest du eine Cola?«

»Nö.«

Ich spürte ihn plötzlich direkt hinter mir und drehte mich zu ihm um. Die zwei Coladosen hielt ich wie eine eiserne Schranke an die Brust gepresst.

Er nahm die Dosen und stellte sie zurück in den Kühlschrank. Schloss die Tür. Lehnte sich dagegen. Sein Blick wanderte über mein Gesicht und blieb schließlich an meinen Augen hängen. »Willst du eine Weile hier raus?«

Er blinzelte nicht oder sah weg, und seine Worte hinterließen Spuren, die in meinen Ohren nachhallten und Bilder in meinen Kopf brannten. *Wir könnten einfach losfahren. Ich steige hinten auf das schwarze Motorrad und schlinge meine Arme um dich, und du bringst mich hier weg, über den Bergpass, an endlosen Felsen und Bäumen und all den Plätzen der Uralten vorbei, und die Räder werden roten Staub aufwirbeln, und der Wind wird ihn aus meinem Haar pusten, und wir werden dem Gestern und Morgen davonfahren, und ich werde niemals wieder einen Blick zurückwerfen …*

»Will ich nicht … Wohin?« Ich wich nach hinten, bis die Anrichte sich in meinen Rücken grub. Er folgte mir und ließ dabei gerade genug Raum zwischen uns, um mich zu verwirren. Baggerte er mich an? Waren wir dabei, Freunde zu werden? Flirteten Freunde auf diese Weise miteinander? War er nur auf der Suche nach einer Möglichkeit, sich die Zeit zu vertreiben, sich vor der Arbeit zu drücken? »Was ist mit …«

»Du würdest mir einen großen Gefallen tun«, sagte er. »Ich brauche eine Motorradhebebühne aus dem Duchess. Samuel wollte mir nachher mit seinem Truck eine vorbeibringen, aber wenn du mich jetzt gleich hinfährst, würden wir eine Menge Zeit sparen.«

Ein Gefallen. Natürlich.

»Außerdem«, fuhr er fort, »was für ein *Freund* wäre ich, wenn ich dich nicht endlich ausführen würde?« Emilios Blick hielt meinen gefangen, nach dem Motto: Ziel anvisiert! Bereit zum Abschuss! »Wir hatten noch nicht mal unsere erste Verabredung, unseren ersten Kuss … Ich drohe auf ganzer Linie zu versagen.«

»Was einen echt überrascht, wenn man bedenkt, wie romantisch du bist. Ein Mädchen in eine Motorradwerkstatt abschleppen. Und sie fahren lassen. Tolles erstes Date.«

»Möchtest du, dass ich fahre, *princesa*? Dich für eine Runde auf dem Motorrad entführe?« Er ließ den Puerto-Rico-Schlüsselanhänger um den Zeigefinger kreiseln und grinste vielsagend. Alles, was er tat, schien eine Herausforderung zu sein, eine Einladung, an irgendeinen geheimen Ort mitzukommen, an dem die Zeit nicht existierte und Langeweile keine Chance hatte.

»Ich passe«, sagte ich.

»Ich dachte, das mit uns wäre was Besonderes.«

»Yeah. Mein Vater bezahlt dich dafür, hier zu sein. Super besonders.«

Er machte ein Gesicht, das mir das Gefühl gab, als hätte ich gerade einen Welpen getreten, und ich verabschiedete mich von der Popcornschüssel und einem Großteil meines gesunden Urteilsvermögens.

»Ich fahre dich«, sagte ich. »Aber ich habe nur eine Stunde. Und es ist kein Date, es ist ein Gefallen. Was heißt, dass du mir was schuldest.«

»Weitere Bedingungen?« Er zog eine Augenbraue hoch. Nur dass er den Dreh noch nicht ganz raushatte, weshalb es nicht besonders charmant, sondern eher drohend wirkte.

»Du übst das mit dem Hochziehen vor dem Schlafzimmerspiegel, hab ich recht?«

Die schurkische Augenbraue sackte herab, und ich schwöre, seine Gesichtshaut rötete sich, aber wegen der Bartstoppeln war es schwer zu sagen.

»Heißt das, du verfolgst mich? Du warst bei mir zu Hause? Hast dich vielleicht sogar in mein Zimmer geschlichen?« Er kam einen Schritt näher, bedrängte mich mit seinem Weichspülerduft. Sein Atem roch nach Orangen, und einen Moment lang stellte ich mir vor, wie sein Zimmer ausgesehen haben musste, als er am Morgen aufwachte … Graues T-Shirt über der Bettkante. Die Haare wild, zerzaust und wirr. Sein Morgengesicht, die tiefe, vom Schlaf noch kratzige

Stimme, meine Finger, die die Narben auf seiner Schulter nachzogen, seinem Bauch …

»Hey«, raunte er. »Du musst dich nicht ins Haus schleichen. Ich würde dich reinlassen.«

Ich verschluckte mich und drohte zu ersticken. War das eine Maiskornschale? Diese Dinger konnten einem ganz schön gefährlich werden.

»Zieht dieser Mist bei anderen Mädchen tatsächlich?«, fragte ich. »Ich wette, du übst all deine Lieblingssprüche vor dem Spiegel, was?«

Emilio schüttelte den Kopf. »Ich brauch keinen Spiegel. Ich weiß, wie ich aussehe.«

»Ja, wie ein Idiot.« Ich rief nach Pancake und ging mit Emilio im Schlepptau nach draußen. Frische Luft, danach schrie die Situation geradezu. Und es war auf keinen Fall etwas, das ein bisschen Sonnenschein nicht kurieren würde.

»Sicher, dass du keine Runde drehen willst?« Emilio zeigte mit dem Daumen auf das Motorrad.

»Absolut.«

»Dein Paps war so was wie ein Roadie der ersten Stunde, richtig? Und du fährst nichts, das nicht mindestens vier Räder hat. Bist du sicher, dass du mit ihm verwandt bist?«

Ich lachte, aber die Erwähnung von Papi und seinem alten Leben zerriss mich innerlich. Ich wünschte mir, er würde anstelle dieser Bürohemden seine *Arañas*-Jacke zu den Arztterminen getragen. Vielleicht würde der alte A-heimer den Wink verstehen und in die entgegengesetzte Richtung davonrennen, von wegen: Oh, mit diesem *muchacho* lege ich mich besser nicht an!

»Ich bin nun mal mit Pancake unterwegs«, sagte ich, »und

der fährt kein Motorrad. Stimmt's, Junge?« Pancake war völlig meiner Meinung, was er durch Zunge-Heraushängen-Lassen und Schwanzwedeln hinreichend bewies, als ich ihn auf dem Rücksitz des Pick-ups unterbrachte.

Emilio und ich stiegen vorne ein. Kaum dass sein Gurt eingerastet war, sah er mit großen Augen den Schaltknüppel in der Konsole zwischen uns an. »Du fährst Gangschaltung?«

Ich drückte den Knüppel runter, warf den Motor an und ließ ihn aufheulen. Dreimal.

»Ay, *Dios mío*, dieses Mädchen.« Emilio verdrehte die Augen, und ich zuckte mit den Achseln, als wollte ich sagen: Zur Hölle, ja. Motorräder reparieren, Autos mit Gangschaltung fahren … es gibt nichts, was dieses Mädchen nicht auf die Kette kriegt!

Ich erhaschte einen Blick auf mich im Rückspiegel, als ich rückwärts aus der Einfahrt setzte.

Ganz schön heiß.

Die Motorradhebebühne war eine riesige orangefarbene Rampe mit einer höhenverstellbaren Plattform, vermutlich für das Motorrad, und ich sah durch das Rückfenster zu, wie Emilio und Samuel sie zum Pick-up schleppten. Emilio erwischte mich dabei, wie ich ihn musterte, aber anstatt eine große Sache daraus zu machen, lächelte er nur, leise und sanft. Ich wandte den Blick als Erste ab.

Kurz darauf erschien der große Softie am Ladentisch, wo ich Duke auf den neusten Stand gebracht hatte, wie es mit der Reparatur voranging. »Bereit zur Abfahrt«, sagte er, und nachdem wir uns von Duke verabschiedet hatten, führte er mich und Pancake zur Ladentür hinaus. Seine Hand lag warm in meinem Kreuz.

Der Pick-up polterte durch Old Town und ließ die Stadtgrenze hinter sich, aber Emilio hatte noch kein Wort gesagt. Er war ganz zappelig, trommelte mit den Fingern auf seinem Oberschenkel, wippte mit dem Bein. Er kurbelte das Fenster runter und wieder rauf. Zweimal.

»Alles okay?«

»Alles gut.« *Tap, tap, tap.*

»Bist du sicher?«

»Yep.« *Tap-tap.*

»Dir ist aber schon klar, dass du dich merkwürdig benimmst, oder?«

Emilio guckte aus dem Fenster, seine Finger zogen die Reihe von Ponderosa-Kiefern nach, die den Straßenrand säumten. »Ich … Ich weiniwimaneiwamigaschafährt.«

»Wie bitte?«

Er stöhnte und drehte sich zu mir um, die Kiefer fest aufeinandergepresst. »Ich weiß nicht. Wie man. Einen Wagen. Mit Gangschaltung fährt.«

»Gib etwas mehr Gas. Jetzt lass die Kupplung langsam kommen und … äh, nein. Wieder auf die Kupplung treten. Kupplung. Kupplung!«

Wir kamen stotternd zum Stehen. Zum fünfzigsten Mal? Zum hundertsten? Ich hatte das Zählen nach dem zwanzigsten Mal drangegeben. Selbst Pancake wirkte unter seinem goldblonden Fell leicht grün. Ich versuchte, nicht darüber nachzudenken, welchen Schaden die Hebebühne der Ladefläche des Pick-ups vermutlich gerade zufügte. Da hinten krachte und schepperte es, als stünde uns die Apokalypse bevor.

Emilio warf erneut den Motor an, machte ein paar buckelnde Sätze vorwärts, kam zum Stehen. Er presste die Stirn gegen das Lenkrad und stöhnte auf.

»Steig aus«, sagte ich. »Ich habe eine Idee.«

Wir tauschten die Plätze, und ich wies ihn an, die Hand um den Schaltknüppel zu legen und die Augen zu schließen.

»Ich werde für dich schalten«, sagte ich. »Achte darauf, wie es sich anfühlt und wie der Motor klingt, wenn ich es mache.

Seine Miene war ernst und konzentriert. Als ich meine Hand über seine auf dem Schaltknüppel legte, zuckte er zusammen, hielt aber die Augen geschlossen.

»Entspann dich«, sagte ich. »Jedes Mal, wenn ich schalte, drücke ich den Knüppel nach unten. Ich werde dir sagen, welchen Gang wir einlegen. Wir beginnen mit dem ersten.« Ich trat die Kupplung durch und schaltete in den oberen linken, wobei ich inständig hoffte, dass meine Hand nicht schweißnass war.

»Zweiter.« Ich führte den Schaltknüppel gerade nach hinten, während sich unsere Geschwindigkeit stetig erhöhte. »Dritter.«

Aus dem Augenwinkel sah ich sein aufgeregtes Grinsen und ich jagte uns bis in den fünften. Wir fuhren bloß achtzig und der Pick-up grollte ob des hohen Gangs, aber die Fenster waren heruntergekurbelt, und Pancake hatte seinen Kopf nach draußen gesteckt, seine Zunge schleckte den Fahrtwind auf, und die Sonne grillte meine Arme, und Emilio lachte, und der Wind zerzauste mein Haar, und ich dachte nur dieses eine Mal, nur diese eine Minute lang: Ja, verflucht! Genau das macht das Leben aus!

Und dann fiel mir wieder ein, dass es nicht so war, und ich schaltete runter und lenkte uns an den Straßenrand.

»So viel zu den Basics.« Ich ließ meine Hand von seiner gleiten.

Emilio öffnete die Augen. »Der Unterricht ist schon vorbei? Ich fing gerade an, es zu kapieren.«

Ein Elsternpaar segelte an der Windschutzscheibe vorbei und verschwand zwischen den Ponderosa-Kiefern.

»Wir sollten wahrscheinlich besser zu Valentina zurückfahren, ehe du zu müde zum Arbeiten bist.«

»Ich werde nie müde«, sagte Emilio. »Ich habe zwei Wörter für dich: Bein. Hart.«

»Ach ja? Das ganze Beinhartgelaber hat natürlich viel zu sagen, wenn es von einem *muchacho* kommt, der nicht mal mit 'ner Gangschaltung klarkommt.«

Emilio bemühte sich, den taffen Typen zu mimen, und seine Lippen verzogen sich für einen Moment gespielt verächtlich, bevor er loslachte. Die Sonne funkelte in seinen Augen, und sein Grinsen war so breit, dass die Grübchen Überstunden schoben.

Es war wie ein Sonnenuntergang, einer jener wundersam strahlenden roten über dem Canyon, und in dem Schweigen, das entstand, griff er nach meiner Hand und nahm sie in seine, hielt sie auf dem Sitz zwischen uns fest.

Ich wartete auf eine Erklärung, eine Pointe, einen frechen Spruch, aber er gab nichts preis. Seine Lippen sahen so weich aus und luden dermaßen zum Küssen ein, und sein Blick wanderte träge zu meinem Mund, und für den Nanobruchteil einer Nanosekunde spürte ich, wie ich mich zu ihm neigte …

Nein. Meine Eltern waren beim Arzt, und Papi wurde wahrscheinlich gerade mit Nadeln traktiert, und ich bewegte mich mit einem notorischen Herzensbrecher, dessen Existenz zu leugnen mir auferlegt worden war, am Rand einer Fantasie, nur einen Atemzug entfernt von …

Ich zog meine Hand unter seiner hervor und ließ den Motor an.

»Verdammt«, sagte er. »Kürzestes Date aller Zeiten.«

»Ich hab dir ja gesagt, es ist kein Date.« Ich bemühte mich, mein Gesicht zu einem sarkastischen Grinsen zu verziehen. Wahrscheinlich sah es eher so aus, als kämen mir die Frühstückswaffeln wieder hoch, aber es erzielte die gewünschte Wirkung, denn in Emilios Augen blitzte Enttäuschung auf, und er wandte den Blick ab.

Wir fuhren schweigend nach Hause, während ich im Kopf die Fahrstunde noch einmal durchspielte. Wie es gewesen war, seine Finger unter meinen auf dem Schaltknüppel zu fühlen, seine Berührung zu spüren, als er meine Hand drückte, und mir kamen noch ungefähr siebenundzwanzig andere höchst unangebrachte Gedanken, darunter …

»… muttern?«, sagte Emilio, als wir in die Einfahrt bogen.

»Ich … äh, was?«

»Hat *el jefe* die fehlenden Flanschmuttern gefunden? Ich habe nämlich einen Onlinehändler entdeckt, bei dem man sie günstig bestellen kann.«

Ich räusperte mich. »Flanschmuttern. Keine Ahnung. Ich frage ihn, wenn er vom Arzt kommt.«

Emilio piddelte an einem getrockneten gelben Farbspritzer auf seiner Shorts herum, aber er machte keinerlei Anstalten, aus dem Wagen zu steigen. Ich öffnete die Fahrertür, und Pancake schoss wie eine Rakete von der Rückbank an mir vorbei in den Garten, um ein kleines graues Kaninchen zu jagen, was so viel besagte wie: Gott sei Dank sind wir endlich zu Hause! Seht doch … Häschen!

Der Motor gab ein tickendes Geräusch von sich, und Emilio hörte schließlich auf, an seiner Hose rumzukratzen, und sah mich an.

»Jude, ist dein Vater … Warum hat er …« Er fuhr sich mit den Fingern durch die Haare und ließ die Frage in der Luft hängen, erwartete aber dennoch eine Antwort von mir.

Pancake tobte im Zickzack durchs Gras, und ich starrte zum alten Schuppen hinüber, zu den Santa-Lucia-Tannen, die seine gesamte Nordseite zu verschlingen schienen, zur Needle-Bergkette in der Entfernung, die wie ein abgebrochener Zahn aussah, zum saphirblauen Himmel, der über uns funkelte. Papi war seit Ewigkeiten an dem Schuppen zugange, fügte hier und da ein Brett hinzu, aber die Bäume pirschten sich trotzdem immer näher an uns heran. Die Berge ragten drückend schwer und gewaltig über uns auf, und ich spürte es inzwischen stärker als je zuvor – die kosmische Bedeutungslosigkeit, das schreckliche und zugleich tröstende Wissen darum, dass sich Staub zu unseren Füßen sammeln würde, wenn wir zu lange an einer Stelle stehen blieben, und die Erde selbst uns verschlingen würde, eine Zelle nach der anderen, und in hundert Jahren würden wir immer noch dastehen und die Aussicht bewundern, wenn das letzte Staubkorn uns die Augen verschloss.

»Er ist manchmal vollkommen erschöpft«, sagte ich, während sich die vertrauten Ausreden auf meiner Zunge zusammenbrauten wie ein Sommergewitter. »Er arbeitet sehr hart. Wir sagen ihm ständig, dass er sich mehr ausruhen muss.«

»Ich dachte, er wäre in Rente«, sagte Emilio.

»Ich meine hier, die Sachen, die er zu Hause erledigt.« Ich rutschte von meinem Sitz und löste die Ladeklappe des Pickups, damit Emilio die Hebebühne herausnehmen konnte.

»Hey, Jude?«

Ein winziger silbrig grüner Kolibri zischte an uns vorbei, und ich sah ihm nach und hoffte, Emilio würde keine weiteren Fragen über Papi stellen; warum er den Faden verlor, warum er einfach davonspazierte, warum die Ärzte darauf beharrten, er würde eines Tages vergessen, dass irgendetwas hiervon je stattgefunden hatte.

»Danke für die Fahrstunde«, sagte Emilio. »Ich glaube, ich war ziemlich gut, stimmt's? Nicht schlecht für mein erstes Mal jedenfalls.« Er tat so, als würde er lenken und schalten, die Stirn übertrieben gerunzelt, und ich konnte mir ein Lächeln nicht verkneifen.

»Läuft auf dem Trockenen sehr viel geschmeidiger als auf der Straße.« Ich rieb mir den Nacken und rollte mit den Schultern. »Ich fühl mich, als hätte ich ein Rodeo verloren.«

Er lachte und dann senkte sich wieder Schweigen über uns.

»Also, ich könnte ein bisschen Hilfe hiermit gebrauchen«, sagte er schließlich und zeigte auf die Hebebühne.

»Zu schwer für dich?«

»Nein. Nur sperrig.«

»Wie du.« Ich grinste, als ich am einen Ende zupackte, und wir zwei watschelten im Pinguingang damit in den Schuppen.

»Lass dir das nicht zu Kopf steigen«, sagte er, als wir das Ding endlich fallen ließen. »Aber für ein Nichtdate hat das heute ziemlich viel Spaß gemacht. Nächstes Mal bekomme ich einen Nichtkuss.« Er zwinkerte mir zu und ging rückwärts auf Valentina zu, während mich diese unerträglichen Grübchen bei jedem Schritt aufforderten, ihm zu widersprechen.

9

Sorry wg der Probe. Ruf an, ja?

Zoe hatte meine SMS den ganzen Nachmittag lang ignoriert, meine Anrufe sofort auf die Mailbox umgeleitet. Nicht, dass ich ihr das vorwerfen konnte. Wie so oft in diesen Tagen war alles, was ich vorzuweisen hatte, ein Haufen lahmer Entschuldigungen. Tut mir leid, dass ich die Zeit vergessen und deine Probe verpasst habe. Tut mir leid, dass mein Vater beim Schulpicknick ausgerastet ist und allen Angst gemacht hat. Tut mir leid, dass ich meinen Sommer damit verbringe, über Motorräder und Medikamente und die blöde Pflegeheimbroschüre nachzugrübeln. Tut mir leid, dass ich dir nicht von Emilio erzählt habe …

All die Jahre, die wir zusammen im Theaterklub und beim Sommertheater verbracht hatten, die wir uns in die Jungs von der Big Picture High und den Privatschulen im Valley verknallt hatten, die wir gewettet hatten, wer die Hauptrolle bekäme, die Kussszenen … es kam mir vor, als wäre es eine Ewigkeit her, und jetzt trieb ich in einer Welt dahin, die eine Million Jahre von normal entfernt war. Wenn alles normal gewesen wäre, hätte ich Zoe in dem Augenblick angerufen, in dem ich Emilio im Duchess erkannte hatte, und ihr sämtliche glorreiche Details aufgetischt. Und wenn alles normal gewesen wäre, hätte sie eine Liste mit Pros und Kontras geschrieben, mit einer Trennlinie in der Mitte und dem Schwur auf der Kontraseite. Grübchen, Haare, Augen, Körper, Lächeln, Narben, Motorrad, Sinn für Humor und weitere allgemeine Anbetungswürdigkeiten. Alles Pros.

»Neun zu eins«, hätte sie gesagt. »Die Entscheidung liegt auf der Hand.«

Nur dass sie nicht auf der Hand lag. Es gab nicht einmal etwas zu entscheiden. Das mit uns war rein geschäftlich, eine Abmachung mit einem bereits festgelegten Ende. Es war albern, auch nur einen weiteren Gedanken an diese kleine Nanosekundenkussfantasie zu verschwenden …

Das Handy summte in meiner Hand, und ich zuckte dermaßen zusammen, dass ich Zoe beinah durch das Zimmer geschleudert hätte.

Nur dass es nicht Zoe war. Es war Mari.

»Ich habe gerade mit Mom gesprochen«, sagte sie. »Papi hat alle Tests gemacht, aber jetzt warten sie noch auf das Treffen mit einem anderen Demenzspezialisten, um zu sehen, ob sein Zustand sich verschlechtert hat.« Mari holte tief Luft und stieß sie dann langsam wieder aus. »Und wie schlägst du dich so?«

»Gut. Ich komme klar.«

»Mom hat erzählt, dieser süße Junge sei heute wieder da gewesen. Was läuft da? Verschweigst du mir was, Schwesterherz?«

»Wie gewöhnlich ist bei eurer Stillen Post etwas verloren gegangen«, sagte ich. »Da läuft gar nichts. Er hilft uns, Papis Motorrad flottzukriegen.«

»Mom denkt, du magst ihn.«

»Mom guckt zu viele Soaps.«

»Was? Sie guckt doch nie Fernsehen.«

»Im Schwesternzimmer schon. Das machen doch alle.« Ich sagte es im Brustton der Überzeugung, obwohl meine umfangreichen Kenntnisse über alles, was in Schwesternzimmern vor sich ging, fast ausschließlich auf den Seifenopern basierten, die Zoe und ich in der Mittelstufe dauernd geguckt hatten. Die Ironie des Ganzen entging mir nicht.

Einige Sekunden verstrichen, Mari klackerte furios auf ihrer Tastatur. Sie guckte wahrscheinlich die Sache mit dem Schwesternzimmer nach. Mari war gern über alles im Bilde.

»Also hier sind die großen Neuigkeiten«, sagte sie endlich. »Ich komme für ein paar Wochen nach Hause.«

»Im Ernst?« Ich schoss augenblicklich gut gelaunt im Bett hoch. Ich hatte Mari seit meiner Schulabschlussfeier vor einem Monat nicht gesehen, und der Besuch war bedrückend und traurig gewesen, weil Mom nach der Sache mit dem Picknick nicht riskieren wollte, Papi mit zur Zeremonie zu nehmen.

Maris Ankündigung verlieh meinem Herz Flügel, ich stellte mir schon vor, wie wir gemeinsam Mittag machen würden, am Fluss entlangspazierten, über Bücher redeten … doch dann fiel mir die ganze »Nie, niemals, unter gar keinen Umständen«-Sache ein, und mein Herz legte eine Bruchlandung hin. Sie würde früher oder später daraufkommen, wer Emilio war, und sie würde das tun, was sie sich im Boxring androhten, ein Ort, an dem ich nie gewesen war, den ich aber aus dem Fernsehen kannte: Sie würde mit ihm den Boden aufwischen.

Der Schwur war Maris Idee gewesen. Besonders stolz war sie auf das Detail mit dem Blut.

Ich schluckte den Kloß hinunter, der sich in meinem Hals gebildet hatte. Ich konnte nicht fassen, was ich im nächsten Augenblick zu meiner Lieblingsschwester sagen würde. Meinem Fleisch und Blut, dem Mädchen, das mir beigebracht hatte, Bauernzöpfe zu flechten und Moms *empanadas* zu machen und mir in der Siebten die Antworten von Mrs Fisks Geschichtsarbeit eingetrichtert hatte, weil es Jahr für Jahr dieselben waren.

Ja? Ist da die Hölle, bitte? Jude Hernandez am Apparat. Ich rufe bloß an, um meine Reservierung zu bestätigen. Ein Tisch für eine Person, schön nah am Feuer, wenn möglich …

»Ich find's toll, dass du kommen willst«, sagte ich. »Aber du musst nicht so lange bleiben. Wir kommen wunderbar klar.«

»Es ist zu viel für dich, Juju. Denk nur daran, was in der Drogerie passiert ist. Was ist, wenn so etwas noch mal geschieht?«

Ich verschränkte die Beine zum Schneidersitz, und sie gruben sich in die Fleecedecke, die über mein Bett ausgebreitet war. »Papi hat ab und zu diese Aussetzer. So ein oder zwei. Die Ärzte haben uns gesagt, dass das passieren würde.«

Mari seufzte einen kompletten Wirbelsturm ins Telefon. »Du kannst das nicht allein bewältigen. Mom sollte nicht von dir erwarten …«

»Tut sie ja gar nicht. Ich will es so. Es ist Sommer, ich habe Zeit. Im Ernst, Mari. Komm einfach übers Wochenende.«

Teufelchen-Jude saß auf meiner Schulter und bewarf

Engelchen-Jude, die auf der anderen Seite saß, mit Steinchen. Die Lage, in der ich mich befand, hatte ein entschieden cartooneskes Stadium erreicht.

»Die anderen und ich haben das schon besprochen«, sagte Mari. »Ich bin am dichtesten dran, die Anreise ist für mich mit den wenigsten Umständen verbunden. Celi kann im Herbst kommen, bevor du aufs College gehst. Auf diese Weise musst du nicht die ganze Zeit mit Papi verbringen.«

»Aber ich bin gern mit Papi zusammen.« Der jammernde Unterton in meiner Stimme schmeckte bitter, aber er überraschte mich nicht. Mit meinen Schwestern zu reden ließ mich jedes Mal rückwärts altern. Plötzlich war ich wieder fünf und stand heulend in der Einfahrt, während sie ohne mich zur Eisdiele fuhren. *Dieses Mal nicht, Jujube. Wir bringen dir einen Becher Schoko-Erdnussbutter-Eis mit!* »Was ist mit deinen Onlinedates? Dein Seelenverwandter könnte gleich hinter der nächsten Ecke auf dich warten.«

Mari stöhnte auf. »Gleich hinter der nächsten Ecke im Keller seiner Mutter. Ich mache eine strikte Jungsdiät, wie wäre es damit? Es sei denn, du versteckst noch mehr süße Typen in Blackfeather vor mir.«

»Nein! Tu ich nicht. Ich meine, hier gibt es keine süßen Jungs. Null. *Nada*. Nicht einen.«

Pancake warf mir einen gekränkten Blick zu. *Zähle ich etwa nicht?*

»Abgesehen von Pancake«, fügte ich hastig hinzu.

»Jude, du benimmst dich seltsam.«

»Ich … Was ist mit deinen Klienten?«, fragte ich.

»Ich werde einfach von euch aus arbeiten. »Oh, hast du das Buch schon durch?«

Ich dachte an meinen Rucksack, der unter dem Küchentisch gelandet war, das Manuskript darin noch unberührt, seit ich ihn am Morgen gepackt hatte. »Bald. Ich lese es heute Abend.«

Du bist der Hammer! Teufelchen-Jude reckte begeistert den Daumen hoch, ihr Lächeln funkelte böswillig. Sie hatte einen Goldzahn, deshalb. Engelchen-Jude ließ beschämt den Heiligenschein hängen, und er legte sich stumpf und verbeult über ihre Haare, denn er war aus falschem Gold. Teufelchen-Judes Arbeit machte sich eindeutig besser bezahlt.

»Du musst es *unbedingt* heute Abend lesen. Es ist so gut! Megaheiße Jungs, keine Vampire.« Mari hämmerte wieder auf ihre Tastatur ein. Sie war im Büro, aber ich malte mir wie immer aus, dass sie in ihrem Loft in Denver saß, in ihren Wölkchen-Schlafanzug gehüllt, die Manuskripte überall verteilt, die Beine auf ihrem kleinen Zweisitzer ausgestreckt. Wir hatten in den Weihnachtsferien zwei Wochen zusammen verbracht, uns auf das Sofa gekuschelt, Filme bei Netflix runtergeladen und Essen vom Thailänder bestellt, das in Blackfeather unmöglich zu bekommen war. Mari hatte mich einige der unverlangt eingesandten Manuskripte lesen lassen, und sie hatte einen Monat später einen meiner Lieblinge verkauft.

Wenn es erst mal in den Regalen steht, kannst du allen erzählen, wie du den Autor aus dem Stapel mit den Unverlangten gefischt hast …

»Ich werde euch eine große Hilfe mit Papi sein«, sagte Mari. »Ich habe tonnenweise Zeug online gelesen und Mom hält mich immer auf dem Laufenden. Ich bin gut vorbereitet. Du musst dir deswegen keine Gedanken machen.«

Ich zog in Erwägung, sie zu bitten, mir das schriftlich zu geben. »Wenn du es sagst.«

»Tu ich. Ich werde morgen zum Mittagessen da sein«, sagte sie. »*Besos.*«

»Ciao.« Ich schmiss mein Handy aufs Bett. Kopfschmerzen nisteten sich hinter meiner Stirn ein – Engelchen-Jude und Teufelchen-Jude trugen noch immer ihr Kämpfchen aus. Ich wollte Mari sehen, wollte glauben, dass sie eine große Hilfe sein würde, wie sie es versprochen hatte, aber …

Lasst uns die Vargas-Jungen ihrer Fähigkeit berauben, sich fortzupflanzen …

Hallo, Desaster. Ich konnte sie nicht nach Hause kommen lassen – noch nicht. Wenn Valentina schnurrte wie ein Kätzchen und Emilio auf seinem Roadtrip war? Dann war sie mehr als willkommen. Sie konnte einen ganzen Monat freinehmen und einen Überseekoffer voller Manuskripte mitbringen, und Mom konnte *empanadas* machen, und Papi konnte jedem erzählen, dass er diese Riesenüberraschung hätte. Dann würden wir alle nach draußen gehen, und er würde das Motorrad anlassen und allen davon erzählen, wie wir es repariert hatten, hauptsächlich wir beide, und Mom und Mari würden jubeln, und wir würden Emilio nicht mal erwähnen müssen.

Aber noch war das Zukunftsmusik. Zuerst musste ich Mom überzeugen, Mari davon zu überzeugen, dass wir bestens klarkamen, dass sie ihr Leben in Denver nicht mitsamt Wurzeln herausreißen musste, nur um herzukommen und auf Papi und mich aufzupassen.

Denn die Reparatur zu unterbrechen? Kam nicht infrage.

Engelchen-Jude zeigte mir am Ende den Finger und Teufelchen-Jude haute ihr eine runter und nickte mir aufmunternd zu. *Weißt du was, Jude, der Boss braucht ständig neue Leute hier unten. Ich lege nur zu gern ein gutes Wort für dich ein …*

Ich machte mir eine Tasse Matetee und holte die Reste der *torta de papas* heraus, ein Kartoffelomelett mit viel Tomatensoße und Käse obendrauf. In der Küche war es wunderbar friedlich, die wohlriechenden Nachwehen von Moms Kochkünsten schwängerten die Luft, Pancake schnarchte leise in seinem Körbchen, die Uhr *nicht Telefonzelle* hielt Sekunde um Sekunde fest, wie die Nacht verstrich. Ich schloss die Augen und ließ den Geschmack der in Soße getränkten *torta* auf meiner Zunge zergehen.

Es war Papis Leibgericht, und das letzte Mal hatte Mom es an seinem Geburtstag gekocht, der früher im Jahr gewesen war. Er aß nur ein paar Bissen davon – sagte, es schmecke ihm nicht. Dass es ihm noch nie geschmeckt hätte. Sie brachen einen albernen Streit vom Zaun, der damit endete, dass Mom alte Fotoalben hervorkramte, die frühere besondere Anlässe dokumentierten, zu denen sie die *torta* gemacht hatte, und schließlich verlor er den Streit und nahm zweimal nach, nur damit die Kummerfalten aus ihrem Gesicht verschwanden.

Beim Abendessen heute hatte er beinah die halbe Pfanne verputzt.

Jetzt schlug die Uhr zwölf und stimmte ihr melodisches Läuten an. Der zarte Zauber der Mitternacht war gebrochen und mein Hunger gestillt.

Ich öffnete den Müllschlucker und rechnete halb damit,

auf eine weitere Broschüre zu stoßen, vielleicht auf die fehlenden Bewerbungsunterlagen. Aber an diesem Abend entdeckte ich keine Neue-Wege-Propaganda. Nur die üblichen Essensreste und zerrissenen Umschläge und Kaffeesatz. Und eine Baseballkappe, einen ungeöffneten Beutel Tiefkühlerbsen, eine Seife Marke Irischer Frühling, eine Socke und drei DVDs aus Aracelis Michael-J.-Fox-Phase.

Papi musste auf Wanderschaft gewesen sein.

»Du bist aber noch spät auf.« Moms Stimme war leise, als sie in die Küche schlüpfte, ihre normalerweise glatte Gesichtshaut von feinen rosa Linien überzogen.

Ich legte die DVDs und die Seife auf den Ablauf der Spüle. Die Baseballkappe war ziemlich durchweicht und nicht wert, gerettet zu werden. »Bist du auf dem Sofa eingeschlafen?«

»Schuldig im Sinne der Anklage«, erwiderte sie.

Ich machte uns beiden frischen Tee und setzte mich zu ihr an den Küchentisch. Jetzt, da Papi im Bett war, konnten wir offen über den Arztbesuch reden – ein Thema, das sie und Papi beim Abendessen tunlichst vermieden hatten.

»Sein Erinnerungsvermögen lässt nach«, sagte sie. »Aber nicht so stark, wie sie gedacht hatten. Er ist zu einer klinischen Studie zugelassen. Sie haben noch einen Gehirnscan und einen Gentest gemacht. Sie versuchen, so viel wie möglich in Erfahrung zu bringen.«

»Meinst du, das wird helfen?«

»Ich hoffe es, *mi amor.*« Mom fischte ihren Teebeutel aus der Tasse und ließ ihn auf die Untertasse fallen. »Sie haben ihm das Armband von der Alzheimer-Gesellschaft mitgegeben. Nur für alle Fälle.«

Die Ärzte hatten das Armbandprogramm erwähnt, als sie ihm die Diagnose mitgeteilt hatten, aber Mom hatte sogleich verkündet, dass seine Krankheit kein persönliches Aushängeschild bräuchte. Jetzt umfing sie mit zwei Fingern ihr Handgelenk, ein temporäres Armband passend zu dem von Papi.

»Sie haben meine Nummer von der Arbeit, meine Handynummer, unsere Adresse und deine Handynummer. Also falls er auf und davon spaziert …« Sie ließ den Rest des Satzes in der Luft hängen, ihre Miene war aufgewühlt.

»Würden sie uns anrufen«, sagte ich. »Ich erinnere mich.«

»Es ist eine reine Vorsichtsmaßnahme«, sagte sie. »Mach dir keine Sorgen.«

Ich lächelte liebevoll, als sie von ihrer Tasse aufblickte. »Ich habe vorhin mit Mari gesprochen«, sagte ich. »Sie kommt morgen?«

»Ich halte es für eine gute Idee«, sagte Mom. »Du nicht? Dann musst du nicht mehr alles allein stemmen. Ich weiß, du vermisst deine Freunde.«

Meine Freunde. Wenn es in diesem Tempo weiterging, würden bis zum Ende des Sommers keine mehr übrig sein, die ich vermissen konnte. Aber ich nickte dennoch.

»Es wird uns allen guttun. Eine wenig Durchatmen. Die Last teilen.« Ihre Gedanken schweiften wieder ab und sie nippte an ihrem Tee.

»Was ist, wenn ich aufs College gehe?«, fragte ich. »Mari kann auf keinen Fall hierher ziehen. Und was ist mit Argentinien? Wir müssen das Haus allmählich für den Verkauf fertig machen, oder?«

Meine Eltern sprachen seit Jahren davon, sich in Argentinien zur Ruhe zu setzen, in die Nähe von Lourdes zu ziehen, sobald ich mich in Denver eingelebt hätte. Vergangenes Jahr hatten sie begonnen, sich ernsthafter damit zu beschäftigen, Sie hatten Infos über Immobilien von Lourdes und den übrigen Verwandten dort unten eingeholt, Dinge fortgegeben, die sie nicht mehr brauchten. Sie hatten ihre Pläne jedoch in letzter Zeit nicht mehr erwähnt, und Moms Blick war versonnen und traurig, als sie mich jetzt ansah.

Sie presste die Lippen aufeinander, als wäge sie ihre Worte ab, dann schüttelte sie den Kopf. »Lass uns diese Brücke nicht niederbrennen, ehe wir sie überquert haben. Hast du Hunger? Soll ich dir etwas machen?« Sie erhob sich schwerfällig von ihrem Stuhl. »Warum lachst du?«

»Die Redewendung lautet: Lass uns diese Brücke überqueren, wenn wir dort ankommen.«

»Oh!« Mom stieß ebenfalls ein Lachen aus, aber es klang blechern und erstarb schnell. »Manchmal denke ich, ich sollte besser gar nichts sagen.«

Ich erwiderte ihren Blick und wir teilten etwas miteinander. Ein wortloses Einvernehmen vielleicht. Die beiderseitige Erkenntnis, dass gewisse Dinge nicht zu erwähnen einen noch viel mehr auslaugte, als sie ans Licht zu zerren. Aber keine von uns wollte noch stärker bohren oder zupfen, als wir es ohnehin schon getan hatten.

Ich dachte wieder an die Broschüre. Die Sozialarbeiterin.

Es gab eine Menge, was sie nicht erwähnte.

Sie starrte den DVD-Stapel an, den ich auf der Spüle liegen gelassen hatte.

Es gab auch eine Menge, was ich nicht erwähnte.

Ich betrachtete die Frau am anderen Tischende mit zusammengekniffenen Augen und sah sie zum ersten Mal in meinem Leben als eine Andere. Nicht als meine Mutter, sondern als Ehefrau, als eine Frau, die sich verliebt hatte. Eine junge, wunderschöne Person, die vor Leben sprühte, eine, die ihre Sachen gepackt und ihre ganze Familie zurückgelassen hatte, um sich in ein Abenteuer zu stürzen, das sie in ein fremdes Land führte, das ihr die Chance bot, mit ihrem Mann ein gemeinsames Leben aufzubauen. Das war das unausgesprochene Versprechen der Liebe – blind und voller Hoffnung, auf seine Art von zeitloser Schönheit.

Mom lächelte, aber in ihren Augen stand eine neue Trauer, eine Sorge, die am Morgen noch nicht da gewesen war. Mein geplanter Protest über Maris ausgedehnten Besuch fiel in sich zusammen und zog sich in die Schatten zurück. Ich konnte das Mom nicht antun. Nicht in diesem Moment.

»Ich habe keinen Hunger«, sagte ich. »Ich habe die *torta* aufgegessen.«

»Okay, *querida*. Dann gehe ich jetzt ins Bett.« Mom küsste mich aufs Haar, und ich schloss die Augen und lauschte dem vertrauten Rascheln ihrer Socken auf den Fliesen, so leise wie herabfallender Staub.

Meine Schwestern hatten die Vargas-Jungen in dem Schwur zu Unrecht beim Namen genannt. Namen spielten dabei überhaupt keine Rolle. Alle Jungen waren dazu auserkoren, unsere Herzen zu brechen.

10

Pancake, was für ein Soldat. Er hatte den ganzen Morgen an der Haustür Wache geschoben – er dachte, etwas Spannendes sei im Anmarsch, *pobrecito*. Eine rote Staubwolke wirbelte kurz vor dem Mittagessen die Einfahrt entlang, und sein Schwanz begann zu rotieren und er war ganz *Oh Junge, Junge, Junge, gleich passiert was, oooh Junge!*

Dann fuhr Maris Wagen vor, und er trottete in die Küche und rieb seine Schnauze an meinem Bein, was wohl heißen sollte: *Im Ernst? Das ist es? Denn, Jude? Jude? Jude? Man hat mir gesagt, es würde Häschen geben.*

»Ich fühle mit dir, Pancake.« Ich brachte die Tomatensuppe zum Köcheln und holte die *empanadas* aus dem Ofen. Nicht schlecht für eine Henkersmahlzeit.

»Ist jemand gekommen?«, fragte Papi, als er das Auto hörte.

Mari hatte gewollt, dass ihr Besuch eine Überraschung würde. Und mit *gewollt* meine ich *darauf bestanden.*

Als Papi, Pancake und ich die Haustür öffneten, stand Mari auf der Veranda, sonnengeküsst, das blonde Haar verstrubbelt, als sei sie gerade übers Meer herbeigesegelt. Und als sie dann lächelte und uns in eine Umarmung zog, lösten sich ein paar meiner Vorbehalte in Luft auf. Ungefähr vier. Von hundert.

Es war ein Anfang.

»Ich habe euch alle so sehr vermisst.« Ihr Atem strich sanft über meine Wange, als sie uns noch fester drückte, und Papi sagte immer wieder: »Oh, oh, oh«, mit einem breiten, freudestrahlenden Grinsen.

»Ich bin froh, dass du da bist.« Ich flüsterte die Worte, und sie roch nach Lavendellotion und ihren schrecklichen Zigaretten, und es brachte die Erinnerung an die Zeit zurück, als sie das Zimmer gegenüber von meinem gehabt hatte und mich manchmal bei sich Musik hören ließ, während sie ihre Hausaufgaben machte.

Und ich meinte, was ich gesagt hatte.

Ich war froh, dass sie da war.

Mari hatte gerade ihre dritte *empanada* inhaliert, als ein Rattern die Fenster erzittern ließ. Sie verrenkte sich den Hals, um aus der Küchentür zu gucken, und zog bei dem Anblick, der sich ihr bot, die Nase kraus. »Wen kennen wir denn mit einem schwarzen Motorrad?«

Willkommen mitten im Hals, Herz. Fühl dich ganz wie zu Hause!

Ich hatte vorgehabt, Emilio für heute abzusagen. Ich brauchte mindestens einen Tag, um Mari davon zu überzeugen, dass einen Vargas anzuheuern keinesfalls gegen die Bestimmungen des Schwures verstieß *und* dass meine anderen Schwestern nichts davon zu erfahren brauchten *und* dass alles erledigt sein würde, wenn ich mit Zoe und Christina in Urlaub fahren würde.

¡Terminado!

Aber ich hatte den Anruf total verschwitzt, und jetzt war

Emilio hier, mit seiner Lässigkeit, seinen Grübchen und seiner tief sitzenden Jeans, und schlenderte auf die Küchentür zu, als gehörte er zur Familie.

»Seht nur, wer da ist!« Papi winkte ihn herein. »Die *empanadas* werden kalt, Sohn. Magst du *jamón y queso*?

»Ich liebe sie.« Er warf mir ein verschmitztes Lächeln zu und ich wurde ganz verlegen und lief rot an. Im Ernst, wie so eine dämliche Südstaatenschönheit, und dann musste ich das Fenster über der Spüle aufreißen und so tun, als wäre mir das ganze Kochen zu Kopf gestiegen. Teufelchen-Jude hielt es für einen echt abgefahrenen Trick.

Ich setzte mich schließlich wieder, und mein Oberschenkel streifte unabsichtlich Emilios, und er beugte sich runter, um Pancake zu streicheln, der sich für meinen Geschmack ein bisschen zu sehr daran gewöhnt hatte, diesen Jungen im Haus zu haben.

»Ist das der Mechaniker?« Mari bildete die Worte stumm mit den Lippen. »Heiß!«

Ich versuchte, auf meinem Stuhl tiefer zu rutschen, aber es gab kein Entkommen, daher grinste ich bloß und hoffte, Pancake würde anfangen, Französisch zu sprechen, damit ich erstaunt tun und *Oh mein Gott, Leute! Der Hund hat* Bonjour *gesagt!* rufen konnte.

Stattdessen fing Emilio an, Konversation zu machen. Auf Englisch.

»Hallo«, sagte er, während er Mari musterte.

Sie streckte die Hand aus und stellte sich vor. »Du musst Jujus Motorradhilfe sein.«

»Ja, muss ich wohl.« Er lächelte, nachdem sie die Hände geschüttelt hatten, und ich trat ihm wortlos auf den Fuß, was offenbar das falsche Signal war, denn daraufhin legte er seinen Arm um meine Stuhllehne. Seine Haut verströmte Hitze und ich atmete seinen Leder-und-Weichspüler-Duft tief ein …

»Emilio Vargas.« *Und meine anbetungswürdigen Grübchen.* »Schön, dich kennenzulernen.«

Und die Temperaturkurve im Raum entwickelte sich folgendermaßen: heiß, warm, lauwarm, kühl, eisig, arktisch tiefgekühlt.

»Hey! Wer möchte noch *empanadas*?« Ich nahm mir ein Beispiel an Mom und reichte die Schüssel weiter. Emilio schaufelte eine auf seinen Teller und hielt die Schüssel dann Mari hin, aber sie weigerte sich, ihn anzusehen.

»Mari, willst du keine *empa*?« Ich deutete in Jedimanier auf die Schüssel. *Dies ist nicht die verräterische Schwester, nach der Ihr sucht …*

Mari nahm sich eine Serviette, tupfte sich die Lippen ab, faltete sie neu und legte sie sich in den Schoß. »Woher kennt ihr zwei euch noch gleich?«

Sie heuchelte aufrichtiges Interesse, aber ihr Blick durchbohrte uns von der anderen Seite des Tisches aus. Emilio sah im selben Moment mich fragend an, in dem Mari Papi ansah, der weiter seine Suppe schlürfte, als brächte der Name Vargas bei ihm nichts zum Klingeln. Wahrscheinlich war es tatsächlich so.

»Noch etwas Salz?«, sagte ich. *Hallo! Dies ist nicht die verräterische Schwester, nach der Ihr sucht.* Ich griff nach dem Salzstreuer und erwischte stattdessen mein Glas, wodurch ich eine Flutwelle Eistee in Maris Richtung sandte. Sie stieß ihren Stuhl zurück, um dem Sturzbach zu entgehen, und im

Handumdrehen warf Emilio seine Serviette über die Pfütze und saugte sie gänzlich auf. Pancake hatte den Boden übernommen, er schleckte Eistee auf, Krümel, Dreck, tote Insekten, Zehen, alles, was ihm in die Quere kam. Das Ganze war innerhalb von Sekunden vorbei. Überlebende gab es keine.

»Gott. Pass doch auf, Juju«, sagte Mari.

»Die zwei helfen mir mit Valentina.« Papi holte mit der Gabel eine weitere *empanada* aus der Schüssel und ließ sie unbeeindruckt von meiner Tollpatschigkeit auf seinen Teller fallen.

»Wer zum Teufel ist Valentina?«, fragte sie.

Papi legte seine Gabel ab. »Die Harley, *querida.*«

»Okaaay.« Mari kochte innerlich. »Ich bin gerade in eine Folge von *Twilight Zone* gestolpert.«

»Hey, ich liebe diese Serie.« Emilio zeigte mit der Gabel auf sie. »Hast du die gesehen, wo …«

»Wow, viel zu tun heute, sieh nur, wie spät es ist!« Ich schoss von meinem Stuhl hoch und zupfte an Emilios Arm.

»Was ist mit den Dark-Moon-Zauberbohnen?«, fragte er.

»Keine Zeit für Kaffee«, stieß ich durch meine zusammengepressten Zähne hervor. »Wir müssen in den Schuppen. Lass Papi und Mari in Ruhe erzählen oder … was immer.«

»Ey, geh nicht. Ich will *alles* darüber wissen, was du diesen Sommer getrieben hast.« Mari ließ die Sorte Grinsen aufblitzen, die mich früher stets in Mamas Arme hatte flitzen lassen. Jetzt wurde mir davon nur ein bisschen unbehaglich. Sie funkelte mich weiter wütend an, die unausgesprochene Autorität der anderen Hernandez-Schwestern loderte in ihren Augen, vereinte sie einmal mehr in ihrer lebenslangen Mission, mir Vorschriften zu machen.

»Lass sie gehen, Mariposa«, sagte Papi. »Du bleibst hier bei mir. Erzähl mir alles über deine millionenschweren Buchverträge.«

»Das war quasi Rettung in letzter Minute«, sagte ich, während wir die Werkzeuge auspackten. »Ich habe ihr noch nicht viel von dir erzählen können, und es ist … kompliziert.«

Ich erwiderte Emilios Blick. Hatte er tatsächlich keine Ahnung von unserer gemeinsamen Familienhistorie?

»Gibst du mir mal die Stirnlampe?«, fragte er.

Ich fand die Lampe auf der Werkbank und reichte sie ihm.

Emilio tauchte in den Bauch der Maschine, die inzwischen auf der Hebebühne stand, die wir im *Duchess* abgeholt hatten.

»Es liegt nicht an dir«, sagte ich. »Sie ist zu jedem so. Was wahrscheinlich der Grund dafür ist, dass sie noch Single ist.«

»Wahrscheinlich.« Emilio streckte die Hand aus. »Inbusschlüssel? Das ist der schwarze, der wie ein L aussieht.«

»Oh, der Lakritzschlüssel.« Ich zog ihn aus der Werkzeugkiste. »Er sieht aus wie diese schwarzen Lakritzschnüre, findest du nicht auch?«

»Lakritzschlüssel? Lass das niemals Samuel hören. Sonst hält er dir einen vierstündigen Vortrag über Werkzeuge und ihre korrekten Bezeichnungen. Ich habe mir diesen Mist einmal anhören müssen. Glaub mir, du willst gar nicht wissen, wie das war.« Emilio lachte, doch dann wurde es wieder vollkommen still, als er sich auf Valentina konzentrierte, der Lakritz-Schrägstrich-Inbusschlüssel klirrte leise, als er hundert winzige Teile abmontierte und unter die Lupe nahm. Er schien keine weiteren Werkzeuge zu brauchen, also schoss ich ein paar Fotos für Papi und beschäftigte mich mit einem der schief gestapelten Kartons an der Wand – eine Sammlung ausgefallener Patisseriebücher aus Celis kurzer Konditorphase.

»Abrissbirne.« Meine Stimme ließ das angenehme Schweigen in tausend Stücke springen, aber Emilio zuckte nicht mal mit der Wimper. »Das war als Kind Maris Spitzname. Sie hat auch ihre guten Seiten. Sie schießt nur gern ein bisschen übers Ziel hinaus. Sehr weit übers Ziel hinaus.«

Emilio grunzte. Ich hätte nicht sagen können, ob es Kenntnisnahme, ein Lachen oder ein Versehen war; er war so auf seine Arbeit konzentriert.

Ich überließ die Bücher sich selbst und zog einen Stapel alter selbst gebrannter CDs hervor, von denen die meisten keine Hülle hatten. Die Label waren in schwarzem Edding mit Celis schnörkeliger Schrift vollgekritzelt. *Regentage-Blues-Mix. Heißer Gangsta-Mix. Microsoft Word.* Die letzte musste von Lourdes sein.

»Ist schon komisch mit meinen Schwestern«, sagte ich. »Sie wussten vom Augenblick ihrer Geburt an, wer sie waren, und haben sich seitdem nicht verändert.«

»Und du?«, sagte Emilio nun doch. »Warst immer nur die kleine Schwester, was?«

Ich schmiss die CDs auf den Recycling-Haufen. »Eher so was wie ein Einzelkind. Ich bin in einem völlig anderen Jahrzehnt geboren.«

»Genau wie ich. Gott sei Dank sind meine Brüder aus dem Haus, kann ich dir sagen. Wenn deine Schwester 'ne Abrissbirne ist, sind diese Kerle so was wie …« Emilio blähte die Backen auf und imitierte ein Explosionsgeräusch. »Atombomben.«

Hm, daher auch die vielen Tränen in der Casa de Hernandez, inspiriert von den V-Man-Mistkerlen Johnny und Miguel.

»Also das ist Valeria?« Mari drückte die neuste Zigarette in einer alten Kaffeedose aus und ging auf das Motorrad zu. Schätze, Papi war es müde geworden, von ihren Vertragsabschlüssen zu hören.

»Valentina«, sagte ich. »Wo ist Papi?«

»Schläft auf dem Sofa. Aus welchem Jahr stammt diese Schrottmühle eigentlich?«

»Einundsechzig«, entgegnete Emilio. »Ein Klassiker. Im Moment sieht sie noch ein wenig mitgenommen aus, aber wenn wir erst einmal fertig sind …« Seine Stimme verlor sich, seine Augen leuchteten, während er sich die ungeahnten Möglichkeiten ausmalte. Mari umkreiste Valentina, und er behielt sie dabei genau im Auge, schirmte das Motorrad mit seinem Körper ab, wenn Mari ihm zu nah kam.

»Was ist so lustig?«, fragte er, und da wurde mir bewusst, dass ich lächelte.

»Wahrscheinlich ist sie high von den ganzen Dämpfen«, sagte Mari. »Es ist, als würde man hier drin Benzin schnüffeln.«

»Es überrascht mich, dass du überhaupt noch über einen Geruchssinn verfügst«, sagte ich. »Zigaretten können ihn abtöten, weißt du.«

»So heißt es zumindest.«

»Du solltest aufhören«, sagte ich. Emilio hatte sich wieder der Arbeit an dem Motorrad zugewandt, aber es sah nicht so aus, als hätte Mari vor zu verschwinden.

»Die alte Leier?«, sagte sie. »Ehrlich, Juju.«

»Ich will nicht, dass du Krebs kriegst.«

Mari legte den Arm um mich. »Genug von mir. Was ist mit Zoe und dir los? Mom sagt, ihr zwei hättet Probleme?« Sie beäugte Emilio, als wäre das allein seine Schuld.

»Wir … machen diesen Sommer mehr oder weniger unser eigenes Ding.« Zoe hatte mir an diesem Morgen endlich wegen der verpassten Probe gesimst, von wegen *kein Problem, nicht wichtig*, aber es war wichtig für sie, genau wie die Motorradreparatur für mich, und all diese wichtigen Dinge begannen sich langsam zwischen uns aufzutürmen, und bald würde es uns nicht mehr gelingen, darüberzukraxeln.

»Ihr zwei wart immer unzertrennlich.« Mari warf Emilio erneut einen wütenden Blick zu.

»Schlüsselwort: wart.«

Mari musste mitbekommen haben, wie gepresst meine Stimme klang, denn sie hielt die Klappe und klopfte eine weitere Zigarette aus ihrer Packung. Sie legte die Hände schützend darum und zündete sie an ihrem Zippo an.

»Oh, zur Kettenraucherin mutiert?«

»Offenbar noch nicht, schließlich bin ich kerngesund und alles.« Sie pustete den Rauch an einem süffisanten Grinsen vorbei und lehnte sich gegen die Wand, scheinbar zufrieden damit, Emilio bei der Arbeit zuzusehen. Ich kannte das Gefühl, aber ich kannte sie auch gut genug, um nicht mit ihr darüber zu scherzen. Mari wäre für jeden von uns vor einen wilden Stier gesprungen, aber ihre Loyalität machte sie auch blind. In diesem Moment galt ihre Loyalität Araceli und ich war der wilde Stier. Oder vielleicht war Emilio ja der Stier, was aus mir … die Viehweide machte?

Nein, den Porzellanladen. Puh. Gott sei Dank lagen die Prüfungen hinter mir, Analogien waren echt nicht meine Stärke.

»Er ist nur den Sommer über hier«, flüsterte ich. »Mom weiß nicht mal, dass er ein Vargas ist.«

Mari musterte mich einen Moment durch den aufsteigenden Zigarettenrauch hindurch. »Warum hast du Papi erlaubt, ihn anzuheuern?«

»Ich habe es ihm nicht *erlaubt.*« Ich schnappte mir eins der Patisseriebücher und blätterte es durch. »Papi kann anheuern, wen immer er will.«

Mari nahm einen weiteren Zug von ihrer Zigarette. Als sie wieder sprach, war ihre Stimme heiser. »Wenn das wahr wäre, hättest du Mom nicht zu verschweigen brauchen, dass er ein Vargas ist.«

Sie hatte natürlich recht und die Schuld lastete schwer auf mir. Teufelchen-Jude badete geradezu genüsslich darin. Mom kam nie in den Schuppen – die Kartonstapel stressten sie –, aber früher oder später würde sie Fragen über Emilios Familie stellen, insbesondere wenn sie dachte, wir würden uns anfreunden.

»Verpetzt du mich jetzt?«

Mari schüttelte den Kopf, den Mund verzerrt, als sie ihre Zigarette zu Boden warf und austrat. Ich bückte mich, um die Kippe aufzuheben und in die Kaffeedose zu werfen, und in dem Moment stolzierte sie auch schon auf Emilio zu.

»Also, Emilio Vargas. Erzähl mir was von dir. Von deiner *familia.*« Sie dehnte dieses letzte Wort, bis es ätzte wie ein tödliches Gift.

Ein langsamer und schmerzhafter Tod, auf diese Weise

würde Mari töten. Ich litt schon jetzt mit ihrem zukünftigen Exmann.

Emilio fasste die Höhepunkte seines Lebens in einer superkurzen Version für sie zusammen. Als Letztes erzählte er von seiner Arbeit im *Duchess* und wie er sich den Valentina-Job gesichert hatte. Er musste Mari immer wieder ausweichen, um sich Zugang zum Motorrad zu verschaffen, und war offensichtlich gerade dabei, etwas Wichtiges zu überprüfen, aber Mari ließ sich davon nicht beirren.

»Wie alt bist du, einundzwanzig?«, fragte sie.

»Neunzehn«, sagte er.

Mari fuhr mit dem Finger Valentinas Rückgrat entlang, und ich schwöre, die Maschine erschauerte unter ihrer Berührung. »Bist du überhaupt qualifiziert genug für das hier? Braucht man dazu keine spezielle Ausbildung?«

»Genau das hier ist die Ausbildung.« Er sah sie die ganze Zeit über nicht an, er fuhr nur mit einem weichen Tuch über die Stellen, an denen Mari die Maschine berührt hatte.

»Bekommt man von einem Vertragshändler nicht weitaus mehr Expertenwissen geboten?«, fragte Mari. »Mir sind hier in der Gegend die vielen Touristen mit ihren dicken fetten Harleys aufgefallen.«

Emilio sah zu mir hoch und hob die Augenbrauen, als wollte er mir zu verstehen geben: *Schaff mir endlich diese* loca *vom Hals.* Aber als ich nur hilflos mit den Schultern zuckte, gab er schließlich auf und kam hinter dem Motorrad hervor. Er rieb sich die Finger an einem alten Kopftuch aus der Werkzeugkiste ab, aber sie waren dauerhaft mit Ölflecken tätowiert, Zeugnis dessen, was er am meisten liebte.

»Duke ist ein anständiger Kerl«, sagte er. »Er schanzt uns

Extraarbeit wie die hier zu und behält nicht allzu viel davon für sich. Ich brauche sämtliche Kohle, die ich kriegen kann.«

»College?«, fragte Mari.

»Motorradtour. Sobald ich hier fertig bin, geht's als Erstes zum Grand Canyon.«

»Mit deiner Freundin hier?«, fragte Mari.

»Ich bin nicht seine Freundin. Und ich fahre mit Zoe«, sagte ich patzig. »In den Sand-Dunes-Nationalpark.«

Emilio fing meinen Blick auf und lächelte. »Die Straße ist sowieso nicht der richtige Ort für eine Freundin. Vielleicht komm ich gar nicht zurück. Ich fahre einfach so lange, bis mir der Sprit ausgeht, und sehe, wo es mich hin verschlägt.«

Er zwinkerte mir zu, und bevor ich ihm die passende Antwort geben konnte, machte er einen Schritt auf mich zu und strich mir die Haare aus der Stirn, fuhr mit dem Finger meine Augenbraue nach. Es war eine so beiläufige Geste, vertraut und intim zugleich. Meine Wangen brannten, als hätte er mich in die Arme gezogen und leidenschaftlich geküsst.

Ich schlug seine Hand weg.

Emilio beugte sich zu Mari und formte mit der Hand einen Trichter, als wolle er ihr etwas zuflüstern. »Sie spielt die Unnahbare, aber ich weiß genau, wie dieses Mädchen tickt.«

»Machst du Witze? Hör auf!« Ich verpasste ihm einen halbherzigen Schubser und er stolperte rückwärts.

»Ein Streit unter Liebenden! Viel Spaß noch dabei«, sagte Mari. »Ich werde mal nach Papi sehen.«

»Wir streiten nicht«, widersprach ich.

Emilio wand seine Finger in meine Haare, direkt über dem Nacken, und lehnte sich näher zu mir. Sein Atem kitzelte mein Ohr, federleicht und sengend, gleichermaßen wohltuend und gefährlich. »Heißt das, wir sind Liebende?«

Emilio hatte – wahrscheinlich genau wie seine Brüder – die Art Stimme, die wie geschaffen dafür war, einem Mädchen eine Gänsehaut zu bescheren, und Stunden später hingen seine neckenden Worte immer noch in der Luft. Selbst nachdem er die Werkzeuge weggeräumt und sich verabschiedet hatte, klangen sie noch nach. Ihr Echo hallte in mir wider, als Mom nach Hause kam und ihre zweitbeste Flasche Malbec öffnete, um Maris Ankunft zu feiern. Und endlich, nachdem ich locker einhundert Fotos geknipst, den Nachtisch stehen gelassen hatte und in mein Zimmer geschlichen war, um ein bisschen für mich zu sein, erreichte ich den Punkt, an dem ich aufhörte zu zittern, an dem ich glaubte, darüber hinweg zu sein.

Doch dann zog ich die schwarze Fleecedecke von meinem Bett, und da lag es, schwarz und unübersehbar auf dem leuchtenden Orange.

Das Buch der gebrochenen Herzen.

11

Ich hievte den Wälzer auf meinen Schoß und fuhr mit den Fingerspitzen seine Kanten entlang. Celi hatte ihn als Letzte gehabt, und ich hatte lange geglaubt, er sei verloren gegangen, irgendwo in der wachsenden Kartonfundgrube des Schuppens begraben, zusammen mit ihren Ballettschläppchen und Veronica-Mars-DVDs.

Ich hatte vor ein paar Jahren aufgegeben, danach zu suchen.

Und doch war das Buch jetzt hier und sog mich zurück zu der Nacht des Schwurs, den Worten, die wir im flackernden Kerzenlicht ausgestoßen hatten wie einen Zauberbann. Sehnsucht und Bedauern strömten sogleich vom Buchdeckel aus durch meine Finger und in mein Herz. Die Wirkung war schwindelerregend. Ich hatte mich so viele Jahre nach diesem Buch verzehrt, dass jetzt, als ich es an meinen nackten Beinen spürte, nicht die geringste Möglichkeit bestand, dass ich es nicht öffnen würde, dass ich etwas tun würde, das mich davon abhielte, in die Vergangenheit zu reisen …

Ich bin zwölf Jahre alt und Aracelis Mitternachtstränen sind unverkennbar; selbst mein umnebelter Verstand hört sie auf den Boden ihres Zimmers tropfen wie Regentropfen durch ein undichtes Dach.

Ich werfe mich auf dem Bett herum, schiebe die Stoffeulen aus dem Weg und presse mein Ohr an die Wand: nichts als Celis gedämpfte Schluchzer und das Gemurmel der anderen beiden. Ich kann mir nicht vorstellen, warum sie so außer sich ist. Morgen ist ihre Verlobungsfeier und Johnny wird seine ganze Familie mitbringen. Unsere ist auch hier – das erste Mal seit sieben Jahren sind alle vier Hernandez-Schwestern unter einem Dach vereint.

Warum weint sie?

Im Zimmer nebenan steht Celis Tür einen Spaltbreit offen, genug, dass ich hineinspähen kann. Der Schein ihrer Nachttischlampe schimmert gelborange und wirft lange Schatten an die Wand.

»Dieser elende Bastard!« Mari tigert am Fußende von Celis Bett in einer abgeschnittenen grauen Jogginghose und einem dunkelblauen Spitzenhemd auf und ab. Ihre Hände bewegen sich wie wild flatternde Vögel. »Ich sage, wir bringen ihn um. Ihn und jeden einzelnen seiner niederträchtigen Brüder.«

»Mari? Bitte. Halt. Die. Klappe! Niemand bringt hier irgendwen um.« Lourdes streicht über Celis lange kastanienbraune Haare und entfernt sanft eine leuchtend orangefarbene Blüte, die hinter ihrem Ohr steckt. Sie ist heute Abend mit Johnny ausgegangen und muss sie getragen haben, um besonders auszusehen. Es sieht besonders aus. Meine Schwester ist wunderschön.

»Entschuldigt. Es ist nur … ich hasse diese Familie.« Mari durchquert den Raum, um das Fenster zu öffnen. Sie stützt sich auf das Fensterbrett und zündet sich eine Zigarette an, bläst den Rauch nach draußen.

»Warum passiert das alles nur? Ich hätte auf dich hören sollen.« Celi klagt in Lourdes' Schulter und ich erhasche einen Blick auf ihr Gesicht und ihre mascaraverschmierten Wangen.

»Nein, Süße. Du und Johnny, ihr habt einander geliebt.« Lourdes zieht ein Taschentuch aus einer Schachtel, die auf dem Schreibtisch steht, und tupft Celis Gesicht ab. »Das alles hätte niemals passieren dürfen.«

Mari faucht und zischt immer noch, ihr innerer Tumult bricht sich in einem rauchig-kratzigen Flüstern erneut Bahn, und ich muss an einen Teekessel denken, der Dampf ausstößt und so lange pfeift, bis jemand die Herdplatte abschaltet.

»Neue Mission«, sagt Mari. Sie zerdrückt ihre Zigarette auf dem Fensterbrett. »Lasst uns die Vargas-Jungs ihrer Möglichkeit berauben, sich fortzupflanzen.«

»Mari!« Lourdes hält Celi die Ohren zu.

»Hier geht es um mehr als Johnny und Miguel«, sagt Mari. »Wir würden der Welt einen Gefallen tun. Diese Familie ist verflucht. Schwarze Seelen, alle miteinander.« Mari nickt, als niemand Einspruch erhebt. Ihre Meinung steht fest. »Celi braucht …«

»Celi braucht unsere Unterstützung«, sagt Lourdes. »Keinen Gewaltakt.«

»Celi braucht einen Drink«, sagt das Mädchen mit dem gebrochenen Herzen. Sie befreit sich aus Lourdes' Umarmung und geht auf die Tür zu, bleibt aber wie angewurzelt stehen, als sie mich in den Schatten entdeckt. »Jujube?«

Ich schlüpfe ins Zimmer und lehne mich an die Wand, während meine drei Schwestern mich mit einer Mischung aus Überraschung und Besorgnis mustern. Meine Wangen brennen, als sie mich alle so glühend und durchdringend anstarren, dass ich den Blick abwenden muss. Ich richte ihn stattdessen auf die Blüte aus Celis Haar, die achtlos zu Boden geworfen wurde. Ihr Orange leuchtet wie etwas Lebendiges auf den verwitterten Eichendielen.

»Alles ist gut«, sagt Lourdes. »Geh wieder ins Bett. Celi geht es nicht besonders, aber sie kommt wieder in Ordnung.«

»Sobald ich meinen Drink habe.« Celi macht erneut Anstalten, das Zimmer zu verlassen, aber Lourdes packt ihre Hand, und sie fällt aufs Bett, der Kummer kehrt in ihr Gesicht zurück. »Ich hasse ihn!«

»Oh, Süße.« Mari setzt sich neben Celi und massiert ihr kreisend den Rücken. »Ich weiß, ich weiß. Ich hasse sie auch.« Sie sieht zu Lourdes hoch. »Für euch beide. Wie konnten sie uns das antun?«

Meine Haut prickelt und ich reibe mir über die Arme. Verschwommene Bilder vergangener Jahre ziehend flackernd an meinem inneren Auge vorbei. Lourdes in einem zitronengelben Abschlussballkleid mit Spaghettiträgern und weißen Rosen, die an der Schulter festgesteckt sind. Ein Junge an der Tür, dunkelhaarig und gut aussehend, mit dem Lächeln eines Wolfes. »Das ist mein Freund, Miguel«, sagte sie. Mom und Papi, die Fotos machen. Eine Limousine voll mit Mädchen wie pastellfarbene Blumen und Jungen im Smoking, die zum Tanz davonbraust.

Und dann das gelbe Kleid zerknüllt auf dem Badezimmerboden, weiße Rosen, die am nächsten Morgen zerdrückt im Müllschlucker liegen. Spätnächtliches Gemurmel noch wochenlang. Miguel Vargas – scheußlich, grausam, herzlos – hatte versucht, Lourdes beste Freundin anzugraben, mitten auf der Tanzfläche, während sie auf der Toilette neues Lipgloss auftrug. Ich war zu der Zeit gerade mal sechs, aber selbst ich wusste, was das bedeutete.

Sie waren monatelang zusammen gewesen und dann war es vorbei. Aus. *Terminado.*

Ich nähere mich langsam Celis Bett. »Was ist mit John …«

»Sch!« Mari hebt den Zeigefinger. »Sprich seinen Namen nicht aus. Widerlicher, mieser Bastard!« Sie tut so, als würde sie dreimal spucken. Celi richtet sich wieder auf und kopiert das angetäuschte Spucken. Sie versucht zu lächeln, entfesselt aber stattdessen eine Flut aus neuen Tränen, bei deren Anblick sich mein Herz zusammenkrampft. Celi heult ständig wegen irgendwas – weil sie einen Ohrring verloren hat, weil Moms und Papis Hochzeitstagskuchen verbrannt ist, weil sie den Schnulzfilm der Woche guckt. Aber ich habe sie noch nie so verzweifelt erlebt, so vollkommen am Boden zerstört.

Lourdes und Mari setzen sich zu Celi aufs Bett und legen ihre Arme um sie, halten sie aufrecht, und ich drücke den nackten Fuß meiner Schwester, eine vergleichsweise unzureichende Geste, die mir das Gefühl gibt, eine kleine graue Maus zu sein.

»Er hat mir das Herz gebrochen«, wispert Celi. »Ich werde nie wieder jemanden lieben.«

»Oh, ist ja schon gut«, sagt Mari. »Du musst deine Seele von diesem widerwärtigen, abgrundtief Bösen reinigen. Ein Ritual. Wir müssen uns für immer von dieser Familie befreien.«

Lourdes verdreht die Augen, aber wenn Mari auf einem ihrer selbst ernannten Kreuzzüge ist, kann sie niemand aufhalten.

»Hol eine von Moms Kerzen, Juju«, befiehlt Mari. »Die von Erzengel Michael. Und ein Obstmesser brauche ich auch.«

Celi schüttelt den Kopf. »Das ist doch verrückt.«

»Ist es nicht! Michael ist der Richtige, um schlechte Bande zu lösen«, sagt Mari. »Besonders die Bande zu hinterhältigen Bastarden. Deswegen hat er ja ein Schwert. Und wir haben ein Obstmesser.«

»Ein Schwert und ein Messer? Im Ernst?« Lourdes wirft die Hände in die Luft. »Du bist so melodramatisch, Abrissbirne. *Gott.*«

Mari ignoriert beide und scheucht mich hinaus auf den Flur. »Beeil dich, Juju!«

Als ich mit den Sachen zurückkomme, zündet Mari die Kerze an und bedeutet uns, auf dem Boden darum Platz zu nehmen. »Celi, hol die Sachen von dem Widerling. Alle Erinnerungsstücke, die du finden kannst. Und schaff das Buch her.«

Meine Haare kribbeln bis in die Spitzen. Ich weiß, welches Buch sie meint.

Das Buch der gebrochenen Herzen.

Celi schiebt ein paar Schuhe aus dem Weg und zieht das Buch unter ihrem Bett hervor. Die Seiten sind so prall gefüllt, dass sie sich wellen und biegen und kräuseln, und meine Augen werden groß, als Celi mit den Fingerspitzen über den Buchdeckel fährt, der schwarz und stumpf ist und übersät mit silbernen Glitzerherzen und -sternen und Zeilen schwermütiger Gedichte. Im flackernden Kerzenlicht wirkt all das gleichermaßen unheildrohend.

Meine Schwestern wachen über das Buch wie über ein Geheimnis. Sie setzen allerlei Zaubersprüche und Beschwörungen ein, um mich darüber im Dunkeln zu lassen. »Nur diejenigen, deren Namen mehr als eine Silbe haben, dürfen in die Geheimnisse des Buches eingeweiht werden«, sagte Celi mehr als einmal. »Sie, der ein Blick in das Buch gewährt wird, muss zuerst ein Blick auf sich in einem BH gewährt werden«, neckte Mari mich eines Sommers, als ich besonders erpicht darauf war, einen Blick hineinzuwerfen. Das Ganze hatte begonnen, als Lourdes in die Oberstufe kam. Es war irgendein Kunstprojekt, bei dem es darum ging, Emotionen in kreative Energie zu verwandeln und die Tiefen der Seele auszuloten. Sie sollten ein Tagebuch führen und ihre persönlichen Tragödien festhalten. Kummer, Verlust, Tod, Ängste, Enttäuschungen. Sie hängte sich total rein, und es wurde eher ein Sammelalbum als ein Tagebuch, es wurde selbst zum Kunstwerk. Als Mari später dieselbe Aufgabe gestellt bekam, erklärten sie es zur Tradition, und Lourdes gab das Buch an sie weiter, und danach war die Reihe an Celi.

Ich weiß das alles, weil ich Mari eines Abends dabei überraschte, wie sie es durchblätterte, und sie mir davon erzählte. Aber als ich sie um eine eigene Seite anflehte? »Nicht, ehe du nicht sechzehn bist«, sagte Mari. »Dann wirst du in alles eingeweiht und das Buch wird dir gehören.«

Hier ist die Sache, die meine Schwestern dabei völlig vergessen: In vier Jahren, wenn ich endlich sechzehn werde, wird niemand mehr hier sein, um mich einzuweihen.

Celi schlägt das Buch auf und sein Rücken knarzt.

»Wann hast du das Ding das letze Mal geöffnet?«, fragt Mari, als ein paar Blätter zu Boden flattern. »Eigentlich sollst du Sachen darin festhalten.«

Celi steckt die losen Gegenstände zurück zwischen die Seiten. »Das hier ist meine erste Tragödie.« Ihre Augen füllen sich wieder mit Tränen.

Lourdes nimmt das Buch und blättert zu ein paar leeren Seiten ganz am Ende. Der Rest quillt über, Schriftzüge wirbeln über die Seiten, dazu Fotos und Postkarten und Aufkleber. Ich halte ehrfürchtig den Atem an.

Mari durchstöbert den Stapel von Johnnys Sachen, die Celi ihr anbietet. Abgerissene Konzertkarten. Ein Bouquet aus vertrockneten, dunkel gewordenen Rosen. Eine Geburtstagskarte. Ein handgeschriebener Brief auf einem losen Zettel. Kritzeleien, Namen, Herzen. Eine ihrer Hochzeitseinladungen. Ein paar Fotos. »Das war's?«

Celi zuckt mit den Schultern. »Den Rest muss ich erst hervorkramen. Alle anderen Fotos sind digital.«

»Gut. Lösch sie. Und verbrenn alles, was du sonst noch von ihm findest.« Mari schneidet tiefe Xe in Johnnys Augen auf dem ersten Foto.

Ich kann nicht fassen, dass Celi Mari die Sachen zerstören lässt. Gebrochenes Herz hin oder her, das hier sind Celis Erinnerungen. Der Beweis dafür, dass sie existiert hat, dass sie jemanden geliebt hat, selbst wenn am Ende der Verrat stand.

Auf die erste freie Seite klebt Mari die jetzt gesichtslosen Fotos. Sie zerreibt einige der getrockneten Rosen und pappt die dunklen Brösel neben die Fotos. Ans Ende der Seite kritzelt sie mit einem Edding das Datum.

»Weißt du, was du in dieses dämliche Buch schreiben

kannst?« Celis Augen sprühen plötzlich Funken. »Scheiß auf Johnny. Scheiß auf Blackfeather. Ich haue hier ab. Nach New York vielleicht. Ich habe die Berge satt, ich habe Johnny satt und seine dämlichen Karamellaugen und seine dämliche Visage und diese ganze dämliche Hochzeit. Ich werde niemals heiraten. Schreib das auf. Und dann kannst du das Buch nehmen und es verbrennen, weil ich es nicht mehr brauche. Keine Liebe mehr heißt kein gebrochenes Herz mehr. Jemals. Okay?«

»New York?«, sagt Mari.

»New York.« Celi meint, was sie sagt. Sie wollte schon immer dorthin. Der einzige Grund dafür, dass sie noch hier ist, lautet Johnny. Er will in Telluride leben, ein Luftschloss aus Stein bauen.

»Jetzt brauche ich definitiv noch eine zu rauchen.« Mari wirft das Buch auf das Bett hinter sich und macht Celis Anlage an, wenn auch leise. Während sie an ihrer Zigarette pafft, wippt ihr Kopf im Takt der Musik, und die Schatten an den Wänden tanzen mit ihr.

Celi bewegt Zeige- und Mittelfinger, als seien es die Klingen einer Schere, und gibt damit zu verstehen, dass sie die Zigarette haben möchte. Sie nimmt einen langen, knisternden Zug, das Gesicht in Falten gelegt und ernst, die Augen von schwarzer Schminke verschmiert. In diesem Moment, im nebligen Dunst, wirkt Celi erwachsen und vom Schmerz gezeichnet, und mir wird bewusst, wie jung ich im Grunde bin in meinem langen rosa Nachthemd.

Meine Schwestern haben eine ganze Sammlung gebrochener Herzen in einem Buch und ich habe noch nicht einmal meine Periode.

»Wisst ihr was?«, sagt Mari. »Wir brauchen so was wie einen Schwur oder so. Damit es offiziell wird.«

»Was redest du da?« Lourdes schlingt ihre langen Haare im Nacken zu einem Knoten. Sie sieht aus wie Mom.

Mari hüpft vom Fensterbrett und schnappt sich das Buch. »Einen Vertrag. Etwas, das dafür sorgt, dass keiner Hernandez jemals wieder von einem Vargas das Herz gebrochen wird.«

»Es widerstrebt mir, das Offensichtliche auszusprechen«, sagt Lourdes. »Aber Juju hat bis jetzt nicht mal einen Jungen geküsst. Und *dein* Herz wurde nie von einem Vargas gebrochen.«

»Stimmt nicht.« Mari blättert durch das Buch. »Jack Ramirez, es steht genau hier. Einer ihrer Cousins. Ich war in der Achten in ihn verknallt.«

»Ramirez ist kein Vargas«, entgegnet Lourdes. »Und verknallt zu sein geht ja wohl kaum als gebrochenes Herz durch.«

»Er hat meine Zuneigung nicht erwidert.«

»Er war schwul, Mari!«

»Details, Details«, sagt Mari. »Wir machen es für Celi und Juju. Johnny treibt sich noch immer hier rum und da gibt es noch mehr Brüder. Wer weiß, wie viele. Juju könnte im Herbst wieder zur Schule gehen und direkt in eine ihrer Fallen tappen.«

Celi schnieft. »Es gibt noch einen Bruder, zwei Stufen über Juju. Mal abgesehen von den übrigen Cousins.«

»Lasst uns loslegen.« Mari blättert zu einer neuen Seite im Buch. Sie liest laut vor, während sie wie wild kritzelt: »Wir schwören feierlich, dass wir Zeit unseres Lebens in diesem

Versprechen gegen alles verbunden sein werden, das intrigant, verlogen, betrügerisch, schleimig, hinterhältig und wertlos …«

»Und dämlich, hormonell gesteuert, geistig auf Amöbenniveau und zu nichts nutze ist«, sagt Celi. »Und hässlich.«

Mari runzelt die Stirn. »Celi. Die Vargas-Jungs sind nicht …«

»Es ist *mein* gebrochenes Herz.« Celi nimmt noch einen Zug von Maris Zigarette und stößt den Rauch zum offenen Fenster hinaus. »Schreib es auf«, krächzt sie.

Mari schreibt es auf, gefolgt von dem Schwur, den jede von uns laut aussprechen muss. Als ihr Edding schließlich innehält, wendet sie sich unserer ältesten Schwester zu. »Lourdes. Haare.«

Lourdes verdreht erneut die Augen, aber sie protestiert nicht. Sie zupft uns der Reihe nach ein Haar aus, zuletzt sich selbst, zwirbelt sie dann zusammen und lässt sie in das Windlicht fallen, in dem die Kerze steht. Sie knallen und kräuseln sich und erfüllen das Zimmer mit dem Geruch nach verbranntem Plastik, während sie zu nichts verschrumpeln.

Als Nächstes zerreißt Mari noch ein Foto und verbrennt die winzigen Schnipsel einen nach dem anderen. Den Qualm wedelt sie zum Fenster. »Gib Celi die Blume.«

Lourdes hebt die orangefarbene Blüte vom Boden auf und lässt sie in Celis Hand fallen. Die Blütenblätter, einst strahlend und wunderschön, wirken plötzlich verletzlich, sie schmiegen sich verwelkt an Celis Haut, als wäre ihnen gerade erst bewusst geworden, dass sie ihrer Wurzeln beraubt wurden.

»Dies ist die letzte Nacht, in der wir je über Johnny Miststück Vargas sprechen werden«, sagt Mari. »Zerquetsch sie, Celi.«

Celi hält die Blume noch einen Moment lang, dann schließt sie die Finger darüber. Tränen strömen ohne Unterlass ihre Wangen hinunter, und sie reicht die zerdrückte Blüte an Mari weiter, die sie in das Buch klebt.

»Jetzt sprechen wir die Beschwörung und geloben mit unserem Blut, sie einzuhalten«, sagt Mari.

Blut? Mir dreht sich der Magen um.

»Jemand hier hat anscheinend zu viele *Buffy*-Wiederholungen geguckt«, sagt Lourdes.

»Stellt euch nicht so an.« Mari dreht das Messer, die Klinge blitzt im Kerzenlicht. »Ich ramme es niemandem ins Herz. Es wird nur ein kleiner Pikser.«

»Mari, ich bin nicht sicher …« Celi hört gar nicht mehr auf mit Kopfschütteln.

»Hey, Leute! Es ist nur ein Nadelstich. Wir haben dasselbe an Celis Geburtstag mit den Birch-Schwestern gemacht, wisst ihr noch?«

»Ja, um Blutsschwestern zu werden«, erwidert Celi. »Und ich war wie alt? Zehn?«

»Was ist eigentlich aus den Birches geworden?«, fragt Lourdes.

»Hände«, befiehlt Mari. »Juju, du zuerst.«

Ich strecke die Hände aus, Handflächen nach oben. Mari macht den ersten Piks mitten ins Fleisch. Anfangs sticht es, aber ich schließe die Hand und warte geduldig darauf, dass sie mit der anderen weitermacht, dann mit Lourdes'. Celis. Ihren eigenen. Als wir alle angemessen bluten, pressen wir unsere Handflächen aneinander und bilden einen engen Kreis um die Kerze. Der Erzengel Michael starrt uns mit leerem Gesicht an, sein rotes Schwert zeigt gen Himmel. Meine Schwestern sagen eine nach der anderen den feierlichen Schwur auf, und als ich an der Reihe bin, sehen sie mich erwartungsvoll an.

Ich straffe die Schultern und hole tief Luft. »Ich, Jude Hernandez, schwöre, mich niemals, nie, unter gar keinen Umständen, egal ob sie sich meiner Kontrolle entziehen oder nicht, selbst wenn das Schicksal der Menschheit davon abhängen sollte, selbst wenn mein eigenes Leben in Gefahr wäre, mit einem Vargas einzulassen.«

Eine Brise weht durch das offene Fenster herein und ein Kerzenflackern besiegelt unser Versprechen. Meine Schwestern lächeln mich an, selbst Celi scheint ein wenig heiterer.

»Ich kann nicht glauben, dass wir ein Blutsbündnis geschlossen haben«, sagt sie. »Wie alt sind wir? Zwölf? Nimm's nicht persönlich, Juju.«

Ich zucke mit den Achseln. Es macht mir nichts aus, zwölf zu sein, jedenfalls meistens, und es macht mir definitiv nichts aus, einen Blutsschwur mit meinen Schwestern zu leisten.

»Wir müssen alle unterschreiben.« Celi setzt schwungvoll ihren Namen ans Ende der Seite. »Amtlich und bindend, bei Nichterfüllung geahndet mit …«

»Dem Tod!« Mari streckt die Faust in die Luft, als wäre sie eine Art Revolutionärin.

»Heilige Schande, Mari. Du gehörst dringend in Therapie.« Lourdes unterschreibt und reicht das Buch unserer Schwester. Sie fuchtelt mit dem Stift vor ihrer Nase herum. »Versuch niemanden damit zu erdolchen.«

Meine Schwestern kichern, als Mari vorgibt, uns mit dem Stift piksen zu wollen, aber als ich an der Reihe bin, ist es mir tödlich ernst damit. Meine Finger zittern, als ich die Seite unterschreibe. Ich habe die meisten ihrer »Sie, der ein Blick in das Buch gewährt wird«-Bedingungen noch immer nicht erfüllt – ich war noch nie verliebt, habe noch keinen versauten Film gesehen, habe nie nackt im Schein des Vollmonds getanzt –, aber heute händigen sie es mir dennoch aus. Es ruht schwer und kalt in meinem Schoß, und meinen Namen dort stehen zu sehen, erfüllt mich mit einem neuen Gefühl der Zugehörigkeit. Ich bin nun ein Teil von ihnen, festgeschrieben in dem Buch, das Celi schließlich zuklappt und mit den vielen Schuhen zurück unter das Bett schiebt.

Sie wird es mir geben, bevor sie nach New York zieht. Sie muss. Und ich werde es wie eine Ikone hüten, jeden Liebeskummer darin festhalten, sei er gering oder bedeutend. Und obwohl ich nicht weiß, was für ein Gefühl es ist, sich zu verlieben, weiß ich dies: Wenn ich das Buch endlich mit der Geschichte meines ersten gebrochenen Herzens einweihe, wird auf gar keinen Fall ein Vargas dafür verantwortlich sein.

Egal, was nach dem heutigen Abend geschieht, ich werde nie, niemals …

Das strahlende Orange der Blume war zu einem fahlen Gelb verblasst, sie war vertrocknet und in Vergessenheit geraten wie die uralten Seiten selbst. Als ich nun, da ich der Unschuld meines zwölfjährigen Ichs entwachsen war, an jene Nacht zurückdachte, wusste ich, dass Araceli tief verzweifelt gewesen war. Das Messer und das Blut und das Verbrennen von Johnnys Fotos waren bloße Requisiten gewesen, eine vorübergehende Ablenkung, um sie vor dem langen und steinigen Weg aufzumuntern, der ihr nun bevorstand. Sie musste die Verlobungsfeier absagen. Meinen Eltern und ihren Freunden erklären, warum die Hochzeit nicht stattfinden würde. Die restlichen Sachen von Johnny durchgehen, die einst miteinander geteilten Träume entwirren und neu schreiben – für einen anstatt zwei. Nach jener Nacht hatte Celi Wochen im Bett verbracht, kaum etwas gegessen und das Haus nicht verlassen. Mari verlängerte ihren Besuch bei uns, um für sie da zu sein, und Mom nahm sich frei und tat, was sie konnte.

Nachts weckten mich ihre Schluchzer auf. Sie sickerten in meine Träume, verwandelten sie in Albträume. Ich kam wir wie ein Voyeur vor, der versehentlich ihren intimen Kummer bespitzelte.

Es war entsetzlich. Ich konnte mir nicht vorstellen, wie es für sie war; was es hieß, von dem Menschen verletzt zu werden, den man über alles liebte. Dylan und ich hatten uns nicht geliebt. Im Grunde waren wir irgendwann einfach gelangweilt voneinander und machten in beiderseitigem Einvernehmen während der Mittagspause Schluss. Wir waren sogar Freunde geblieben – zumindest bis zum BHS-Picknick. Nach Dylan hatte ich ein paar Verabredungen, hatte bei Partyspielchen ein paar Jungs geküsst, aber ich hatte nichts erlebt, das mit dem vergleichbar gewesen wäre, was Celi und Johnny verband. Nichts, das auch nur annähernd Liebe gewesen wäre. Nicht ein Mal.

Ich strich erneut mit der Hand über die Seite, zog die Umrisse der pergamentenen alten Blume nach. Selbst wenn meine Schwestern das Buch an mich weitergereicht hätten, als ich sechzehn wurde, so wie ich es mir immer gewünscht hatte, hätte es jetzt noch genau so ausgesehen. Ich hätte die letzten Seiten nie gefüllt.

Ich hatte noch nie ein gebrochenes Herz gehabt.

Erinnerungen an Celi zogen flackernd an mir vorüber, die vielen Tränen, der tiefe Schmerz, der sich ihr ins Gesicht gegraben hatte. Aber was mir in diesem Moment von jener ersten Nacht in Celis Zimmer am deutlichsten vor Augen stand, war nicht ihr Schmerz. Es war nicht die Bedrohung, die von den Vargas-Jungs ausging, oder der Geruch von Maris Zigaretten oder die verkohlten Fotos oder zerdrückten Blumen oder die unzähligen verbrauchten Taschentücher. Es waren nicht unsere Unterschriften in diesem Relikt von einem Buch oder die vielen Geschichten gebrochener Herzen, die es enthielt.

Es war der Schwur selbst, das feierliche Versprechen, das keine von uns Celis vernarbte Wunden erneut aufreißen würde, indem sie sich in einen Bruder des Jungen verliebte, der sie beinah zerstört hätte.

Als wollten sie mich daran erinnern, schmerzten die nadelstichgroßen Narben in der Mitte meiner Hand plötzlich.

Emilio Vargas.

Unabhängig davon, ob er verschwinden würde, nachdem wir das Motorrad repariert hatten, und ich ihn nie wiedersehen würde, unabhängig davon, ob Araceli je erfahren würde, dass er hier gewesen war …

Ich hatte den Schwur gebrochen.

An dem Tag, als ich aus dem Duchess auf die Straße trat, wohl wissend, dass wir gerade den jüngsten Vargas-Bruder engagiert hatten, wohl wissend, dass wir den Großteil des

Sommers zusammen verbringen würden, wohl wissend, dass wir vielleicht sogar Freunde werden würden … Das war der Tag, an dem ich meine Familie verraten hatte.

Die Schuld brandete siedend heiß durch meine Brust, aber wenn ich daran dachte, alles rückgängig zu machen, wenn ich mir vorstellte, die Harley unter die Abdeckplane zu packen und Papi zu sagen, dass wir wieder Scrabble spielen und angeln gehen würden, sah ich Papis gebrochenes Herz hellrot bluten. Ich sah ihn aufgeben, sich dem Dämon unterwerfen und zulassen, dass seine Erinnerungen an Valentina in die Dunkelheit entglitten, in die verwirrende graue Suppe davonwirbelten, in der alles eines Tages enden und – wenn die Ärzte recht behielten – sterben würde.

Und ich wusste, egal, was mit meinen Schwestern war, ich würde es niemals rückgängig machen.

Nie, niemals.

12

»Er trinkt ihn schwarz«, sagte ich.

»Zu viel Säure.« Mari gab einen Schuss Milch in Papis Morgenkaffee. »Durch die ganzen Medikamente, die er nimmt, ist sein Magen viel empfindlicher geworden.«

Warum habe ich das bisher nicht gewusst?

Mari stellte den Becher neben Papis neue Frühstücksbausteine auf den Küchentisch: klumpiger Haferbrei, ein Schüsselchen Apfelmus, ein hart gekochtes Ei und ein Sudokuheft. Seine Tabletten lagen auch da – die gleichen, die ich ihm gegeben hatte, aber sie hatte sie in eine ordentliche kleine Reihe gebracht, von der kleinsten bis zur größten.

»System und Wiederholung sind wichtig«, sagte sie, als ich beim Anblick des Arrangements die Augenbrauen hochzog.

Mein Nacken wurde heiß und kribbelte, und ich musste mir ins Gedächtnis rufen, dass das nun mal Maris Art war – hereinschneien, alles über den Haufen werfen und neue Regeln aufstellen.

Und dennoch, nicht alles musste über den Haufen geworfen werden. Womöglich hatte ich das mit dem Kaffee vermasselt. Womöglich ließ ich Papi beim Scrabble zu leicht mit dem Schummeln davonkommen und ihn ein bisschen zu viel Fernsehen gucken, wenn er sich den Kopf beim Kreuzworträtsel hätte zerbrechen sollen, um sein Gedächtnis zu trainieren. Aber Mari sah doch sicher, dass ich gut für ihn war, dass das Motorradprojekt und unsere Westernmarathons ihn glücklich machten.

Oder sah sie das nicht?

Ich warf ihr einen hoffnungsvollen Blick zu, und Mari berührte meine Schulter, als könne sie meine Gedanken lesen. Ihr Blick war unerwartet sanft. »Du machst hier einen tollen Job, Juju. Ich versuche nur zu helfen.«

»Ich weiß. Du hilfst ja auch.«

Mari strich sich eine Haarlocke hinters Ohr. »Es tut mir leid, falls ich mich gestern Abend zu sehr aufgespielt habe. Ich schätze … ich weiß auch nicht. Zu sehen, wie Emilio Vargas mit dir und Papi einen auf Kumpel gemacht hat? *Twilight Zone* ist echt nichts dagegen.«

»Schon klar, aber das Motorrad bedeutet ihm superviel«, erwiderte ich. »Seit ich es entdeckt habe, ist es, als … sei er wieder jünger. Zurück in Argentinien vielleicht, so als könne er sich erinnern …«

»Ich weiß, Juju.« Sie lächelte und drückte meine Schulter, aber das Strahlen erreichte ihre Augen nicht, und ich wartete darauf, dass sie das Buch erwähnen würde, das sie am Abend zuvor auf mein Bett gelegt hatte, oder meine Schwestern – dass wir die Sache mit Emilio besser abblasen sollten, ehe Celi und Lourdes es herausfanden.

»Sag Papi, das Frühstück ist fertig, okay?« Mari nickte zum Wohnzimmer hinüber, wo Papi zu *Good Morning America* döste, und ich tat, worum sie mich bat, ohne Einwände zu erheben.

»Nach dem Frühstück«, sagte Mari, während wir aßen, »gehen wir zum Fluss hinunter und dann …«

»Nach dem Frühstück guckt Papi den Westernkanal«, sagte ich. Nur dass es mehr nach *nampfemfrühmpfuckpapfiwempfkanampf* klang, weil der Haferbrei, den Mari uns auftischte, wie Kleister schmeckte.

»Er sollte sich nicht direkt nach dem Essen aufs Sofa fallen lassen.« Mari legte ihre Hand auf Papis Arm. »Du brauchst jeden Tag etwas körperliche Betätigung, einverstanden?«

Er zuckte mit den Schultern, ohne von seinem Haferbrei aufzublicken, von dem er einiges auf sein Platzdeckchen gekleckst hatte, wahrscheinlich, um es nicht essen zu müssen.

»Danach«, fuhr Mari fort, »muss ich mir ein paar Manuskripte ansehen und du und Juju könnt …«

»An der Harley arbeiten?«, warf ich ein.

Mari beugte sich vor, um Papi Orangensaft nachzufüllen. »Ich sag euch was. Lasst uns erst mal eine Routine entwickeln, und dann denken wir darüber nach, wie das Motorrad darin Platz findet. Einverstanden?«

Ich öffnete den Mund, um ihr zu widersprechen, aber sie verhielt sich so ungewohnt vernünftig, dass ich kein Wort herausbrachte. Der Kaffee, die Medikamente, das Sudokuheft … Papi arbeitete gern an Valentina, aber vielleicht hatte sie recht. Vielleicht mussten wir mehr Zeit für Aktivitäten und Rätsel einplanen.

Angeln und Brettspiele.

Ich sah Papi an und wünschte, ich könnte seine Gedanken lesen, wünschte, ich könnte dem zerstörerischen Pfad des Dämons direkt in seinen Bau folgen. Ich würde ihn jagen, ihn ausräuchern und zusehen, wie er durch Papis

Ohren verdampfte. Dann würde Papi ihn abschütteln wie einen schlechten Traum, von seinem Stuhl aufstehen und einmal in die Hände klatschen. *¡Bueno, queridas! Wer von euch hat Lust auf ein bisschen Spaß?*

»Mariposa, kennst du meinen Tachostand?« Papi hielt den Löffel strafend auf sein Frühstück gerichtet, als wäre es die ungenießbarste Sache der Welt. »Neunzehntausendvierhundertsechs Punkt eins. Bis auf dreihundertneunzig sind das allein meine Meilen. Ich bin durch Argentinien und Paraguay und Uruguay gefahren, neunzehntausend Meilen Straßen und Urwald und Wasserfälle und Menschen. Ich habe damit angefangen, als ich in Jujus Alter war. Wusstest du das?«

Mari schüttelte den Kopf. Lourdes kannte die Geschichten wahrscheinlich auch nicht; er hatte nie über seine Bikerzeit gesprochen, bis ich Valentina entdeckt hatte. Ich fragte mich, ob Mom auch nur einen Bruchteil dieser vormals begrabenen Erinnerungen kannte, die plötzlich von Erde befreit ans Licht drängten.

»Es stimmt.« Er ließ seinen Löffel in die Schüssel fallen. »Daher bin ich der Meinung, ich habe mir das Recht verdient zu entscheiden, was ich mit meinen Nachmittagen anfangen will, und heute lautet mein Entschluss, an der Harley zu arbeiten, die seit … lass mich überlegen … Wie alt ist Lourdes, Juju?«

»Dreißig.« Innerlich feuerte ich ihn an: Zur Hölle, ja, Papi! Aber ich saß auf den Händen, weil Klatschen ein wenig übertrieben gewesen wäre, besonders, da es Maris erster voller Tag bei uns war.

»Danke, Juju. Die seit dreißig Jahren darauf wartet, dass man ihr etwas Aufmerksamkeit schenkt. Und noch etwas, mein Schmetterling.« Er stieß seine Schüssel zu Mari rüber. »Nennen sie so was bei euch in der City heutzutage Frühstück? *Dios mío*, es schmeckt wie Gefängnisfraß.«

Ein breites unverfälschtes Lächeln glitt über Maris Gesicht und Papi lachte sich über seinen Witz kaputt. Mari sprang von ihrem Stuhl, um ein paar süße Hörnchen hervorzukramen, die Mom aus der Bäckerei in Willow Brush mitgebracht hatte.

»Es gibt keinen Grund, die hier alt werden zu lassen.« Sie stellte die Schachtel auf den Tisch wie einen Olivenzweig, ein Versuch, den Tag noch mal von vorn zu beginnen.

Während der Haferbrei in unseren Schüsseln eine harte Kruste bekam, schlugen wir uns die Bäuche mit *medialunas* voll. Ich wollte mir gerade ein zweites nehmen, als Pancake anfing, mit seiner Nase an der Fliegengittertür zu schubbern.

Kurz darauf kündete ein leises Knattern von Emilios Ankunft.

Maris Augenbrauen schossen bis zu ihrem weißblonden Pony hoch. »Er ist *zurück*?«

»Wir haben ihn engagiert. Es ist sein Job.« Ich sagte es völlig lässig und beherrscht, aber meine Nerven waren zum Zerreißen angespannt. Meine Schuldgefühle wegen des Schwurs hatten sich noch nicht vollständig in Luft aufgelöst – dafür hatte Maris List mit dem Buch gesorgt –, aber ein leichter Nebel schlich sich ein, durch den die Details nur mehr schemenhaft zu erkennen waren.

Achtung, Reisende auf Abwegen: Sie betreten nun die Twin Citys, moralisch nicht eindeutige Grauzone. Genießen Sie Ihren Aufenthalt!

»Das ist der einzige Grund, aus dem er hier ist? Na klar.« Mari wartete darauf, dass er den Motor abstellte, und als er die Veranda betrat, stieß sie die Tür auf und ging nach draußen.

»Morgen.« Er versuchte, über ihre Schulter zu spähen, aber sie verlagerte das Gewicht, um ihm den Blick zu versperren. »Ist Jude da?«

»Arbeitest du nicht eigentlich für meinen Vater?«, fragte Mari.

»Ich wollte nur kurz mit Jude sprechen.«

»Warum?«

Emilio seufzte. »Ich muss sie um einen Gefallen bitten.«

»Tut mir leid, sie ist nicht da.«

»Kommt sie heute noch mal wieder?«, fragte er.

»Sie kommt gar nicht mehr wieder. Sie ist für immer gegangen.«

»Ja, den weiten Weg bis zum Küchentisch«, rief ich aus. Ich verdrückte den letzten Rest meines Hörnchens und versuchte, nach draußen zu gelangen, aber Mari wich keinen Zentimeter von der Tür weg.

»Wir müssen die Rahmenbedingungen deines Arbeitsverhältnisses noch einmal klarstellen«, eröffnete sie Emilio. »Meinst du, du kannst hierherkommen, mit deinen Grübchen und … dieser Frisur und der miesen Einstellung? Ich habe Neuigkeiten für dich, *Vargas*.« Sie rückte ihm auf die Pelle und pikste ihn bei jeder Silbe mit dem Finger in die Brust. »Meine kleine Schwester hat das Licht der Welt nicht erblickt, um dir irgendwelche Gefallen zu tun. Sie ist tabu für Gefallen. Meine ganze Familie ist tabu. In hundert Jahren würde ich unsere Ururenkel immer noch nicht mit deinen im Sandkasten spielen lassen, also warum machst du nicht einfach kehrt und marschierst in den Schuppen und hörst auf, dir um meine Schwester Gedanken zu machen.«

Jesses. Wenn Mari nicht das melodramatische Arschloch rausgekehrt hätte, wäre ich von ihrem Auftritt überaus amüsiert gewesen. Vielleicht sogar beeindruckt. Aber es ließ sich leider nicht leugnen …

»Mari, du benimmst dich wie …«

»Geh wieder rein, Juju. Ich regle das.«

»Aber …«

»Emilio!« Papi tauchte hinter mir auf, ein warmes Lächeln im Gesicht, das T-Shirt mit Krümeln bedeckt. »Gott sei Dank bist du hier. Diese Frauen machen mich noch wahnsinnig.« Papi schnappte sich sein Lieblingsflanellhemd von der Lehne des Küchenstuhls und folgte Emilio nach draußen zum Schuppen, und Pancake stolperte durch die Hundeklappe hinter ihnen her, *Nur für Pancake – nicht benutzen.*

Papi war eindeutig auf etwas Zeit unter Männern mit Emilio aus, also schnappte ich mir Angelkasten und -rute und lief Pancake nach, um ein paar Fische zu verjagen. Er war echt gut darin – er steckte seine Schnauze ins Wasser, als könne er sie erschnüffeln, und dann kam er hoch und nieste und schüttelte sich, als wollte er sagen: Verdammt! Hunde können unter Wasser nicht atmen, wie konnte ich das bloß vergessen? Wir haben keine Kiemen und wir können nicht … Hey, was ist das? Wasser? Oh Junge, Junge, ich frage mich, ob ich wohl Fische erschnüffeln kann!

Ich war mir ziemlich sicher, dass die Fische uns schon aus einer Meile Entfernung kommen sahen.

Als wir beide ausreichend durchnässt und gelangweilt waren, packte ich die Ausrüstung zusammen und ging zum Schuppen zurück. Pancake trottete als Erster hinein, hielt direkt auf Papi zu und schüttelte sich ausgiebig. *Ich habe dir diesen Fluss mitgebracht! Gefällt er dir? Ja? Ja? Ja?*

Ich schlenderte zum Motorrad, um einen Blick darauf zu werfen. Als Emilio mich entdeckte, hielt er mir etwas hin, das wie eine aufgeblasene Papiertüte aussah.

»Ein Hornissennest«, sagte er. »Es steckte im Auspuffrohr.«

Ich wich zurück, doch er lachte nur und schob es sich unters T-Shirt wie eine einzelne, schief hängende Brust. Ein schmaler Streifen Haut guckte über dem Bund seiner Jeans raus und mein Blick folgte der langen, wulstigen Narbe auf seinem Bauch.

»Keine Angst«, sagte er. »Die Hornissen sind alle ausgeflogen.«

»Geht es dir gut, Juju?« Papi trat mit Pancake und einem Kreuzschraubenschlüssel hinter der Werkbank hervor. »Du bist ein wenig rot im Gesicht, *queridita*.«

»Ich hab mir nur …« *Mal wieder versehentlich Emilio ohne T-Shirt vorgestellt …* »Emilio hat mir die Hornissen gezeigt.«

»Es ist alt«, sagte Papi. »Sie können dir nichts mehr tun.«

»Das weiß ich, aber …« Ich wich noch einen Schritt zurück. »Ich sollte los. Ich muss noch … was. Erledigen.«

»Ich dachte, du würdest heute etwas Zeit mit deiner Schwester verbringen«, sagte Papi. »Warum sind deine Haare nass?«

Ich zupfte an meinem Pferdeschwanz. Nicht, dass ich Pancake zu nahe treten wollte, aber ich konnte nicht dieselbe

Begeisterung wie er dafür aufbringen, mich wie ein nasser Hund zu schütteln. »Pancake und ich waren am Fluss. Na ja, also tschüss dann.«

»Warte, *querida*, hör mal«, sagte Papi. »Morgen gehst du zu Emilio nach Hause, um ihm bei etwas zu helfen. Okay? Okay.«

Äh … Wie bitte?

Ich kniff die Augen zusammen, suchte prüfend nach Anzeichen für einen weiteren Aussetzer. »Papi, Emilio arbeitet *hier*. Bist du sicher, dass …?«

»Ja.« Emilio ließ das Hornissennest fallen und wischte sich den Dreck von den Händen. »Ich muss dich um einen Gefallen bitten. *El jefe* hat mehr oder weniger in deinem Namen zugestimmt.«

Mein Blick war noch immer auf Papi gerichtet, und jetzt gab ich mein Bestes, Laser aus meinen Augen schießen zu lassen, wie der Typ in *X-Men*. »Was hast du mir aufgebrummt, alter Mann?«

»Plätzchen backen«, erwiderte er. »Du backst doch gerne, Juju.«

»Das war Celi«, sagte ich.

»Es ist für meine Ma.« Emilio fuhr sich mit der Hand über sein Kopftuch. »Ihre Schule sammelt Spenden für so 'nen Sommerausflug. Sie muss bestimmt tausend Plätzchen backen. Sie hat Samuel und mich dazu gebracht, ihr zu helfen – er sagt nie Nein, wenn sie ihn um was bittet.«

»Ich kann morgen nicht«, sagte ich. »Ich muss hier bei Papi bleiben.«

Papi winkte ab. »Ich bleibe bei Mari. Du gehst zu Emilio.«

»Seine Mutter möchte keinen Haufen Fremder im Haus

haben«, sagte ich. *Besonders nicht die Verwandten des Mädchens, das beinah ihre Schwiegertochter geworden wäre …*

»Du kennst Ma offenbar nicht«, sagte Emilio.

Ich funkelte ihn wütend an. Noch immer kein Glück mit diesen Augenlasern. »Ist das der Gefallen, den du Mari gegenüber erwähnt hast?«

Emilio lächelte mal wieder übers ganze Gesicht. Grübchen und alles. *Gott.* Wo war Clint Eastwood, mein rettender Cowboy, wenn ich ihn brauchte?

»Es wäre eine große Hilfe«, sagte er. »Falls wir früh genug fertig sind, kann ich immer noch ein paar Stunden am Motorrad arbeiten.«

Ich seufzte hörbar, aber Papi grinste noch immer, als sei es die Idee des Jahrhunderts.

»Du häufst einen ganz schönen Schuldenberg bei mir an«, sagte ich zu Emilio. »Die Hebebühne abholen, Plätzchen backen …«

Emilio lachte. »Ist das ein Ja?«

Ich nickte, aber nur, um Emilio mehr Zeit mit Valentina zu erkaufen. Es hatte nichts mit seinen Augen oder seinen wuscheligen schwarzen Haaren oder den kleinen weißen Narben auf seinen Armen oder sonst irgendwas zu tun. Nur damit wir uns richtig verstehen.

»Aber jetzt schuldest du mir echt was«, sagte ich. Ich präsentierte ihm *meine* Version einer sexy hochgezogenen Augenbraue, weil ich es im Gegensatz zu Emilio richtig draufhatte, und Papi guckte Emilio an, und der Junge konnte kein einziges vor Charme sprühendes, kokettes, unangebrachtes Wort mehr sagen.

Papi drehte sich mit einem wohlwollenden Nicken zu mir

um und ich ließ die Augenbraue sinken und wurde vollkommen geschäftsmäßig. *Plätzchen, ja. Ich nehme die Herausforderung an und verspreche, rechtzeitig und kostengünstig zu liefern.*

»*Está bien, queridita*«, sagte Papi. »Du musst ab und zu mal aus dem Haus. Du wirst sonst noch zu einer Einsiedlerin.«

»Was liest du da?« Ich ließ mich neben Mari auf das Sofa plumpsen, wobei ich sorgfältig darauf achtete, die Blätter nicht durcheinanderzubringen, von denen sie umringt war. Ich griff mir den Stapel, der am nächsten lag.

»Es ist das Manuskript, das ich dir geschickt habe.« Sie fächerte einen weiteren Stapel zusammen und reichte ihn mir, jede Seite davon mit roten Notizen in ihrer schwungvollen Handschrift übersät. »Bei der Liebesgeschichte hat sie sich total von Tim Riggins inspirieren lassen.«

»Warum hast du das nicht gleich gesagt? Ich hätte es letzte Woche gelesen!«

Mari verpasste meinem Bein einen Klaps mit ihrem Stift. »Lies es heute Abend, wenn's geht. Ich telefoniere morgen mit der Autorin. Du kannst dabei sein, ihr erzählen, was du davon hältst.«

Ich sprang vom Sofa auf und verstreute dabei den halben Stapel. »Echt? Das wäre irre! Ich schaffe bestimmt …«

Die wilde Freude erstarb auf meinen Lippen. Ich ließ mich zurück aufs Sofa fallen und schloss die Augen. »Papi hat Emilio angeboten, dass ich seiner Mom bei irgendeiner Plätzchenverkaufsache helfe.«

Schweigen flutete den Raum zwischen uns.

Ich öffnete die Augen und Mari saß mit offenem Mund da.

»Ich habe versucht, da rauszukommen«, sagte ich. »Aber du weißt ja, wie Papi ist.«

Noch mehr Schweigen.

»Danach kommen wir direkt her, damit er weiter an Valentina arbeiten kann«, sagte ich. »Sonst hätte er morgen gar keine Zeit dafür gehabt.«

Grillen. Vögel. Tickende Uhr. Ich schwöre, ich hörte meine Haare wachsen.

»Es sind nur Plätzchen«, sagte ich.

Mari kehrte zu ihrer Hälfte des Manuskripts zurück und kritzelte irgendeine Anmerkung an den Rand. Nachdem noch ein paar unbehagliche Momente verstrichen waren, legte sie ihren Stift beiseite und sah mich an. »Frage: Warum ist Tim Riggins so heiß?«

Ich stürzte mich auf das neue Thema. »Du bist zu alt für ihn.«

»Bin ich nicht! Er ist achtzehn. Hab ich recht? Außerdem gehört es zur Recherche. Ich verdiene mein Geld damit, das romantische Potential niedlicher fiktiver Jungs zu bewerten.«

»Ich bin mir sicher, der Richter wird dir glauben«, sagte ich.

»Es stimmt.«

»Willkommen in Cougar Town. Einwohner: Du.«

»Klappe! So alt bin ich noch lange nicht!«

»*Sch!* Lass mich lesen.« Ich blätterte weiter, und wir kuschelten uns aufs Sofa, unsere nackten Füße fanden wieder den Weg zueinander, während ich versuchte, mich in der fiktionalen Hitze zu verlieren.

Nach ein paar Absätzen liebte ich das Buch bereits, sabberte wie erwartet wegen dieses neuen rigginshaften Bad Boys.

Aber egal wie süß er war, egal wie unglaublich sexy, es gelang ihm nicht, mich von dem Funken hinter meinem Bauchnabel abzulenken. Die nicht fiktive Hitze, die meinen Sommer so unerwartet erobert hatte, wurde stärker und schwerer zu ignorieren.

Ich lugte über den Rand des Manuskripts zu Mari hinüber und studierte ihr Gesicht, die winzigen Fältchen um ihre Augen. Es waren clevere Augen, kluge Augen. Alle meine Schwestern hatten diesen Blick, jenes *Wir wissen, was am besten ist, unsere Weisheit gründet auf Erfahrungen und Herzeleid.*

Emilios blöde Grübchen drängten sich in meine Gedanken, und ich schloss die Augen und gestattete mir, die Möglichkeit in Betracht zu ziehen, dass meine Schwestern, verrückt wie sie waren, vielleicht tatsächlich gewusst hatten, was sie taten, als sie mich den Schwur unterzeichnen ließen.

»Lies weiter«, sagte Mari, die meine plötzliche Melancholie für einen Anfall guter, alter Romanfigurhingerissenheit hielt. »Es geht bald echt heiß zur Sache.«

13

Papi hatte mich mitten in die Höhle des Löwen geschickt: *Casa de Vargas.*

Dieser hübsche Bungalow aus Backsteinen war Haus und Herd der Zerstörung, die Brutstätte des abgrundtief Bösen.

Völlig egal, dass der Weg zur Haustür von weißen und rosafarbenen Rosen gesäumt war. Völlig egal, dass ein Windsack in den Farben der puerto-ricanischen Flagge stolz in der Brise flatterte. Völlig egal, dass im Garten ein Steinengel stand, dessen ausgestreckte Hände voller Vogelfutter für die Elstern waren. Und wenn schon.

Böse!

Ich hatte nicht vor, mir die Gelegenheit entgehen zu lassen.

Ich schoss verstohlen ein paar Bilder und speicherte sie als mögliche Beweise auf meinem Handy.

Abgesehen davon, dass sie ein Messer in mein Fleisch bohrten und mich zwangen, einen Schwur zu unterzeichnen, der eine ganze Familie verunglimpfte, hatten meine Schwestern mich nicht in die gefährlichen Einzelheiten des Vargasjunge-Daseins eingeweiht. Johnny und Miguel wohnten nicht mehr zu Hause, aber vielleicht hatten sie Überbleibsel zurückgelassen, irgendeinen Hinweis darauf, dass

Mari recht hatte – dass Emilio Vargas, der jüngste der notorischen Unholde, das personifizierte Böse auf zwei Beinen war.

Ich verstaute mein Handy wieder und klingelte, und Beelzebub öffnete mir die Tür in einer hellgrünen Schürze, auf der ein riesiges Gänseblümchen prangte.

»Ist das …« Ich musterte sein Gesicht mit zusammengekniffenen Augen. »Wie ist der Plätzchenteig in deiner Augenbraue gelandet?«

Emilio fuhr sich mit der Hand über die Stirn. »Eine viel bessere Frage ist: Warum stehst du nicht längst am Herd, Heimchen? Du bist schließlich ein Mädchen. Und daher prädestiniert … autsch!« Emilio duckte sich von der schwarzhaarigen Frau weg, die ihm einen Schlag mit dem Handrücken verpasst hatte.

»Hüte deine Zunge, *mijo*«, sagte sie. »So reden wir nicht mit unseren Gästen.«

»War nur ein Witz, Ma. Entspann dich.« Emilio küsste sie auf die Wange, und sie lächelte, dann gab sie ihm mit dem Handtuch einen Klaps auf den Hintern und scheuchte ihn zurück in die Küche.

»Beachte ihn gar nicht.« Sie hielt die Tür auf und führte mich ins Haus. »Ich bin Susana. Du musst Jude sein.«

Susana wartete nicht auf eine Antwort, sie umarmte mich einfach. Sie küsste mich rechts und links auf die Wange, dann hielt sie mich etwas auf Abstand und musterte mich von oben bis unten, die Hände fest auf meine Schultern gelegt. »Ay, *corazón de melón*, du bist deinen Schwestern so ähnlich. So wunderschön, diese Familie!«

Susana musste gerade reden, sie war atemberaubend. Das

war das einzige Wort dafür. Schimmernde schwarze Haare, die im Nacken zu einem Pferdeschwanz gebunden waren, sonnengebräunte Haut, strahlende Augen, wie die ihres Sohnes. Sie brauchte kein Make-up.

Böse!

»Komm. Jetzt, da ich nicht mehr in der Unterzahl bin, werden wir den Jungs schon zeigen, wo's langgeht.« Sie zwinkerte mir zu, nahm meine Hand und führte mich in die Küche, und obwohl mein Gesicht vor Verlegenheit glühte, fühlte es sich wie das Natürlichste der Welt an, ihre Hand zu halten.

»Arbeitsteilung«, verkündete ich Emilio. »Deine Mom und ich rühren den Teig an, du übernimmst das Backen und Abkühlen. Samuel kann sie dann in die Schachteln packen.«

Susana und ich bemühten uns schon seit zwanzig Minuten, für Ordnung zu sorgen, aber bislang trug Emilio einen Großteil des Teigs am Körper oder vernaschte ihn, anstatt ihn zu verbacken, und Samuel spielte irgendein Zombiespiel auf seinem Handy.

»Oh, das Mädchen gefällt mir, Emilio.« Susana lachte, als sie mir half, die Küche entsprechend dem neuen Plan einzurichten. »Sie ist klug. Sie weiß, dass du Disziplin brauchst.«

Emilio ließ sich auf einen Stuhl am Küchentisch neben Samuel fallen. Über ihnen aufragende Stapel weißer Gebäckschachteln ließen beide wie Zwerge erscheinen. »Wenn man bedenkt, dass ihr zwei die ganze Arbeit macht und wir schön hier drüben sitzen, wer ist da klüger?«

Samuel und er klatschten sich ab, aber bevor sie mit

Kichern fertig waren, hatte Susana sich schon drohend vor ihnen aufgebaut. »Zurück an die Arbeit, *charlatánitos. Ahora*!« Sie reckte den hölzernen Kochlöffel drohend in die Höhe, und die zwei kleinen Clowns beeilten sich, ihre Posten einzunehmen.

»Vertrau mir«, sagte Samuel, als wir schließlich an unseren Stationen standen. »Du musst geraspelte Schokolade nehmen. Das ist das ganze Geheimnis.«

»Geraspelte Schokolade?«, sagte Susana. »Der da glaubt wohl, er gehört zu den oberen Zehntausend!«

Ich lachte und goss eine Tüte Schokoladentröpfchen in die Schüssel. »Als ob wir einem Kerl vertrauen würden, der eine rosa Küss-den-Koch-Schürze trägt.«

»Solang sie mir zu etwas Zucker verhilft, trage ich sie.« Samuel zupfte an den Rüschen, die über seine Brust liefen. »Nur echten Männern steht Rosa, *Mama*.«

»Nervt er schon wieder mit seinem Echte-Männer-Gelaber?« Emilio warf Samuel einen Topflappen an den Kopf. »Echte Männer halten die Klappe und arbeiten.«

Irgendwann fanden wir unseren Rhythmus. Susana hatte das Radio an, wenn auch leise, irgendeine Salsa, und sie summte mit und schwenkte die Hüften, während sie den Teig rührte. Sie hörte nur während der Werbepausen damit auf, um mir von der Spendenaktion zu erzählen.

»Meine Sommerschulkinder bekommen nicht so viele Ausflüge geboten wie die Kinder während des Schuljahres«, sagte sie. »Also habe ich die Schulbehörde gefragt, ob ich etwas mit ihnen unternehmen darf, wenn ich das Geld dafür zusammenbekomme.«

»Beachte bitte, dass sie mich nicht gefragt hat, ob ich mit

möchte«, sagte Emilio. »Ich bin nur dazu verdonnert worden, die ganze Arbeit zu machen.«

Sie warf ihm einen strafenden Mom-Blick zu. »Ich habe doch längst gesagt, dass du uns begleitest, *mijo*.«

»Ja, als Babysitter.«

Sie griff hinter mich und klatschte ihn erneut mit dem Handtuch ab, alles, ohne auch nur einen Moment an der Rührschüssel aus dem Takt zu geraten. »Jedenfalls stellt uns die Schule den Bus und einen Fahrer, wenn wir all diese Plätzchen hier verkaufen. Ich werde mit ihnen ins Georgia O'Keefe Museum in Santa Fe fahren. Ich glaube, das wird ihnen guttun. Dem hier auch, wo er doch jeden Tag in der Werkstatt verbringt.« Sie nickte Emilio zu. »*Señor Motocicleta* könnte ein klein wenig Kultur in seinem Leben vertragen, hm?«

In dem Moment hatte Mr Motorrad gerade seinen Mund offen und versuchte damit Teigklümpchen zu fangen, die Samuel ihm von der anderen Seite der Küche aus zuwarf. Also, ja. Ein bisschen Kultur konnte nicht schaden.

»Auf jeden Fall«, sagte ich, aber Emilio war zu beschäftigt mit Rumalbern, um mitzubekommen, wie wir ihn neckten, und sobald wieder Musik lief, tanzte Susana los, und wir übrigen begaben uns an unsere angestammten Plätze.

»Zwischenstand«, sagte Samuel, den Mund voller Krümel. »Fünfhundert geschafft, noch fünfhundert zu backen. Äh, die nicht mitgezählt, die ich gegessen habe.«

»Ay, wir werden noch drei Tage lang hier stehen«, sagte Susana. »Zurück an die Arbeit, *niños*.«

»Was macht ihr da? Es riecht total gut!«

Wir hatten gerade mit Aufräumen begonnen, als das

Mädchen auftauchte. Sie musste sich selbst zur Haustür reingelassen haben und jetzt warf sie Emilio ihre Glitzerarme um den Hals und drückte einen dicken Glossschmatzer genau neben seinen Mund.

»*Hola*, Rosette.« Susana machte keinerlei Anstalten, das Mädchen zu umarmen. Stattdessen steckte sie ihre trockenen Hände zurück ins seifige Spülwasser.

»Wir backen Plätzchen für Mas Schule«, sagte Emilio. »Sind gerade fertig geworden.«

»Oh, ich möchte eins!« Sie sah ihn mit Welpenblick an und öffnete verführerisch den Mund. *Gott.* Sie stolzierte bereits mit ihren gigantisch langen Haaren und einem T-Shirt in Taschentuchgröße in der Küche herum. Und jetzt war sie scharf auf unsere Ware?

Dieses Mädchen war ein wandelnder Verstoß gegen sämtliche Hygienevorschriften!

Emilio reichte ihr einen Teller mit ein paar überzähligen Plätzchen. »Bedien dich.«

Sie hüpfte auf die Anrichte und knabberte am Rand eines Plätzchens, während sie die Beine baumeln ließ und mit den Füßen gegen die Unterschränke polterte. Ihr Blick richtete sich endlich auf mich. »*¿Quién es esta chica?*«

»*Soy* Jude«, sagte ich.

»*Esta es la novia de Emilio*«, ergänzte Susana mit einem höflichen Lächeln. Sie warf mir ein Zwinkern zu, das nur für mich bestimmt war, und ich wusste, dass sie mich absichtlich als Emilios Freundin bezeichnet hatte.

Rosettes Augenbrauen schossen hoch. Ich hatte mir eine Feindin gemacht, so viel stand fest.

Sie musterte mich erneut von oben bis unten, dann sprang

sie von der Anrichte. »Ich muss nach Hause«, sagte sie zu Emilio. »Machen wir nachher was zusammen?«

Er gab ein unverbindliches Grunzen von sich, aber sie beugte sich trotzdem vor, um ihn zu umarmen und ihm mit einem gefakten Flüstern ins Ohr zu hauchen: »Wir sehen uns später, *chillo*.«

Sobald der Abwasch erledigt war, wusch ich mir das Spülwasser von den Händen und bat Emilio, mir den Weg zum Bad zu zeigen. Ich hatte bereits seine Mutter kennengelernt, das Mädchen von nebenan ertragen, genug Teig für Hunderte von Plätzchen angerührt und sogar begonnen, Spaß daran zu haben, hier zu sein … Also echt. Genug Freiwilligendienst.

Zeit, zum Geschäftlichen zu kommen.

Ich ging den langen Flur entlang, der das Wohnzimmer mit dem Bad und den hinteren Schlafzimmern verband. Die Wände hingen voll Fotos, Babys wurden zu Teenagern, wurden zu Männern.

Dem Leben von Susanas Söhnen wurde hier ein Denkmal gesetzt.

Ich hatte Johnny und Miguel nicht wirklich gekannt. Ich hatte nur vage Erinnerungen an ihr Kommen und Gehen, wie sie meine Schwestern abgeholt und wieder nach Hause gebracht hatten. Es war seltsam, sie jetzt alle an der Wand hängen zu sehen, wo sie vor meinen Augen aufwuchsen: Teddybären, Schulfotos, Fahrradtouren, Angeln im Animas, Schulabschlüsse, Motorcrossräder, Surfen an einer Küste, die wahrscheinlich die von Puerto Rico war.

Ich blieb wie angewurzelt stehen, als ich ein vertrautes

Augenpaar entdeckte, das aus der Vergangenheit auf mich herabblickte.

Lourdes in ihrem gelben Abschlussballkleid, lächelnd. Sie hatte sich bei Miguel eingehängt.

Mir schnürte es die Kehle zu. Ein paar Stunden, nachdem dieses Foto gemacht worden war, hatte Miguel sie weinend und fassungslos auf der Tanzfläche stehen lassen.

Es gab keine Bilder von Celi und dafür war ich dankbar. Vielleicht hatte Susana sie abgenommen, als sie hörte, dass ich zu ihnen kommen würde. Vielleicht hatte sie sie schon vor fünf Jahren abgenommen.

Genau wie bei uns gab es nicht viele Bilder, auf denen die Geschwister zusammen abgelichtet waren. Aber Emilio sah seinen Brüdern sehr ähnlich. Sie besaßen alle dieselbe umwerfende Ausstrahlung, das Grübchenlächeln, das mehr Herausforderung als Hallo war. Ihr Charme war nicht zu leugnen.

Das Bad befand sich hinter der letzten Tür auf der linken Seite. Auf dem Weg dorthin lagen noch vier weitere Zimmer und ich steckte den Kopf zur ersten Tür hinein – Susanas Schlafzimmer. Es war picobello aufgeräumt und mit Blumen übersät – sie waren auf der Bettdecke, den Vorhängen, in einer Vase auf der Kommode. Die Wände leuchteten gelb und sahen aus, als wären sie vor Kurzem gestrichen worden, und ich erinnerte mich an die dazu passenden Farbkleckse auf Emilios Shorts, diejenigen, an denen er nach unserer Fahrstunde gepiddelt hatte. In der hinteren Ecke flackerte auf einem halbhohen Bücherregal eine Heiligenkerze in einem Windlicht. Die übrigen Regalbretter waren mit getrockneten Blumen, gerahmten Fotos und Spielzeug bedeckt – Autos und Flugzeuge, Legosteine. Es sah wie ein Schrein aus und plötzlich kam ich mir wie ein Eindringling vor. Ich ging weiter zum nächsten Zimmer.

Es war ohne Zweifel ein Jungenzimmer – vielleicht das von zweien, denn es stand ein Stockbett darin –, aber es gab nicht viel her. An den Wänden hingen ein paar Bilder von Models in Bikinis, auf den Regalen stand eine Auswahl an Schulbüchern. Ein alter Computer und Kabel setzten auf dem Schreibtisch Staub an, und ein Modellflugzeug hing von der Decke, aber das war's auch schon.

Der nächste Raum wurde als Abstellkammer für alles genutzt, was nirgendwo sonst Platz fand: ein Nähmaschinentisch, Stoffballen, Bastelsachen, Bücher, stapelweise CDs und Videos, Geschenkpapierrollen und Schleifen, Kleider in Plastikfolie von der Reinigung, Kartonschachteln mit wer weiß was drin. Es war fast wie in unserem Schuppen.

Mit anderen Worten, normal. Vertraut. Harmloses Allerweltszeug von ganz und gar nicht bösen Menschen.

Ich bewegte mich Zentimeter für Zentimeter auf das letzte Zimmer zu, in dem Bewusstsein, dass es Emilios sein musste. Mein Magen kribbelte bei der Vorstellung, seinen persönlichen Rückzugsort zu sehen, wo er nachts schlief, wo er jeden Morgen aufwachte. Ich hoffte, er hatte nichts Ekliges – z. B. Rosettes Spitzenunterwäsche – auf dem Boden liegen lassen.

Sein Duft hüllte mich ein, die Lederjacke über dem Schreibtischstuhl, der Weichspüler, den seine Mutter für die Wäsche benutzen musste. Seine Seife, sein Kaugummi, seine Werkzeuge. Sein Zimmer war unordentlich, aber auf eine total entzückende Weise – die Bettdecke war irgendwie über das Bett geworfen worden, ein Stapel gefalteter T-Shirts in

Schieflage drohte vom Schreibtisch zu fallen. Auf den Regalen standen alte Motorradhandbücher, und an den Wänden hingen – anstelle der Motorradbräute, die ich erwartet hatte – eine Vielzahl Landkarten. Lauter unterschiedliche Farben, unterschiedliche Arten, manche laminiert, manche mit Knicken und Heftklammern aus Zeitschriften. In der über seinem Schreibtisch steckte eine Reihe roter Reißzwecken, die sich von Blackfeather bis nach Kalifornien erstreckten, sich in Klein- und Großstädte hinein und hinaus wanden, von den Bergen bis ans Meer.

Seine Route für die Motorradtour. Das musste sie sein.

Ich schlich ins Zimmer, um sie mir näher anzusehen, und malte mir aus, wie es wäre, hinten auf seinem Motorrad zu sitzen, die Reise mit ihm zu erleben. Es war eine alberne Fantasie, eine, die dieses Zimmer nie verlassen würde, aber einen Augenblick lang prickelten meine Arme und Beine vor Vorfreude, und ich schwöre, ich spürte den Wind in meinem Haar.

Auf dem Schreibtisch unter der Karte stand eine Fotografie in einem Silberrahmen, die meinen Blick gefangen nahm. Zwei Jungen, beide vielleicht um die zehn oder elf. Sie hatten die Arme umeinander gelegt, und da war dieses riesige Echsending – einer von ihnen ließ es kopfüber am Schwanz herunterbaumeln. Der andere war Emilio, die Grübchen verrieten es mir.

Die Jungs waren von oben bis unten mit Schlamm bedeckt, sie trieften praktisch. Es erinnerte mich an unsere Sommer am Fluss, an all die Schelte, die Zoe und ich uns eingehandelt hatten, weil wir nach Würmern gruben und die Erdhörnchen unser Studentenfutter fressen ließen.

»Das sind Emilio und sein Cousin.«

Ich zuckte zusammen, als Susanas Stimme ertönte. »Tut mir leid. Ich wollte nicht … Ich habe das Bad gesucht und bin einfach … Ich habe die Karte und das Foto gesehen.«

Susana kam ins Zimmer und nahm mir das Bild aus den Händen. Sie rieb mit ihrer Schürze über das Glas und starrte einen Moment darauf, ehe sie wieder sprach. Ihre Finger strichen sanft über die Gesichter der beiden.

»Sie sollten eigentlich Laub rechen«, erzählte sie. »Ich hatten jedem von ihnen zehn Dollar versprochen, damit ich etwas Zeit allein im Haus hatte. Stell dir meine Überraschung vor, als sie mit diesem kleinen Drachen zurückkamen. Und sie sahen aus, als wären sie Schlammcatchen gewesen.« Sie lachte. »Ay, Bendito! Ich bekam beinah einen Herzinfarkt.«

»Hast du ihnen erlaubt, ihn zu behalten?«

»Nur lange genug, um das Foto zu knipsen. Er befreite sich aus ihren Händen und rannte davon. Ich sagte, gut, dass wir ihn los sind! Hörten sie auf mich? Nein. Sie jagten hinter ihm her. Ich musste ihnen erzählen, er wäre giftig. Nur eine harmlose Notlüge, stimmt's?«

Ich lächelte. »Wie alt waren sie da?«

»Emilio war zehn und Danny zwölf.« Sie schüttelte den Kopf. »Sie waren immer schrecklich wild, diese Jungen. Emilio war der schlimmere, dieses Kind hat es gehasst, wenn man ihm sagte, was es zu tun hatte. Er machte sich schon in der ersten Klasse sein Pausenbrot selbst und ging allein zur Schule, und er schleifte Danny überall mit hin, *pobrecito*. Ritt ihn ständig in die Tinte.« Sie stellte das gerahmte Bild zurück auf den Schreibtisch, rückte es zurecht, bis es genau da stand, wo es hingehörte. »Erzähl ihm das nicht, aber ich bin ihnen immer mit dem Auto gefolgt, damit ich sicher sein konnte, dass sie gut in der Schule angekommen waren.«

»Klingt nach Emilio«, sagte ich. »Er ist so starrköpfig. Oh, aber er hat wirklich wahnsinnig Ahnung von Motorrädern. Ich meine bloß, dass er … Sie wissen schon. Furchtbar unabhängig ist.«

»*Sí*. Er kann keine fünf Minuten stillhalten, so viel steht fest. Immer schon mit einem Bein zur Tür hinaus, genau wie sein Vater. Ah, aber wir lieben sie trotzdem. Es wäre einfacher, wenn es nicht so wäre, aber was soll man machen?« Susana blinzelte mir verschwörerisch zu.

Emilio hatte über seinen Vater nur erwähnt, dass er in Puerto Rico lebte und es ein irgendwie merkwürdiges Arrangement war. Von Danny hatte ich dagegen noch nie gehört, und ich fragte mich, ob sie sich immer noch nahe standen oder ob Danny wegzogen war wie Emilios Vater und seine Brüder. Ich wollte Susana danach fragen, aber sie schien in ihren Erinnerungen versunken. Ich biss mir auf die Zunge. Keine Familie war immun gegen den Kummer gebrochener Herzen, und es stand mir nicht zu, meine Nase in den von jemand anderem zu stecken.

Susana zupfte spielerisch an meinem Pferdeschwanz. »Okay, *cariña*. Lass uns nach den beiden sehen, ehe sie alles aufessen, was wir im Schweiße unseres Angesichts gebacken haben.«

»Bist du sicher, dass ich dich nicht mit dem Motorrad nach Hause fahren soll?«, fragte Emilio. Wir standen vor dem

Haus, und er lächelte mich so was von breit an, sämtliche Grübchen machten Überstunden.

Ich zeigte mit dem Daumen auf den blauen Pick-up, der in der Einfahrt stand. Nicht, dass er zu übersehen gewesen wäre. »Ich fahre hinter dir her.«

»Ich könnte dich nachher zu deinem Wagen zurückbringen.« Er ließ die Motorradschlüssel vor meiner Nase baumeln, und mir schoss die Karte in seinem Zimmer durch den Kopf, die Parade aus Reißzwecken, die auf das Meer zu marschierten. »Es könnte dir sogar gefallen.«

»Ich bezweifle ernsthaft …«

»Jude, warte!« Susana kam mit einer Tupperschüssel voller Plätzchen aus dem Haus gerannt. »Die hier sind für dich. Nimm sie für deine Familie mit nach Hause. Besonders für deine Mutter. Sag ihr, dass ich oft an sie denke.«

Ich nahm die Schüssel, und sie küsste mich, strich mir mit der Hand über die Haare und legte einen Finger unter mein Kinn. »Komm wieder und besuch mich, ja? Du bist mir jederzeit willkommen, *cariña*. Mit oder ohne diesen Grobian.« Sie beugte sich vor und verstrubbelte Emilios Haare.

»*Te quiero*«, befahl er, und ihr ganzes Gesicht leuchtete auf, und sie so zusammen zu erleben, während sie sich neckten und einfach … na ja, Mutter und Kind waren … Ich weiß auch nicht. Es war schwer, es mit allem in Einklang zu bringen, was meine Schwestern über diese Familie gesagt hatten. Wie konnte jemand so Schreckliches seine Mutter so sehr lieben? Wie konnten sie Fotos von Cousins und Landkarten und Blumen und Kerzen haben? Wie konnten sie so reizend zu mir sein?

Nachdem Susana ins Haus zurückgekehrt war, drückte

Emilio meine Hand, ließ sie aber gleich wieder los. »Danke für deine Hilfe. Ma ist total aus dem Häuschen. Sie hat dich wirklich gern.«

»Ach ja?« Ich wandte den Kopf ab, um mein unvermeidliches Erröten zu verbergen. »Ich schätze, meinem Charme erliegen die Eltern genauso wie deinem.«

Emilio lachte. »Weißt du was, *princesa*? Ich glaube, dieses Freund-Freundin-Ding könnte tatsächlich funktionieren.«

»Nicht, solange Rosette dabei ein Wörtchen mitzureden hat, *chillo*.« Ich stieg in den Pick-up. »Du weißt schon, dass das eine Fischart ist, oder, *chillo*?«

Emilio zuckte mit den Achseln und warf seine Maschine an. »Nö.« Er ließ den Motor aufheulen und rief mir über das Knattern hinweg zu: »Bei uns heißt *chillo* Lover.«

14

»Natürlich hat sich deine Mutter in mich verliebt. Seht mich an!« Papi deutete auf ein altes Gruppenfoto der *Las Arañas Blancas.* Er war der Anführer der Gang, einer bunt gemischten Truppe schwarzhaariger Höllenhunde in zerrissenen Jeans auf noch höllischeren Maschinen. Valentina stach wie ein Juwel unter den anderen hervor, und ich versuchte mir vorzustellen, wie es gewesen sein musste, ein junges argentinisches Mädchen zu sein, das über diesen wilden Haufen aus Chrom, Leder und Hitze stolperte.

Jeder einzelne dieser Jungs hätte mit einem Warnschild versehen werden müssen.

Achtung: Schwere Herzschäden voraus!

»Es war kein Problem, Mädchen kennenzulernen.« Papis Augen glitzerten. »Aber deine Mutter … die war ein harter Brocken. Jedes Mal, wenn wir zu dem Diner fuhren, in dem sie arbeitete, bestellte ich das Gleiche: Hühnchen Milanese mit *ensalada rusa* als Beilage und eine Cola. Sie brachte mir das Essen und legte zack die Rechnung auf den Tisch, noch ehe ich den ersten Bissen zu mir genommen hatte. Sie sagte nie Hallo, gar nichts! Die Jungs nannten sie *Coco*, weil sie so knallhart war. Sie setzten Geld darauf, dass ich es nicht schaffen würde, sie zu knacken und dazu zu bewegen, mit mir zu reden.«

»Wie ging es weiter?« Ich hatte die Geschichte noch nie gehört. Mari, die am anderen Ende der Küche neben der Kaffeekanne stand, zuckte mit den Schultern, als ginge es ihr ebenso.

»Ich brauchte den ganzen Sommer dafür, aber ich verdiente mir eine Stange Pesos.« Papi blätterte zum nächsten Bild, einer Aufnahme davon, wie er und einer der anderen vor einem schwarzen Motorrad knieten. Das Foto erinnerte mich an Emilio und seine Kumpel vom Duchess.

»Ich kehrte auf die Straße zurück, unternahm eine weitere lange Reise. Aber eure Mutter konnte meinem Charme nicht ewig widerstehen«, erzählte Papi. »Zwei Jahre später haben wir geheiratet. Wie alle von den Jungs. Die meisten haben auch mit dem Motorradfahren aufgehört.« Papi schwieg, während er durch den Rest des Albums blätterte. Ich fragte mich, ob er es bereute, ob er glaubte, ein aufregenderes Leben versäumt zu haben, und eine Mischung aus Schwermut und Schuld jagte einen kribbelnden Schauer über meinen Rücken. Schwermut, weil er seine alte Gang verlassen und aufgehört hatte, Valentina zu fahren. Schuld, weil ich das Gefühl hatte, dass wir dafür verantwortlich waren. Dass sich für ihn vielleicht alles zum Guten gewendet hätte, wenn er nie aufgehört hätte, Motorrad zu fahren, wenn er niemals von der Straße der unendlichen Möglichkeiten nach Blackfeather abgebogen wäre, zu einer Frau, einem Haus und vier Töchtern. Wenn er dort geblieben wäre, würde er wahrscheinlich noch immer Motorrad fahren, und er würde weiter das Leben führen, das er eigentlich führen sollte, keine falschen Abzweige, keine Sackgassen. Kein Leerlauf oder Freiräume, in die El Demonio eindringen konnte, um alles in Flammen aufgehen zu lassen.

»Guck nicht so ernst, *querida.* Es ist bloß ein Foto.« Papi griff über den Tisch, um meine Hand zu tätscheln, und holte mich damit zurück in die Gegenwart. Seine andere Hand ruhte auf der Aufnahme eines Motorrads, das sich teilweise um einen Baum gewickelt hatte. Einer der Jungs stand vollkommen entgeistert daneben.

»Wer ist das?«, fragte ich.

»Benny war unser Draufgänger. Ein Hurensohn mit mehr Glück als Verstand«, sagte Papi. »So nannten wir ihn. Er sprang vor dem Zusammenprall hier ab. Hatte nicht einen Kratzer. Aber er verlor sein Motorrad, fuhr danach wieder eine Honda.«

»Ihr Typen wart alle verrückt«, sagte Mari.

»Verrückte Zeiten, ja. Großartige Zeiten.« Papi schüttelte den Kopf, die Andeutung eines Lächelns umspielte seine Lippen. »Ja, das damals waren echt verrückte Zeiten.« Einen Moment dachte ich, er würde in Tränen ausbrechen, doch als er mich ansah, waren seine Augen voller Leben. »Meine Mädchen würde ich aber trotzdem gegen nichts auf der Welt eintauschen.«

Er lehnte sich vor und küsste meine Stirn, und als er nach oben verschwand, um das Album wegzuräumen, schenkte Mari zwei frische Becher meines Dark-Moon-Kaffees ein und setzte sich zu mir an den Tisch.

»Er erinnert sich an alles aus seiner Bikerzeit, was?«, sagte sie.

»Es ist total … unfair.« Ich nahm einen großen Schluck Kaffee, um meine Gefühle in Schach zu halten, hatte damit aber keinen Erfolg. »Er wird sich wahrscheinlich immer an die Geschichte mit Mom erinnern. Aber eines Tages wird er nicht mehr wissen, dass die Frau, die hier lebt, das Mädchen ist, das er in dem Diner angesprochen hat. Er wird denken, sie sei eine andere. So als wäre die Frau, die er liebt, immer noch irgendeine neunzehnjährige Kellnerin in Argentinien.« Ich wischte mir eine Träne von der Wange und streckte die Hand nach einem von Susanas Plätzchen aus. Mari nahm sich auch eins.

»Ich weiß, dass es schwer ist, Juju«, sagte sie zwischen zwei Bissen. »Und es ist ätzend, dass du den letzten Sommer deiner Kindheit dafür opferst. Du verpasst alles.«

Ich zupfte an einem losen Faden von einem von Moms Stoffdeckchen. Es mochte ja sein, dass ich einen Teil meines Sommers geopfert hatte, aber wir hatten bereits den vierten Juli, und was hatte ich schon groß verpasst? Blöde Jungs im *Witch's Brew* anzuschmachten? Schillernde Gestalten, die anzusprechen wir uns im Leben nicht getraut hätten? Den Versuch, einen letzten tollen Sommer zu erzwingen, bloß weil wir im Herbst alle aufs College gehen würden und dies das Ende war, unsere letzte Gelegenheit, noch einmal Kind zu sein? Und sowieso, was sollte das überhaupt heißen? Dass ich draußen in Mr Turtles Pool wäre, Glühwürmchen mit einem Einmachglas fangen und mit einem Dollar in der Hand dem Eiswagen hinterherlaufen würde, wenn Papi nicht krank wäre?

Auf gar keinen Fall. Unsere letzte Gelegenheit, Kind zu sein, war vor Jahren verstrichen, lange bevor Papi krank geworden war. Lange bevor meine Schwestern ihr kleines schwarzes Buch füllten. Lange bevor eine von uns ahnte, was es hieß, ein gebrochenes Herz zu haben.

»Ich habe nicht den ganzen Sommer geopfert«, sagte ich. »Ich fahre nächsten Monat immer noch nach Sand Dunes. Ich versuche nur … Ich bemüh mich, okay?«

Mari schob sich noch ein Plätzchen in den Mund und spülte es mit einen Schluck Kaffee runter. »Ich schätze, ich hab mich wie ein Feldwebel aufgeführt, seit ich hier bin, was?«

Ich zuckte mit den Schultern. »Wir machen uns alle Sorgen um ihn. Ich versteh das.«

Mari schüttelte den Kopf. »Ich war stinksauer auf dich. Du wusstest, dass ich kommen würde, und du hast Emilio mit keinem Wort erwähnt. Vielleicht siehst du das nicht so, vielleicht erinnerst du dich nicht daran, was diese Familie uns angetan hat, aber ich schon. Ich war total vor den Kopf gestoßen. Um nicht zu sagen, verletzt.«

Ich nickte. Ich hätte es ihr sagen sollen. Sie warnen, darauf vorbereiten sollen, irgendwas. Ich hatte meinen Mund gehalten, meine Lieblingsschwester angelogen. Aber wir wussten beide, wo Ehrlichkeit hingeführt hätte; das Motorradprojekt wäre in dem Moment gestorben, als sie eintraf. Sie hätte wahrscheinlich meine anderen Schwestern mit hineingezogen, hätte alle dazu gebracht, mir in Erinnerung zu rufen, was für ein schlechter Mensch Emilio Vargas war.

Die Sache war nur, sie hätte damit falschgelegen. Sie hätten alle falschgelegen. Sie *lagen* falsch.

»Emilio ist anders«, sagte ich. »Mit ihm ist es nicht so.«

Mari fuhr mit dem Finger den Rand ihres Kaffeebechers entlang. »Als ich euch zwei zusammen gesehen habe, die Art, wie er dich ansieht … es war wie ein Trip in die Vergangenheit zu Celi und Johnny. Ich sah, wie dasselbe dir passierte, und ich bin ausgerastet.«

Ich nahm mir noch ein Plätzchen und dachte an Susana, ihr strahlendes Lächeln, die Art, wie sie über Emilios Scherze lachte und ihn ausschimpfte, weil er versuchte, die Rührbesen abzulecken, bevor wir fertig waren. Johnny und Miguel hatten meinen Schwestern vielleicht wehgetan, sie verdienten es vielleicht, für alle Zeiten auf unserer schwarzen Liste zu stehen. Aber Mari kannte weder Emilio noch seine Mutter noch sonst irgendwen aus dieser Familie. Wie konnte sie Emilio für die unschöne Vergangenheit seiner Brüder bestrafen?

»Ich habe gestern Emilios Mutter kennengelernt«, sagte ich. »Ich nehme an, sie und Mom waren vor der Sache befreundet?«

Mari nickte, als denke sie an jene Zeiten zurück, male sich vielleicht aus, wie alles hätte sein können, wenn Johnny Celi keinen Dolch durchs Herz gejagt hätte. Doch dann trank sie ihren Kaffee aus, stand vom Tisch auf und fegte ihre Plätzchenkrümel in den leeren Becher. »Wie viel hast du Emilio über Papis Zustand erzählt?«

»Wir reden nicht darüber. Aber er hat Papis Stimmungsschwankungen mitbekommen.« Ich verriet ihr nicht, dass Emilio derjenige gewesen war, der Papi während des Tamponvorfalls beruhigt hatte, oder dass er so ziemlich das einzige Nichtfamilienmitglied war, das uns nicht aus Scheu mied. »Ich bin sicher, er kann es sich denken.«

»Er braucht nicht sämtliche Einzelheiten zu kennen, okay? Das geht nur die Familie etwas an. *Unsere* Familie.« Ihre Augen schimmerten feucht vor Gefühl, aber sie blinzelte die Tränen weg. »Lourdes und Celi sind von der Motorradsache nach wie vor nicht überzeugt.«

»Du hast es ihnen erzählt?« Allein, mir Celis Reaktion vorzustellen, drehte mir den Magen um. Als ich sie im vergangenen Jahr in New York besucht hatte, hatte sie ihr Facebook offen gelassen, und ich hatte gesehen, dass sie Johnny total gestalkt hatte. Und sie hatte immer noch den Ring, den sie in einer Samtschachtel in der obersten Schublade ihrer Kommode aufbewahrte. »Es ist fünf Jahre her, Mari. Ihr habt mich gezwungen, mir die Hände einritzen zu lassen und diesen dämlichen Vertrag zu unterschreiben, und das alles hatte rein gar nichts mit Emilio zu tun. Ich wollte zur Abwechslung nur einmal dazugehören. Ich war zwölf!«

»Ich habe ihnen von dem Motorrad erzählt, nicht von Emilio. Wir skypen heute Abend. Ich habe sie gebeten, sich vor dem Feuerwerk einzuloggen.«

Ich stopfte mir noch ein Plätzchen in den Mund.

»Papi und ich essen in der Stadt«, sagte sie. »Aber du musst ihn um zwei abholen kommen, damit ich an einer Telefonkonferenz teilnehmen kann. Ich werde mein Lager im *Witch's Brew* aufschlagen.«

»Aber heute ist Feiertag. Du hast eine Konferenz?«

»New York schläft nicht.« Mari warf sich die Computertasche über die Schulter und beugte sich runter, um Pancake zu tätscheln. Sie bot mir keine weitere Weisheit an, keinen großschwesterlichen Hinweis darauf, wie sie alles wieder in Ordnung bringen würde.

Sie hatte nach dem ersten Tag damit aufgehört, mir zu sagen, dass ich mir keine Sorgen mache solle, und in der kurzen Zeit bei uns war sie bereits um ein Jahr gealtert.

Genau wie ich.

15

Mari hatte in unserer siebzehn Jahre und mehr währenden Beziehung mit vielem recht gehabt: welche Bücher es auf die Bestsellerliste schaffen würden. Das kulinarische Meisterstück, das Pommes frites in *dulche de leche* getaucht darstellen. Die Anbetungswürdigkeit des Fullbacks der Dillon Panthers mit der Trikotnummer dreiunddreißig, Tim Riggins.

Aber sie hatte unrecht, was die Vargas-Familie anging. Unrecht, was Emilio anging. Sie hatte ihm misstraut, noch ehe er je einen Fuß auf unser Grundstück gesetzt hatte, ihn in dem Moment als Herzensbrecher gebrandmarkt, als wir uns vor fünf Jahren in die Hände ritzten und die Worte des Schwurs aussprachen.

Ich hatte ihn ebenfalls falsch beurteilt. Vielleicht würde er es nie erfahren. Vielleicht würde es ihn nie berühren. Vielleicht würde er mit seinem letzten Lohnscheck und einer Tasche voller Klamotten und Kopftücher davonfahren, wenn der Sommer vorbei war, sich auf den Weg zum Meer machen und nicht zurückblicken, so wie er es die ganze Zeit über angekündigt hatte.

Trotz einer ganzen Perlenschnur von Vielleichts gab es eins, das ich mit absoluter Sicherheit wusste: Emilio Vargas hatte keine Seite im *Buch der gebrochenen Herzen* verdient. Wir hatten ihn trotzdem darin verewigt. Ich musste das wiedergutmachen.

»Gib mir zehn Minuten«, sagte Emilio, als ich ihn im Duchess aufstöberte. »Wartest du so lange?«

Ich erklärte eine Bank an der Rückwand der Werkstatt zu meiner. Emilio trug wieder kein T-Shirt, also war ihm bei der Arbeit zuzusehen nicht wirklich eine Strafe. Ich hatte es mir gerade für die Show bequem gemacht, als der Rest der Jungs auch schon mit den zu erwartenden anzüglichen Frotzeleien loslegte.

»Hey, Jude …« Einer von ihnen – Marcus war sein Name, glaube ich – begann den alten Beatles-Song zu singen und lachte, als sei das die originellste Idee der Welt, als hätte ich ihn mir nicht schon mein ganzes Leben lang anhören müssen. Seine Stimme war nicht schlecht, aber er versiebte das meiste vom Text, und als er zur zweiten Strophe kam, war John Lennon vermutlich so weit, aus dem Grab zu kriechen und ihm eine zu knallen.

»Du solltest an dieser Stelle aufhören«, sagte ich. »Das mit dir und den Motorrädern läuft doch echt gut. Bleib lieber dabei.«

»Nein, jetzt kommt der gute Teil.« Er räusperte sich und legte wieder los, eine Hand aufs Herz gelegt. Das Ganze war irgendwie rührend, wenn man auf so was stand, was auf mich nicht zutraf. Jedenfalls nicht, solange er der Sänger war. »Hey, Jude, don't be a fool. Don't go out with … that bum E-mi-li-o. The minute. you let him into your …«

»Ich hoffe für dich, das ist das Ende deines Songs, Kumpel.« Emilio schlug ihm auf die Schulter, und Marcus zwinkerte mir zu und wandte seine Aufmerksamkeit wieder der Harley zu, an der er gearbeitet hatte. Eine Knucklehead, wie ich dank Emilios Unterricht wusste.

»Er ist ein Idiot«, sagte Emilio zu mir. »Ich bin fast fertig.«

Kaum war er außer Hörweite, schlenderte Marcus auf die betont lässige einstudierte Art zur Bank zurück. Ohne Zweifel war er einer von denen, die so was vor dem Spiegel übten.

»Was gibst du dich mit Emilio ab? Wie wäre es mit uns zwei Hübschen?« Er wischte sich die Hand an seinem schwarzen Muskelshirt ab und streckte sie aus, vermutlich, damit ich sie ergriff, woraufhin wir dann auf sein Moped steigen und in den Sonnenuntergang fahren würden. Ehe ich seine Träume platzen lassen konnte, schlug Samuel seine Hand weg.

»Los, Bewegung«, sagte Samuel. Er schubste ihn zurück zu den Motorrädern, aber der Kerl gab sich davon völlig unbeeindruckt.

»Sie mag mich.«

»Sie findet dich bescheuert«, sagte Samuel. »Und sie hat recht.«

Marcus wölbte eine Augenbraue, leckte sich über die Lippen – eine weitere Kostprobe seines umwerfenden Spiegelrepertoires – und beugte sich vor, um mir den nächsten Vorschlag zu unterbreiten: »Wenn du so weit bist, den Schritt vom Jungen zum Mann zu wagen, ruf mich an.«

»Wie wäre es, wenn du mich anrufst, sobald *du* so weit bist, den Schritt vom Jungen zum Mann zu wagen?«

Die anderen Jungs grölten, und gerade als ich beschloss,

dass dieses Spiel Spaß machen könnte, kehrte Emilio zur Bank zurück und zog sich ein T-Shirt über den Kopf. »*Vamos, princesa.*«

Er brachte mich durch eine schmale Tür an der Rückseite der Werkstatt nach draußen, eine, die ich ihn schon hatte benutzen sehen. Ich war immer davon ausgegangen, sie führe in einen Pausenraum oder Raucherbereich, aber sie mündete auf einen Gehweg, der ein paar krumme, sonnenbefleckte Kurven nahm und hinter der Fifth Street in den Wald abzweigte. Ich folgte ihm, den Blick auf das weiße Kopftuch geheftet, das aus seiner Hosentasche hing, und fragte mich, was aus dem blauen geworden war.

Nicht, dass ich eine polizeiliche Musterung seiner Rückseite vorgenommen hätte oder so. Ich meine, das Kopftuch war wie eine Leuchtreklame. *Sieh mich an! Sieh mich an! Sieh mich an!*

»Heute ganz ohne Bodyguard?«, fragte er, als wir den Gehweg betraten. Er drehte sich um, wartete, dass ich ihn einholte, und verwehrte mir damit die Sicht auf seinen Hintern. Sein Kopftuch. Was immer.

»Sie ist mit meinem Vater essen gegangen, für den Moment bist du also in Sicherheit.«

Seine Grübchen verschwanden. »Was ist bloß los mit ihr? Ich verstehe ja, dass sie sich Sorgen um euren Paps macht, aber meine Fresse.«

»Du machst Witze, oder?« Ich war um den heißen Brei herumgeschlichen, seit wir uns begegnet waren, aber es konnte nicht sein, dass er nicht Bescheid wusste, und ich war es leid, so zu tun, als sei das der Fall. »Araceli … Johnny hat sie komplett verarscht!«

In seinem Gesicht ging eine Veränderung vor, seine Stirn legte sich unter dem dichten Haarschopf in Falten. Die Tatsache war eindeutig nichts Neues für ihn, aber es schien, als hätte er sie als Ursache ganz ehrlich nie in Betracht gezogen. Als hätte er sich nicht vorstellen können, dass diese Sache Einfluss auf die Gegenwart haben könnte.

»Der Mist hat nichts mit mir zu tun«, sagte er und setzte sich wieder in Bewegung. »Außerdem ist es schon ewig her. Das ist echt der Grund, warum sie mich hasst?«

»Sie hasst dich nicht. Sie hegt nur … große Abneigung gegen dich. Misstrauen. Abneigung. Vielleicht beides.«

»Weil mein großer Bruder so ein Depp ist?«

»Genau genommen gab es da zwei Deppen.«

»Ein Depptett?«

Ich lachte, aber nur einen kurzen Moment lang. »Ein paar Jahre davor hat Miguel meine Schwester Lourdes während des Abschlussballs abserviert. Es hängt ein Bild von ihnen bei dir zu Hause.«

»Moment mal.« Emilio blieb abrupt stehen und packte mich am Arm. »Wie viele Schwestern hast du, und bitte sag mir, dass die Geschichte damit zu Ende ist.«

»Das war's. Drei Schwestern und ich. Und zweien von ihnen wurde von deiner Familie das Herz gebrochen. Es versteht sich, dass Johnny den größeren Schaden angerichtet hat.« Ich dachte wieder an die Hochzeit, an das fliederfarbene Kleid. Ich hatte bereits eine Anprobe hinter mir gehabt und für mich war es das schönste Kleid der Welt gewesen. Ich hatte mich wie eine Prinzessin darin gefühlt. Eine echte. Wahrscheinlich hätte ich während des Brauttanzes mit Emilio tanzen müssen, weil wir fast gleich alt waren. »Überleg doch. Sie waren kurz davor zu heiraten. Stell dir das mal vor!«

»Ja, ich weiß.« Emilio trat nach einem strohfarbenen Steppenläufer, der sich auf dem Weg breitgemacht hatte. »Meine Mutter war so wütend auf ihn, als sie es herausfand.«

Ich nickte. »Danach … Okay, das klingt jetzt vielleicht ein bisschen verrückt …«

»Du? Und verrückt klingen? Das gibt's ja nicht. Wir rufen besser die Ü-Wagen von CNN.« Emilio grinste. »Na schön, raus damit.«

Ich atmete tief durch. »In der Nacht, nachdem Celi und Johnny Schluss gemacht hatten, habe ich versprochen, dass ich mich nie … also, dass ich den Männern aus eurer Familie aus dem Weg gehen würde.«

»Wir sind keine Axtmörder.«

»Nur Herzensbrecher.« Ich lächelte, aber Emilio schüttelte den Kopf, und ich beeilte mich, ihm den Rest zu erklären. »Ich habe es geschworen. So richtig.« Ich erzählte ihm die ganze schäbige Geschichte.

Emilio wandte sich zu mir um, als ich zum Ende kam, sein Blick war brennend heiß und voller Gefühl. »Nur damit wir uns verstehen. Du und deine Schwestern, ihr habt einen Haufen Scheiß von meinem Bruder verbrannt, euch mit einem Messer verstümmelt und über einer Kerze des heiligen Michaels einen Eid gegen meine Familie geschworen?«

»Er war ein Erzengel, kein Heiliger. Und es ging nur gegen deine Brüder. Gegen alle Männer, eigentlich. Deine Mom ist wahrscheinlich nicht betroffen.« Ich verpasste der Erde einen Tritt, ließ Staub aufwirbeln. »Um ehrlich zu sein, müsste ich es wahrscheinlich noch mal lesen, um sicherzugehen.«

»Habt ihr uns mit einem Fluch belegt?«

»Nein.«

»Was ist mit zukünftigen Generationen? Oder meinen Onkeln? Gibt es irgendetwas, wovor ich meine Tante in Puerto Rico warnen sollte?«

Ich schüttelte den Kopf.

»Was ist, wenn ich eine schwarze Katze sehe oder eine Leiter? Muss ich am Freitag den dreizehnten Angst haben, hinterrücks überfallen zu werden?«

»Ja, schon gut, aber ich war zwölf. Sie wollten mich nur beschützen.«

Emilio schüttelte den Kopf. »Du hast dich mit einem Messer geschnitten und dein Haar mit einer Kirchenkerze verbrannt. Wo ich herkomme, hat man ein Wort dafür: *loca*. Du hattest recht. Du bist tatsächlich verrückt.«

»Aber deine Brüder …«

»Du denkst, ich bin wie sie.« Es war keine Frage. Seine Stimme hatte ihren neckenden Unterton verloren, er war plötzlich gereizt und kühl. Als ich in seine Augen blickte, sah ich dort noch etwas anderes. Schmerz.

»Nicht mehr«, sagte ich. »Nicht, nachdem ich dich diesen Sommer kennengelernt habe. Und gestern bei dir war, dich mit deiner Mom gesehen habe … Ich … du bist nicht so, wie ich erwartet hatte.«

Er setzte sich wieder in Bewegung, das Schweigen zwischen uns ließ die Luft gefrieren.

»Es tut mir leid. Ich wusste von dir nur noch, was ich in der Schule mitbekommen hatte«, sagte ich. »All die Mädchen, die hinter dir herliefen und an deinen Lippen hingen. ›Oh, *Emilio*! Du bist so süß! Wir lieben dich, Emilio!‹« Ich hatte ihn eigentlich damit aufziehen wollen, aber die Worte trieben auf einer Woge der Eifersucht dahin, und ich verfluchte sie insgeheim dafür. Meine Wangen brannten.

Emilio jedoch lachte, und der Schmerz, den ich in seinen Augen gesehen hatte, verging. »Ich kann nichts dafür, dass sich alle in mich verlieben. Ich bin eben charmant, was soll ich sagen?«

»Du bist nervig, das kann man sagen!« Ich versuchte, ihm einen Klaps auf den Arm zu geben, aber er schnappte sich meine Hand und hielt sie fest. Hitze kroch langsam meinen Arm hinauf.

»Ich bin nicht so, weißt du.« Er trat einen Schritt näher.

»Nicht … nervig?« Es war nur ein Flüstern, aber es zitterte wie die Blätter der Espe über unseren Köpfen.

Laub, muss es heißen. Wie Espenlaub.

»Nicht so wie meine Brüder.« Er kam noch einen halben Schritt näher. Seine Grübchen vertieften sich, während der Raum zwischen uns verdunstete.

Ich senkte den Blick wieder auf den Weg, konzentrierte mich auf einen glänzenden schwarzen Käfer, der ihn kreuzte. Er hielt an, als er Emilios Schuh erreichte. »Es … Ich bin hergekommen, um mich für die komische Stimmung zu entschuldigen, die geherrscht hat. Ich wollte nicht, dass du glaubst, es sei deine Schuld. Oder dass du aufhörst, vorbeizukommen …«

»Warum sollte ich aufhören, vorbeizukommen?«

Eine kleine blaue Flamme flackerte in meinem Bauch auf, aber ich erstickte sie sofort. »Die vielen Verrücktheiten meiner Familie. Ich hatte befürchtet, du würdest das Weite suchen.«

»Keine Chance, *princesa.*« Er lächelte, sein Blick verweilte auf meinen Lippen. »Ihr bezahlt mich schließlich.«

Ich versuchte ein Lachen, aber es verfing sich in einem nervösen Hickser, und daher befreite ich mich aus seinem Griff und machte Anstalten, zur Werkstatt zurückzukehren. Sofort spürte ich wieder seine Hand, warme Haut an warmer Haut. Er trat mir in den Weg, schnappte sich auch noch meine andere Hand und seine Finger verschränkten sich mit meinen.

»Vertraust du mir?«, fragte er. »Ich muss wissen, ob du mir vertraust.«

Es war ihm todernst damit und die Frage hing zwischen uns, verband uns wie ein unsichtbarer Faden. Diesen einen Moment lang waren wir beide verwundbar, beide so ehrlich, dass es schmerzte. Sogar die Welt schien den Atem anzuhalten und darauf zu warten, wer von uns zuerst sprechen würde.

»Mein Vater hat Alzheimer.«

Da war es, ein geflüstertes Geständnis, das ins All hinaustrieb, wo es bis in alle Ewigkeit weiterexistieren würde. Im Gegensatz zu uns.

»Anfangs, als sie uns die Diagnose mitteilten«, sagte ich, »hielt ich es für keine große Sache. Ich dachte mir, er würde eben Dinge vergessen. Dumme Dinge, wie in den Momenten, wenn man neben sich steht und die Milch ins Regal stellt oder Socken anzieht, die nicht zusammenpassen.«

Emilio war sprachlos, er hielt noch immer meine Hände, sah mir noch immer in die Augen.

»Mom und ich haben ihn immer damit aufgezogen. Ich meine, bevor wir es wussten. Er ging zum Beispiel in die

Küche, um Popcorn für einen Filmabend in die Mikrowelle zu tun, und wir fanden ihn dann, wie er Omelettes oder Kuchen oder irgendetwas Verrücktes anrührte.« Meine Stimme brach, aber ich fuhr fort. »Wir nannten ihn Señor Olvidadizo, Mr Spatzenhirn. Mom neckte ihn, dass er sein Intelligenzpolster auf der Arbeit aufbrauche, sodass für uns nichts mehr übrig wäre, wenn er nach Hause käme. Wir hatten keine Ahnung … Er ist noch nicht so alt.«

»Fünfzig?«

»Zweiundfünfzig«, erwiderte ich. »Aber rückblickend erinnerten wir uns, dass er schon Jahre zuvor ein paar seltsame Sachen gemacht hatte. Dinge, die wir für so was wie eine Midlife-Crisis gehalten hatten. Einmal steckte er aus völlig heiterem Himmel einen Teil ihrer Ersparnisse, die für die Rente gedacht waren, in eine Timeshare-Anlage in der Karibik, und er konnte nicht nachvollziehen, warum Mom so aufgebracht war, dass er es nicht mit ihr besprochen hatte. Aber später in dem Monat zerbrach er ein dummes, stinknormales Weinglas und weinte, als hätte er ein Familienerbstück auf dem Gewissen oder so. Es war einfach nicht nachvollziehbar.«

»Wie habt ihr denn rausgefunden, dass er krank war?«, fragte Emilio.

»Eines Abends rief er mich aus dem Büro an, total panisch.« Ich ließ Emilios Hand los und wir setzten uns ins Gras. »Er brabbelte und brabbelte, und ich fragte: ›Papi, bist du betrunken?‹ Er stotterte. Endlich gab er so was wie ein Husten von sich, und dann sagte er irre schnell: ›Ich weiß nicht mehr, wie ich nach Hause komme.‹«

»Im Ernst?«

Ich rupfte ein Büschel Gras aus, ließ die Halme auf meine nackten Beine rieseln. »Er hatte zwanzig Minuten lang im Auto auf dem Parkplatz gesessen. Ich dachte, er wollte mich verkohlen, aber dann wurde er total ernst. Wütend. Und selbst dabei klang er so … völlig verstört, nehme ich an.«

»Wie ging es weiter?«

»Ich telefonierte die ganze Zeit mit ihm, und mein Nachbar fuhr mich zu ihm – ich dachte mir etwas aus, sagte ihm, dass Papi sich eine Grippe eingefangen hätte, und er ließ mich auf dem Parkplatz raus. Papi war mit dem Pick-up unterwegs. Das war der Tag, an dem ich gelernt habe, Gangschaltung zu fahren. Crashkurs.«

Ich rupfte noch mehr Gras aus, ließ es wieder auf meine Beine rieseln. »Als wir nach Hause kamen, sah er mich nicht an. Alles, was er sagte, war: ›Jude. Zu niemandem ein Wort.‹ Und ich wusste, dass es ihm ernst war, weil er mich nie Jude nennt. Immer Juju oder *querida*.

Ich hatte Angst und hielt den Mund, aber am nächsten Tag passierte es wieder, und ich wusste, dass etwas Gravierendes nicht stimmte. Mom ging mit ihm zu verschiedenen Ärzten, monatelang hatten sie einen Termin nach dem anderen. Sie gaben ihm Antidepressiva und rieten ihm, kürzerzutreten.« Mein Magen krampfte sich bei der Erinnerung an die Hilflosigkeit, das Fehlen von Antworten zusammen. »Die Zeit, die wir im Dunkeln tappten, kam uns wie eine Ewigkeit vor. Endlich empfahlen sie ihm einen Demenzspezialisten. Sie machten sämtliche Tests und Scans, um andere Ursachen auszuschließen. Früh einsetzender Alzheimer, sagten sie schließlich. Ich hatte bis dahin noch nie davon gehört.«

»Wie behandeln sie es?«

»Mit Medikamenten, einer gesunden Ernährung.« Ich zuckte mit den Schultern. »Sie sagen, sie versuchen, den Prozess zu verlangsamen, aber es gibt keine Heilung. Mari meint, er müsse Denksportaufgaben lösen und sich ausreichend bewegen. Wer weiß. Sie können einen Dreck vorhersagen. Es ist wie ein Ratespiel.«

»Machst du deshalb ständig Fotos? Als Erinnerungsstütze oder so?«

»Ja. Ich versuche echt nicht, deine Modelkarriere anzukurbeln, egal, was du glaubst.«

»Dafür brauche ich dich nicht.« Emilio stupste mein Knie mit seinem an. »Aber … an dem Motorrad zu schrauben ist gut für ihn, oder? Es hält seinen Verstand auf Trab?«

»Das ist das Seltsame daran. Die Harley … manchmal kann er sich nicht daran erinnern, was er zum Frühstück gegessen hat oder wo seine Hemden sind oder dass Sommer ist. Aber frag ihn irgendwas über das Motorrad, und es ist, als sei er zurück in Argentinien mit seiner Gang. Er erinnert sich an jedes Detail aus seinem alten Leben. Es ist krank.«

»Nah, es ist überhaupt nicht krank.« Emilio fegte etwas Gras von meinem Knie. »Dein Paps ist verdammt cool.«

»Im Ernst?«

»Jude. Er war in einer Motorradgang. Er ist durch Südamerika getourt. Er hat eine 1961er Panhead, um Himmels willen. Der Typ ist 'ne lebende Legende.« Emilio lachte, und als ich seine Miene sah, die so offen und aufrichtig war und kein bisschen anders als Momente zuvor, ehe ich ihm das Familiengeheimnis anvertraut hatte, wusste ich, dass es die richtige Entscheidung gewesen war, ihm davon zu erzählen.

Er musste gewusst haben, dass Papi etwas in der Art hatte – Alzheimer, Demenz, Erinnerungslücken. Aber es fühlte sich bedeutsam an, es laut ausgesprochen zu haben, ihm die zerbrechlichen, spröden Worte anvertraut zu haben.

Wärme durchflutete mich. Ich hatte wieder einen Verbündeten, einen Freund. Einen echten, der die Wahrheit kannte und nicht ausflippte, einen, der mich nicht im Stich lassen würde.

Ich wollte ihm danken, wollte ihm sagen, wie viel mir sein Lachen bedeutete; dass die Dinge, die er über Papi gesagt hatte, mir ein Gefühl der Sicherheit schenkten, mich glücklich machten und irgendwie bewirkten, dass es mir besser ging. Stattdessen legte ich meine Hand zurück in seine und drückte sie einmal, und er drückte zurück, und so ziemlich alles an diesem Augenblick haute mich aus meinen grasbedeckten Socken, bis mir zu meinem großen Entsetzen auffiel, dass ich zu spät zu meiner Verabredung mit Mari kam.

16

Araceli sah uns durch ein Fenster auf Maris Laptop an. Der Bildschirm war geteilt und auf der anderen Seite guckte Lourdes aus ihrer Küche in Argentinien zu uns rüber. Ab und zu lief ihr Mann Alejandro durchs Bild, ein verschwommener hellblau-weißer Fleck in seinem Glücksbringer-*fútbol*-Trikot. Die Südamerikameisterschaften wurden gerade ausgetragen, und Argentinien schickte sich an, den anderen ordentlich in den Hintern zu treten.

Mari hatte nicht viel dazu gesagt, dass ich am Nachmittag zwanzig Minuten zu spät gekommen war. Ich hatte Papi mit nach Hause genommen, damit er sich hinlegen konnte – seitdem hielt er ein Nickerchen –, und Mari hatte in dem Moment, als sie aus dem *Witch's Brew* zurückkam, via Skype Kontakt zu unseren Schwestern aufgenommen. Jetzt brachten wir sie auf den neuesten Stand über Papis medizinische Behandlung und seinen Tagesablauf und alles, was Mari in den Infobroschüren des Krankenhauses nachgelesen hatte.

Lourdes nickte ernst. »Wie haben wir wegen des Tests entschieden?«

»Papi macht jedes Mal Hunderte von Tests, wenn er beim Arzt ist«, sagte ich. »Welchen meinst du?«

Lourdes schüttelte den Kopf. »Den …«

»Wir sind noch dabei, Infos einzuholen«, sagte Mari. »Mom steht in Kontakt zu den Ärzten. Bisher hat sich da nichts getan, aber ich werde euch auf dem Laufenden halten.« Maris Augen weiteten sich und Lourdes klappte den Mund zu. Die beiden wechselten einen seltsamen Blick, beinah so etwas wie eine Warnung.

Mari war es gewöhnt, die Zügel in der Hand zu halten, ungeachtet dessen, dass Lourdes die Älteste war, und eine winzig kleine Familientragödie würde daran nichts ändern.

Ich wartete darauf, dass die Unterhaltung sich der Neue-Wege-Sache zuwenden würde, dass jemand mich endlich in Moms Pläne einweihen würde, aber niemand erwähnte es, und ich hatte nicht den Mut, danach zu fragen.

Nach siebenunddreißig Minuten laut Skypeuhr sprach Celi schließlich das M-Wort aus: Motorrad.

»Papi hängt sich ziemlich rein«, sagte Mari. »Sie sind fast jeden Tag im Schuppen und schrauben daran herum.«

»Was ist mit chemischen Dämpfen?«, fragte Lourdes. Sie lebte nun schon beinah ein Jahrzehnt in Mendoza und sprach mit einem leichten Akzent, der sie zugleich vertraut und fremd klingen ließ. Vertraut wie meine Mutter. Fremd, weil sie nicht Mom war, dem aber immer näher kam. Es offenbarte sich in ihrer Stimme, den feinen Linien um ihren Mund, der entschlossenen Haltung ihrer Schultern. »Ist es nicht schlecht für ihn, solchen Dingen ausgesetzt zu sein?«

»Im Moment nehmen sie die Maschine nur auseinander und gucken, was gemacht werden muss«, sagte ich. »Es gibt keine Dämpfe.«

Celi hob die Augenbrauen. »Wer sind *sie*?«

»Papi und der Mechaniker.«

»Wer?«, fragte Celi erneut. »Warte, ist das der Junge, von dem Mom uns erzählt hat?«

Im Hintergrund stieß Alejandro einen Pfiff aus. »Juju hat einen Freund?«, fragte er.

»Nein«, erwiderte ich. »Er ist nur ein Typ aus dem Duchess.«

»Duchess ist der Motorradladen«, sagte Mari. »Juju und Papi haben ihn engagiert.«

Danke für deine Hilfe! Ich warf ihr einen Blick zu und sie zuckte mit den Schultern. *Was denn?*

In dem Moment wurde mir klar, dass Mari Emilios Namen schon allein deshalb nicht erwähnen würde, um Celis Herz zu schützen. Die Entscheidung lag bei mir, aber ich konnte ihn genauso wenig enthüllen. Stillschweigen zu bewahren war die ganze Zeit über mein Plan gewesen: Emilios Identität zu verschleiern, ihn das Motorrad reparieren und gehen zu lassen, als wäre er nie hier gewesen. Als hätte ich den Schwur nie gebrochen.

Aber ich dachte an unser Gespräch vom Nachmittag zurück, an seine warme Hand in meiner, an seinen Blick, der so sanft und ermutigend gewesen war, und plötzlich kam es mir unfair vor. Falsch. Meine Brust wurde eng. Ich wollte damit herausplatzen. Ich wollte ihnen erzählen, dass Emilio anders als alle meine alten Freunde weiterhin vorbeikam, wenn er es versprochen hatte. Er hörte mir zu, wenn mir nach Reden zumute war, drängte mich nicht, wenn ich verstummte. Er brachte mir Dinge über Motorräder bei und sorgte dafür, dass ich verstand, was er und Papi taten. Papis

Episoden versetzten ihn nicht in Panik, und er behandelte ihn auch nicht wie ein Kind, das einen Babysitter brauchte.

Ich wollte ihnen erzählen, wie unglaublich er mit Valentina umging, dass er sie auf einer tieferen Ebene zu verstehen schien, weit über das hinaus, was man in der Ausbildung oder aus Handbüchern lernen konnte.

Ich wollte ihnen erzählen, wie Papis Augen funkelten, wann immer Emilio auftauchte, wie sehr Emilio es liebte, alles über Papis Reisen zu erfahren – die Leute, die er getroffen hatte, die Meilen, die er zurückgelegt hatte.

Ich wollte ihnen erzählen, dass Emilio zu einem Freund wurde; jemand, vor dem man mich mein ganzes Leben lang gewarnt hatte, der jedoch besser auf mein Herz aufgepasst hatte als irgendwer sonst, den ich kannte.

Aber als ich Celis hoffnungsvolles Gesicht sah, die Mundwinkel zu einem zaghaften Lächeln verzogen, lösten sich all die wunderbaren Worte in Luft auf.

»Woher wisst ihr, dass er auch wirklich dort arbeitet? Was, wenn er versucht, euch das Geld aus der Tasche zu ziehen?« Lourdes' Stirn runzelte sich besorgt, sogar Alejandro holte sich einen Stuhl heran, um seinen Senf dazuzugeben.

»Juju, Mari«, sagte er. »Seid vorsichtig mit diesen Leuten. Sie könnten euch ausnutzen. Woher wisst ihr, dass ihr ihm vertrauen könnt? Warum seid ihr nicht zu einem Vertragshändler gegangen?«

»Harley-Davidson war viel zu teuer«, sagte ich. »Sie wollten dreimal so viel.«

»Also hast du irgendeinen Halbstarken genommen?« Celi hob die Schultern, als wolle sie sagen: Was zum Teufel hast du dir dabei gedacht?

»Harley hat uns Duchess empfohlen. Papi und ich haben den Inhaber kennengelernt, seine Meinung eingeholt, die Männer dort arbeiten sehen und … ihn angeheuert.« Ich biss mir gerade noch rechtzeitig auf die Zunge, bevor ich Emilios Namen erwähnen konnte. Lourdes hätte sich wahrscheinlich nicht an ihn erinnert, aber Celi schon. Sie hatte genug Zeit bei Johnny zu Hause verbracht, um seinen kleinen Bruder zu kennen, und es ist nicht so, als gäbe es tonnenweise andere Familien in Blackfeather, deren Söhne Emilio heißen.

»Klingt nicht ganz koscher«, sagte Lourdes.

»Papi ist glücklich«, sagte ich. »Er findet die Arbeit am Motorrad toll. Es ist, als sei er wieder in Argentinien. Wusstet ihr, dass er durch ganz Südamerika getourt ist?«

»Echt?«, sagte Celi. »Das ist so cool! Und romantisch! Wie Che.«

»Vor dem ganzen Gemetzel«, warf Mari ein.

»Sei nicht so makaber, Mari.« Lourdes verdrehte die Augen.

»Ist doch egal, zurück zu Papi«, sagte ich. *Che.* Also echt!

»Was hält Mom davon?«, fragte Lourdes.

Ich hatte meine Tage mit Papi verbracht, *meinen Sommer geopfert* (um mit Mari zu sprechen), aber vielleicht war das der einfache Part. Bisher waren unsere Tage, mal abgesehen von den wenigen Ausrastern und desorientierten Augenblicken, hauptsächlich mit Gelächter und Sonnenschein und den Erinnerungen an seine Bikerzeiten erfüllt gewesen, die er mit uns geteilt hatte. Ich hatte sie alle aufgeschrieben und mit den Fotos illustriert, die ich geknipst hatte. Ich archivierte sie für ihn auf meinem Computer, als Hüterin seiner Erinnerungen.

Mom dagegen arbeitete den ganzen Tag. Und sie kam nach Hause und kochte und brachte Papi zu seinen Terminen und stellte die wichtigen Fragen. Was ist, wenn? Wann? Was als Nächstes? Sie war diejenige, die sich mit dem Papierkram und den Sozialarbeitern und den gewaltigen Zukunftsängsten herumschlagen musste. Sie wusste, dass Emilio bei uns war, um das Motorrad zu reparieren, aber seit das Projekt angelaufen war, hatte sie nicht mehr viel dazu gesagt.

Ich hatte keine Ahnung, was Mom davon hielt.

In die Gesichtszüge meiner Schwestern hatte sich Sorge gegraben. Ich verspürte den Wunsch, durch den Bildschirm zu greifen und wie früher meine Arme um sie zu legen. Ich wollte sie hier bei mir haben. Ich wollte, dass sie mir versprachen, sie würden sich etwas überlegen, damit alles gut wurde.

Geh wieder ins Bett, Juju …

»Mom hat im Moment wichtigere Sorgen«, sagte Mari. »Ich würde Papi wirklich gerne dazu bringen, mehr für seine Fitness zu tun, aber … ich weiß auch nicht. Er liebt die Harley. Er ist …« Sie sah mich an und lächelte. Es war ein kleines Lächeln, aber es kam von Herzen. »Er ist glücklich, wenn er an ihr arbeitet.«

»Bist du dir sicher, dass dieser Mechaniker vertrauenswürdig ist?«, fragte Celi.

Lourdes und Alejandro beugten sich vor und füllten ihre Hälfte des Bildschirms mit ihren freundlichen, aufrichtig besorgten Gesichtern aus. Ich sah Mari mit angehaltenem Atem an. Hier in Colorado hatte sie das Sagen. Der Schatten eines Zweifels von ihrer Seite konnte die ganze Sache beenden.

Nach einer Million Jahren nickte Mari. »Er weiß, was er tut, und er lässt sich nicht von Papis Stimmungsschwankungen abschrecken. Er ist ein guter Junge.«

»Mehr als gut«, sagte ich. Mein Herz jubelte über das unerwartete Lob.

»Behaltet die Dinge im Auge«, sagte Lourdes. »Aber solange ihr diesem Jungen vertraut, sehe ich nicht, wieso es ein Problem sein sollte, Papi an dem Motorrad arbeiten zu lassen.«

»Ich auch nicht«, sagte Celi. »Klingt, als wäre es wirklich gut für ihn. Was ist los, Juju? Warum guckst du, als wärst du den Tränen nahe?«

»Ich weiß auch nicht.« Ich presste die Worte durch die plötzliche Enge in meinem Hals. »Ich hab nur … ich habe befürchtet, ihr würdet mal wieder alle Front gegen mich machen. Ich dachte, wir müssten die Arbeit an dem Motorrad aufgeben.«

Celi fuhr sich mit den Händen durch ihre schokoladenbraunen Haare. »Wir machen uns nur Sorgen. Es ist schwer, so weit weg zu sein. Wir wären viel lieber bei euch.«

»Wir kommen schon klar«, sagte ich. »Mari ist hier und …«

»Ich weiß«, sagte Celi. »Wir vermissen euch einfach.«

»Ich versuche, einen günstigen Flug zu bekommen«, sagte Lourdes. Sie hatte total feuchte Augen bekommen. Wie wir alle. Familientragödien neigten irgendwie dazu, alles in winzige Stücke zu sprengen und gleichzeitig den Klebstoff zu liefern, der die Dinge wieder kittete.

Das Problem war nur, dass niemand wusste, wie lange der Klebstoff halten würde.

Celis Wohnung erzitterte unter den Kanonenböllern des

Feuerwerks in New York City, die uns zwei Stunden voraus waren.

»Alles Gute zum Unabhängigkeitstag, Americanos!«, rief Lourdes.

»Ich gehe aufs Dach rauf, um es mir anzusehen«, sagte Celi. »Ich liebe Feuerwerk.«

»Habt ihr da drüben alles, was ihr braucht, Leute?«, fragte Lourdes. »Soll ich euch irgendwas schicken?«

»*Dulce de leche*«, sagte ich. »Das echte Zeug.«

Wir tauschten eine Runde *besos* und versprachen uns, bald wieder zu skypen. Der Bildschirm wurde schwarz und Mari klappte ihren Laptop zu und sah mich durchdringend an.

»Entschuldige, dass ich heute spät dran war«, sagte ich in der Hoffnung, einer Standpauke zuvorzukommen. »Ich habe die Zeit vergessen und …«

»Ich habe die Autorin.«

»Wie meinst du das?«

»Der Anruf heute. Ich habe letzte Woche einer Autorin angeboten, sie zu vertreten, zusammen mit vier anderen Agenten, und heute war der Tag der Entscheidung. Sie hat mich genommen. Ich kann dir gar nicht sagen, wie sehr ich über dieses Buch aus dem Häuschen bin.«

»Mari, das ist ja irre!«

»Ich weiß! Ich kann kaum abwarten, dass du es liest!« Sie strahlte. »Mom hat gesagt, sie würde uns direkt nach der Arbeit vor der Bowl treffen. Lass uns Papi ausgehfertig machen und was zu futtern einpacken.«

Ich hätte ihr am liebsten die Arme um den Hals geworfen, aber irgendetwas hielt mich davon ab. Mari war dermaßen *un*kampflustig. Ihre plötzliche Begeisterung für das Valentina-Projekt ergab keinen Sinn – es kam mir vor wie eine Falle.

»Warum siehst du mich so an?«, fragte Mari. Sie war bereits auf der Jagd nach Resten, die wir zum Feuerwerk mitnehmen konnten.

»Emilio.« Ich zuckte mit den Schultern. »Du hast ihn irgendwie … Ich weiß auch nicht. Verteidigt.«

Mari stellte einen Stapel Tupperdosen auf die Anrichte und seufzte. »Papi hat beim Mittagessen über nichts anderes geredet. Ich schätze, ich musste es einfach mal von ihm hören. Er erinnert sich an so viel von damals, Juju – du hattest vollkommen recht.«

Hey, Jude? Ich bin's, dein alter Kumpel, Teufelchen-Jude. Der Boss hat sich gerade gemeldet. Will wissen, warum es hier unten so kalt ist. Wir frieren uns den Arsch ab!

»Aus irgendeinem bizarren Grund liebt er den Vargas-Jungen. Er hat immer weiter von ihm erzählt – ich war kurz davor, eifersüchtig zu werden. Von wegen, *hallo*, du brauchst keinen Sohn! Wir vier unglaublich tollen Töchter sind direkt vor deiner Nase!«

Ich lachte, als Mari beleidigt schnaubte, und war erleichtert, dass sie endlich milder gestimmt war, was Emilio anging, aber meine Brust schmerzte, so schwer fiel es mir, Stillschweigen zu bewahren. In mir war so vieles, das hinausdrängte, Dinge, die ich ihr über Emilio erzählen wollte. Darüber, dass ich nicht aufhören konnte, an ihn zu denken. Und ja, ich wollte, typisch Mädchen, von seinen Grübchen schwärmen, davon, wie der Duft seiner Lederjacke meinen Magen Purzelbäume schlagen ließ, und wie lieb er heute gewesen war. Aber ich konnte es nicht; ihr Verständnis hatte Grenzen. Ein Verfallsdatum. Sobald die Uhr unseres Projekts zwölf schlug, würde Emilio verschwunden sein, und genau so wollte Mari es.

Aber es war nicht das, was ich wollte. Nicht jetzt. Nicht mehr. Nie mehr.

17

Bei der Canyon Rock Bowl handelte es sich um ein natürliches Amphitheater, das sich in das rote Sandsteingebirge gegraben hatte, das zum Flusstal hin abfiel. Vom höchsten Punkt des steilen Hanges aus gesehen, erinnerte es an eine glatt polierte Terrakottaschüssel, getupft mit Bänken aus Felsplatten und Flicken aus struppigem gelbgrünem Gras.

»Pass auf, wo du hintrittst, Papi«, sagte Mari, während wir uns einen Weg über das Gelände bahnten. »Juju, hilf ihm.«

Ich griff nach Papis Ellbogen, aber er schüttelte mich ab, das neue silberne Armband der Alzheimer-Gesellschaft glitzerte in der Sonne. »Ich komme wunderbar zurecht, *queridita*. Ihr zwei hängt an mir wie zwei kleine Äffchen, das ist das Problem.«

»Ich könnte etwas Hilfe gebrauchen«, sagte Mom. »Ich habe die falschen Schuhe für dieses Abenteuer an.« Sie schlüpfte schließlich aus ihren Keilabsatzschuhen und lief barfuß und suchte sich vorsichtig ihren Weg zwischen den Felsen hindurch.

Die Freaks waren an diesem Abend definitiv rausgekommen, und mit Freaks meine ich jeden Einwohner der Stadt plus eine beträchtliche Anzahl Touristen, nicht zu vergessen sämtliche Hunde aus einem Umkreis von fünfzig Meilen, aber wir entdeckten ein Plätzchen in der Nähe der Ausgänge. Wir hatten genug *ensalada rusa*, *sandwiches de miga* mit rotem Paprika und *medialunas* dabei, um alle vor Ort zu füttern.

Ich machte Pancakes Leine an einer fetten Metallschraube fest, die im Felsen verankert war, und begab mich auf den Weg zu den Verkaufsbuden, um Getränke zu besorgen, die einzupacken wir völlig vergessen hatten.

»Jude!«

Ich hätte ihre Stimme fast nicht erkannt, aber die wilde rote Lockenpracht brachte mich schnell auf die richtige Spur. Zoe stand am Getränkestand, in jeder Hand einen Becher, der mit einer pinkfarbenen Flüssigkeit gefüllt war und dessen Rand eine Zitronenscheibe schmückte. Sie war braun gebrannt und verströmte überschäumendes Glück aus jeder Pore, und die Eifersucht durchfuhr mich siedend heiß, als ich mir vorstellte, wie sie und Christina im Animas planschten, die Strandtücher Seite an Seite am Ufer ausgebreitet.

»Du hast neue Sommersprossen«, sagte ich, als ich nah genug war, um sie zu umarmen. »Mindestens tausend mehr.«

Zoe kicherte. »Ich wusste gar nicht, dass du kommst. Du hättest mir simsen sollen!«

Genau wie du …

»Mari ist da. Familienausflug.« Ich verdrehte die Augen, als wäre ich lieber woanders gewesen.

»Deine Schwester ist hier?«

»Sie ist gekommen, um mit meinem Dad zu helfen.«

Zoe nahm einen Schluck ihrer pinkfarbenen Limonade, ihre Wangen schimmerten wie frische Pfirsiche. »Wie … läuft alles?«

Ich bin froh, dass du fragst, denn es läuft einfach bombastisch. Bombastisch mit großem B!

»Okay«, erwiderte ich. »Den Umständen entsprechend.« Ich war an den Anfang der Schlange vorgerückt, und Zoe wartete an der Seite, während mir meine Limonaden und das Wechselgeld ausgehändigt wurden.

»Wie geht es mit dem Stück voran?«, fragte ich.

»Es rockt. Ich bin die geborene Herzkönigin.« Zoes Lippen verzogen sich zu seinem boshaften königlichen Grinsen, aber es verschwand rasch wieder. »Alice ist allerdings nicht gerade der Brüller. Sie ist nicht von der Blackfeather. Von der Animas High, glaube ich. Alle vermissen dich.«

Ich lächelte. Es war ein schöner Gedanke, aber obwohl mich alle so sehr vermissten, hatte ich seit dem BHS-Picknick von niemandem außer Zoe und Christina einen Pieps gehört, und sogar ihre Piepse wurden immer kürzer und seltener, es war eher ein Zirpen als ein Piepsen.

»Wir sind dieses Jahr früh fertig geworden, deswegen geben wir am elften eine Vorpremiere. Eine Sondervorstellung für Familie und Freunde. Ich habe noch Tickets für dich und Mari übrig, falls ihr kommen wollt. Oh, da drüben ist Christina. Komm mit und sag Hallo.«

Ich spähte in die Menge, um meine Familie ausfindig zu machen, konnte sie aber nicht entdecken. »Ich sollte besser zurück …«

»Nur für eine Minute«, bat sie. »Ich habe auch ein paar der Upstart-Crow-Jungs mitgebracht. Den verrückten Hutmacher und Diedeldum. Wir haben ein schönes Eckchen gefunden.« Ein Grinsen erhellte ihr Gesicht, voller Wärme und Hoffnung, eines, das absolut nichts mit dem der Königin gemein hatte. »Komm schon. Du musst dich unbedingt zu uns setzen.«

Ich kannte die Upstart-Typen nicht – sie mussten von der Animas High sein wie Alice –, aber Christina vergeudete keine Zeit. Sie wickelte den Blonden ein wie ein Laken. Ein nasses Laken. Das supereng am Körper klebt.

Der dunkelhaarige Typ – der verrückte Hutmacher – war laut und ungehobelt und erzählte immer wieder von irgendeiner Party, die später am Abend stattfinden würde, aber Zoe schien ihn zu mögen, also nippte ich einfach an meiner Limonade und wartete auf meinen Einsatz, der nie kam. Christina sagte auch nicht viel, sie war zu beschäftigt, mit Diedeldum zu flirten.

Wenigstens war die Limonade frisch gepresst und supergut und ... *prickelnd*! Das Motto des Abends.

Ich wandte mich Christina zu und versuchte, mich in eine Gesprächslücke zu zwängen. »Hast du die Proben gesehen?«

»Ja, Zoe ist unglaublich gut!«, sagte sie. »Du musst dir ihre Königin unbedingt ansehen. Sie jagt einem gruselige Schauer über den Rücken. Zoe, zeig es ihr.«

Zoe räusperte sich und setzte sich auf. Sie sah uns der Reihe nach in die Augen, schien in ihrem Kopf abzuzählen. Ihre Lippen zuckten.

»Kopf ab!«

Alle im Umkreis von zehn Metern drehten sich um und starrten uns an und Zoe sog die Aufmerksamkeit auf wie ein Schwamm. Ihr Blick war wild und überzeugend, und die Jungen klatschten, Zoe verbeugte sich, und die ganze Szene wechselte zu Crow-Insiderwitzen, in die Christina zum großen Teil eingeweiht war.

Randnotiz an mich: Abgang, Bühne links.

»Ich muss zurück zu meiner Familie.« Ich stand von der Decke auf. »Sie fragen sich wahrscheinlich schon, wo ich bleibe.«

»Kannst du sie nicht anrufen?«, fragte Zoe.

»Ich muss bei ihnen sein, ehe das Feuerwerk losgeht. Wegen Papi, verstehst du? Nur für alle Fälle?«

In Zoes Blick flackerte Enttäuschung auf, aber das war's auch schon. Sie hielt mir keinen weiteren Monolog zum Thema normaler Teenagersommer. Sie zog mich auch nicht zurück auf die Decke oder schlug vor, mitzukommen und meiner Familie Hallo zu sagen, meine Schwester zu umarmen, die praktisch auch für sie so was wie eine große Schwester war. Sie stieß ein Seufzen aus, zuckte mit den Schultern, und dann bot ihr der verrückte Hutmacher ein paar Pringles an und mir nicht, und damit hatte es sich.

»Wir sehen uns nächste Woche, okay?«, sagte ich. »Bei der Vorpremiere?«

Zoe nickte halbherzig, Chipskrümel auf den Lippen, und Christina war völlig gebannt von der fesselnden Story, wie Diedeldum sich in der Zehnten das Bein gebrochen hatte, also ging ich, ohne noch etwas zu sagen. Ich sah nur ein Mal zu ihnen zurück, nachdem ich eine gehörige Menge Körper zwischen uns gebracht hatte, und Zoe hatte sich an den verrückten Hutmacher gekuschelt und lachte sich über irgendetwas schlapp. Ich betrachtete das Bild, das meine Freundin bot, mit zusammengekniffenen Augen, bis sie sich in der Menge auflöste und ihre roten Locken mit den Felsen hinter ihr verschwammen.

Ich holte frische Limonade für meine Familie, und auf dem Wege zurück zum Hernandez-Lager war ich so damit beschäftigt, Zoe zu vermissen, dass ich Emilio erst bemerkte, als ich praktisch über ihn stolperte. Er und seine Freunde hatten sich einen Platz in der Nähe der Grillroste gesichert, etwas abseits der Menschenmassen.

In Emilios Augen leuchtete der Sommer, als wäre die Jahreszeit für ihn erfunden worden. Er wendete Burger mit einem Pfannenwender aus Metall, und als er mich sah, lächelte er. »Du bringst mir *empanadas* vorbei? Ich wusste es.«

»Träum weiter.«

»Ich will Käse auf meinem.« Irgendeine Mörderschlampe legte ihre Arme um Emilios Nacken und zog eine Schnute, für die sie einen Waffenschein gebraucht hätte. »Bitte, bitte?«

Rosette.

Ich wartete darauf, dass sie sich von ihm löste, aber sie stand einfach weiter da und sah ihm beim Grillen zu, während eine Hand auf seiner Schulter ruhte.

Was für eine Schmarotzerin!

»Hey, Rosette«, sagte ich.

Sie hob den Kopf, als hätte sie mich gerade erst bemerkt, obwohl sie mich schon die ganze Zeit genau beobachtet hatte.

»Ich bin's, Jude«, erinnerte ich sie. »Plätzchen?«

»Ich weiß, wer du bist, Jude Plätzchen.« Sie ließ ein frisch geglosstes abfälliges Grinsen aufblitzen und wickelte sich dabei eine Strähne ihrer langen schwarzen Haare um den Finger. Direkt neben dem Fleisch und allem. Mal im Ernst, versuchte sie ständig irgendwelche Kochoberflächen zu kontaminieren?

»Lass die beiden in Ruhe, Ro«, sagte ein anderes Mädchen. Auf einer Decke in der Nähe waren sie und Samuel und Marcus dabei, eine Tüte Nachos niederzumachen, und Rosette ließ sich mit einem übertriebenen Seufzer neben sie fallen.

»Hey, Jude«, sang Marcus. »Don't be a …«

»Klappe.« Samuel stieß ihm den Ellbogen in die Rippen, bevor er weitersingen konnte, und bot mir dann auf Spanisch die Nachos an, an denen ich mich gerne bediente.

Mein Handy summte mit einer *Wo bist du? Durst!*-Nachricht von Mari, was meinen großartigen Plan zunichtemachte, Rosette zur Weißglut zu bringen, indem ich den ganzen Abend vor ihrer Nase Nachos in mich hineinstopfte.

»Ich muss zurück zu meinen Eltern«, sagte ich.

»Du bist mit deinen Eltern hier? Wie süß.« Rosette unterdrückte ein Lachen und das andere Mädchen schlug sie auf den Arm.

»Warte, ich komme mit dir.« Emilio drehte sich zu Samuel um und hielt ihm den Pfannenwender hin. »Hoch mit deinem faulen Hintern und übernimm das, *cabrón*. Ich komme wieder.«

Emilio nahm mein Limonadentablett in die eine Hand und legte die andere Hand in mein Kreuz, während wir gingen. Wir nahmen den langen Weg, der außen um die Schüssel herumführte, vorbei an einer hohen Sandsteinformation, die aus dem Boden schlug wie eine Flamme.

»Früher bin ich immer hier langgelaufen und habe mir gewünscht, einen Dinosaurier zu sehen«, sagte ich. »Vor einer Weile haben sie hier ein paar Knochen ausgegraben.« Ich fuhr mit der Hand über die Felsoberfläche, deren raue Beschaffenheit an meinen Fingerspitzen schrammte. Das Gefühl brachte mich unmittelbar zu jenen Dinosauriertagen zurück. War es drei Jahre her? Fünf? Zehn?

»Einmal«, fuhr ich fort, »haben Zoe und ich uns furchtbar wegen Trevor Fluke gestritten. Sie war fünf Jahre lang in ihn verknallt, aber in der Achten bekamen er und ich die Hauptrollen in *Romeo und Julia*, was hieß, dass wir uns küssen mussten.« Ich lachte bei der Erinnerung daran – es kam mir vor, als stamme diese Geschichte aus dem Leben einer anderen Person.

»Du musstest Trev küssen?« Emilio schüttelte sich übertrieben. »Ist ja eklig.«

»Zuerst war es keine große Sache. Schauspielerei eben. Aber bei unserem letzten Auftritt stieg Trevor auf einmal voll drauf ein. Es war echt krank, doch das durfte ich mir auf der Bühne nicht anmerken lassen, daher spielte ich mit.«

»Mieser kleiner Bastard.« Emilio ließ die Fingerknöchel knacken. »Ich weiß, wo er wohnt. Sein Dad kommt ab und zu ins Duchess.«

»Hör auf.«

»Hey. Niemand außer mir küsst meine Nichtfreundin.«

»*Jedenfalls*.« Ich versuchte die Hitze zu ignorieren, die sich über mein Dekolleté ausbreitete. »Sprach Zoe danach zwei Wochen lang nicht mehr mit mir. Was in Freundinnenzeit ungefähr zehn Jahre sind. Ich musste hierherkommen und ihren Namen mit vielen Herzen in den Felsen ritzen. Sie verzieh mir schließlich und legte sich einen neuen Schwarm zu.«

»Argentinischer Voodoozauber?«

»So was in der Art.« Ich blieb auf dem Pfad stehen und

betrachtete den verwitterten Stein, während ich mich fragte, ob der Zauber auch heute noch wirken würde.

Emilio schob seine freie Hand in meine. Er strich mit dem Daumen über meine Haut und jagte damit Schauer meinen Rücken hinunter, und wir setzten unseren Weg fort, Seite an Seite, während die Sonne vor uns versank. Wir liefen dort, wo die Dinosaurier gelaufen waren, Millionen Jahre bevor wir uns als heller Punkt auf dem Radar bemerkbar machten.

Vielleicht waren wir noch immer nicht einmal das.

Wir waren wieder stehen geblieben, und die rote Felswand hinter Emilio verschwamm, als mein Blick in seinen tauchte.

Er nickte der rosafarbenen Seidenblume zu, die ich mir ins Haar gesteckt hatte. »Gefällt mir.«

»Ach ja? Und was ist mit Rosette?«

Seine Augenbrauen hoben sich. »Sie ist nur ein verrücktes katholisches Schulmädchen aus der Nachbarschaft. Ich kenn sie schon ewig.«

»Ein verrücktes Mädchen, das eine Schwäche für dich hat«, sagte ich. »Eine ziemlich offensichtliche.«

»Mann, das ist keine Schwäche. Diese Braut ist schon ihr ganzes verfluchtes Leben in mich verschossen.«

»Und?«

Er schüttelte den Kopf und lachte. »Los, komm. Ich will *el jefe* Hallo sagen, dann muss ich wieder zurück.«

»Zu Rosette?«

»Du weißt doch, wie es ist.« Emilio zuckte mit den Schultern. »Samuel wird ihren Käse vergessen, und das wird ein Riesendrama sein, und ich werde sie dann trösten müssen.

Käseentzug ist 'ne echt schlimme Sache. Versuch, ein bisschen mehr Mitgefühl zu zeigen, Jude.«

Als wir meine Familie fanden, bestand Papi darauf, Emilio müsse bei uns bleiben, und Mom stimmte zu, da sie sich begeistert auf jede Gelegenheit stürzte, jemanden zu bewirten, egal wen, egal wo. Als Emilio ablehnte, füllte Mom Behälter mit Kartoffelsalat und Sandwichhälften, die er mitnehmen konnte.

Mari seufzte. »Er bricht nicht zu einer drei Tage langen Wanderung auf.«

»Still, Mari.« Mom gab Emilio das Essen, und eine Millisekunde lang erlaubte ich mir, so zu tun, als sei er tatsächlich mein Freund. Als sei das hier ein ganz normaler Abend für uns, an dem wir Zeit miteinander verbrachten, aßen, auf das Feuerwerk warteten. Als würde er eines Tages – vielleicht nicht morgen oder nächstes Jahr oder das Jahr drauf, aber irgendwann – willkommen in unserer Familie sein, sogar erwünscht, und das Vermächtnis mieser Exfreunde wäre endgültig vergessen.

»Vielen Dank, Mrs Hernandez.« Emilio lächelte beim Anblick der ganzen Leckereien. Und dann beugte er sich zu mir, und das Herz schlug mir bis zum Halse, und meine Finger und Zehen wurden taub …

»Wir sehen uns, *princesa*«, flüsterte er. Seine Lippen verweilten einen Moment zu lang auf meiner Wange, und seine Finger strichen über die Blume in meinem Haar, und dann war er fort.

Die Feuerwerkskörper explodierten zu strahlend hellen grünen Sternenschauern. Ich behielt Papi im Auge, und obwohl er jedes Mal zusammenzuckte, wenn der Himmel zerbarst, klatschte er und deutete für Mom mit dem Finger auf diejenigen, die ihm am besten gefielen, und ich knipste in der Dämmerung ein paar Bilder ohne Blitz, in der Hoffnung, dass sie einigermaßen werden würden.

Mari blickte ab und zu hoch, aber sie war mit ihrem iPad verschmolzen, wahrscheinlich las sie eingesandte Manuskripte über Monster, die sich in Menschen verliebten, und die Gefahren, mit jemandem zusammen zu sein, der tot und unsterblich war. Ich weiß nicht, wie diese Mädchen das alles meisterten – ich kam kaum mit ein paar charmanten Avancen von einem Nichtmonster klar, das *nicht* danach gierte, mich umzubringen.

»Noch ein Sandwich, irgendwer?« Mom wühlte in der Kühltasche, als hätten wir nicht schon den ganzen Abend über ununterbrochen gegessen. »Wir haben noch zwei mit rotem Paprika und ein paar mit Spargel. Mari, *querida*?«

»Nein, danke.« Mari warf mir ein Lächeln zu, das stummes Einvernehmen signalisierte. »Hör auf, uns mästen zu wollen.«

»Ay, ich will nur nicht, dass die Sachen schlecht werden. Bär? Willst du eins?« Sie hielt es Papi hin. »Nein?«

»Du hast keinen Hunger, Papi, oder?«, fragte ich.

Eine neue Salve Feuerwerkskörper riss den Himmel entzwei und er zuckte zusammen.

Ich hob die Stimme. »Du bist nicht hungrig, oder?«

»Wie bitte, *queridita*?«

Poff … poff … buum!

»Ach, egal«, sagte ich.

»*¿Que?*« Er legte sich eine Hand ans Ohr.

»Essen«, sagte Mom. »Möchtest du noch etwas essen?«

Poff-poff-poff!

»Leg die Sandwiches wieder zurück. Wir sind satt.« Mari winkte ab.

»Euer Vater ist hungrig.«

»Ist er nicht. Sag's ihr, Papi«, sagte Mari.

»Ich … weiß nicht.« Er warf einen Blick zum Himmel. »Was … wie spät …« Er verstummte.

»Soll ich die wegtun?« Mom hielt die Sandwiches in einem letzten vergeblichen Versuch hoch, uns zu ködern. »Oder wollt ihr …«

Buum!

Wir fuhren alle zusammen, besonders Pancake, und Papi hielt sich bei dem Schlag die Ohren zu, sein Mund verzog sich zu einer Grimasse.

»Wir müssen gehen«, flüsterte ich Mom zu. Sie warf Papi einen Blick zu und nickte. Ihr stand die Erinnerung an das BHS-Picknick ebenso deutlich vor Augen wie mir und sie brauchte keine weitere Erklärung.

»Okay, *querida*.« Mom ließ die Sandwiches in die Kühltasche fallen. »Ich wusste, wir hätten Emilio mehr davon mitgeben sollen.«

Wir packten rasch zusammen, und ich hielt Papis Arm mit der Hand fest, während wir uns im Dunkeln den Weg an den Felsen entlang suchten. Jedes Mal, wenn der Himmel aufleuchtete, zuckten seine Knochen unter meiner Hand. Als wir endlich die Talsohle erreichten, entdeckte ich Emilio mit Rosette, der Klette, in der Schlange am Limonadenstand, und ich winkte. Extrem ausholend. So ausholend, dass ich damit ein Flugzeug zum Landen hätte bringen können. Es funktionierte wunderbar, denn er sagte etwas zu ihr und joggte dann zu uns rüber.

Mom schenkte Emilio ein Lächeln, dann wandte sie sich mir zu. »Geht du mit deinen Freunden, Juju. Mach dir keine Sorgen um uns.«

»Mom, schon gut. Ich bin sowieso müde.«

»Sie ist müde«, sagte Mari.

Mom fischte die Schlüssel aus ihrer Handtasche und gab sie mir. »Du fährst einfach mit meinem Auto nach Hause, ja?«

»Ich glaube …«

»Heute ist der vierte Juli. Geh aus, hab Spaß. Hier, nimm deinen Freunden die Sandwiches mit, okay?«

Ich nahm das Essen und nickte, eindeutig nicht dafür gerüstet, es mit Moms Entschlossenheit aufzunehmen. Und, okay, vielleicht ein klein wenig angetan von der plötzlichen Planänderung. Nicht, dass das jemand aus meiner Familie zu wissen brauchte. »Ich seh euch dann später«, sagte ich.

Mari warf mir einen warnenden Blick zu. »Nicht zu spät, Juju.«

18

Am Morgen sah alles anders aus. Der staubige Schuppen, in dem überall Kartons und Motorradteile und Werkzeuge verstreut waren, hatte nichts mehr mit dem Zauber des Waldes gemein. Emilio und Papi werkelten emsig an der Auspuffanlage, während ich in einem Karton mit alten Tassen aus Celis Keramikselbstbemalphase kramte. Ein weiterer schillernder Tag in der Casa de Hernandez also.

Papi ging ins Haus, um neuen Kaffee zu holen, und Emilio rief mich zu sich, um mir etwas zu zeigen. Als er ein verchromtes Rohr hochhielt und begann, irgendetwas von doppelten Auspuffrohren zu faseln, wurde mein Herz gleichermaßen vor Enttäuschung und Erleichterung schwer.

Wen kümmern schon doppelte Auspuffrohre, wenn ich letzte Nacht nicht aufhören konnte, an dich zu denken?

Sein Part: *Du hast letzte Nacht an mich gedacht?*

Ich: *So sehr, dass ich kaum geschlafen habe.*

Er: *Ich habe auch an dich gedacht. Tatsache ist, ich denke ununterbrochen an dich. Hier hast du noch ein umwerfendes Lächeln mit Grübchenzugabe. Es gehört ganz dir …*

»Meinst du nicht auch?«, sagte Emilio gerade.

»Ja! Moment, was meine ich denn?«

Emilio legte das Rohr ab. »Ich könnte die Situation gerade total ausnutzen. Das ist dir klar, oder?«

Ich lachte auf, obwohl mir der Atem stockte. Am Abend zuvor hatte Emilio mich mit Feuer in den Augen angesehen, und in mir tobte ein Wirbelsturm, und ich sah das ganze schreckliche Ende bereits vor mir. Es spielte keine Rolle, was ich wollte, was ich für möglich hielt, was meine Schwestern meiner Meinung nach falsch sahen. Wenn ich zuließ, dass das hier weiterging, wenn ich zuließ, dass es die Grenze überschritt, die wir vergangene Nacht beinahe überschritten hätten … Absicht oder nicht, sobald der nächste Monat käme, würde Emilio Vargas ein letztes Mal seine Grübchen aufblitzen lassen, auf seinem schwarzen Motorrad zur Stadt hinausbrettern und mir das Herz brechen.

Jetzt streckte er die Hand nach meinen Haaren aus und ich zuckte zusammen.

»Entschuldige«, flüsterte ich. »Ich wollte nicht … entschuldige. Papi wird jeden Moment wiederkommen. Und meine Schwestern sind endlich mit der ganzen Motorradsache einverstanden, verstehst du? Wenn Mari mitbekäme …«

Mein Blick begegnete seinem, und das Bedauern, das darin stand, drehte mir den Magen um. Doch im nächsten Moment war es schon wieder verschwunden und von dem üblichen neckenden Funkeln verdrängt worden.

Er streckte die Arme aus und trat einen Schritt zurück, ganz nach dem Motto: Sieh dir dieses Prachtexemplar hier gut an! »Okay, *princesa*. Wenn du meinst, dass du die Finger von mir lassen kannst, nur zu, sei mein Gast.«

Er begann *Sei hier Gast* aus *Die Schöne und das Biest* zu

singen, und als er mich ansah und erneut lächelte, brach die Bilderflut des vergangenen Abends mit voller Macht über mich herein. Er hob das Auspuffrohr auf und machte sich nach wie vor singend daran, es wieder anzubringen, und obgleich ich mir eisern befohlen hatte, es nicht zu tun, spielte ich den Film zum hundertsten Mal ab …

Nachdem meine Familie gefahren war, gingen Emilio und ich zum Limonadenstand, um Rosette abzuholen, die den gesamten Fußmarsch zurück zur Decke damit verbrachte, wie eine Viper zu zischen. Als wir uns den anderen anschlossen, genügte Samuel ein Blick, und er machte einen auf: Seht nur, wie spät es ist! Und er und Marcus und das andere Mädchen packten ihre Sachen zusammen, Moms Sandwiches und eine extrem wütende Rosette inklusive, die endlich bereit war zu gehen. Aber nicht, ohne vorher einen auf Anakonda zu machen und Emilio zum Abschied zu umschlingen.

Die meisten hatten das Gelände nach dem großen Finale verlassen, nur eine Handvoll Sternengucker war übrig geblieben. Emilio winkte mich zu sich, damit ich ihm auf einen schmalen Trampelpfad folgte, der auf der gegenüberliegenden Seite der Bowl dicht am Waldrand verlief.

»Ich möchte dir etwas zeigen«, sagte er.

»Das klingt wie ein Satz aus einem dieser ›Geh nicht mit Fremden mit‹-Aufklärungsfilme.«

»Ich gebe dir auch was Süßes, wenn ich dich so dazu kriege, mitzukommen.«

Ich zog eine Augenbraue hoch. »Was denn?«

»Das wirst du schon noch sehen.« Er streckte die Hand

aus, und ich ergriff sie, und zusammen schlenderten wir den Pfad entlang, während der Geräuschmix aus zufallenden Autotüren, Gelächter und Handyklingeltönen hinter uns allmählich versiegte. Der Wald wurde dichter, als wir so dahinliefen, und bald gab es nur noch uns und die Bäume und ein Metallschild, das an einen verkohlten Stumpf genagelt war. PRIVATBESITZ. ZUGANG ZUM WANDERWEG. BETRETEN AUF EIGENE GEFAHR. SCHNEEMOBILE, ZELTEN, JAGEN VERBOTEN.

»Sollen wir wirklich weitergehen?«, flüsterte ich. Ich wollte auf keinen Fall denjenigen alarmieren, der das Schild angebracht hatte.

»Da steht: Betreten auf eigene Gefahr«, sagte Emilio. »Und genau das tun wir.«

Er hielt einen Kiefernast fest, damit er mir nicht ins Gesicht schlug, und als ich an ihm vorbeitrat, fing ich einen Hauch seines Leder-und-Weichspüler-Duftes auf.

»Ist es riskant für mich, hier bei dir zu sein?« Ich scherzte nur zum Teil; mein Herz schlug rascher, und mein Körper war bis zum Bersten mit nervöser Energie gefüllt. Emilio war derselbe flirtende Spaßvogel wie immer, aber es kam mir so vor, als besäßen seine Worte mehr Gewicht. Die Schatten, die unsere Unterhaltung über Papi noch immer warf, verliehen allem eine größere Bedeutung.

Er legte mir den Arm um die Schultern und beugte sich näher zu mir. »Angst?«

Meine Haut prickelte von der Spannung, die zwischen uns hin und her strömte. Es gelang mir so gerade, auf dem mondbeschienenen Pfad einen Fuß vor den anderen zu setzen. Irgendwoher aus einer fernen Vergangenheit rief eine leise Stimme mir zu: *niemals, nie, unter gar keinen Umständen …*

Ich schüttelte seinen Arm ab und ging voraus, als wüsste ich den Weg, aber er griff nach meiner Hand und ich ließ ihn gewähren, ließ ihn unsere Finger miteinander verflechten. Er blieb stehen, und mir blieb keine andere Wahl, als es ihm gleichzutun.

Ich wandte mich zu ihm um, Körper und Lippen und Haut und Geruch waren einander näher als je zuvor. Ich zwang mich, seinem Blick standzuhalten, und starrte eine winzige Sommersprosse unter seinem Auge an, die hinter einem Fächer aus seidigen schwarzen Wimpern verborgen lag.

»Schließ die Augen.« Sein Atem strich über meine Lippen, brachte jedes Haar auf meiner Kopfhaut dazu, sich wie elektrisiert aufzurichten.

Ich tat wie mir befohlen, die plötzliche Abwesenheit der visuellen Eindrücke schärfte meine übrigen Sinne. Selbst die Bäume schienen ihren kollektiven Atem anzuhalten.

Emilio gab meine Hand frei und fasste mich an den Schultern, um mir einen sanften Stups zu geben.

Der Waldboden, den alte Blätter und Moos und Dinge, die die Zeit vergessen hatte, in ein Kissen verwandelt hatten, gab leicht nach. Wir hatten den festgetretenen Trampelpfad verlassen und gingen nun tiefer in den Wald hinein. Freudige Erregung durchzuckte mich, jagte meine Wirbelsäule hinauf.

»Halte sie geschlossen«, sagte er leise. »Egal, was passiert.«

Es war so still und ruhig. Ich hörte die Frösche und Grillen nicht länger, deren Gesänge normalerweise die Sommernächte erfüllten. Die Luft wurde süßer und schwerer, und es fühlte sich an, als verginge eine Ewigkeit, in der bis auf unseren Atem – gegenläufig und asynchron, meiner abgehackter –, den Herzschlag in meinen Ohren und vielleicht das Zelle-für-Zelle-Wachsen der Bäume keine Geräusche existierten.

Emilios Hände glitten zu meinem Nacken. Er fasste meine langen Haare zusammen und hielt sie zurück. Ich kämpfte dagegen an, zu zittern, zu erschauern.

»Beug dich vor«, sagte er. »Und atme tief durch die Nase ein.«

»Im Ernst?«

»Würde ich über so etwas Witze machen?« Selbst in der Sanftheit seiner Mondlichtstimme schwang ein verspielter, neckender Ton mit.

Ich beugte mich vor und sog die Luft ein.

Eine süße Wolke. Nicht zuckrig oder sirupartig. Es war keine Blume. Es war unaufdringlicher, zugleich jedoch mächtiger, unterlegt mit etwas Waldigem und Altem. Hier im Dunkeln, allein im Wald mit Emilio Vargas, hatte alles eine neue Intensität gewonnen, einen surrealen Zauber, der bei Tageslicht nicht existierte.

Es war berauschend. Der Duft. Das Gefühl. Das gleichzeitige Hoffen und Bangen.

»Es riecht wie … Vanilleschote?«, sagte ich.

»Karamellbonbons.«

Ich dachte, er sei endlich mit der versprochenen Süßigkeit rausgerückt, und wollte ihm schon enorme Anerkennung dafür zollen, wie er die Spannung aufgebaut hatte, denn *wow*, was für eine ausgefeilte Darbietung. Mein Herz hämmerte noch immer gegen meine Rippen.

Ich schlug die Augen auf. Ich stand einen Zentimeter von einem gewaltigen Baumstamm entfernt.

»Ponderosa-Kiefer«, sagte er. »Die Rinde riecht wie Karamellbonbons.«

»Wann bist du zum Baumschnüffler geworden?« Ich schnupperte erneut. »Ich lebe schon mein ganzes Leben hier und wusste nicht, dass wir Karamellbonbonbäume haben.«

»Mein Cousin Danny hat mir das gezeigt. Er war ein Hobbit oder so. Kein Witz. Als wir noch Kinder waren, gingen wir in den Wald, um Verstecken zu spielen oder Räuber und Gendarm, und Stunden später fragten sich alle: Wo zum Teufel ist Danny? Wir fanden ihn dann irgendwo im Wald, wo er sich Blätter und Käfer und so'n Zeug ansah und einfach sein Ding machte. Er hat mir immer Sachen über Bäume erzählt. Hat gedacht, ich würde ihm nicht zuhören.« Emilio schüttelte den Kopf. »Durchgeknallter Naturbursche, der Bastard.«

Ich erinnerte mich an das Bild auf Emilios Schreibtisch, das mit der Echse, aber es zu erwähnen, hätte bedeutet, ihn wissen zu lassen, dass ich in seinem Zimmer gewesen war. »Wo ist er jetzt?«

»Er ist …« Emilio antwortete nicht sofort, so als rufe er sich eine Adresse ins Gedächtnis. »In Puerto Rico. Hoffentlich surft er gerade an irgendeinem umwerfenden Strand. Ich hab noch was. Komm mit.«

Er drang tiefer in den Wald vor und ich folgte ihm schweigend. Ich wollte ihn nach Danny fragen, nach seinen Brüdern, nach den Karten in seinem Zimmer. Ich wollte ihm sagen, dass die Sache mit der Ponderosa-Kiefer so klein und doch so kostbar gewesen war und dass ich wusste – in diesem Moment noch mehr als beim Plätzchenbacken in seiner Küche –, wie falsch meine Schwestern lagen, was seine Familie anging, dass es ihm nicht in die Wiege gelegt worden war, grausam zu sein, dass er mir niemals so wehtun könnte, wie seine Brüder ihnen wehgetan hatten. Dass es in Ordnung war, das hier zu wollen – allein im mondbeschienenen Wald zu sein, über Bäume zu reden, während die Rauchschwaden des Feuerwerks noch immer schwach und blau in der Luft hingen.

Automatisch dachte ich wieder an Celi, wie sie weinend im Bett gelegen hatte, und an Moms Gesicht in den Wochen, die folgten, als sie sich bemühte, ihr Geld für den Blumenschmuck und das Catering und all das zurückzubekommen, dessen sie sich zuvor so sicher gewesen waren. Ich dachte an Mari, die Celis Haare im Waschbecken wusch, weil unsere Schwester nicht die Kraft besaß, es selbst zu tun, und wie sie es geglättet hatte, und alles, was Celi tat, war, zurück ins Bett zu gehen. Ich dachte auch an Lourdes zurück, an den Morgen, an dem ich ihre Abschlussballkorsage im Müll entdeckt hatte. Ich hatte es zuerst für ein Versehen gehalten – die Blumen waren so hübsch –, und hatte sie daher herausgeholt und am Rand des Spülbeckens abgelegt, und später verschwand sie, ohne dass jemand ein Wort darüber verloren hätte.

Lourdes hatte ebenfalls sehr viel geweint, und danach wurden Miguel die Augen auf allen Fotos ausgekratzt, die sie einst so liebevoll um ihren Schlafzimmerspiegel drapiert hatte. Sie alle teilten dasselbe Schicksal in dem schwarzen Buch.

Aber Emilio war nicht wie seine Brüder. Er war anders. Er war großherzig und witzig. Er war hinreißend. Er war …

Wild … immer schon mit einem Bein zur Tür hinaus.

Bald auf und davon.

Und mehr als das familiäre Erbe und der Schwur und die vielen Warnungen, war das Emilio Vargas' entscheidender Schönheitsfehler.

»Es ist direkt da vorn«, sagte Emilio, und ich folgte dem weißen Schimmer seines T-Shirts tiefer in den Wald hinein, bis wir auf eine Lichtung traten, die von hohen Espen mit silberner Rinde umringt war. Es war ein heiliger Ort, eine vollendete, makellose Schöpfung, die nicht dazu bestimmt war, von unseren menschlichen Augen gesehen zu werden.

»Bist du mit deinem Cousin hierhergekommen?«, fragte ich.

Er schüttelte den Kopf. »Ich habe noch nie jemanden mit hergenommen.«

Ich sah ihm in die Augen und wartete auf einen Scherz über Rosette oder irgendein anderes Mädchen, aber es kam keiner, und dann trat er näher und umfasste mein Kinn und hob es sanft zum Himmel an.

»Der große Bär«, flüsterte ich. Wie alles andere hatte auch das Sternbild an magischer Strahlkraft gewonnen. »Araceli hatte ein Teleskop, als wir Kinder waren – ich erinnere mich an ihn.«

»Ich kann mir die Namen nie merken«, sagte Emilio. »Der hier … der große Bär? Er folgt mir überallhin. Er liefert sich ein Wettrennen mit mir auf der Straße. Ich meine, nicht wirklich. Ich habe nur dieses Gefühl, wenn ich nach oben blicke und er immer da ist, so auf die Art … Hey! Ich behalte dich im Auge! Ich weiß auch nicht … es ist schwer zu erklären.«

Er geriet ins Stottern, als ich mit Schweigen reagierte, vielleicht, weil er es fälschlicherweise für Irritation oder Langweile oder eine Wertung hielt, doch als ich ihn erneut ansah, waren meine Augen feucht, und ich wusste, er hatte es gesehen, denn er hörte auf zu stammeln.

Etwas geschah in dem Moment mit uns, und mein Herz kickstartete, und ich lächelte.

»Keine Angst mehr davor, was alles passieren könnte?« Er hakte den Finger in eine meiner Gürtelschlaufen und zog mich näher. Unsere Beine berührten sich fast, alles war heiß und aufgeladen.

»Das ist das zweite Mal heute, dass du mich allein in den Wald gezerrt hast«, sagte ich. »Niemand weiß, dass wir hier sind, und ich habe noch immer nichts Süßes bekommen.«

Er legte seine Arme um meine Taille und sah mir tief in die Augen, ohne zu blinzeln.

»Also«, meine Stimme zitterte, »du hast gar nichts Süßes dabei, oder?«

Seine Finger glitten über die Blume in meinen Haaren, strichen mir eine lange, gelockte Strähne hinters Ohr. Unsere Beine berührten sich nun. Alles berührte sich, Stoff an Stoff und Haut an Haut, jeglicher Raum zwischen uns war ausradiert. »Nö.«

Momente wurden zu Äonen und seine Hände waren in meinen Haaren vergraben. Um uns herum stimmten die

Grillen und Frösche wieder ihr nächtliches Konzert an. Der gesamte Wald schien sich zu öffnen, im Dunkeln zu erblühen.

»Dein Herz schlägt wie verrückt«, raunte er. Finger strichen über mein Schlüsselbein, pochten sanft. »Ba-bum. Ba-bum.«

Ich schluckte und sah ihn unverwandt an. Sein Atem traf auf meine Haut, sanft wie eine Brise, und meine Lippen vermeinten ihn bereits zu schmecken. Mein Mund wurde wässerig, und etwas stieg wirbelnd von einem Ort tief in mir empor, und mein Herz vollführte weiter seinen wilden Tanz unter seinen Fingerspitzen, und mein ganzer Körper schmerzte vor Verlangen, ihn zu berühren, ihn an mir zu spüren.

Ich war noch nie im Leben so berauscht gewesen.

Ich hatte noch nie so viel Angst verspürt.

»Wir sollten gehen«, sagte ich. Die Bäume raschelten über unseren Köpfen, das Laub der Espen zitterte, und ungeachtet der Wärme zwischen uns erschauerte ich. »Es ist spät und … wir gehen besser. Mari wartet sicher schon auf mich.«

Emilio strich meine Haare glatt, besänftigte die Strähnen, die durch seine Berührung außer Rand und Band geraten waren. Er hielt meinen Blick noch einen Moment länger fest, und ich dachte, er würde womöglich noch etwas sagen, aber er lächelte bloß und nahm meine Hand und führte uns von diesem magischen, wunderschönen Ort fort, zurück durch den Wald, und ich sah ein letztes Mal zum Großen Bären auf und seufzte.

»Das sieht gut aus, das sieht gut aus!« Papi klatschte in die Hände, und ich fuhr zusammen, dergestalt in die Gegenwart zurückgerissen. Zurück in den staubigen Schuppen, zu den Motorradteilen und der strahlend gelben Sonne, die draußen schien.

»Meinen Sie, sie ist so weit, ein wenig Krach zu machen?« Emilio grätschte die Beine über dem Rahmen der Harley. Er hatte sie von der Hebebühne geschoben, und sie wirkte wie etwas aus *Der Terminator*. Ein Skelett aus Metallknochen und Schrauben, ohne Sitz und Verkleidung.

»Sie ist so weit.« Papi sprühte vor Aufregung: Seine Augen funkelten, seine Wangen besaßen eine gesunde rosa Farbe, jeglicher Hinweis darauf, dass ihm das Feuerwerk zu viel gewesen war, gehörte der Vergangenheit an.

Emilio drehte den Schlüssel, um den Zündschalter zu aktivieren. »Trommelwirbel bitte.«

Papi und ich machten *Drrrr* und trommelten uns auf die Oberschenkel. Wir waren nicht gerade die Schlagwerkzeuger der Colorado Symphoniker, und Papis Versuch war mehr Spucken als Zungenrollen, aber Emilio lächelte. Er blickte zur Decke hoch, sprach ein kurzes Gebet und sprang mit seinem ganzen Gewicht auf den Kickstarter. Das Motorrad hustete und erzitterte, und dann …

Nichts.

Emilio sprang wieder.

Ein weiteres Husten, ein weiteres Nichts.

Papi und ich stellten die Soundeffekte ein. Nach zwei weiteren vergeblichen Versuchen hüpfte Emilio von der Maschine. Er kniete sich neben sie, machte sich an ein paar Rohren zu schaffen, rüttelte daran, kniff die Augen zusammen, kratzte sich am Kopf.

Papi hatte das Grollen dieses Motors seit mehr als drei

Jahrzehnten nicht vernommen und seine Vorfreude sprühte knisternd Funken wie ein Wetterleuchten in den Bergen. Ich verschränkte meine Finger mit seinen und drückte seine Hand, während ich gleichzeitig Emilio zunickte, es erneut zu versuchen.

»Komm schon, Baby.« Er tätschelte die Maschine voller Zuneigung, als er das Bein zurück über den Rahmen schwang. »Los geht's.«

Papi zerquetschte mir fast die Hand.

Emilio sprang.

Traf den Kickstarter.

Das Motorrad hustete.

Der Motor stotterte.

Alles zitterte und wackelte.

Nach dreißig Jahren Stille erwachte Papis Valentina röhrend zum Leben.

Ich jauchzte auf und warf mich in Papis Arme. Er konnte nicht jauchzen, nur den Mund auf und zu machen wie ein Fisch, und seine Augen schimmerten feucht vor Ergriffenheit.

Emilio ließ sich vom Motorrad gleiten und lehnte es nach wie vor grollend auf seinen Ständer.

»Willkommen zurück, altes Mädchen.« Papi presste seine Hand gegen die Maschine. Valentina, das zimperliche alte Mädchen, erwiderte seine liebevolle Begrüßung mit einem Husten und einem Stottern und einem letzten Aufkeuchen.

Einmal mehr herrschte an diesem Tag Stille.

»Keine Sorge, *el jefe*«, sagte Emilio. »Der erste Atemzug nach dreißig Jahren? Sie würden wahrscheinlich auch ein bisschen husten.«

»Sehe ich so aus, als machte ich mir Sorgen?« Papi winkte ab. »Quatsch. Weißt du, wie oft sie mich auf der Straße auf die Probe gestellt hat? Öfter, als ich mich erinnern kann, selbst wenn ich mich daran erinnern *könnte*.«

»Papi!« Ich verdrehte die Augen.

»Das ist die Wahrheit, *querida*. Ein Mal, an das ich mich erinnere, überraschte uns ein Unwetter in der Nähe von Mendoza.«

Wir hatten die Gegend vor ein paar Sommern zu Lourdes' und Alejandros Hochzeit besucht – dort haben sie ihr Weingut.

»Jede Menge Berge, so wie hier«, erzählte Papi Emilio. »Und die Gewitter? Junge. Ich brachte Valentina bis ans Limit, um uns von dem Hügel runterzubekommen, aber sie war damit ganz und gar nicht einverstanden. Ich blieb dort oben liegen. Zum Glück stieß ich auf ein paar nette Menschen, die mich bei sich aufnahmen, und sie hatten eine Tochter in meinem Alter … also hatte ich viel Spaß bei ihnen.«

»Ich dachte, du hattest Mom im Diner kennengelernt?«, fragte ich.

»*¿Que?*« Papi tippte sich an die Stirn, seine Ohren waren plötzlich ganz rot. »Weißt du was, ich glaube, ich habe da vielleicht etwas durcheinandergebracht.«

»Es war nicht Mom?«

»Es ist lange her, *querida*. Lass es uns dabei belassen.«

Er lachte, und Emilio wandte sich wieder dem Motorrad zu, aber ich war immer noch damit beschäftigt, Bilder von Papi und einem anderen Mädchen aus meinem Kopf zu verjagen. Es war schwer, nicht zu vergesssen, dass er ein vollkommen anderes Leben geführt hatte, bevor er Mom geheiratet hatte, bevor er uns bekam.

Ich frage mich, wen er zuletzt vergessen wird.

»Sei nicht traurig, Jujube.« Papi umarmte mich mit einem Arm und zog mich an sich. »Mit ihr ist alles in Ordnung. Sie braucht nur ein bisschen Zeit, das ist alles. Sie wird schon wieder.«

»Wer?« Mari schlenderte mit Pancake an ihrer Seite zur Schuppentür herein. Sie waren fast den ganzen Tag spazieren gewesen. Ihr Gesicht war erhitzt von der Sonne.

»Emilio hat das Motorrad zum Laufen gebracht«, verkündete Papi.

»Beinah«, sagte Emilio.

»Das ist toll!«, sagte Mari. »Ich habe heute jemanden beim Wandern kennengelernt. Einen Motorradfahrer.«

»Wann ist die Hochzeit?«

»Sehr witzig.« Mari wandte sich Papi zu. »Ich habe ihm von dem Motorrad erzählt. Er würde es sich gerne mal ansehen, vielleicht ein Angebot machen.«

»Wer sagt, dass es zum Verkauf steht?«, fragte ich. »Es läuft ja noch nicht mal.«

»Ich weiß, aber … Habt ihr mal darüber nachgedacht, Leute?« Maris Blick schoss von mir zu Emilio und wieder zurück. »Es kann ja nicht schaden, wenn er sich die Maschine ansieht, oder? Er hat gesagt, er würde in Betracht ziehen, sie in ihrem jetzigen Zustand zu nehmen. Du wirst vielleicht eher auf Tour gehen können als gedacht, Vargas. Wie wäre das?«

Sie schnappte sich Pancake und kehrte zum Haus zurück, ehe ich die Worte fand, um es ihr auszureden, ehe ich mir ein paar nachvollziehbare, finanziell sinnvolle Gründe dafür einfallen lassen konnte, warum wir ein Oldtimermotorrad behalten sollten, das Papi niemals wieder würde fahren dürfen. Ich wusste nicht, wie ich es ihr begreiflich machen sollte, ich fühlte es mehr, als ich es wusste, tief in meinen Knochen und in meinem Herzen, wo medizinische Forschungsergebnisse und Arztmeinungen nichts zählten: Dieses Motorrad loszuwerden bedeutete, sich dem Dämon geschlagen zu geben. Das Ende von Papis letzter Chance. Das Ende von allem.

Ich ließ mich gegen die Werkbank sacken, von dem Wunsch beseelt, mich auflösen zu können und mit dem Staub davonzuwehen. Und von der anderen Schuppenseite aus sahen Papi und Emilio mich beide mit demselben waidwunden Gesichtsausdruck an.

»Sag was.« Ich war mit Emilio allein, nachdem Mari Papi ins Haus gerufen hatte, damit er ein Nickerchen machte. Oder etwas aß. Oder etwas trank oder eine Tablette nahm oder ein Kreutzworträtsel löste. Ich wusste es nicht mehr. Und jetzt stand ich wie belämmert vor Emilio, das Motorrad zwischen uns der unleugbare Beweis für ein abscheuliches Verbrechen.

»Du bist so anders, wenn sie dabei ist.« Er sah mich nicht an, sondern sammelte nur seine Werkzeuge vom Boden auf und legte sie zurück in den Werkzeugkasten. »Bei mir nimmst du kein Blatt vor den Mund. Du hast dir von den Jungs in der Werkstatt nichts bieten lassen, als sie auf Spanisch über dich hergezogen haben, und hast es ihnen mit gleicher Münze heimgezahlt. Du machst Rosette wahnsinnig vor Eifersucht.

Du verweist mich alle fünf Minuten in meine Schranken. Aber Mari? Bei ihr sagst du nie etwas.«

Ich verpasste dem Lehmboden einen Tritt. »Sie ist meine Schwester.«

»Und deswegen darf sie die Entscheidungen treffen? Dir vorschreiben, was du zu tun hast?« Er fuhr sich mit der Hand über sein Kopftuch und schüttelte den Kopf. »Mit wem du zusammen sein darfst?«

Seine Fragen bohrten sich wie Dolchstöße in meine Brust. Ich wollte mich verteidigen, wollte Mari verteidigen, entgegnen, dass sie immer auf mich aufgepasst hatte. Dass sie mir meine erste Zigarette gegeben hatte, als ich in der Sechsten war, weil sie wusste, dass mir davon schlecht werden würde und ich niemals wieder eine anrühren würde. Dass sie Celi getröstet hatte, nachdem Johnny ihr das Herz gebrochen hatte. Dass sie all diese Bücher über Papis Krankheit gelesen hatte, um herauszufinden, wie sie ihm am besten helfen konnte. Dass sie ihr Versprechen gehalten hatte, meinen Schwestern nichts von Emilio zu erzählen.

Warum sieht er das bloß nicht?

Doch als ich den Mund öffnete, wollten mir die Worte nicht über die Lippen kommen. Ich sah als Schnappschuss vor mir, wie die Dinge zwischen meinen Schwestern und mir stets gewesen waren, genau wie fünf Jahre zuvor an dem Abend in Celis Zimmer. Lourdes, die Älteste, mit ihrer Vernunft, die für alle anderen die Scherben aufsammelte. Celi, verletzbar und romantisch, mit dem großen, offenen Herzen. Mari, die Jüngste der drei, impulsiv und voller Feuer.

Aber genau ab dem Punkt lief alles komplett schief, denn Lourdes hätte hier sein sollen, um mit Papi zu helfen – sie hätte genau gewusst, was zu tun war. Und technisch gesehen war ich die Jüngste, nicht Mari, und ich hatte den Großteil meines Lebens damit verbracht, wie das Kind meiner drei älteren Schwestern zu leben, Sachen getragen, die sie mir gegeben hatten, ihre Bücher gelesen, auf ihre Ratschläge gehört.

Ihre Regeln über Jungs befolgt.

Ich sah an mir hinunter. Ich trug ein altes ärmelloses Top mit U-Boot-Ausschnitt aus Celis Schrank, verwaschene olivenfarbene Cargoshorts aus Maris Sommervorrat. Selbst die Flipflops waren an mich weitergereicht worden, ein verblichenes altes Paar mit fehlenden Pailletten, das ich in einem unbeschrifteten Karton voller Spielsachen entdeckt hatte.

Emilio war der Meinung, ich ließe Mari die Entscheidungen für mich treffen und mir von ihr sagen, wie ich mein Leben zu führen hatte. Und vielleicht hatte er recht.

Vielleicht wusste ich nicht, wie ich es selbst tun sollte.

»Du hast deinen Paps glauben lassen, dass dir diese Sache etwas bedeutet«, fuhr er fort. »Ich habe gesehen, wie er dich ansieht. Er strahlt wie ein Weihnachtsbaum, wenn du in der Nähe bist. Und jetzt lässt du zu, dass deine Schwester ihm das Motorrad unterm Hintern weg verkauft? Bevor ich überhaupt damit fertig bin? Ich dachte, wir hätten eine Abmachung.«

Eine Abmachung. Seine Sorge galt mehr als alles andere dem Motorrad. Seinem Job. Seinem Geld. Hitze kochte in mir hoch, sprudelte in meine Kehle. »Angst, dass du jetzt nicht genug Kleingeld für deine Tour zusammenbekommst? Tja, entspann dich, Emilio Vargas. Ich bin überzeugt, mein Vater wird dich voll entlohnen.«

Emilios Augen weiteten sich, seine Mundwinkel verzogen sich zu einem gequälten Grinsen. In seinen Augen stand kein Lachen mehr. Nur Enttäuschung, deren dumpfer Schmerz in meiner Brust widerhallte, als er ohne ein weiteres Wort davonging, obwohl die Hälfte seiner Werkzeuge noch immer auf dem Boden verstreut lag.

19

»Ein weiterer Streit unter Liebenden?« Mari hielt eine Zigarette an die aufgedrehte Herdplatte und saugte, bis sie Feuer fing. Es war ein Wunder, dass dieses Mädchen noch Augenbrauen besaß.

»Es ist kein Streit unter Liebenden«, sagte ich. Emilio hatte seit unserem Krach Tag für Tag mit Papi zusammengearbeitet – fünf, Tendenz steigend –, und bisher hatten wir es geschafft, uns komplett aus dem Weg zu gehen. Maris Motorradfreund hatte tags zuvor vorbeigeschaut, aber abgesehen davon, bei seinem kurzen Besuch Mäuschen zu spielen, hatte ich meine Zeit drinnen verbracht und letzte Hand an ein Erinnerungsalbum gelegt, das ich schon vor Monaten als Geburtstagsgeschenk für Zoe hätte fertig basteln müssen. »Ich will nur nicht mit ihm reden.«

»Also besteht dein großer Plan darin, ihn die ganze Woche lang vom Fenster aus anzustarren?«

Ich wich von der Fliegengittertür zurück und setzte mich an den Küchentisch. »Ich habe nach Pancake Ausschau gehalten.«

Nach mir? Mir? Meinst du mich, Jude? Mich? Oder hast du echte Pfannkuchen, die du mit mir teilen möchtest? Der Hund, der die ganze Zeit über in der Küche gewesen war, trottete zu mir und stupste meine Hand mit der Schnauze an.

»Juju …« Mari musterte mich mit einem ihrer unnachgiebigen Blicke. »Verliebst du dich gerade in ihn?«

Ich rollte mit den Augen. »Also erstens bist du auf dem Holzweg. Und zweitens vollkommen verrückt.«

Sie blies eine Rauchwolke in Drachengestalt zum Fenster über der Spüle hinaus. »Ich habe genug Bücher über verliebte Teenager gelesen, um die Anzeichen zu erkennen.«

»Tja. Emilio und ich sind weder Werwölfe noch gefallene Engel, also hat sich die Sache damit.«

»Ich meine ja bloß …«

»Und wo ist der andere Typ? Sollte das Ganze nicht eine Dreiecksgeschichte mit unglaublich heißen Jungs oder Vampiren sein, die sich nach mir verzehren?«

»Ich mache mir Sorgen um dich, das ist alles.« Ihre Stimme war sanft, beinah beschützend. »So ist es nun mal mit den Vargas-Jungs, Jujube. Kommen Gefühle ins Spiel, suchen sie das Weite.«

Emilios Worte erschallten in meinem Kopf. *Und deswegen darf sie die Entscheidungen treffen? Dir vorschreiben, was du zu tun hast? Mit wem du zusammen sein darfst?*

»Es sind keine Gefühle im Spiel«, sagte ich. »Er sucht nicht das Weite. Er arbeitet.«

»Du musst das beenden, bevor …«

»Du stinkst schon von hier drüben aus wie ein Aschenbecher. Papi wird dich jeden Moment erwischen.«

Mari sah mich aus schmalen Augen an, ein Warnschuss, der meinen Kopf streifte. Sie drückte sich den Hintern an der Spüle platt, stieß eine letzte Rauchwolke aus und durchwühlte die Schubladen der Küchenschränke.

Sie förderte ein halb abgebranntes Streichholzbriefchen

und eine von Moms alten Jungfrau-Maria-Kerzen zutage und setzte sich mir gegenüber an den Küchentisch. Die Flamme erwachte Funken sprühend zum Leben, als sie den verstaubten Docht entzündete. Ich hatte das Messer anfangs gar nicht bemerkt, aber jetzt hielt sie es über die Flamme. »Gib mir deine Hand.«

Ich setzte mich auf beide Hände. »Ich lasse mich nicht noch mal verstümmeln.«

»Niemand hat dich verstümmelt. Es war ein Blutsbund. Und offensichtlich hat er das erste Mal nicht funktioniert. Hand.«

»Ich hätte dieses Ding niemals unterschreiben dürfen. Es ist ein Relikt, Mari. Das nichts mit mir oder Emilio zu tun hat. Er ist nicht wie Johnny.« Es erzeugte ein Gefühl der Ohnmacht in mir, dass ich in ihrer Gegenwart weinte; so als wäre ich wieder fünf Jahre alt.

Das Feuer in Maris Augen wurde endlich schwächer, bis es nur mehr vor sich hin schwelte. »Was glaubst du, wird passieren, wenn es Papi so richtig schlecht geht? Und damit meine ich nicht die eine oder andere Stimmungsschwankung. Ich rede davon, wenn er nicht mehr allein auf die Toilette gehen kann. Wenn er sich nicht mehr an deinen Namen erinnern wird. Wenn er ausrastet, weil er denkt, wir wären Fremde, die versuchen, ihm wehzutun.«

Ich rieb mit den Händen über meine Shorts, die Finger starr. Trauer stieg in mir empor wie blubbernder Teer. Er überzog meine Gedanken, meine Worte, mein Herz, und sie alle wurden schwer und schwarz. »Ich weiß es nicht.«

»Glaubst du wirklich, Emilio wird bleiben und sich das

antun? Und was ist danach? Wenn Papi nicht mehr da ist und …«

»Sag das nicht.«

»Juju …« Maris Stimme brach. »Das hier ist größer als der Schwur, okay? Und es geht nicht nur um Papi und die nächsten paar Monate oder Jahre. Da gibt es Dinge, mit denen wir uns bis jetzt noch nicht mal ansatzweise befasst haben.«

In ihrer Miene spiegelte sich die typische Dickköpfigkeit, die Ich-weiß-alles-besser-Überzeugung, die schon zu Kindertagen Einzug in ihren Blick gehalten hatte. Aber verborgen in den Schatten lauerte auch etwas Neues. Etwas Mächtiges und Gefährliches, in dessen Fahrwasser ein Mädchen zurückblieb, das sogar noch jünger war als ich.

Angst.

»Was für Dinge?«, fragte ich.

Mari erwiderte meinen Blick einen Wimpernschlag lang, dann war der Moment vorüber und die Angst, die ich wahrgenommen hatte, nicht mehr als ein geisterhafter Spuk in ihren feucht schimmernden Augen. »Ich sage nur, dass wir nicht wissen, was die Zukunft bringt, und sich mit einem Vargas einzulassen, wird später alles nur viel schwerer machen.« Sie kratzte einen angetrockneten Klecks Haferbrei von einem Platzdeckchen, als wäre das alles nicht weiter wichtig, aber ihre Stimme verriet sie, denn sie war brüchig und unsicher. Die Jungfrauenkerze erlosch mit einem Zischen, der Rauch stieg wie eine sich windende Schlange zwischen uns empor, und mit einem Mal erfüllte die Angst, die ich in ihren Augen gesehen hatte, mein Herz.

Was für Dinge? Sie hatte mir darauf keine Antwort gegeben, und mir gelang es nicht, die Worte hervorzuwürgen, derer es bedurft hätte, um sie erneut danach zu fragen.

Mari nahm rasch das Messer vom Tisch und legte es in die Schublade zurück. Sie füllte ein Glas mit kaltem Wasser, und kaum dass sie es hinuntergestürzt hatte, war alles Schlimme wie weggewischt, und sie wandte sich mit einem breiten Lächeln zu mir um.

»Der Typ hat mir wegen des Motorrads gemailt. Seine Frau hat kein Problem damit. Er überlegt sich ein Angebot. Papi weiß im Grunde nicht, was es wert ist, aber ich habe mich umgehört. Ich glaube, wir können einen schönen Batzen Geld damit verdienen.«

Sie stand mit herausgestellter Hüfte und ihrem verrauchten *Eau de Mari* da und plapperte ohne Punkt und Komma über technische Details und Sammlereditionen und motoscout24-Preise, bis die blubbernde schwarze Teermasse in mir schließlich überkochte.

»Einen schönen Batzen Geld? Meinst du das ernst?«, schrie ich. »Ich war den ganzen Sommer hier, das ganze Jahr über, und du schneist für ein paar Wochen herein und weißt plötzlich alles besser? Hast du Papi überhaupt gefragt, ob er Valentina verkaufen möchte?«

Ihre Augen wurden groß, aber ich war nicht zu bremsen. »Entweder es wird auf deine Art gemacht oder gar nicht. Das geht schon mein ganzes Leben so. Du bist …«

»Ich fass es einfach nicht.« Sie knallte ihr Glas auf die Küchenanrichte. »Du führst dich auf, als hättest du den großen Durchblick, dabei bist du ein verwöhntes kleines …«

»Wenigstens bin ich keine …«

»Mariposa y Jude Hernandez!« Papis Stimme dröhnte

durch die Küche. Er stieß die Fliegengittertür auf und blieb drohend im Türrahmen stehen, füllte jeden Zentimeter Raum aus wie seit der Diagnose nicht mehr. Er überragte alles in Sichtweite. Selbst Pancake flitzte unter den Tisch.

»Genug ist genug!« Papi ließ die Tür hinter sich zuknallen und sah die Jungfrauenkerze mit schmalen Augen an. »Ich weiß nicht, was für eine Art von Séance ihr hier veranstaltet, *mis brujitas*, aber dieses Gezänk hört sofort auf. Und lasst euch nicht von eurer Mutter dabei erwischen, wie ihr ihre Kirchenkerzen benutzt. *Dios mío*.«

»*Sí*, Papi«, sagten wir im Chor.

»Emilio ist für heute fertig. Ich gehe nach oben«, sagte Papi. »Und ihr zwei werdet das wie Erwachsene klären. Ay, es ist wie im Wilden Westen hier. Als Nächstes zieht ihr noch eure Revolver. Ihr seid Schwestern, *queriditas*. Kein Streit mehr.«

»*Sí*, Papi«, wiederholte Mari.

»Und noch etwas.« Er blickte von Mari zu mir und wieder zurück zu Mari, die Luft war zum Schneiden dick. Das war genau der Moment, in dem der Dämon gerne erwachte und ihm eine ordentliche Kopfnuss verpasste, um ihn daran zu erinnern, dass er kein Recht hatte, ein rationales Gespräch unter Erwachsenen zu führen oder sich als Autoritätsperson aufzuspielen.

Aber Papis Blick war klar, seine Anweisung unmissverständlich. »Maile deinem Freund und sage ihm wegen des Motorrads, nein danke. Mein Entschluss steht fest. Bis ich anfange zu sabbern und Windeln zu tragen, steht Valentina nicht zum Verkauf.«

»Red nicht so, Papi.« Maris Stimme klang dünn und spröde.

Papi wischte ihre Worte mit einer Handbewegung beiseite. »Sei nicht so sensibel, kleiner Schmetterling. Denk einfach daran, *yo sigo siendo tu padre.*«

Ich bin noch immer dein Vater.

»Wir müssen uns unterhalten.« Mom strich mir die Haare aus dem Gesicht und runzelte die Stirn, während ihr Körper auf dem Bett gegen meinen sank. Hinter ihr stand Mari im Türrahmen, mit roten Augen, in denen die Erschöpfung stand.

Ich hatte mich die letzten zwei Stunden verkrochen und durch das schwarze Buch geblättert, und ich hatte Mom nicht nach Hause kommen hören. Mari hatte mich wahrscheinlich verpetzt, weil ich ihre Entschuldigung nicht angenommen hatte, eine Haltung, die eiserne Willenskraft von mir erforderte, denn zu ihrer letzten »Es tut mir ja so schrecklich leid«-Runde gehörten Erdnussbutterplätzchen. Ihr warmer, süßer Duft zog noch immer durchs Haus.

Mein Magen grummelte. *Verräter.*

»Komm rein, *mi amor*«, sagte Mom zu Mari. »Schließ die Tür.«

Ich schob das Buch unter mein Kissen, während Mari sich auf den Schreibtischstuhl fallen ließ, sodass sie Mom und mir gegenübersaß. Beide ließen auf identische Weise die Schultern hängen, gehüllt in eine Wolke aus Schwermut und Traurigkeit.

Ich setzte mich kerzengrade hin. »Ist etwas mit Papi?«

Mom schüttelte den Kopf. »Es gibt da nur ein paar

Dinge … Wir müssen über ein paar Dinge offen miteinander reden.«

Vargas. Sie weiß Bescheid.

»Emilio ist bloß … er hilft uns. Du weißt schon, das Motorrad zu reparieren«, stammelte ich. »Er ist nicht …«

»Es geht nicht um das Motorrad.« Mari warf mir einen warnenden Blick zu, ein stilles Zeichen, das nur für mich bestimmt war: *Sag kein Wort mehr*. Ich atmete auf, vorübergehend erleichtert.

Worum geht es hier?

»Wir müssen allmählich ein paar Entscheidungen treffen, die die Betreuung deines Vaters betreffen, *mi querida*. Langfristig gesehen.«

»Für die Zeit, wenn ihr wieder in Argentinien seid?«

Mom biss sich auf die Unterlippe, ihre Augen füllten sich mit Tränen.

Mari rollte mit dem Schreibtischstuhl nah an das Bett heran und legte ihre Hand auf mein Knie. »Papi könnte es extrem durcheinanderbringen, wenn wir jetzt versuchen würden, seine Gewohnheiten zu ändern. Die Ärzte sind sich einig, dass es für die beiden besser ist, hierzubleiben. Und zwar auf Dauer.«

»Die Ärzte wollen wahrscheinlich bloß unser Krankenversicherungsgeld. Wir finanzieren ihren Kindern praktisch das College.« Ich sagte es, als wäre es das Klarste der Welt, aber selbst ich hörte die Verzweiflung, die in meinen Worten mitschwang.

»So einfach ist das nicht«, sagte Mom.

»Was ist mit Neue Wege?« Es war als Herausforderung gedacht gewesen, aber meine Stimme war so verzagt, dass es sich anhörte, als hielte ich es für eine gute Idee. Von wegen: *Hey! Habt ihr schon über diese tolle Einrichtung nachgedacht? Neue Wege? Ich glaube, Papi wäre so was von begeistert.*

Mom verzog keine Miene. Vielleicht hatte sie mir längst davon erzählen wollen. Vielleicht dachte sie, sie hätte es getan. Mari war offenbar eingeweiht – sie stellte keine Fragen.

»Das ist eine Möglichkeit, die für die Wahl steht, ja«, sagte Mom.

»Zur Wahl«, sagte ich.

»*Sí*. Aber es gibt noch andere Dinge zu bedenken. Dinge, die deine Schwestern und dich … noch mehr Entscheidungen.« Mom schüttelte den Kopf und murmelte leise etwas vor sich hin. Ich verstand sie kaum, so stark war ihr Akzent. »Die Ärzte … bitte erklär du, Mariposa.«

»Ich weiß nicht, wie viel du über die Krankheit weißt«, sagte Mari, »aber früh einsetzender Alzheimer ist nicht genau dasselbe wie normaler Alzheimer. Häufig gibt es eine genetische Komponente.«

»Was meinst du damit?«, fragte ich.

»Sie können die Patienten testen, um herauszufinden, ob sie diese Genmutation haben.« Sie ballte die Hand zur Faust, öffnete sie dann wieder und strich mit den Fingern über mein Knie. »Papi hat sie.«

»Sie können die Gene also … reparieren? Sie irgendwie verändern? Durch Bestrahlung oder so?« Die Frage schmeckte dumm auf meiner Zunge, aber falls auch nur der Hauch einer Chance bestand …

»Nein. Es hilft ihnen nur, die mutmaßliche Ursache zu finden«, sagte Mari. »Die Ärzte meinen, aufgrund der Genmutation habe Papi wahrscheinlich familiär bedingt früh einsetzenden Alzheimer. Ererbt.«

Mein Verstand kämpfte darum, das Puzzle zusammenzusetzen. »Papis Eltern hatten es also auch?«

»Höchstwahrscheinlich«, erwiderte Mari. »Zumindest einer von ihnen.«

Wir wussten nicht viel über die Eltern meines Vaters. Papis Mutter hatte die Familie verlassen, als er noch im Kindergarten gewesen war, und sein Vater war mit Mitte vierzig an Lungenkrebs gestorben. Papi war damals bereits aus dem Haus, und als sie versuchten, seine Mutter zu finden, um ihr zu sagen, dass ihr Ehemann tot war, erfuhren sie, dass auch sie jung verstorben war. Irgendetwas mit Alkohol. Leberversagen womöglich?

Als ich die Geschichte als Kind das erste Mal gehört hatte, hielt ich meine Großeltern für so unmöglich, so selbstsüchtig. Rauchten und tranken sich zu Tode, ließen meinen Vater und Onkel allein, bevor ihre Zeit gekommen war, beraubten uns der Möglichkeit, sie kennenzulernen. Aber jetzt, da ich Mom an der Fleecedecke herumspielen sah und Maris Hand auf meinem Knie spürte, fragte ich mich, ob meine Großeltern irgendwie geahnt hatten, was die Zukunft für sie bereithielt. Ob sie einen Blick darauf erhascht und einen anderen Abgang gewählt hatten, ehe der Dämon sich bei ihnen einnisten und seine teuflische Brutstätte errichten konnte.

Der Gedanke ließ mich frösteln. »Was ist mit Onkel Sebastian?«

»Er lässt sich testen«, sagte Mom.

Das Letzte, was ich wusste, war, dass sie Papis Bruder nichts von der Diagnose erzählt hatten. Er lebte in Buenos

Aires, und sie sprachen nur alle vier bis fünf Monate miteinander, wenn überhaupt. Wir standen unserem Onkel nicht nahe und Papi genauso wenig. Sie hatten ihn bisher nicht damit behelligen wollen.

»*Querida*, du und deine Schwestern … so wie die Krankheit sich verhält …« Mom zupfte an einem Faden meiner Decke. »Es tut mir leid. Ich habe das Gefühl, als wäre es unsere Schuld. Als hätte ich in der Lage sein müssen … Ich hatte ja keine Ahnung, wie es funktioniert.«

»Wir haben eine Fifty-fifty-Chance, es auch zu bekommen, Juju«, sagte Mari, und dann bröckelte die Maske aus Selbstbeherrschung, die sie aufgesetzt hatte. Die Angst war zurück in ihren Augen und in dem Moment sah meine große, taffe Schwester klein und schwach aus. Ihre Schultern waren nach vorn gesackt, der Pullover hing an ihr wie ein T-Shirt an einem Drahtbügel. »Es gibt einen Test. Sie können uns sagen, ob wir die Mutation auch haben. Fall es so ist …«

Ihre Worte hinterließen eine klaffende schwarze Wunde in meinem Herzen, als sie verklangen. Alles fühlte sich heiß und stickig an, mein Atem strömte in hastigen Zügen, an denen ich mich fast verschluckte, ein und aus. »Bist du … und die … Was hat Papi dazu gesagt?«

»Wir haben uns darauf geeinigt, es ihm nicht zu erzählen«, flüsterte Mom. »Die Sorge um euch … er würde sich die Schuld daran geben. Es würde alles nur noch schwerer für ihn machen.«

»Wir müssen vorbereitet sein.« Maris Wimpern waren dunkel und hingen voller Tränen. »Wenn wir früh mit der Behandlung beginnen, dann …«

»Dann was?« Meine Hände zitterten. »Dann wissen wir eher Bescheid? Damit wir uns darauf freuen können, alles zu vergessen? Auf gar keinen Fall. Ich werde mich nicht testen lassen.«

»Schon verstanden«, sagte Mari. »Glaubst du, ich würde mir nicht vor Angst in die Hose machen? Aber die Vorteile …«

»Das hat Lourdes letztens gemeint, oder? Bei dem Anruf? Sie hat nach einem Test gefragt, und dann seid ihr alle ganz still und komisch geworden und …«

»Nicht komisch«, sagte Mari. »Wir bemühen uns, den besten Weg zu finden, damit fertigzuwerden.«

»Und?«

Mari würde jetzt jeden Moment von ihrem Stuhl aufspringen, in ein Kissen boxen, sich etwas einfallen lassen, um die Sache in den Griff zu bekommen, und später darüber lachen. Und ich würde ihrem Beispiel folgen. *Sag mir, was ich tun soll. Sag mir, wie wir das wieder in Ordnung bringen …*

»Celi und Lourdes sprechen sich wegen ihrer Flüge ab«, sagte Mari. »Sie wollen in ein paar Wochen herkommen, damit wir uns alle gemeinsam testen lassen können. Wir können erst mit einem Psychologen sprechen. Es ist besser, wenn wir alle zusammen sind. Wir können … es ist einfach besser.« Sie rutschte auf dem Schreibtischstuhl tiefer. Durch das Fehlen ihrer Berührung wurde mein Knie kalt.

Damit war alles gesagt, und nach ein paar Momenten unbehaglichen Schweigens küsste Mom mich auf die Stirn, und sie zogen sich in ihre eigenen Zimmer zurück und ließen das Problem mitten im Raum bei mir stehen, wo es sämtliche Luft zum Atmen aufbrauchte.

Ich holte *Das Buch der gebrochenen Herzen* unter dem Kopfkissen hervor und blätterte es erneut durch. Da waren die Vargas-Jungen und all die anderen Trennungen, die meine Schwestern durchlitten hatten. Sie hatten Jahrzehnte des kollektiven Herzschmerzes für immer verewigt. Auch andere Sachen – Duffer, der Hund, den sie gehabt hatten, bevor ich geboren wurde, der hinter dem Schuppen begraben lag. Ein Junge aus Lourdes' Stufe, der Selbstmord begangen hatte. Maris beste Freundin, die im Abschlussjahr nach Frankreich gezogen war. Andere Freundinnen, die früh von der Schule abgegangen waren oder nach irgendeinem dummen Mädchenstreit jegliche Freundschaft aufgekündigt hatten.

Meine Eltern dagegen wurden kaum erwähnt, noch nicht einmal im Hintergrund der tagebuchähnlichen Einträge. Es war wahrhaftig eine Zeitkapsel der Hernandez-Schwestern; es war, als hätten meine Eltern überhaupt nicht existiert. Damals war es wichtig gewesen, sich zu verlieben, eine Klausur zu bestehen, die Zulassung fürs College zu bekommen. Es zählten unerfüllte Schwärmereien und geheime Träume, erste Drinks, erste Küsse, der beste Weg zum Fluss im Dunkeln, das Aus-dem-Haus-Schleichen, das eben die Liebschaften befeuert hatte, die später in Tränen endeten. Sie mussten meine Eltern nicht als Ursache ihrer gebrochenen Herzen in Betracht ziehen. Es wäre ihnen nie in den Sinn gekommen, dass der Tag kommen könnte, an dem Papi sich nicht an sie erinnern würde, der Tag, an dem sie sich nach einem Weg zurück durch das Gestrüpp aus Erinnerungen sehnen würden, zurück zu den vielen kleinen Dingen, zurück in eine Zeit, bevor sie je über den langen Abschied nachgedacht hatten.

Der lange Abschied. So nannten sie Alzheimer auf den Pinnwänden, den Webseiten, die ich in den Wochen nach der Diagnose auf der Suche nach einem Schlupfloch, einem Ausweg für uns durchforstet hatte. Vielleicht nicht heute oder morgen, aber eines Tages, so sagten sie, eines Tages würden wir aufwachen, und Papi würde nicht wissen, was für ein Tag es war. Er würde womöglich meinen Namen vergessen, vergessen, dass wir einen Hund hatten, oder ihn anstatt Pancake vielleicht Waffel oder Fenster oder Schnürsenkel nennen. Und Tag für Tag würde es aufs Neue losgehen, würden wir die Linien in seinem Gesicht, die Wölbung seiner Braue eingehend studieren und uns fragen, ob der Tag für ihn vertraut oder neu war.

Womöglich war es der lange Abschied, der längste von allen. Aber gleichzeitig war es sehr viel schlimmer als das. Denn in diesem Abschied verbargen sich einhundert Hallos, ein brandneues jeden Tag, so als begegneten wir uns zum ersten Mal.

Der Dämon würde dafür sorgen. Es gab keine Heilung. Nur die Zerstörung. Die Nachwehen.

Und von nun an bestand eine fünfzigprozentige Chance, dass er in uns weiterlebte.

20

Die Sonne wob rosa-orangefarbene Gespinste in den Dämmerungshimmel, und Pancake gähnte und ließ sein Kinn auf meine Füße plumpsen, als wolle er mir zu verstehen geben: Können wir bitte wieder schlafen gehen? Bitte, bitte!

Er war die ganze Nacht bei mir geblieben, und als er im Schein der Morgensonne sehnsüchtig mein Bett ansah, wollte ich nichts lieber, als mit ihm unter die Decke zu kriechen, mich zusammenzurollen und so zu tun, als wäre alles, was Mari und Mom mir erzählt hatten, bloß ein weiterer Albtraum, irgendein Worse-than-Worst-Case-Szenario, das mein Unbewusstes sich ausgedacht hatte.

Aber jedes Mal, wenn ich die Augen schloss, leuchtete die Zahl vor meinen Lidern auf. Die große Fünf-Null. Fünfzig Prozent.

Ein Halb.

Eine halbe Chance darauf, ein normales Leben zu führen, erwachsen zu werden, sich zu verlieben, zu heiraten und Kinder zu bekommen, oder vielleicht auch nicht zu heiraten, vielleicht nur ein paar gebrochene Herzen für das Buch zu sammeln. Aber auf die eine oder andere Art, lange genug zu leben, um davon berichten zu können.

Eine halbe Chance auf den Tod. Ein langsames und quälendes Dahinschwinden. Den langen Abschied.

Ich betrachtete meine Füße, die unter der Decke hervorguckten, meine Zehen, die in der Morgensonne schimmerten. Meine Zehennägel waren leuchtend grün und blau lackiert, und sie sahen aus wie diese kleinen Pfefferminzbonbons, die man im Restaurant zusammen mit der Rechnung bekommt. Ich wackelte mit den Zehen, krümmte und streckte sie, spürte jede einzelne, und in dem Augenblick fasste ich meinen Entschluss.

Nein. Ich würde die Welt nicht mit einem langen Abschied verlassen, mich nicht in einen bleichen und zerfledderten Kulissenmond aus Pappmaschee verwandeln. Falls Papis Dämon mein Vermächtnis war, würde ich den Mistkerl bis zum Schluss bekämpfen, Atemzug um Atemzug, Erinnerung um Erinnerung, Feuer mit Feuer.

Ich schnellte hoch und setzte die Füße auf den Boden. *Fang hier und jetzt damit an, Juju.*

Heute war die Vorpremiere von *Alice im Wunderland.* Ich pflückte die Karten, die Zoe mir gegeben hatte, von der Pinnwand und fuhr mit den Daumen die Kanten entlang.

Wenn die Dinge wie geplant gelaufen wären, hätte ich für die Rolle der Alice vorgesprochen. Ich hätte die vergangenen Wochen mit Zoe und den anderen Ensemblemitgliedern geprobt, im *Witch's Brew* mit Christina meinen Text gelernt, Pancake Monologe vorgelesen, während ich rasch mein Frühstück hinunterschlang, ehe ich zum Theater hastete.

Stattdessen hatte der Dämon sein hässliches Haupt erhoben und seine giftigen Fänge in unser Leben geschlagen. Und ich hatte den Großteil jener Wochen im Schuppen verbracht, wo ich anhand von Osmose lernte, eine Harley zu reparieren. Meine gesamte zerbrechliche Hoffnung hing an dieser Maschine.

An Emilio Vargas.

An meinem Vater.

Ich hätte eine perfekte Alice abgegeben, Hals über Teekessel in den Kaninchenbau hineinpurzelnd, betäubt und träumend und darüber nachgrübelnd, was – wenn überhaupt – real war.

Real. Das hier war real. Ich wusste noch immer, wer ich war, und ich konnte mir noch immer die Zehennägel lackieren und mit den Zehen in der Sonne wackeln und meinen Hund umarmen, und egal was irgendein genetischer Test über das Ende meiner Tage verkünden mochte, das alles hatte ich in diesem Moment.

Ich schnappte mir mein Handy und wählte Emilios Nummer, dann presste ich es an mein Ohr. *Bitte, nimm ab …*

»Ich wusste, du würdest nicht widerstehen können, mich wiederzusehen«, sagte Emilio. Er hatte meine Entschuldigung ohne viel Aufhebens angenommen, alles war vergeben und vergessen, und jetzt stand er in unserer Einfahrt neben seinem Motorrad, Grübchen und Duft nach frischer Seife inklusive, und zur Abwechslung protestierte ich einmal nicht. Er hatte recht – ich hatte nicht widerstehen können.

»Ich fahre«, sagte er.

Ich sah an meinem Jeansrock und den rosa Keilabsatzschuhen hinunter, die Mari mir geborgt hatte. Ich war ziemlich sicher, dass sie sich nach wie vor mies deswegen fühlte, wie wir tags zuvor auseinandergegangen waren – der Streit und dann die schlechten Neuigkeiten –, denn alles, was sie sagte, als ich mir im Bad die Haare föhnte, war, dass die Schuhe mir total gut stünden und ich Zoe Hals- und Beinbruch wünschen solle.

Keine Warnung vor Emilio, kein *Achtung!* vor den Fallstricken der Liebe. Nur ein Paar rosa Schuhe und ein Lächeln. Und danach ein Haarband, weil ich an dem Abend in der Bowl die Spange mit der Seidenblume verloren hatte. Was total ätzend war, da es meine Lieblingsspange war und sie perfekt zu Maris rosa Schuhen gepasst hätte und sie Emilio gefiel.

»Ich steige so angezogen auf kein Motorrad«, sagte ich in diesem Moment. »Ich fahre.«

»Ich habe gemeint …« Emilio nahm mir die Schlüssel aus der Hand und ließ sie vor meiner Nase baumeln. »Du hast mir eine weitere Unterrichtsstunde versprochen.«

Ich rieb mir demonstrativ den Nacken, aber er stieg bereits auf der Fahrerseite in den Pick-up. Ich stieg ebenfalls ein, schnallte mich an und holte tief Luft. »Na schön. Leg den …«

»Gang ein. Schon klar.« Er ließ den Motor an, legte den Rückwärtsgang ein und steuerte uns nach nur einmal Abwürgen rückwärts die ganze Einfahrt hinunter.

»Du hast geübt«, sagte ich.

»Samuel hat mich seinen Jeep fahren lassen. Was er sonst nie macht. Ich musste ein paar Mal deinen Namen fallen lassen.« Emilio lachte, und abgesehen von dem einen Mal Motorabwürgen an einem Stoppschild, das am Hang lag, brachte er uns heil in die Stadt.

Wir fanden unsere Plätze ohne Probleme. Eine Handvoll Leute aus der Schule saßen im Saal verteilt, aber brechend voll war er aufgrund der vielen Eltern und Großeltern im Publikum. Ich war froh, dass Emilio meine Einladung angenommen hatte, und ich lächelte und dankte ihm noch einmal, und dann gingen die Lichter aus, und der Vorhang hob sich, und alle jubelten, als die Show begann.

Das Stück war unglaublich toll. Zoe brillierte als wahnsinnige Königin, und mein Herz schwoll an vor Stolz und Bewunderung, und ich schoss ungefähr fünfhundert Fotos. Sie hatte sich dieses Jahr offensichtlich extrem reingehängt; ihr schauspielerisches und gesangliches Können hatte sich unheimlich entwickelt. Das Mädchen, das die Alice spielte, hätte besser sein können – nicht dass ich voreingenommen gewesen wäre oder so –, aber Zoes Freunde Diedeldum und der verrückte Hutmacher boten ebenfalls eine mitreißende Darbietung.

Nachdem der Vorhang gefallen war, bahnten Emilio und ich uns auf der Suche nach Zoe einen Weg durch die Menge. Ich fand sie in der Nähe des Hinterausgangs der Garderobe bei den anderen Mitgliedern des Ensembles, wo sie Rosen und Küsse und jede Menge Lob einsammelte, was perfekt war, weil ich ihr endlich das Erinnerungsalbum geben wollte, das ich ihr zum Geburtstag gebastelt hatte. Ich stellte mich auf die Zehenspitzen und rief sie über das Meer aus Köpfen und Schultern hinweg, das uns trennte, und bald darauf stand sie direkt vor mir, einen Arm um ein Bouquet aus roten und weißen Rosen geschlungen. Ihr honigsüßer Duft löste ein Kratzen in meinem Hals aus.

Zoe glühte unter ihrer Theaterschminke vor Stolz, sie hielt den Kopf hoch erhoben, als ich noch ein paar Bilder machte.

»Danke, dass du gekommen bist! Hast du Mari mitgebracht?« Als sie Emilio bemerkte, der an der gegenüberliegenden Wand lehnte, hoben sich ihre Augenbrauen.

»Wir sind zusammen«, sagte ich. »Ich meine, wir sind zusammen gekommen. Mari ist zu Hause und spielt Scrabble mit meinen Eltern. Ach ja, sie hat dir Hals- und Beinbruch gewünscht, was offenbar geklappt hat. Also nicht wörtlich natürlich …«

»Du und Emilio, seid ihr jetzt so was wie ein Paar? Trotz der Sachen mit Celi und Lourdes?«

Die Luft zwischen uns wurde merklich kühler. »Wir sind … Freunde.«

»Dunkle Seelen, alle miteinander«, sagte sie, genau wie an dem Tag bei mir, als sie Emilio das erste Mal gesehen hatte. Genau wie wir es uns früher im Dunkeln zugeraunt hatten, während unsere Taschenlampen Schatten an die Zeltwände warfen und wir über die übernatürliche Abstammung der Vargas-Brüder nachsannen. Zoe lächelte, aber ich konnte nicht erkennen, ob sie die Absicht gehabt hatte, einen Witz zu machen, oder ob sie mich damit hatte treffen wollen. Ihre geschürzten roten Lippen waren aufgemalt, ihre Augenbrauen zu strengen Bögen geschwärzt.

Bei der Erinnerung an jene Kindheitsnächte im Zelt, all die ausgeklügelten Spekulationen, hätte ich beinah gelacht. Die Vargas-Brüder waren keine Vampire oder Engel oder unheimliche Kreaturen, die nachts um die Häuser schlichen.

Es war sehr viel komplizierter und beängstigender als das.

»Wir sind Freunde«, wiederholte ich.

»Ich habe dich mit ihm in der Bowl gesehen. Nachdem du uns sitzen gelassen hattest.«

»Ich habe euch nicht sitzen gelassen. Ich bin einfach … ich bin über ihn gestolpert. Wir haben zusammen abgehangen, nachdem meine Familie weg war.«

»Hey, Jude!« Christina winkte mir über den Flur zu. Sie war mit Diedeldum verschmolzen, und die beiden fegten an uns vorbei und waren in einem Pulk Eltern verschwunden, ehe ich den Gruß erwidern konnte. Christina war anscheinend voll und ganz von den Theaterleuten angenommen worden.

Zoe musterte mich noch einen Moment länger, wartete vielleicht darauf, dass ich ihr noch ein paar Einzelheiten über Emilio liefern würde, eine Erklärung für die heutige Verabredung.

»Du hast das großartig gemacht«, sagte ich.

»Danke.« Ihr rot gemaltes Lächeln wankte nicht. »Es hat *so* viel Spaß gemacht. Dieses Jahr waren viele tolle neue Leute dabei. Christina war auch eine große Hilfe. Sie hat viele der Bühnenbilder mit gemalt.«

Ich fragte mich erneut, ob es von ihr als Spitze gemeint war oder nur als Tatsache, und von einer tiefen Traurigkeit erfasst, erkannte ich, dass es mir eines Tages womöglich egal sein würde, wie sie es gemeint hatte. Ich würde mich womöglich nicht an diesen Abend erinnern, an die vielen Male, die ich ihre Sommersprossen gezählt hatte, an die Tatsache, dass wir überhaupt je Freundinnen gewesen waren.

Ich spürte ein Ziehen in der Brust und wollte sie umarmen, ihre jede Kleinigkeit erzählen, die in diesem Sommer passiert war, ihr sagen, dass ich sie bereits vermisste und nicht wollte, dass sich die Dinge zwischen uns änderten. Aber dafür war es zu spät. Die Dinge *hatten* sich geändert, und im Gang, wo alle anderen jubelten und einander umarmten, schloss das Schweigen mich und meine beste Freundin in eine luftleere Blase ein, in der ich zu ersticken drohte. Es war nicht der passende Zeitpunkt, um ihr zu gestehen, was ich am Abend zuvor erfahren hatte; es war nicht der richtige Ort, um ihr von Emilio zu erzählen. Mir fiel nichts mehr ein, was ich noch zu ihrem Auftritt hätte sagen können. Sie fragte nicht nach meinen Eltern, Papis Gesundheit oder dem Motorrad.

Nach Jahren der Freundschaft, Übernachtungen im Haus der anderen, Lernsessions, getauschten Klamotten, Shoppingtouren, Sommern, Wintern, Schwärmereien und Pommes frites, Filmen und Theaterstücken waren uns die Dinge ausgegangen, die wir zueinander hätten sagen können. Wie in einer Momentaufnahme sah ich uns Hand in Hand den Dinosaurierpfad hinter der Bowl entlanglaufen, barfuß durch den roten Staub spazieren, und dann ließen wir los. Sie ging nach links, ich nach rechts. Keine von uns blickte zurück.

»Happy Birthday«, sagte ich endlich und reichte ihr die Geschenktüte. »Entschuldige, dass du es so spät bekommst. Es ist ein Erinnerungsalbum.« Ich rang um eine Erklärung, darum, das unbehagliche Schweigen mit Worten zu füllen, die mir nicht länger zur Verfügung standen. »Ich habe viele alte Fotos von uns benutzt. Die meisten sind von Theaterstücken und Sommer …«

»Kopf ab!« Ein Pulk nach wie vor kostümierter Herzkarten kreischte zur Tür herein, die auf den Parkplatz führte.

»Kopf ab!«, röhrte sie zurück und stach mit dem Finger in die Luft wie die Königin. Der Griff meiner Geschenktüte riss. Sie wurde mit einem Knall zu Boden geschleudert, und Zoe winkte noch immer ihren Freunden, als sei es ihr nicht aufgefallen. Ich hob die Tüte auf und wartete.

»Sorry«, sagte sie. »Theaterkram. Was hast du gerade gesagt?«

Meine Zunge war wie geschwollen. *Theaterkram!* Als müsste man mir das erklären. Als wäre ich nicht Teil ihrer letzten Theaterproduktion gewesen, genau wie von jeder einzelnen davor.

Zum zweiten Mal reichte ich ihr die Tüte. »Alles Gute nachträglich.«

»Komm schon, Zoe!« Das weiße Kaninchen winkte von der Tür aus. »Wir kommen zu spät, zu spät! Und wir haben keine Hemmungen, ohne dich loszufahren!«

»Bin gleich da.« Sie gab ihnen rasch einen gefakten Ganggruß, von dem ich mir ziemlich sicher war, dass er im Wunderland nicht existierte, und drehte sich wieder zu mir um. Ihr gezwungenes Lächeln ließ die weiße Schminke um ihre Mundwinkel herum bröckeln. Von unseren Plätzen im Zuschauerraum aus hatte sie heimtückisch und wunderschön ausgesehen, wie die perfekte Herzkönigin. Aber aus der Nähe betrachtet wirkten ihre Lippen clownesk und ungleichmäßig und das Haarfärbemittel rann ihr wie schwarzes Blut über die Stirn.

»Jude?« Ich hatte Emilio vollkommen vergessen, und jetzt war er einfach da, direkt hinter mir. Er ließ seine Hand unter meine Haare gleiten und umfasste meinen Nacken, beugte sich vor und küsste mich auf die Wange. »Bereit, abzuhauen?«

Ich funkelte ihn wütend an. »Fünf Minuten.«

Er zog sich an die Wand zurück, der er die ganze Zeit über schon als schmückender Pfeiler gedient hatte. Als ich mich wieder zu Zoe umwandte, starrte sie mich ungläubig an.

»Sieht ganz so aus, als wärt ihr *nur Freunde*«, sagte sie.

Ein weiterer Pulk Karten unterbrach uns, vier grölende Pik- und Karo-Jungs, die Zoe alle drängten, ihren Hintern schleunigst zur Party zu bewegen.

»Geht ihr alle zu Emma?«, fragte ich. Emma Scully veranstaltete immer die Premierenpartys, weil sie einen Pool mit Swim-up-Bar hatte und man von ihrem Grundstück aus das ganze Flusstal überblickte. Ihre Eltern vertraten zudem die Nichts-fragen-nichts-sagen-Einstellung, was die Partys betraf.

Es kam mir jetzt blöd und belanglos vor – die Aufgedrehtheit nach dem Auftritt, wie wir alle gekreischt und uns gegenseitig untergetaucht hatten wie kleine Kinder, nur um im nächsten Augenblick total erwachsen zu tun mit unseren süßen Rumgetränken, aus denen kleine Papierschirmchen ragten.

»Du könntest auch mitkommen, falls … Ich meine, ich nehme an, du bist mit Emilio unterwegs, daher …«

»Danke«, sagte ich. »Ich sollte wahrscheinlich … ich sollte langsam nach Hause.«

»Okay. Gut.« Zoe bewegte sich bereits ein Stück auf den Ausgang zu. Etwas flackerte in ihrem Blick – Bedauern? Unbehagen? Trauer? –, und ich fragte mich, ob uns dieselben Erinnerungen vor Augen standen. War es tatsächlich möglich, dass ein Jahr zuvor mein Name noch der erste auf der Gästeliste gewesen war? Dass ich als Erste in den Pool gehüpft war, bevor einer der Jungs die Gelegenheit bekam, mich hineinzuschmeißen? Ich senkte den Blick und hob ihn dann wieder, und er war verschwunden, dieser Ausdruck in ihren Augen, und nach einem weiteren stummen Moment beugte sie sich vor, um mich mit einem Arm in eine Umarmung zu ziehen, die kaum von einer Schulter zur anderen reichte.

»Danke, dass du gekommen bist«, sagte sie. »Und danke für die Bücher.«

»Es ist ein Erinnerungsalbum«, sagte ich, aber zu viel Zeit war verstrichen, und sie war bereits halb den Gang hinuntergeeilt, die Tüte mit meinem Geschenk in der Armbeuge vergraben, zusammen mit ihrem Rucksack, den widerlich süßen Rosen und einem brandneuen Kapuzenpulli der Theaterproduktion.

»Was sollte das?«, fragte ich Emilio. Wir waren zurück in meiner Einfahrt, der Pick-up tickte noch und kühlte bei heruntergelassenen Fenstern ab. Grillen und Frösche sangen sich das Herz aus dem Leibe.

»Ich hatte den Eindruck, du brauchst Beistand«, sagte er. »Hör zu, du warst total nervös und Zoe war das reinste Miststück. Tut mir leid, ich weiß, sie ist deine beste Freundin, aber das *war* sie.«

Ich wusste nicht, ob der letzte Teil bedeuten sollte, dass Zoe tatsächlich ein Miststück gewesen war oder dass sie – Vergangenheitsform – einmal meine beste Freundin gewesen war. Ich wandte mich ihm zu, um ihm zu sagen, dass er mit beidem recht hatte, aber als das letzte bisschen Sonnenlicht in der Erde versickerte, zog das Dämmerlicht alles in seinen Bann, was es berührte, und zwischen uns breitete sich erneut Schweigen aus. Draußen zirpten und sangen die

Grillen und dämpften das Fernsehgelächter vom Band, das durch die offen stehenden Fenster des Hauses nach draußen schallte. Ich blickte zum Wohnzimmer, das bläuliche Flackern des Fernsehbildschirms warf zuckende Schatten auf den Rasen.

»Du kannst jedenfalls nicht einfach hingehen und Leute küssen, wann immer dir danach ist.« Ich wandte ihm den Blick zu, aber er starrte durch die Windschutzscheibe, stumm und still, seine Hände umklammerten das Lenkrad, als wären wir auf einer öden, staubigen Straße, die ins Nirgendwo führte.

»Warum bist du so nett zu mir?«, flüsterte ich. Ein weiterer stummer Moment verging, und ich wandte mich ab, um die Tür zu öffnen, doch dann lag plötzlich seine Hand auf meinem Arm, und mein Name glitt wie ein zarter Hauch über seine Lippen. Ich dachte an die Brise, die zitternden silbernen Espen im Wald, und ich drehte mich wieder um, in der Erwartung, seine neckenden Grübchen zu sehen, an die ich mich im Laufe des Sommers so sehr gewöhnt hatte.

Stattdessen erwartete mich Feuer. Feuer in seinem Atem, der plötzlich ganz flach war. Feuer in seiner Berührung, die meine Haut um etliche Grad erhitzte. Feuer in seinem Blick, wo es mit einer solchen Intensität loderte, dass mein Herz Salti schlug.

»Du fragst, warum ich nett zu dir bin«, sagte er. »Warum, warum, warum. Aber du fragst mich nicht die Dinge, auf die es ankommt. Wer ich bin oder wo ich gewesen bin. Was ich sehe, wenn ich dich anschaue. Was ich will.«

Seine Finger strichen meinen Kiefer entlang, sie machten erst an meinem Kinn halt und hoben mein Gesicht zu seinem. Sein Atem war heiß, seine Worte drängend. »Ich verspreche dir dies, Jude Hernandez. Du glaubst, du weißt etwas über mich? *Lo siento, mi princesa.* Du weißt einen Scheiß.«

Alles in mir bettelte darum, von ihm geküsst zu werden. Ich wollte es, egal wer vielleicht vom Haus aus zusah, egal, welche meiner Schwestern es herausfinden würde, egal, wie viele Schwüre ich brechen oder wann er fortgehen würde …

Aber ich wusste, dass er mich nicht küssen würde. Nicht heute. Nicht so. Es stand in diesem Moment zu viel zwischen uns, all die Worte und Beinahversäumnisse. All das, was möglich gewesen wäre, alternative Zukunftsversionen, die sich in einer unendlichen Spirale vor uns erstreckten, alle auf dem gründend, was in diesem Moment geschah. Ich hielt seinem feurigen Blick stand und dachte an die Fünf-Null, das Halb-und-Halb, die Versprechen, die ich mir im Licht der Morgendämmerung zugeflüstert hatte.

Ich würde eines Tages womöglich sämtliche Erinnerungen verlieren, aber das würde mich nicht davon abhalten, mir welche zu verschaffen.

Glaubst du etwa, du wirst mich kampflos zur Strecke bringen, Demonio? Zeig ruhig, was du draufhast.

Adrenalin schoss durch meine Adern, elektrisierte jeden Nerv, jedes Blutgefäß und jede Zelle. Erfüllt von einem unbändigen Verlangen wollte ich alles auf einmal erleben, alles davon, Leben und Tod, Sex und Liebe und jedes verrückte, unbesonnene, wilde Ding, das mein Herz sich nur vorstellen konnte.

Emilio war immer noch atemlos, er lächelte schief, ein einsames Grübchen blitzte in der Dunkelheit auf wie eine Herausforderung. Die ich annahm.

»Also was willst du, Emilio Vargas? Wirst du es mir verraten?« Ich beugte mich näher, stützte mich mit der Hand auf seinem Oberschenkel ab. Seine Haut war warm durch die Shorts, und als ich meine Lippen an sein Ohrläppchen presste, schnappte er nach Luft. »Oder muss ich dich erst zum Reden bringen?«

Emilio schluckte schwer. Ich war ihm immer noch so nahe, zwischen uns war alles warm, und ihm war entfallen, was er noch hätte sagen können.

»Ich weiß, was du willst«, raunte ich. »Nimm mich mit auf deinem Motorrad.«

»Nimm … ich … was?« Seine Stimme war ganz wackelig.

Ich drückte meine Brust an seinen Arm, mein Atem strich über seinen Nacken. »Heute ist mein Nichtgeburtstag, also viel Glück zum Nichtgeburtstag für mich. Ich will eine Fahrt. Eine richtige.«

»Ich habe heute auch Nichtgeburtstag. Was für ein Geschenk bekomme ich?« Er zog eine Augenbraue hoch, aber ich antwortete nicht, und wir saßen Sekunden, vielleicht Minuten so da. Keiner von uns sagte etwas, keiner von uns zwang den anderen, Farbe zu bekennen.

»Gute Nacht, Jude«, sagte Emilio schließlich. Mir gelang es nicht, meine Enttäuschung zu verhehlen. Er ließ sich lautlos aus der Fahrertür gleiten, aber Sekunden später stand er auf der anderen Seite der Beifahrertür, die Hand am Rahmen.

»Morgen früh«, sagte er. Sein flirtendes Grinsen war zurück. »Zehn Uhr, vor dem Haus, passende Kleidung erwünscht.«

21

»Schwing dein Bein hoch und rüber«, sagte Emilio.

Ich starrte die knatternde Maschine in unserer Einfahrt an, als wäre sie ein atmendes, wildes Tier.

»Wie bei einem Pferd?«, fragte ich. Es war zehn Uhr morgens, der Helm auf meinem Kopf fühlte sich an wie eine Bowlingkugel, und Schweiß rann meinen Rücken hinunter.

»Eher wie bei einem Pony. Mit Rädern.« Emilio grinste mich von seinem Sitz auf dem schwarzen Biest aus an. »Du musst das hier nicht tun, *princesa*. Wenn du Angst hast …«

»Versuch's nicht mit umgekehrter Psychologie bei mir.«

Er hob eine Augenbraue, ein Trick, der ihm immer besser gelang, seit wir begonnen hatten, Zeit miteinander zu verbringen.

»Ich habe keine Angst«, sagte ich. »Ich habe das nur noch nie gemacht. Es ist wie bei dir, als du zum ersten Mal den Pick-up gefahren bist.«

»Ich habe versucht, dich zu beeindrucken«, sagte Emilio. »Es war unsere erste Verabredung.«

»Du versuchst Mädchen also normalerweise dadurch zu beeindrucken, dass du ihnen den Hals brichst?«

»Äh, nein. Du warst bisher die Einzige.« Er zwinkerte mir

zu und streckte den Arm aus. »Halt dich an mir fest und steig auf. Wir verlieren nur Zeit, Mädchen.«

»Oh mein Gott. Den Satz hast du aus einem von Papis Filmen geklaut!«

»Was? Auf gar keinen Fall. Ich gucke keine Western.«

»Wenn der Duke noch lebte, würde er dich in den Hintern treten, weil du seinen Spruch gemopst hast.«

»Duke lebt. Habe ihn heute Morgen gesehen.«

»Nicht *der* Duke. Der *Duke*. John …«

»Jude?«

»Ich sage ja nur …«

»Hör auf, Zeit zu schinden, und steig auf dieses Pferd, bevor ich es mir noch anders überlege.«

Ich schmiss mich auf das Motorrad. So fühlte es sich jedenfalls an, ein gewaltiges, hilfloses Rudern von Armen und Beinen. Zum Glück hielt Emilio die Maschine stabil und versuchte nicht irgendwelche komischen Sachen, während ich meine Gliedmaßen und meinen Rumpf und einige andere scheinbar voneinander getrennte Körperteile hinter ihm zurechtrückte. Er hatte den Motor angeworfen, bevor ich aufgestiegen war, und unter meinen Beinen rüttelte alles.

Ich versuchte mich am Sitz festzuhalten, aber ich fand keinen Halt. Auch hinter mir nicht. Ich verschränkte die Arme vor der Brust und hoffte das Beste.

Emilio lachte. »Du hältst dich besser fest.«

»Hier kann man sich nirgends …«

»An mir.« Emilio sah über die Schulter. »Leg deine Arme um mich und halt dich fest, oder du fällst in der ersten Kurve platt auf die Nase.«

Ich schlang meine Arme um seine Taille. Ich hatte nichts

davon, wenn ich starb, ehe wir dieses Biest überhaupt auf Touren gebracht hatten. Das würde El Demonio rein gar nichts beweisen.

»Alles okay da hinten?«

Ich gab ihm Daumen hoch. Allerdings nur einen. Doppelte Daumen hätten mich sofort als authentisches Biker-Babe disqualifiziert. Es war schlimm genug, dass ich ein Paar alter Jeans mit Knopfleiste von Mom trug, die noch aus den Neunzigern stammten. Und einen BH. Das waren schon zwei Minuspunkte auf dem Konto meines Rufs als straßentaugliche Motorradbraut.

»Achte auf meinen Körper«, sagte er und hob die Stimme, um den Motorlärm zu übertönen, damit mir keine wichtigen Details entgingen. »Wenn ich mich in die Kurve lege, bewegst du dich mit mir. Richte dich auf, wenn ich mich aufrichte. Und wenn wir anhalten, stell deine Füße auf den Boden, so wie ich. Im Grunde sind wir auf dem Motorrad eine Person. Das hilft uns, das Gleichgewicht zu halten.«

»Gleichgewicht ist gut.« Ich stieß einen zitternden Atemzug aus und beugte mich vor, näher zu ihm. Enger.

Umarme das Einssein.

»Hey, ich werde nicht zulassen, dass dir etwas zustößt.« Emilio nahm meine Hand und drückte sie, dann presste er sie an seinen Bauch, direkt über dem Wulst seiner Narbe. Sein Körper war fest unter seinem T-Shirt, Wärme sickerte in meine Hand. »Vertraust du mir?«

Es war nicht das erste Mal, dass er fragte, aber ich hatte ihm bisher nie richtig darauf geantwortet. Ich schloss die Augen und konzentrierte mich auf das Gefühl, seine Hand über meiner zu spüren, verlässlich und stark, und mein

Bauch füllte sich mit Schmetterlingen. »Ich vertraue dir, Emilio.«

Er drückte noch einmal meine Hand, dann beugte er sich vor, und seine Finger krümmten sich um die Handgriffe, während er gleichzeitig die Füße vom Boden nahm. Er fuhr langsam anrollend eine leichte Kurve, steuerte uns die Einfahrt hinunter und hinaus auf die Straße.

Wir schossen über den Asphalt, gewannen auf dem aufgeheizten schwarzen Straßenbelag rasch an Geschwindigkeit. Der Wind fuhr am Helmrand wie ein Tornado in meine Haare und peitschte gegen meine Sonnenbrille. Anfangs fiel mir das Atmen schwer, aber ich wandte den Kopf nicht zur Seite. Ich sah stur nach vorn, nahm große, gierige Schlucke, ließ jeden einzelnen Moment auf meiner Zunge zergehen.

Gemeinsam fuhren wir an verlassenen Silberminen vorbei, Felswänden, die bis in den Himmel ragten, Vorsprüngen, die in die Vergessenheit hin abfielen. Die Weizenfelder waren ein goldener Schleier, der Himmel eine unendliche blaue Möglichkeit, alles und nichts zugleich, und meine Beine zitterten von den Vibrationen, während das Motorrad zwischen ihnen grollte und Meile für Meile der Straße fraß, die wir entlangbrausten.

Emilio schmiegte sich in jede Kurve. Manchmal hingen wir so dicht über dem Boden, dass ich überzeugt war, wir würden verunglücken, überzeugt, wir würden kreiselnd in den Canyon schleudern. Aber ich vertraute ihm, genau wie ich gesagt hatte, und so presste ich mich noch enger an ihn, ahmte seine Haltung und seine Bewegungen nach, folgte den Linien seines Körpers und des Motorrads, als wären wir eins; eine Gewehrkugel, die die Luft durchschnitt.

Wir erklommen den Million-Dollar-Highway, die Luft wurde dünner, Sonne umströmte uns von allen Seiten, und ich warf den Kopf zurück und blickte in den Himmel, der wolkenlos und blau und perfekt war. Ich verlor jegliche Orientierung, jegliche Vorstellung von Raum und Zeit. Ich konnte nicht erkennen, was vor uns lag, aber eins stand fest.

Hinter uns existierte nichts als Erinnerungen und Staub.

Ich werde dir davonlaufen, schwarzer Dämon. So schnell und so entschlossen, dass ich weg sein werde, bevor du überhaupt bemerkst, dass ich hier war.

Eine Stunde später erreichten wir unser Ziel und ließen Motorrad und Helme auf dem Parkplatz am Ausgangspunkt des Wanderwegs zurück. Ich hatte ein paar *empanadas* und Getränke und Weintrauben in Stoffbeutel gepackt und Emilio nahm sie aus den Satteltaschen und schwang sie sich über die Schulter. Meine Beine summten und tickten noch immer wie der Motor, sie waren etwas wackelig auf dem festen Boden.

»Daran gewöhnst du dich noch.« Emilio sah mich mit leuchtenden Augen an, er strahlte über das ganze Gesicht, wie er da in der Sonne stand. »Das war gerade deine erste Fahrt den Million-Dollar-Highway hinauf. Wie fühlst du dich?«

»Unglaublich.« Es war ein so nichtssagendes Wort, es war das falsche Wort, aber das richtige Wort, um dieses Gefühl einzufangen, existierte nicht. Also sagte ich nichts weiter, sondern nahm nur seine Hand und hoffte, das wäre genug.

Er führte mich einen steinigen Pfad entlang, der vom Hauptwanderweg wegführte – ein weiterer geheimer

Schleichweg durch den Wald. Wir kraxelten einen kurzen, steilen Anstieg hinauf, und gerade als ich dachte, meine Beine würden mich im Stich lassen, erreichten wir die letzte Felsformation.

»Das hier war früher Dannys Fleck«, sagte er vom Plateau des Felsens aus. Er streckte die Hände aus, um mir hinaufzuhelfen, und dann liefen wir in eine dichte Gruppe von Espen hinein. »Er hat ihn mir mehr oder weniger hinterlassen.«

»Fehlt er dir?«, fragte ich, während wir uns einen Weg durch das Wäldchen bahnten. »Ihr habt euch nahegestanden, oder?«

Ein Windstoß fuhr durch die Bäume und wir blieben beide stehen und wandten das Gesicht dem Himmel zu. Der Baldachin aus gelbgrünen Blättern erzitterte und streute das Licht. Es fühlte sich an, als würden sie uns mit Sonnenschein besprenkeln.

Emilio lehnte sich mit der Schulter an einen Baum. Er betrachtete noch immer die Blätter. »Danny und ich waren wie Brüder.«

»Besucht er dich manchmal? Oder bleibt er die ganze Zeit auf der Insel wie dein Dad?«

»Hab ihn seit zwei Jahren nicht gesehen. Er fehlt mir. Ja, verflucht, er fehlt mir.« Emilio schälte ein loses Stück Rinde vom Baum und ließ es zu Boden fallen, und als eine weitere Brise ihre Finger durch die Blätter streifen ließ, wurde mein Herz unerklärlich schwer. Ich kannte die Einzelheiten von Emilios Familienproblemen nicht, aber es war klar, dass ich das Falsche gesagt hatte, dass ich zu viele Fragen gestellt hatte.

»Es tut mir leid«, sagte ich. »Ich weiß, wie das mit der Familie ist … Ich hab nur gedacht … weil du manchmal von ihm erzählst und du gesagt hast, das hier sei sein Fleck, und …«

»Es hat nichts mit dir zu tun. Es ist … kompliziert. Seine Mutter hasst Ma und mich praktisch und …« Emilio lächelte und streckte die Hand aus. »Mist. Ich müsste eigentlich derjenige sein, der sich entschuldigt. Deine erste Motorradtour und ich zieh dich so runter.«

»Das stimmt doch gar …«

»Wir sind noch nicht mal da.« Emilio legte den Arm um meine Taille und führte mich durch den Hain und am anderen Ende wieder hinaus, wo sich uns eine Welt eröffnete, die mir wie ein riesiges geheimnisvolles Märchenbuch erschien.

Gemeinsam nahmen wir alles in uns auf, die ausgedehnten Schluchten zu unseren Füßen, die in Grün, Grau und Lila gekleideten hügeligen Ausläufer des Gebirges. Es schien, als sei alles, was auf dieser Welt je gelebt hatte und gestorben war, hier vorbeigekommen und hätte der Landschaft seinen unauslöschlichen Stempel aufgedrückt.

Ich ging bis zum Rand und spähte in den staubig roten Canyon hinunter. Die Wände waren zugleich glatt und rau, gewaltige Säulen aus verwittertem Gestein, die sich aus der Erde erhoben. Der Fluss, der hier einst sein Bett gehabt hatte, war vor über drei Millionen Jahren versiegt, aber noch immer waren die Felsen nicht vor den Folgen des unaufhaltsamen Voranschreitens der Zeit geschützt. Inzwischen war es der Wind und nicht die Stromschnellen, der sich gewaltsam Bahn durch ihre Bäuche brach. Noch während wir zusahen, peitschte er durch den Canyon, trug Staub und Geröll mit sich, Partikel, die in ihrem unendlichen Ringen um Existenz, um Wandel, neue Pfade in den Fels fraßen.

Ich zog mein Handy aus der Hosentasche und schoss ein paar Bilder für eine Panoramaaufnahme, die ich später zusammenfügen wollte. Meine Hände waren unbeholfen und viel zu groß, und der merkwürdigste Gedanke von allen kam mir, als der Wind sie mit Staubkörnern bedeckte, die nicht größer als Stecknadelköpfe waren: Ich konnte mich den scheinbar unverrückbaren Steinen mit meinen riesigen menschlichen Händen und gewaltigen menschlichen Kräften nähern, mit allem auf sie einprügeln, was mir zur Verfügung stand, und nicht mal einen Bruchteil der Zerstörung verursachen, die diese winzigen, unsichtbaren Mächte anrichteten; Tag für Tag, Augenblick für Augenblick, noch Tausende, wenn nicht gar Millionen Jahre lang, nachdem mich jedes Lebewesen auf Erden vergessen haben würde.

Es ließ mich schwindeln.

Ich setzte mich neben Emilio auf einen rotbraunen Felsen. Er stellte das Essen hinter uns auf den Boden, und während er noch auf die weite Ebene zurückblickte, hob ich einen scharfkantigen Stein auf und ritzte neben meine Beine:

Ich war hier …

Der Wind pfiff in der Tiefe durch den Canyon und stöhnte unheimlich, als er auf dem Weg zu uns hinauf seine Klauen nach uns ausstreckte. Er peitschte meine Haare nach hinten, aber da hatte er schon etwas von seiner Kraft verloren. Er legte sich, noch ehe ich wieder zu Atem gekommen war.

Das alles – der Wind, der Staub, die Felsen, die Bäume, die Straße – war das zugleich Zweckfreiste und Schönste, was ich je gesehen hatte.

Emilio machte den Mund auf, um etwas zu sagen, doch als er den Ausdruck in meinen Augen sah, wurde seine Miene besorgt. »Was ist los?«

»Dieser Ort ist atemberaubend. Es ist … Ich kann nicht …« Ich unterdrückte ein Schluchzen, und Emilio rieb meinen Rücken, bis die Worte ihren Weg nach draußen fanden. »Die Krankheit meines Vaters ist erblich.«

»Wie bitte? Was soll das …?«

»Meine Chancen, so zu enden wie er, stehen fünfzig zu fünfzig.«

Ich hatte zwei Tage gegen diese Worte angekämpft, sie tief in mir eingemauert, weil ich wusste, dass sie sich in dem Moment, da sie meine Lippen verließen, in etwas verwandeln würden, das ich nicht länger ignorieren konnte.

Die Wahrheit.

Emilio bestätigte diese Befürchtung; der Schock breitete sich wellenförmig über sein Gesicht aus wie eine die Oberfläche kräuselnde Unterströmung.

»Okay, aber du weißt nicht, ob … Haben sie nicht Wege, um … Bist du dir sicher? Also, richtig sicher?«

Ich nickte, das Geständnis schmeckte bitter auf meinen Lippen. »Hier ist noch eine Möglichkeit, es in Zahlen auszudrücken. Von mir und meinen drei Schwestern werden zwei ihre Erinnerungen verlieren und ins Vergessen abgleiten. Und die anderen beiden werden ihnen dabei zusehen.«

Emilio drehte sich von mir weg. Seine Lippen waren zu einem dünnen Strich zusammengepresst, seine Schultern starr. »Kann man es nicht behandeln? Wenn man es so früh weiß? Es muss doch etwas geben … Medikamente? Operationen? Therapien? Irgendetwas?«

Die Verzweiflung in seiner Stimme war beinah zu viel für mich. Ich hasste und liebte sie gleichermaßen und das Gefühlschaos schnürte mir die Kehle zu.

»Es gibt einen Test«, sagte ich steif, »aber er sorgt nur dafür, dass man die schlechte Nachricht frühzeitig erfährt.«

Emilio griff nach einem faustgroßen Stein.

»Eigentlich war geplant, dass meine Eltern zurück nach Argentinien gehen.« Ich plapperte jetzt, aber ich musste es alles loswerden, und wenn ich es hier auf dem Felsen sagte, würde der Wind die Worte vielleicht davontragen, sie irgendwohin mit sich nehmen, irgendwohin weit weg, wo ich sie nie wieder hören musste. »Ihr großer Traum war es, in Lourdes' Nähe zu ziehen. Sie wollten irgendwann die ganze Familie dort vereint haben, aber sie sollten nächsten Sommer den Anfang machen. Sie hatten nur vor abzuwarten, bis ich mich im College gut einlebt habe.«

Emilio schleuderte den Stein über den Rand und lauschte auf ein Geräusch, das nie kam.

»Jetzt wäre ein Umzug zu riskant«, fuhr ich fort. »Papi könnte sich an Dinge von früher erinnern, seine alte Nachbarschaft und Freunde zum Beispiel, oder sich überhaupt nicht mehr zurechtfinden. Außerdem müssten sie so viel regeln … es geht nicht. Sie sitzen hier fest. Wenn Lourdes also nächsten Monat hier aufkreuzt und mich ansieht, als würde ich mich nicht gut genug um ihn kümmern … Ich meine, das würde sie nie sagen. Sie würde es im Grunde noch nicht mal denken. Das ist alles nur in meinem Kopf. Dass sie eigentlich bei *ihr* sein sollten.«

Der Wind wütete erneut gegen uns, füllte meinen Mund mit Haaren und Staub, bis ich mich hustend davon befreite.

»Lourdes?«, sagte ich. »Sie ist die Besonnene. Sie hat sich früher immer um alles gekümmert, und sie hat nie so ein Drama daraus gemacht wie Mari oder ist ausgeflippt wie Araceli. Sie ist einfach so. Jemand, von dem man sagen würde, sie ist ein guter Mensch. Verstehst du?«

Emilio wischte die Tränen von meinen Wangen. Es war schwer zu sagen, ob es der Wind oder die Wahrheit war, aber beide hatten schwer an mir gezerrt.

»Es ist doch so«, sagte er. »Ich weiß, du liebst deinen Paps, und ja, das alles ist Mist, okay? Aber du hast ihn jetzt gerade und das musst du genießen. Und dein Leben hast du auch. Sitz nicht rum und … ich weiß auch nicht. Gib dich nicht mit irgendwas zufrieden. Das ist so ziemlich das Einzige, was ich im Leben gelernt habe. Du entdeckst etwas, die Aussicht auf etwas Großartiges, und du gehst hin und holst es dir. Du nimmst deine Schlüssel, springst auf dein Motorrad und fährst los, ohne etwas zu bereuen.«

Ich ließ meinen Blick erneut über den Canyon schweifen, den endlosen Kreislauf aus Leben und Wiedergeburt dort unten.

»Entschuldige.« Ich fuhr mir wieder über die Augen und schenkte ihm ein schwaches Lächeln. »Ich schätze, jetzt habe ich uns ganz schön runtergezogen.«

»*Sch.*« Emilio legte einen Arm um meine Schultern. »Hey, ich will ja nicht religiös werden oder so. Aber dieser Sommer, mit euch beiden zu arbeiten und Zeit mit euch zu verbringen? So im Reinen mit mir war ich schon seit einer verdammt langen Zeit nicht mehr.« Er sah mir zum Ende hin in die Augen, hielt meinen Blick fest, als gäbe es noch mehr zu sagen, aber die Worte stahlen sich davon, genau wie meine.

Ich sah zu, wie sie über die Felskante direkt in den Abgrund marschierten, der vor uns in die Tiefe führte.

Ich schmiegte mich an Emilio, ließ zu, dass er mich in seine Arme hüllte wie in eine Decke. Mein Atem strich über seinen Nacken und er erzitterte. Ich schloss die Augen und atmete tief ein, und ich befahl meinem Kopf zu schweigen, seinen Geruch zu speichern und das schauerliche Stöhnen des Windes im Canyon und die körnige Schicht uralten Staubes auf meiner Haut und seinen Geschmack, so dicht an meinen Lippen.

Ich wollte nichts davon vergessen. Ich würde es nicht vergessen. Kampf hin oder her, der Dämon würde mich aufspüren und mich ausräuchern und sich nehmen, was immer er wollte. Er konnte meine Lieblingssongs verschlingen und die Farbe meines Zimmers und den Klang meines eigenen Namens auf meiner Zunge, aber er würde mir niemals den heutigen Tag nehmen.

Mein Herzschlag dröhnte in meinen Ohren, und ich presste mich noch enger an Emilio, vergrub mein Gesicht in seinem Nacken. Seine Arme waren so warm und hielten mich so fest, in mir waren ein Summen und eine Heiterkeit, und dieses eine Mal gab ich nach. Ließ zu, dass er sich um mich kümmerte, beanspruchte diese eine Sache ganz für mich allein, die niemand – weder aus der Vergangenheit noch aus der Zukunft – antasten konnte.

Ich blickte in seine karamellfarbenen Augen, wir waren uns so nah wie nie zuvor. Er sah nicht weg, lächelte nicht, atmete nicht. Ich drückte meine Lippen auf die Narbe an seinem Kinn, schmeckte seine Haut, und er schnappte nach Luft. Alles, was uns blieb, waren Laute und Aromen und

Blicke und Gerüche. Er nahm mein Gesicht in die Hände und fuhr mit dem Daumen über meine Lippen und ich schloss die Augen. Sein Mund fand meinen, federleicht, dahinter verborgen sein heißer Atem, und dann küssten wir uns. Mein Herz raste, in mir entfalteten die Schmetterlinge ihre winzigen Flügel, taumelten und flatterten, und seine Hände fühlten sich so gut an, seine Finger strichen über meine Haut wie Puder.

Ich erschauerte, als seine Zunge über meine Unterlippe fuhr und in meinen Mund glitt, woraufhin alles in mir entflammte. Ich zog ihn auf mich, während wir uns gegen den Felsen zurücksinken ließen, und die Knochen in meinen Körper schmolzen, bis nichts blieb als Herz und Seele und vielleicht, ganz tief unter den Schatten vergraben, ein wenig Hoffnung, dass am Ende doch noch alles gut werden würde.

Ich packte sein T-Shirt mit beiden Händen und schob es hoch, zog es ihm über den Kopf. Meine Fingerspitzen folgten der Kontur seiner Arme, seiner Brust, den dünnen weißen Narben, dem geheimnisvollen Wulst, der sich über seinen Bauch schlängelte. Ich hielt dort inne, suchte in seinen Augen nach einer Erklärung, um die mit Worten zu bitten ich zu große Angst hatte.

Ich hatte angenommen, er würde den Blick abwenden, aber er sah mich unverwandt an, und es lag eine so brutale Aufrichtigkeit in seinem Blick, wie ich sie noch nie zuvor bei einem Menschen erlebt hatte. Sie war gepaart mit Nervosität, einer gewissen Unsicherheit und Verletzlichkeit.

Und in diesem Moment fühlte ich mich lebendig. Ganz.

Beschützt vor dem Wüten der Zeit und vollkommen immun gegen ihre Vergänglichkeit.

Nichts von alldem hier könnte je in Tränen enden.

Er lächelte, schüchtern dieses Mal, und ich erwiderte sein Lächeln, und dann küssten wir uns erneut, pressten unsere Münder und Bäuche aufeinander, während der Rest der Welt um uns erodierte – ein sinnloser Windhauch, ein unbedeutendes Staubkorn nach dem anderen.

Wir blieben ineinander verschlungen auf dem Felsen liegen, ließen nur für ein spätes und hastiges Mittagessen voneinander ab und fielen uns wieder in die Arme, bis die Sonne hinter dem Canyon unterging und die Bergspitzen im schwindenden Licht rotorange aufflammten. Emilio half mir auf das Motorrad, als es Zeit war zu gehen, und zog mich an sich, um mir einen langen, tiefen Kuss zu geben, ehe er uns die kurvenreiche Straße nach Hause lenkte.

Während wir den Million-Dollar-Highway hinunterrollten, schloss ich die Augen und presste meine Brust an seinen Rücken und hielt seine Taille fest umschlungen. Und er drückte meine Hand, als sei das hier für die Ewigkeit, als hätten wir endlich einen Weg gefunden, die Zeit anzuhalten, und ich sehnte mich so sehr danach, ihm zu glauben.

22

Emilio und ich hielten auf dem Rückweg in der Stadt, um uns Mangoshakes zu holen, aber wir redeten kaum – wahrscheinlich waren wir zu durcheinander, das mit uns fühlte sich noch so neu an –, und der gefühlvolle Abschied in unserer Einfahrt wurde vom Zigarettenqualm abgekürzt, den Mari zur Fliegengittertür der Küche hinaus paffte.

»Du warst eine ganze Weile weg«, sagte sie, als ich hereinkam. Sie warf mir einen mahnenden Blick zu, aber auf ihrem Gesicht breitete sich auch ein Lächeln aus und ließ es aufleuchten, das war nicht zu leugnen. »Papi hat erzählt, ihr zwei seid den Million-Dollar-Highway hoch? Ich bin ihn auch schon gefahren, aber nicht auf dem Motorrad. Tatsächlich habe ich noch nie auf einem Motorrad gesessen.«

»Echt? Dagegen solltest du was tun«, sagte ich, und da wurde ihr Lächeln breiter; umwerfend und strahlend. Keine Warnung. Keine Vorhaltungen, weil ich mich mit dem Feind verbrüdert hatte und mit geschwollenen Lippen und vom Wind zerzausten Haaren nach Hause gekommen war und mir die Schuld ins Gesicht geschrieben stand.

»Ich freu mich, dass du Spaß hattest.« Sie musterte mich ein paar Sekunden lang, und ich dachte schon, sie würde

Einzelheiten wissen wollen, aber sie strich mir nur über die Haare, bis ihre Hände an meinen Wangen ruhten. »Du siehst glücklich aus, Juju.«

Ihre Stimme brach zum Satzende hin, und sie wandte sich ab, um sich die Hände am Spülbecken zu waschen, *rechts für kalt*/frío, *links für heiß*/caliente, und ich huschte unbemerkt davon.

Mein Herz stand immer noch unter Strom, als ich später die Fotos herunterlud. Aber als ich sie dann auf dem Bildschirm sah, wurden sie dem, was Emilio und ich soeben zusammen erlebt hatten, nicht annähernd gerecht.

So war das mit Bildern. Egal wie wunderschön sie waren, es gelang ihnen nicht, den Teil des Augenblicks einzufangen, der sich aus tief empfundenen Gefühlen speiste. Das Leben war durch eine Linse betrachtet ein anderes, die Farben leuchteten weniger, die Schönheit besaß weniger Glanz.

Bis man auf den Auslöser drückte, gehörte der Augenblick längst der Vergangenheit an.

Ich nippte Matetee aus einem von Celis handbemalten Bechern, einem großen weißen mit Sonnenblumen, schloss die Augen und sog den bierbitteren Duft des Tees tief ein.

Ich brauchte ganz gewiss keine Fotos, um mich daran zu erinnern, wie ich heute über den Canyon geblickt hatte, wie klein ich mich gefühlt hatte, während wir zusahen, wie die Welt zu Staub wurde. Um mich daran zu erinnern, wie es war, in Emilios Armen zu liegen, seine Lippen auf meinem Schlüsselbein zu spüren, mit den Fingern die Linien auf seiner Landkarte aus Narben nachzufahren. Ich brauchte keine

Fotografien, um an das alles zu glauben. Um mich daran zu erinnern, dass ich es erlebt hatte, selbst wenn ich dazu verdammt war, es eines Tages zu vergessen.

Bilder erzählten einem sowieso nicht die ganze Geschichte. Das war die andere Sache an ihnen – sie waren stets ein sorgfältig ausgewählter flüchtiger Eindruck, eine Momentaufnahme, die man aus dem Zusammenhang gerissen hatte. Meine Bilder von Papi und Emilio und ihrer Arbeit am Motorrad fingen die Erfolge ein, die guten Tage, aber Papis Anfall in der Drogerie hatte ich nicht dokumentiert. Die Arzttermine. Die Sorgenfalten, die sich im Zuge der vielen schlechten Nachrichten in Moms Gesicht gruben. Selbst das Erinnerungsalbum, das ich Zoe geschenkt hatte, war nur eine Illusion, ein Band mit absoluten Höhepunkten, das über die weniger schönen Episoden hinwegspulte.

Mit Bildern schnitten wir die Realität in Stücke. Wir wählten nur die kostbarsten Momente aus und entsorgten den Rest, als hätten sie nie stattgefunden.

Genau wie El Demonio es tat.

»Du bist noch spät wach, *queridita.*« Beim Klang von Papis Stimme sah ich von meinem Computer auf. Er lehnte am Türrahmen, ein altes Harleyhandbuch unter den Arm geklemmt, von dessen Seiten mir hundert blaue Post-it-Fähnchen zuwinkten. »Ich konnte auch nicht schlafen. Ay, deine Mutter schnarcht wie eine Horde Bären!«

»Ich vermute, du hast dich selbst aufgeweckt, Papi. Mom schnarcht nicht.«

Er lachte. »Das tut ihr alle, *querida*. Glaub mir. Wie war die Fahrt?«

»Einfach umwerfend.« Meine Wangen schmerzten, so

breit war mein Lächeln. »Es war der Wahnsinn. Die Aussicht war fantastisch.«

Unter anderem.

Die Fältchen, die sich um Papis Augen bildeten, zeugten von seinen Emotionen. »Es tut mir leid, dass ich es nicht geschafft habe, dich einmal selbst mitzunehmen, Juju. Wenn man jung ist, denkt man, man hätte noch alle Zeit der Welt, und dann kommt das Leben, und ein Tag geht in den anderen über, und ehe man sich's versieht ...« Er sah mich an und zwinkerte mir zu. »Hör nicht auf diesen jammernden *viejito*.«

Ich lächelte und beobachtete ihn, während er mich musterte, und ich fragte mich, wie viel er von dem, was mit ihm geschah, tatsächlich verstand. Spürte er es jedes Mal, wenn der dreckige Dämon eine weitere Erinnerung verschlang? War es wie ein Schaben, ein Nagen? Ein unerklärlicher, quälender Verlust? Hörte er es? Wusste er, wann es passieren würde, welche Gedanken oder Wörter oder Gesichter der Dämon als Nächstes verzehren würde? Welche Teile seiner Lebensgeschichte auf dem Boden des Schneideraums enden würden?

»Schön, dass du Spaß mit Emilio hattest«, sagte Papi. »Ich wusste, er würde gut auf dich aufpassen. Dieser Junge weiß, was er tut.«

Oha, da sagst du was. Ich zitterte bei der Erinnerung an den heutigen Tag, aber Papi schien nicht zu bemerken, dass mein zentrales Nervensystem von einem Wust elektrischer Kabel ersetzt worden war.

»Sieh dir mal die vielen verschiedenen Teile an, *queridita*. Er kennt sie alle in- und auswendig.« Papi legte das Harleyhandbuch auf meinen Schreibtisch und zeigte mir ein Schaubild mit kohlefarbenen Windungen aus Metall und Getriebe. Er kreiste Dinge mit dem Finger ein und benannte sie, als würde er mir helfen, für einen Biologietest zu lernen.

In Wahrheit hatte er mir nie bei den Hausaufgaben geholfen – diese Aufgabe war immer meinen Schwestern zugefallen, und dann war ich zu alt dafür geworden und hatte stattdessen mit Zoe und Christina im *Witch's Brew* gelernt. Aber Lourdes – ihr musste er geholfen haben. Und Celi auch. Ich stellte mir vor, wie sie dicht gedrängt um den Küchentisch herum saßen und eine dieser Matheaufgaben über Zuggeschwindigkeiten ausknobelten oder irgendein Wortassoziationsding. Wahrscheinlich war er richtig gut darin gewesen, klug und geduldig.

Konzentrieren Sie sich auf die guten Erinnerungen, die Sie mit Ihren Lieben verbinden. Familienmitglieder empfinden es oft als tröstlich, sich daran zu erinnern, wie die Person einst war, und nicht daran, wie die Krankheit sie verändert hat. Bewahren Sie sich diese kostbaren Momente …

Das stand in einer der Broschüren. Es war etwas, das ich mir in den ersten Tagen nach der Diagnose immer wieder vorgebetet hatte. Es hörte sich nach einem guten Ratschlag an, und ich bin sicher, bei vielen Menschen funktionierte er. Aber was war, wenn alle Erinnerungen, die man an eine Person hatte, jemand anderem gehörten?

Gott, meine Schwestern hatten so viele. Ich hatte sie mir angehört, sie anprobiert und ausgeborgt, als wären es meine eigenen. Ein Backgammonspiel bei Kerzenlicht, als eines Nachts der Strom ausfiel. Das Zelten im Rocky-Mountain-Nationalpark, jene Wanderung die Twin Sisters hinauf und die Sache mit den Dickhornschafen. Wie sich alle ins Auto gequetscht hatten, um das *Jurassic Park*-Doublefeature im Autokino von Silver Gorge zu gucken. Sogar die Geschichten darüber, wie meine Schwestern ihre Namen bekommen hatten, waren magisch: Lourdes nach Moms Großmutter, die ihr Leben im Kampf für mehr Frauenrechte in Argentinien riskiert hatte. Mariposa, Schmetterling, nach den leuchtend blauen und orangefarbenen Schmetterlingen, die eine Woche vor der Geburt meiner Schwester den Garten meiner Eltern bevölkert hatten. Araceli, Himmelsaltar, die Mom Wehen in einem Flugzeug beschert hatte und nach einer Notlandung in einem Krankenwagen auf dem Flugfeld geboren wurde. Ihre Namen hatten eine persönliche Erinnerungsgeschichte, völlig anders als der meine, der, wie meine Schwestern mir gerne unter die Nase rieben, hastig ausgesucht worden war und von der ersten Sache herrührte, die meiner Mutter nach der Geburt ins Auge gefallen war: der von einer Kette baumelnde Anhänger der Ärztin.

Der heilige Judas, Schutzpatron in schweren Nöten und verzweifelten Situationen.

Meine Schwestern bekamen die guten Sachen zuerst. Alles, was mir von ihren kostbaren Momenten blieb, waren Eindrücke, Schatten des Ursprünglichen, zusammengeschustert aus den verblassten Erinnerungsfetzen, in denen sie schwelgten; Bruchstücke und Splitter, die sich beim Erzählen jedes Mal neu zusammensetzten.

Wie so viele Dinge in meinem Leben waren die besten Erinnerungen an meinen Vater ein Vermächtnis, das an mich weitergereicht wurde wie ihre Klamotten, ihre Spielsachen oder der Vargas-Schwur.

Bis ich draußen im Schuppen unter der blauen Schutzabdeckung die Harley entdeckt hatte.

Das Motorradprojekt war eine Sache zwischen mir und Papi, eine wahre Geschichte, die nur er und ich teilten. Jedes Mal, wenn wir über die Maschine sprachen oder Emilio dabei zusahen, wie er Teile ab- und anschraubte, erzählte Papi mir von seinem Leben in Argentinien – wilde, unglaubliche Geschichten, aus den Teilen seines Kopfes zutage gefördert, die unter einem Erdrutsch aus Ehe und Elternschaft und beruflichem Werdegang begraben worden waren. Geschichten, die meine Schwestern und meine Mutter noch nie gehört hatten. Jede war wie ein Juwel, das ich in einer Schachtel unter dem Bett aufbewahren konnte, etwas, das ich hervorholen und ins Licht halten konnte, wann immer ich Sehnsucht nach seiner Besonderheit verspürte.

War das der Grund, warum ich so begierig darauf gewesen war, mit dem Motorrad zu helfen? Damit ein Stück von Papi ganz mir gehörte?

Arbeitete Papi deshalb weiter daran und las das Handbuch und trug die Lederjacke? Für mich?

Ein Tag geht in den anderen über, und ehe man sich's versieht …

»Papi?«

Er zuckte beim Klang meiner Stimme zusammen, die Augen verhangen vom Anblinzeln des Handbuchs. Er brauchte einen Moment, um das Geräusch zu verarbeiten. Ich konnte beinah die Synapsen hinter seinen Augen feuern sehen, die langsame Wanderung der Elektrizität an den Nervenbahnen entlang zum Ablagesystem seines Kortex, wo mein Bild und mein Name und alle benötigten Informationen abgeholt wurden.

»Ich muss dich etwas fragen«, sagte ich. »Es ist was Wichtiges.«

Er klappte das Buch zu, faltete seine Hände über dem Deckel und trommelte mit den Fingern darauf. »Bist du sicher, dass du nicht lieber mit deiner Mutter reden möchtest? Sie versteht sich bestimmt besser auf solche Dinge. Oder deine Schwester. Ich kann sie holen, falls …«

»Nein! Es geht nicht um … Es ist keine Frauensache oder so.«

Er stieß einen erleichterten Seufzer aus und wischte sich mit der Hand über die Stirn. »In dem Fall ist dein Papi dir gern zu Diensten. Aber danach gucken wir *Vier für ein Ave Maria*. Unser Freund Tuco aus *Zwei glorreiche Halunken* spielt darin mit.«

Papi räusperte sich für die unvermeidliche Tuco-Imitation.

»Es gibt zwei Arten von Menschen, Juju. Die einen gucken mitten in der Nacht Western, und die anderen werden von ihrem Vater enterbt.«

»Wenn du es so formulierst …« Ich sah ihm in die Augen und wappnete mich dagegen, das Schlimmste zu hören. »Papi, arbeitest du gern an dem Motorrad? Macht es dir Spaß? Es ist dir nicht zu viel oder so?«

»Zu viel. Also das ist eine bedeutsame Frage, hm?« Papi trommelte wieder mit den Fingern auf das Handbuch. »Was meinst du, Panqueque? Arbeiten wir gern an Valentina?«

Bei der Erwähnung seines spanischen Namens erhob sich der Hund von seiner Decke, die vor dem Bett auf dem Boden lag, und trottete zu uns herüber, um Papis Bein mit der Schnauze anzustupsen.

»Es gibt nichts, was ich lieber tun würde, als mit dir und Emilio an der Harley zu arbeiten. Fakt ist ...« Er verstummte, und sein Blick schien sich auf etwas in der Ferne zu richten, etwas draußen auf dem Flur.

»Alles okay?«, fragte ich.

Er kniff die Augen fest zu, doch als er sie wieder öffnete, waren sie so klar wie der Animas. »*Sí*. Ich will wieder auf ihr fahren, *queridita*. Das habe ich beschlossen. Ein Mal noch, sobald sie fertig ist. Was denkst du?«

Ich wollte protestieren, ihn an die Warnungen der Ärzte erinnern, auf sein Herz, seinen Kopf zu achten und keine Risiken einzugehen. Aber die Worte zerfielen auf meinen Lippen zu Staub, als ich an meine Fahrt zurückdachte, das Knattern des Motorrads, den peitschenden Wind in meinen Haaren.

Gib dich nicht mit irgendwas zufrieden ... Du entdeckst etwas, die Aussicht auf etwas Großartiges, du gehst hin und holst es dir. Du nimmst deine Schlüssel, springst auf dein Motorrad und fährst los, ohne etwas zu bereuen.

»Ich denke, es gibt zwei Arten von Menschen, Papi. Die trüben Tassen und die mit Klasse.« Ich erwiderte sein breites Lächeln, löschte die Bilder vom Million-Dollar-Highway und schob den Fotoapparat in die Schublade des Schreibtisches, außer Sichtweite. »Du hast Klasse.«

23

Nicht komisch sein, nicht komisch sein, nicht komisch sein …

Bis Emilio am nächsten Morgen zur Arbeit erschien, hatte ich mir selbst eine komplette Gehirnwäsche verpasst – falls so etwas überhaupt möglich ist –, mich wegen dem, was zwischen uns vorgefallen war, nicht seltsam zu benehmen. Tatsächlich wären mir seine Lippen als Letztes in den Sinn gekommen. Na gut, als Zweitletztes. Drittletztes? Also schön. Sie waren im Grunde die Hauptattraktion, aber das würde ich mir nicht anmerken lassen. Außerdem konnte ich es kaum erwarten, ihm von Papis Plänen zu erzählen – ein sicheres und kussfernes Thema, auf das wir uns einigen konnten.

»Stell dir vor.« Ich schlenderte in den Schuppen und strich mir im Gehen die Haare glatt. Es regnete, ein seltenes Gewitter, und meine Haare waren ungefähr fünfmal so aufgeplustert wie normal. Als Emilio mich sah, lächelte er, Grübchen und mutwilliger Blick inklusive, und mich durchzuckte ein Stromschlag.

»Soll das eine Aufforderung sein?«, fragte er.

Ich versuchte, ein Grinsen hinter meinen Steppenläuferhaaren zu verstecken, aber Emilios Blick ruhte nach wie vor auf mir.

Valentina stand wieder auf der Hebebühne und Emilio tauchte hinter ihr auf und streckte sich. Er trug heute das blaue Kopftuch, und es sorgte dafür, dass seine Augen sich strahlend von seiner gebräunten Haut abhoben. »Wie hast du geschlafen?«

»Gar nicht.« *Ich hab nur, du weißt schon, alles, was vor vierundzwanzig Stunden passiert ist, wieder und wieder in meinem Kopf Revue passieren lassen und stehe kurz vor dem Herzinfarkt, und ist es heiß hier drin? Ich finde, es ist ganz schön heiß hier drin.* »Ich hatte gestern eine gute Zeit. Danke für den Ausflug. Und den Shake. Und … alles.«

»Alles, hm?« Stoppeln, Grübchen, Narbe. Mal wieder Verschmitztheit in seinem Blick. Und noch etwas, etwas Neues. Einvernehmen, vielleicht. Verlangen. Ich sah es, und er sah, dass ich es sah, und als er erneut lächelte, war der Schmetterlingsschwarm in meinem Bauch zurück.

»Was soll ich mir denn vorstellen?«, fragte er.

»Wie bitte?«

»Du hast gesagt …«

»Ach ja! Papi möchte Valentina fahren«, sagte ich. »Später. Wenn sie repariert ist und Mari zurück nach Denver geht.«

»Was hast du ihm gesagt?«

»Nichts. Er hatte seinen Entschluss schon gefasst.«

Emilio brummte und wandte sich wieder dem Motorrad zu. Ich beugte mich über ihren Rücken und beobachtete, wie er einen Haufen Schrauben durchwühlte, bis er die richtige gefunden hatte.

Warum versucht er nicht, mich zu küssen?

»Ich weiß, sie ist noch nicht registriert«, sagte ich. »Aber vielleicht könnte er ums Haus fahren oder so. Du könntest sie für ihn herrichten, sicherstellen, dass der Sitz die richtige Höhe hat und alles. Stimmt's?«

Er zog eine Schraube fest, löste sie wieder, nahm sie ab, schrubbte sie mit einer Drahtbürste, brachte sie erneut an, zog sie mit einer Zange fest, deren Namen ich vergessen hatte. Nicht die Lakritzdingsbums.

»Ich meine, falls du bis dahin noch nicht unterwegs bist«, sagte ich.

Der Regen wurde stärker, und das plötzliche metallische Trommeln auf dem Schuppendach verschluckte alle Geräusche, ließ die Außenwelt zu einem trüben Mischmasch zerfließen und schärfte alles andere bei uns drinnen. Ich brauchte nur die Augen zu schließen, so war ich überzeugt, und würde den Dreck auf dem Boden schmecken, den Takt meines eigenen Herzens riechen, das mir bis zum Halse schlug.

Ich wich gegen die Werkbank zurück, weg vom Motorrad, weg von Emilio. Eine Weile sagte keiner von uns etwas, wir lauschten einfach dem Regen auf dem Dach, dem Klirren und Klappern der Werkzeuge. Er bat nicht um Hilfe. Er erklärte nicht, was er gerade reparierte. Er fragte nicht nach Papi.

Es war amtlich: Er benahm sich seltsam.

»Was ist heute mit dir los?«, fragte ich schließlich und zwang mich zu einer Unbeschwertheit, die ich nicht fühlte. »Du benimmst dich total, na grüblerisch und emo.«

»Die Maschine verliert Öl. Eine der neuen Dichtungen muss hin sein.« Er stand wieder auf und kroch hinter Valentina hervor. Mit langsamen, bedächtigen Schritten kam er auf mich zu. Sein Blick ruhte die ganze Zeit über auf mir, seine schwarzen Haare lockten sich unter dem Kopftuch.

»Was du nicht sagst, Emo-Boy. Du bist nicht irgendeine Art von Vampir, oder?« Ich probierte es mit einem flirtenden Lächeln, aber ihm konnte das Zittern in meiner Stimme nicht entgangen sein, die tausend Volt, die immer noch zwischen uns summten.

Er beugte sich zu mir vor, als er die Werkbank erreichte, streichelte mit den Fingern die Stelle unter meinem Ohrläppchen, direkt über dem Puls. Er drückte seine Lippen auf meine Haut, vom Ohr bis zum Schlüsselbein und wieder hinauf, und kurz bevor ich in Flammen aufzugehen drohte, löste er sich von mir, um mir in die Augen zu schauen. Eine gewisse Verletzlichkeit stahl sich in seinen Blick, wie in dem Moment, als ich tags zuvor seine Narbe berührt hatte. Ich blinzelte, und dann war sie verschwunden, und Emilio ließ die Hand fallen und trat einen Schritt zurück.

»Meinst du, du kannst aufhören, von Vampiren zu träumen und die Ölwanne für mich finden?«, fragte er. »Eine, die nicht aus echtem Silber ist?«

»Silber ist für Werwölfe. Vollkommen andere Baustelle.« Ich hüpfte von der Bank und kramte die Sachen durch, die darunter standen, bis ich die Wanne gefunden hatte. »Und ich träume nicht von Vampiren. Die ganze Blutsaugerei … igitt. Meine Schwestern haben mich gezwungen, diesen Vampirfilm aus den Achtzigern zu gucken, als ich noch klein war. *The Lost Boys*? Hat mich fürs Leben gezeichnet.«

Emilio stellte die Wanne unter das Motorrad. »Mich auch. Ich hasse diesen Film.«

»Angst vor Fledermäusen?«

Emilio fuhr sich mit dem Unterarm übers Kinn, was einen schwarzen Schmutzfleck in seinen Stoppeln hinterließ. »Mädchen.«

»Du. Und Angst vor Mädchen.« Ich dachte an unsere gemeinsamen Jahre an der Blackfeather High, die Wolke aus glitzerndem Make-up und kurzen Röcken, die ihn stets umgeben hatte. Rosette, die an ihm hing wie eine Klette. Mich, auf dem Million-Dollar-Highway. »Schon klar.«

»Im Ernst. Erinnerst du dich an dieses Mädchen namens Star aus dem Film? Ich war schrecklich in sie verliebt. Ich habe ihr einen Brief geschrieben und sie gebeten, mich zu heiraten. Nachdem sie mir einen Monat nicht geantwortet hatte, habe ich zwei Tage lang nichts gegessen. Zurückweisung schmerzt, *princesa*. Ich war völlig fertig.« Emilio fuhr sich mit der Hand über sein Kopftuch und schüttelte den Kopf. »Scheiße. Ich kann nicht glauben, dass ich dir das erzählt habe.«

Okay, ich wollte nicht lachen. Bestimmt nicht. Ich versuchte es wegzuhusten, hatte damit aber keinen Erfolg.

»Warum machst du dich über mein gebrochenes Herz lustig?« Emilio fasste sich ans Herz und runzelte die Stirn, aber die Grübchen verrieten ihn. »Niemand sonst weiß davon. Samuel nicht, noch nicht mal meine Ma.«

»Jetzt muss ich also gegen Rosette *und* Star antreten? Harte Konkurrenz.«

Es war als Witz gedacht – größtenteils –, aber Emilio lachte nicht oder revanchierte sich mit einer schlagfertigen Antwort. Er legte seine Zange weg und sah mir in die Augen. Der Schmierfleck zog sich noch immer über sein Kinn, und ich konzentrierte mich auf seine Schwärze, während ich darauf wartete, dass er einen Witz riss, und hoffte, nicht schon wieder das Falsche gesagt zu haben.

Warum ist das alles auf einmal so schwer?

»Hey«, sagte ich. »Ich habe doch nur Spaß …«

»Komm mit mir«, flüsterte er. Er sagte es rasch und undeutlich, ich war nicht sicher, ob ich es wirklich gehört hatte. Ich blickte zur offenen Schuppentür hinaus. Draußen prasselte der Regen auf die Erde und die Espenblätter schwankten unter seinem unablässigen Ansturm. Als ich mich wieder umwandte, stand Emilio direkt vor mir.

»Ich möchte, dass du mit mir kommst. Die Straße siehst. Sag … sag einfach ja.«

»Welche Straße?«

»Jude.« Er nestelte am Saum seines T-Shirts, beschmutzte es mit Schmierfett. »Meinst du das ernst? Du weißt, welche Straße.«

»Grand Canyon?« Meine Stimme war leise und zitterte. »Das Meer?«

»Alles.«

Kein Lächeln, kein Scherz, keine Grübchen. Sein Blick war starr auf mich gerichtet, und mein Herz pochte dumpf, als ich mir ausmalte, dass wir wieder auf seinem Motorrad saßen und ich die Wärme seines Körpers wahrnahm, als wir uns in die Kurven legten, den Geruch nach Leder, den Geschmack der Sommerluft auf dem freien Highway. Ich schloss die Augen. Meine Haut kribbelte, als wären wir bereits da, als stünden wir am Rand des Canyons, während die ersten glühenden Sonnenstrahlen durch die Nebelschleier brachen. Die Felsen dort waren röter, staubiger, schroffer, so stellte ich mir vor. Ich könnte meine Arme um seine Taille schlingen und alles andere vergessen. Alles, was ich je gekannt hatte.

Ich könnte zurückblicken und zusehen, wie das lange graue Band der Straße sich auflöste, während wir zugleich in die Zukunft und in die ferne Vergangenheit brausten.

Ich schlug die Augen auf und sah mich im Schuppen um, ließ den Blick über die schief gestapelten Kartons voll staubbedeckter Erbstücke und lang vergessener Erinnerungen schweifen.

Ich könnte all das hinter mir lassen. Ich könnte mit ihm zusammen sein.

»Komm mit mir«, sagte Emilio wieder. Er holte die Schlüssel aus seiner Hosentasche und ließ sie vor meiner Nase baumeln wie eine tickende Uhr. Ein Versprechen und eine Drohung. Sein Lächeln war einmal mehr neckend und sexy, so entwaffnend wie in meinen Träumen, aber seine Augen blickten ernst. Verletzlich. Hoffnungsvoll.

Ich griff nach den Schlüsseln, und er schnappte sich meine Hand, zog mich an sich. Seine Lippen strichen über meine und jagten einen weiteren heißen Schauer über meinen Rücken.

»Meine Schwester kann jeden Moment aus dem Haus kommen!« Ich wand mich aus seinem Griff, aber mein Protest war nicht sehr überzeugend.

Er fuhr mit den Fingern durch meine Haare, brachte die Spitzen an seine Lippen. »Versuch's nicht mal, *princesa.*«

»Oder was sonst?«, flüsterte ich.

Zuckende Mundwinkel. Eine gehobene Augenbraue. Grübchen, die aufblitzten. Ich schloss die Augen und seine

Lippen waren auf meinen und dämpften den Wolkenbruch draußen zu einem leisen, fernen Grollen.

Er wanderte von meinen Lippen zu meinem Hals, dann hinauf zu meinem Ohr. Seine Zunge fuhr über mein Ohrläppchen, seine Zähne zupften sanft daran. Sein Atem war heiß, und mein Kopf bekam eine Gänsehaut, als er erneut sprach, tief und kratzig. »Du weißt genau, du kannst nicht genug davon kriegen, mit mir Motorrad zu fahren.«

Ich rückte von ihm ab, damit ich ihm in die Augen sehen konnte.

»Sag ja.« Emilio strich mit seinem Daumen über meine Unterlippe. Ich schmolz dahin.

»Da sind wir endlich.« Wir schraken beide zusammen, als Mari sich mit Papi unter der Schuppentür hereinduckte. Der Regen hatte nicht nachgelassen, und sie fuhr sich mit den Fingern durch das kurze Haar, um das Wasser herauszuschütteln.

»Wie steht's? Wer hat gewonnen?« Ich schob die Hände in die Hosentaschen und hoffte, die Beweislast meiner zerzausten Haare und roten Lippen wäre nicht allzu erdrückend. Aus dem Augenwinkel sah ich Emilio an der Werkbank stehen und so tun, als suche er nach Werkzeugen, während er seinen Atem wieder unter Kontrolle brachte.

Mari hakte sich bei Papi ein. »Ich. Erinnere mich daran, nie wieder Scrabble mit ihm zu spielen – er schummelt die ganze Zeit.«

»*Perro* ist ein Wort«, sagte er.

»Ja, auf Spanisch.«

Papi zuckte mit den Schultern, aber in seinem Blick lag eine gewisse Traurigkeit, eine gewisse Kapitulation.

Sie hätte ihm *perro* lassen sollen.

»Wir gehen uns ein Eis holen«, sagte Mari. »Sollen wir euch eins mitbringen?«

»Himbeer in der Waffel«, sagte Emilio.

»Warte.« Ich stolperte tollpatschig auf Mari zu. »Ich komme mit euch in die Stadt.«

24

Es hatte endlich aufgehört zu regnen, aber die Straßen von Old Town waren nass und grau und verlassen, und ein Großteil der Touristen hatte sich in die Läden und Restaurants geflüchtet, um auf die Sonne zu warten. Die Schlange bei Onkel Fuzzy wand sich dreimal durch den ganzen Laden, und bei jedem Schritt vorwärts wollte ich Mari packen und ihr alles beichten, ihr jedes Detail vom Million-Dollar-Highway erzählen, jede Kleinigkeit, die Emilio im Schuppen zu mir gesagt hatte. Er wollte, dass ich mit ihm fuhr. Dass ich den Südwesten sah und das Meer. Dass ich an seiner Seite war.

Fünf Mal machte ich den Mund auf, um etwas zu sagen. Fünf Mal klappte ich ihn wieder zu. Und dann waren wir dran und bestellten das Übliche – Minzeis mit Schokostückchen und warmer Schokoladensoße für Papi, einen Milchshake mit Erdbeergeschmack für Mari und Schokoladeneis mit Karamellerdnussbuttersoße für mich –, und Papi sah dem Mädchen hinter dem Tresen dabei zu, wie es frische Beeren und Eiscreme für Maris Getränk verquirlte. Über den Lärm des Mixers hinweg erzählte Mari mir von einer Buchserie mit Hexen und Zauberern, die sie vor Kurzem verkauft hatte, und dass sie in ein paar Tagen nach New York müsse, um sich mit dem Autor und dem Verleger zu treffen. Ihr Gesicht leuchtete, während sie davon sprach. Mari brachte so viel Leidenschaft für ihre Arbeit auf – für eigentlich alles im Leben –, und obwohl wir nicht immer einer Meinung waren, bewunderte ich sie dafür.

»Deine Autoren haben Glück, dass sie dich haben.« Es fiel mir schwer, ihr in die Augen zu sehen, daher konzentrierte ich mich stattdessen auf das Poster eines gigantischen Brownies mit Eiscreme und Schokosoße an der Wand hinter ihr. »Und ich auch.«

Natürlich war das genau der Moment, in dem der Mixer ausging, sodass ich es total laut herausposaunte, und Maris Lächeln wurde zu einem Kichern, und ich lachte auch, und Papi beobachtete weiter das Mädchen hinter dem Tresen, als wäre die Bearbeitung unserer Eiscremebestellung die erstaunlichste Tat, die je ein Mensch vollbracht hatte.

Mari lenkte die Unterhaltung auf das College und wärmte die Pläne wieder auf, über die wir vor Monaten gesprochen hatten. Wie sie mir helfen würde, mein Wohnheimzimmer einzurichten, und mir die Stadt zeigen würde. Um ehrlich zu sein, war ich so beschäftigt mit dem Motorrad und Papi gewesen, und dann mit der ganzen Sache mit Emilio … Die Universität von Denver war wie eine Stimme aus weiter Ferne, die vom Ende eines langen Tunnels zu mir schallte. Wenn ich versuchte, mir vorzustellen, wie ich über den Campus lief, meine Zimmergenossin kennenlernte, etwas vom Thailänder ins Wohnheim bestellte, schien es das Leben einer anderen Person zu sein.

Mari fragte nach meinem Hauptfach, fragte, ob ich schon darüber nachgedacht hätte, im Verlagswesen zu arbeiten, ein

Praktikum in ihrer Agentur zu machen. Natürlich hatte ich das, aber worüber ich wirklich gern mit ihr gesprochen hätte, war das mit Emilio und dass er überhaupt nicht wie seine Brüder war. Ich wollte ihr von unserem Million-Dollar-Tag erzählen. Wie es sich anfühlte, wenn er mich küsste. Von seiner Einladung, die immer noch zwischen uns im Raum stand.

Ich wollte ihr erzählen, dass ich sämtliche Vargas-Warnungen ignoriert hatte, sämtliche Gefahrenanzeichen. Ich war um das Sicherheitsband herumgetreten und über die Kante gestürzt.

Sich nie auf einen Vargas einlassen? Bitte. Ich war schon vor Wochen am *Einlassen* vorbeigesegelt. Auf den Leim gegangen, tief verstrickt, bis über beide Ohren drinsteckend.

Das waren inzwischen bessere Beschreibungen dafür, und das auf den Leim gegangene, tief verstrickte, bis über beide Ohren drinsteckende Herz pochte dumpf in meiner Brust.

Mari hatte sich während der Zeit, die sie bei uns verbracht hatte, verändert, war in mancher Hinsicht nachgiebiger geworden. Sie würde sich vielleicht sogar für mich freuen. Und überhaupt, sie war meine Schwester, meine Lieblingsschwester, und ich wollte, dass sie alles erfuhr, komme, was wolle.

Jetzt oder nie.

»Mari, ich glaube, es könnte sein, dass ich …«

»Was ist das?« Papis Stimme dröhnte wie ein Presslufthammer und wir waren schlagartig alarmiert. Er hatte seinen Becher vom Tresen genommen – Minzeis mit Schokostückchen, den er vor gerade mal zehn Minuten bestellt hatte – und stocherte nun mit dem Finger darin herum, wobei er so finster guckte, als hätte er eine Grille in der Schokoladensoße entdeckt.

»Das ist dein Eisbecher.« Mari breitete die Arme aus, als wolle sie sagen: Was sonst?

»Die Sorte habe ich nicht bestellt, *querida*.«

»Doch, hast du, Papi.« Mari redete mit leiser, beruhigender Stimme, als spräche sie mit einem trotzigen Kind. Sie legte ihm die Hand auf den Arm und zog ihn zu einem Tisch, der gerade frei geworden war. »Es ist deine Lieblingssorte, weißt du nicht mehr?«

Wut breitete sich blitzartig auf seinem Gesicht aus, sämtliche Muskeln verkrampften, und seine Miene verzerrte sich.

»Es tut mir leid, Sir«, sagte das Mädchen nervös. »Wollten Sie etwas anderes?«

»Ich will, dass Sie meine Bestellung auf die Reihe kriegen, das ist es, was ich will.«

»Es ist doch nur Eiscreme«, flüsterte Mari. Ihre Finger hoben sich weiß gegen Papis Arm ab.

»Das ist mir klar, Mariposa, aber es ist nicht das, was ich bestellt habe. Wenn sie noch nicht einmal eine simple Bestellung richtig hinbekommen, woher sollen wir dann wissen, dass sie uns nicht übers Ohr hauen? Woher wissen wir dann, dass sie uns nicht zu viel berechnet haben? Sie sind Diebe.« Papi knallte den Eisbecher auf den Tresen. Der rote Plastiklöffel flog durch die Luft und verteilte auf seinem Weg Richtung Fußboden großzügig Schokoladensoße. »Diese Leute sind Kriminelle. Ich will mein Geld zurück.«

»Kein Problem, Sir. Das kann ich machen.« Das Mädchen pflasterte sich ein nervöses Lächeln aufs Gesicht. »Wenn Sie sich bitte beruhigen würden, ich hole …«

»Sie wollen, dass ich mich beruhige? Damit Sie mich noch mal hereinlegen können?«

»Möchtest du vielleicht etwas anderes?« Maris Stimme zitterte und ihr Blick huschte die Touristenschlange entlang. Sie hatten begonnen, uns anzustarren und sich auf die Tür zuzubewegen.

Ich legte Papi die Hand auf den Arm, als wäre ich gerade erst dazugekommen. Ich hielt ihm meinen Schokoladenbecher mit Karamellerdnussbuttersoße hin, meine eigene Lieblingssorte, die ich mir bisher noch jedes Mal bestellt hatte, und zwar schon seit der Zeit, ehe ich über den Tresen gucken konnte. »Ich glaube, du hast aus Versehen meinen bekommen, Papi.«

Papi bohrte den Finger mitten in mein Eis und zog ihn mit etwas Sahne beladen wieder heraus. Ich hielt den Atem an, als er ihn sich in den Mund steckte und die Augen schloss.

Ein Lächeln breitete sich auf seinem Gesicht aus. »Also bist *du* der Dieb.«

Vor Erleichterung brachen Mari und ich in albernes Gekicher aus. Papi musterte uns verwundert, den Kopf zur Seite geneigt wie Pancake, wenn er auf Kaninchen horchte.

Ich entschuldigte mich bei dem Mädchen hinter dem Tresen mit den üblichen Ausflüchten – er ist müde, er ist verwirrt – und stopfte einen Zwanziger in ihr Trinkgeldglas. Ich hatte jedoch nicht für alle in der Eisdiele einen dabei, und die Touristen beobachteten uns weiter mit einer Mischung aus Neugierde und Unbehagen, als wir uns an unseren Tisch setzten.

Ich hatte meinen Frieden mit Papis Eisbecher geschlossen,

während er sich glücklich über meine himmlische Schokoerdnussbuttergeschmacksexplosion hermachte. Mari stocherte mit einem Strohhalm in ihrem Milchshake herum, aber sie hatte noch keinen Schluck davon getrunken. Als Papi quer durch den Raum schlurfte, um seinen Müll zu entsorgen, sah sie mich an. Ihr Gesicht war furchtbar blass.

»Woher wusstest du … Wie hast du ihn dazu gebracht, sich so schnell zu beruhigen?«, fragte sie. »Er mag Erdnussbutter nicht mal.«

»Man muss sich genau überlegen, welche Kämpfe man austrägt.« Ich kratzte das letzte bisschen Eis aus meinem Becher. »Manchmal ist es leichter, mitzuspielen oder zu versuchen, ihn abzulenken.« Ich dachte an den Wutanfall in der Drogerie, wie ich mit Emilio im Gang mit den Tampons gestanden und das Lied aus *Oklahoma!* gesungen hatte. Es kam mir vor, als sei das Jahre her.

»Minz-Schoko ist sein Lieblingseis«, sagte Mari.

Ich zuckte mit den Achseln. »Heute nicht.«

»Juju. Ich habe ihn mein ganzes Leben noch keine andere Eissorte essen sehen.«

»Die Dinge ändern sich.«

»Aber ich sage dir …«

»Mari.« Ich ließ meinen Eisbecher auf den Tisch knallen. »Ich weiß, es ist vollkommen verrückt. Ich weiß, es hört sich schlichtweg unmöglich an, dass er sich an jede Meile einer Motorradtour erinnert, die vor über dreißig Jahren stattgefunden hat, aber nicht an eine bescheuerte Eissorte. Oder dass er mir sagen kann, was er an dem Tag getragen hat, als er das Motorrad kaufte, aber sich nicht daran erinnert, wie er von dem Trampelpfad am Fluss aus, der bis zu unserem

Gartentor führt, nach Hause kommt. Er hilft Emilio das ganze Getriebe auseinanderzunehmen und weiß genau, wie jedes einzelne Teil heißt und wohin es gehört, aber letzte Woche habe ich ihn dabei ertappt, wie er versucht hat, Lourdes mit der Fernbedienung anzurufen. Es ist total schräg, und es ist nicht fair, und es macht uns alle fertig, aber so sind die Dinge jetzt nun mal.«

Mari putzte sich mit einer zerknüllten Serviette die Nase. »Ich hatte keine Ahnung, dass es so schlimm ist. Ich wusste, er hat sich schon öfter verlaufen und hier und da Dinge vergessen. Aber ich … Es tut mir leid. Ich weiß nicht, wie man das wieder in Ordnung bringen kann.« Es war nur ein Wispern, schwach und voller Schmerz, der mir in der Seele wehtat. »Du bist unglaublich. Du gehst so gut mit ihm um, und du hast alles genau richtig gemacht, und ich … ich weiß einfach nicht, was ich tun soll. Ich habe Angst, Jujube.«

Diese Mari hatte ich noch nie zuvor zu Gesicht bekommen, diese verletzliche Version des Mädchens, das einst gedroht hatte, eine ganze Familie zu kastrieren. Das wir Abrissbirne genannt hatten, das aus dem Fenster geraucht hatte und sechs- bis siebenstellige Summen für Buchverträge übers Telefon aushandelte.

Ich drückte unter dem Tisch ihr Knie. Papi war wieder da.

»Mir gefällt dieser Laden.« Er sah sich um, nahm alles in sich auf. »Ich frage mich, ob sie wohl Minz-Schoko-Eis haben?«

»Ich glaube, ja.« Ich sammelte unseren Müll zusammen. »Nächstes Mal solltest du das nehmen.«

Es hatte wieder angefangen zu regnen, und wir halfen Papi in Maris Auto und fuhren zum Haus zurück, während der Himmel dicke, fette Tränen weinte. Erst als wir wieder zu Hause waren, fiel mir auf, dass wir Emilios Himbeereis vergessen hatten.

Er stand vor uns in der Einfahrt, über und über mit Öl und Schmiere bedeckt, als wir aus dem Auto stolperten. Der Regen rann ihm in die Augen.

»Sie läuft«, sagte er. »Verflucht noch mal, sie läuft.«

25

Valentina stützte sich in der Mitte des Schuppens elegant auf ihren Motorradständer, die Hebebühne war hinter ihr verstaut. Emilio sprang auf den Kickstarter und sie erwachte gleich beim ersten Versuch zum Leben. Er gab etwas Gas und ließ den Motor aufheulen, und als er abstieg, lief Valentina weiter, ohne zu stottern.

»Ich hab's euch ja gesagt.« Er strahlte über das ganze Gesicht. Er war so stolz wie Valentina selbst und all die Schmetterlinge in meinem Bauch schlugen gleichzeitig mit den Flügeln.

Papi stieß einen ohrenbetäubenden Jubelschrei aus. Emilio gab ihm High Five, und als er sich zu Mari drehte, warf sie ihm die Arme um den Hals. Man stelle sich vor, eine richtige Umarmung!

»Ich fass es nicht, dass du das Ding wieder ans Laufen gebracht hast!«, sagte sie. »Hast du Papis Gesicht gesehen, Juju?«

Ich nickte, und in dem Moment schien ihr plötzlich aufzufallen, dass sie einen unverbesserlichen Vargas-Jungen umarmte. Sie ließ Emilio los und wich einen Schritt zurück. Ihr Mund war noch immer zu einem Lächeln verzogen, aber es verblasste allmählich, und sie strich sich abwesend das T-Shirt glatt.

Emilio versteifte sich, aber ich wandte meinen Blick Papi

zu, der mit einem Ausdruck reiner Glückseligkeit um das Motorrad herumging. Er blieb stehen, legte eine Hand auf sein Herz und die andere auf das Motorrad. Als er aufsah, waren seine Augen feucht.

»Das bedeutet die Welt für mich, Juju. Emilio. Du … ich kann nicht glauben …«

Das Motorrad hustete und knatterte, und Papi zuckte zusammen, obwohl der Motor nicht absoff und ausging.

Bitte sei okay, flipp nicht aus, es ist nur ein bisschen Lärm, es war ein langer Tag für dich …

»Machen Sie sich keine Sorgen deswegen. Sie gewöhnt sich nur gerade wieder ans Luftholen.« Emilio stellte Valentinas Motor ab. »Der letzte Dreck muss noch raus, und ich denke, wir sollten etwas Lack zum Ausbessern der vorderen und hinteren Kotflügel besorgen. Sie braucht auch einen neuen Sitz. Aber wenn wir erst mal alles angebracht haben, wird sie wieder ganz die Alte sein. Ich habe sogar den Rost vom Chrom entfernen können. Auf Hochglanz poliert, wird sie so gut wie neu sein.«

Mari brachte Papi ins Haus und wir waren wieder allein. Ich und Emilio und mein rasend schnell klopfendes Herz. Mir ging die Szene mit Papi in der Eisdiele nicht aus dem Sinn, wie müde er oft aussah, dass er immer weniger Zeit im Schuppen verbrachte, wie er sofort mit Mari nach drinnen gegangen war, als das Motorrad ihn erschreckt hatte.

Jetzt musste Emilio dringender als je zuvor seine Aufgabe beenden, damit Valentina lief wie eine Eins – kein Husten, kein Stottern mehr. Sie lackieren und polieren, damit sie so gut wie neu wäre, wie er es versprochen hatte.

Solange sie nur fertig wurde, bevor Papi zu krank wurde, um sie zu fahren.

»Was brauchst du noch?«, fragte ich. Er hob anzüglich die Augenbraue, aber ich schüttelte rasch den Kopf. »Für die Maschine. Sie muss hundertprozentig laufen. Und zwar bald.«

»Nur die Ruhe, *princesa*. Ich hab es fast geschafft.« Er lächelte neckend, aber in seinem Blick lag eine neue Zurückhaltung, ein Schatten, der über sein Gesicht glitt wie Wolken über den Himmel.

Zwischen uns breitete sich Schweigen aus. Ich malte mit der Fußspitze Kreise in den Staub, sah die Decke an, blickte ihm schließlich in die Augen. »Wie lange noch, was meinst du? Bis sie fertig ist?«

»Ich weiß es nicht, Jude. Ich werde dich über die Fortschritte auf dem Laufenden halten.« Emilio drehte sich auf dem Absatz um und griff nach seiner Werkzeugkiste.

Ich zupfte ihn am Arm. »Es tut mir leid. Ich benehme mich völlig verrückt. Wie üblich. Komm zurück.«

Sein Widerstand dauerte nur einen Herzschlag, dann drehte er sich um und sah mich erneut an. Er legte seine Hände auf meine Hüften, lehnte seine Stirn an meine. »Beantworte meine Frage. Ja oder nein? Wirst du mit mir kommen?«

Ja. Lass uns fahren. Auf der Stelle. Das hätte ich gerne gesagt. Aber mein sehnsüchtiger Wunsch besaß nicht die Kraft, sich mit Zähnen und Klauen gegen die Zweifel, die Ängste zu behaupten.

Emilio bot mir eine Chance, Staatsgrenzen zu überqueren, das Land zu erkunden, die Sonne an Dutzenden verschiedenen Orten auf- und untergehen zu sehen, unter dem unverwandten Blick des Großen Bären auf einem Motorrad daherzubrausen.

Mir war nicht klar gewesen, wie sehr ich mich danach sehnte, bis er die Worte ausgesprochen hatte. *Ich möchte, dass du mit mir kommst … sag Ja.*

Es war eine Reise, wie man sie nur einmal im Leben macht. Und sie wartete bloß darauf, dass ich mich zu ihr durchrang.

Aber verborgen hinter all den Wünschen, all den Tagträumen sah ich Papi, einen Mann, der Tausende Meilen zurückgelegt und eine Motorradgang angeführt hatte. Der mit einer Kellnerin geflirtet und Jaguaren davongefahren war. Danach war Valentina eingemottet worden und langsam unter einer Schutzhülle verrottet, und nun, da sie beinah repariert war, war es zu spät. Er würde vielleicht nie wieder die Chance bekommen, sie zu fahren. Niemals. Wieder.

Ich holte tief Luft, stieß sie dann langsam wieder aus und beobachtete, wie sie gegen Emilios Lippen schlug. Er erschauerte und flüsterte meinen Namen und in diesem Augenblick erkannte ich die ganze Wahrheit.

Ich war dabei, mich zu verlieben.

Ich war dabei, meinen Vater zu verlieren.

In Emilio Vargas.

An Rauch und Schatten.

Mein Herz flatterte.

Mein Herz schmerzt.

Begierig, es zu fühlen.

Begierig, es zu leugnen.

Das Leben.

Den Tod.

Möglichkeiten.

Enden.

Sterne glitzerten vor meinen Augen, als die Welt verschwamm und in ihren Grundfesten erschüttert wurde, und Emilio hauchte wieder meinen Namen, und alles an diesem Augenblick war ebenso grausam wie atemberaubend.

»Ich möchte mit dir kommen, Emilio«, flüsterte ich.

Er zog mich näher zu sich, umschlang mich mit seinen Armen.

Ich legte eine Hand auf seine Brust und spürte seinen Herzschlag unter meinen Fingerspitzen. »Aber ich kann nicht Ja oder Nein sagen. Es hängt von Papi ab, und dann sind da noch Mom und meine Schwestern und die Sache mit Valentina …« Ich schloss die Augen, atmete seinen Leder- und Weichspülerduft tief ein. »Ich sage nicht Nein. Nur … ich muss noch etwas darüber nachdenken. Aber es heißt nicht nein.«

»Nicht nein. Damit gebe ich mich für den Moment zufrieden.« Emilio löste meine Hand von seiner Brust und küsste die Innenfläche. Seine Lippen zogen seine Spur bis zu meinem Handgelenk, wo sie verweilten, ehe sie zart zu meiner Schulter weiterwanderten. Ich hielt die Augen geschlossen, während er meinen Nacken küsste, mein Kinn … und dann lag sein Mund auf meinem, und mir stockte der Atem.

»Bist du tatsächlich real?«, raunte ich an seinen Lippen. »Ja oder nein?«

»Du wirst mich noch umbringen, *princesa*.« Seine Worte glitten in meinen Mund, während unsere Körper sich aneinanderdrängten.

»Lass uns irgendwohin fahren.« Ich sprach schnell, verzweifelt bemüht, es zu sagen, ohne unseren Kuss zu unterbrechen. »Jetzt gleich. Mir ist egal, wohin. Nur bring mich …«

»Jude.« Maris Stimme ließ meine Schädeldecke vibrieren. Ich befreite mich aus Emilios Armen und drehte mich zu ihr um, als sie zur Tür hereinkam, aber es war zu spät – unsere Umarmung konnte ihr unmöglich entgangen sein. Das plötzliche Fehlen seiner Berührung fühlte sich so kalt und falsch an, dass ich meine Arme um mich schlingen musste, um ein Zittern zu unterdrücken.

Mari kochte vor Wut, sie hatte die Hände in die Hüften gestemmt. »Du hast Papi gesagt, er darf das Ding fahren?«

»Ich … äh … hey.« Ungeachtet der Tatsache, dass mein Herz dreimal so schnell schlug wie normal, wich mir alles Blut aus dem Gesicht. Es dauerte einen Moment, bis mein Gehirn geschaltet hatte – weg von *wegen Emilio in der Tinte sitzen*, hin zu *wegen Papi in der Tinte sitzen.* »Wie bitte?«

Emilio trat neben mir von einem Fuß auf den anderen, und ich wusste, er wartete darauf, dass ich mich behauptete. Dass ich aufhörte, mich von ihr wie ein Kind behandeln zu lassen, so, als sei jede wichtige Entscheidung bereits gefällt worden und würde an mich weitergereicht wie die Spielsachen oder die Stereoanlage.

»Du hast gesagt, Papi dürfe wieder aufs Motorrad steigen«, sagte sie. »Erklär mir das.«

»Das habe ich nicht … Er hat gesagt, er würde gerne«, entgegnete ich. »Du weißt, wie viel ihm das Motorrad bedeutet. Du hast ihn erlebt – es ist, als ob die Erinnerung daran einen Schalter in ihm umlegt. Wenn er es noch mal fahren will, ist das seine Entscheidung.«

»Ist dir auch nur ansatzweise klar, was für eine entsetzliche, gefährliche, saudumme Idee das ist?«

»Ist es nicht. Es ist eine tolle Idee.« Ich wandte mich Emilio zu. »Sag du es ihr.«

Emilio sah mich flehend an, und ich bereute sofort, ihn da hineingezogen zu haben. Und dennoch. Er war mein wichtigster Zeuge. Er wusste, dass Papi wie geschaffen für das Motorrad war. Er wusste, was ihm das alles hier bedeutete, vielleicht noch mehr als ich.

»Es ist nicht an mir, das zu entscheiden.« Er strich mit der Hand über sein Kopftuch, und in seinen Augen stand eine wortlose Entschuldigung, und ich wusste es, wusste, es tat ihm leid, wusste, er hatte recht. Es war nicht an ihm.

Doch ich drängte ihn trotzdem.

»Dieses Motorrad bedeutet Papi alles«, sagte ich. »Zumindest das kannst du bestätigen, oder?«

»Jesus!« Mari warf die Hände in die Luft. »Wieso fragst du ihn? Du machst das alles bloß, weil du in Mr Motorrad hier verknallt bist. Tu nicht so, als ginge es dir darum, was gut für Papi ist.«

»Aber so ist es! Er will …«

»Es spielt keine Rolle, was er will, Juju. Er wird nicht Motorrad fahren.« Mari fuhr sich mit den Fingern durch die weißblonden Haare, die so verstrubbelt waren, als wäre sie gerade aus dem Bett gefallen. »Du hättest ihm niemals Hoffnung machen dürfen. Das gilt für euch beide. Er ist am Boden zerstört.«

Sie stolzierte kopfschüttelnd zurück zum Haus und ich sackte auf der Werkbank zusammen.

»Jetzt sag ich dir, was ich denke.« Emilio setzte sich neben mich und nahm meine Hand. Ich sah ihn an, in der Erwartung, in seinem Blick auf Wut zu stoßen, doch ich entdeckte dort nur seine Güte, seine unendliche Geduld. »Dein Vater sollte nicht Motorrad fahren. Es ist zu gefährlich. Das ist, was ich in Wahrheit denke. Er ist nicht gesund. Er ist nicht mehr in der Lage, eine solche Entscheidung zu treffen. Du musst deiner Schwester in dieser Sache vertrauen. Sie hat recht.«

»Aber du weißt, was es ihm bedeuten würde und …«

»Du hast ja keine Ahnung.« Emilios Stimme war tief und kratzig, und als er seufzte, dicht an meinem Ohr, war es schwer, sich nicht auszumalen, neben ihm aufzuwachen, in seinem Zimmer mit all den Straßenkarten zu liegen. Sein T-Shirt, das über dem Schreibtischstuhl hing, nackte Schultern, die sich in die Kissen schmiegten.

»Warum bist du auf Maris Seite?«

»Ich bin nicht auf ihrer Seite. Ich … ja, ich wünschte, er könnte Motorrad fahren, okay? Ich wünschte, ich könnte dabei sein und zusehen, wie er eine Runde dreht. Aber das kann ich nicht.« Emilios Hände schlossen sich fester um meine. »Wenn ihm irgendetwas passiert …«

»Etwas *passiert* ja mit ihm.« Ich befreite mich aus Emilios Griff und ging zu Valentina hinüber. »Genau das ist der Punkt. Und er wird nicht ewig dagegen ankämpfen können. Es war dumm, es überhaupt zu versuchen.« Ich umfasste Valentinas Handgriffe, als könnten sie meinen Händedruck erwidern und mir die Alles-wird-wieder-gut-Versprechen geben, zu denen meine Schwestern nicht in der Lage waren. »Das Mindeste, was wir tun können, ist, ihn sein eigenes Motorrad fahren zu lassen.«

»Was ist, wenn er verletzt wird?«

»Er würde es überleben.«

»Und was ist, wenn nicht?« Emilio ballte die Fäuste, seine Stimme wurde lauter, als er von der Bank aufstand. »Was, wenn er einen Baum mitnimmt? Ein Haus? Einen anderen Menschen? Was, wenn er am Straßenrand stirbt, vollkommen allein, nur weil du es ihm nicht abschlagen wolltest? Was dann, Jude? Du bekommst deinen Willen und er stirbt.«

Seine Worte prasselten auf mich ein wie scharfkantige Felsbrocken. Unsere ganze gemeinsame Zeit über hatte Emilio nie von Papis Tod gesprochen, und jetzt brüllte er mich an, war völlig außer sich. Es war ein Ausbruch, der aus dem Nichts zu kommen schien, seine Brust und seine Arme wurden davon geschüttelt. Ich schloss die Augen, um die Bilder auszublenden, wie Papi hilflos auf der Straße lag und sich nicht rührte, aber sie ließen sich nicht abstellen, und meine Lunge brannte, und in mir war ein Schrei, der hinauswollte …

»Es würde dich umbringen«, sagte Emilio. »Diese Schuld verlässt einen niemals. Ich sage dir, diese Sache würde dich bis an dein Lebensende verfolgen.« Seine Stimme brach und wurde zu einem Flüstern, die ganze Wut war plötzlich daraus verschwunden. »Ich könnte es nicht ertragen, mit anzusehen, wie du das durchmachen musst, *princesa.*«

Er griff nach meiner Hand, aber jetzt wurde ich von ungeheurer Wut überwältigt. Wut auf meine Schwester, Wut auf den Dämon, Wut über die grausamen Scherze, die das Leben spielt. Mein Herzschlag dröhnte in meinen Ohren, und mein Mund schmeckte nach Kupfer, und ich schubste ihn weg, so fest ich konnte, stieß ihn, bis er rückwärts stolperte und sich an der Werkbank abfangen musste.

Sein Gesicht fiel in sich zusammen. Ich hasste mich dafür, ihn auf diese Art berührt zu haben, aber es gelang mir einfach nicht, die Bilder aus meinem Kopf zu vertreiben.

Papi, tot. Papi, fort.

Denn Motorradfahrt hin oder her, ich wusste, der Moment würde kommen, und es gab nichts, was ich dagegen tun konnte, niemand, den ich laut genug anbrüllen, niemand, den ich fest genug schubsen konnte, kein Motorrad, das schnell genug gewesen wäre, um das unausweichliche Zugleiten auf die Schwelle des Todes aufzuhalten.

»Es tut mir leid«, flüsterte Emilio. Das Bedauern in seinem Blick passte zu dem Bedauern in meinem Herzen, schwarz und schwer. »Ich wollte nicht … Ich hab nur … Ich möchte nicht, dass ihm etwas zustößt. Oder dir. Ich mag mir nicht mal …«

»Raus hier«, sagte ich leise.

»Jude …«

»Bitte geh«, flüsterte ich und wandte mich ab, weil ich es nicht länger ertrug, ihn anzusehen, weil mir die zum Schneiden dicke Luft den Atem raubte, weil ich die Last von so viel Leid nicht schultern konnte, und er ging ohne ein weiteres Wort, ohne eine weitere Berührung.

Ich setze mich dort, wo er gestolpert war, auf die Werkbank, und hielt mir die Ohren zu wie ein Kind. Doch ich versuchte ohne Erfolg, das tiefe Grollen seines Motorrads auszublenden, als es ihn knatternd davontrug.

26

Der verbeulte orangefarbene Jeep schoss zwei Tage später auf- und abfedernd in unsere Einfahrt. Emilio war nicht aufgetaucht, und während ich Samuel dabei zusah, wie er aus seinem Wagen stieg, wurde mir klar, dass er hier war, um seinem Freund einen Gefallen zu tun, um die Arbeit zu beenden, die Emilio angefangen hatte.

»Hey, *mamí*«, sagte er, als ich zu ihm kam. »E hat mich geschickt, um …«

»Unfassbar. Kann er den Job nicht selbst beenden?«, fragte ich. »Schickt stattdessen dich, um die Drecksarbeit zu erledigen? Wo ist er?«

Samuel hob die Hand, um seine Augen vor der Sonne abzuschirmen. Oder vielleicht vor mir. »Seh ich vielleicht aus wie seine beschissene Sekretärin?«

»Wann hast du ihn das letzte Mal gesehen?«

»Wir haben gestern Abend zusammen abgehangen.«

»Hat er irgendetwas gesagt?«, fragte ich.

»Er hat viele Sachen gesagt, Jude: *Hey, Samuel. Gib mir die Fernbedienung. Hast du Doritos? Ich hasse diese Show.*«

»Samuel.« Ich verdrehte die Augen gen Himmel. Wenn alle Jungs darauf bestanden, sich so bescheuert aufzuführen, würde ich bald mein eigenes Buch aus der Taufe heben müssen – *Das Buch der zertrümmerten Schädel.* Denn das war genau das, was ich jedem Einzelnen von ihnen antun würde. »Doritos interessieren mich nicht! Was hat er über mich gesagt?«

»Was geht hier ab, Mädel?« Samuel lachte. »Ist das hier etwa 'ne Pyjamaparty? Du willst über Jungs reden und meine Nägel lackieren?« Er wedelte mit seinen Fingern vor meinem Gesicht herum.

Warum haben sie alle ein so ansteckendes Grinsen?

»Halt.« Ich stieß seine Hände weg. »Ich bemüh mich hier gerade, wütend auf Jungs zu sein. Du bringst mich ernsthaft aus dem Konzept.«

»Sorry. Wie wäre es damit?«, sagte er. »Verflucht, *mamí*, in dem T-Shirt siehst du ganz schön fett aus. Und diese Shorts sind auch nicht gerade deine besten Freunde.«

Ich bedachte ihn mit einem tödlichen Blick. »Das sind die Klamotten meiner Schwestern. Sie haben nicht mal meine Größe.«

»Ich versuche nur, dir zu helfen.«

»Lass es lieber«, sagte ich. Aber auf seine eigentümliche, schräge Art hatte er mir geholfen, und ich beschloss, dass ich ihn irgendwie mochte, soweit mir das bei einem Jungen möglich war. Offensichtlich war er wegen des Motorrads hier und die Fan-Girl-Stunde war vorüber. Ich führte ihn in den Schuppen, nach hinten durch, wo Emilio immer arbeitete.

»Valentina, *ooh*.« Er pfiff anerkennend. »Dieses Mädchen ist heiß. Kein Wunder, dass E so gern an ihr arbeitet.«

»Yep. Er liebt es sooo sehr, dass er uns auf der Zielgeraden im Stich gelassen hat.«

»Was?« Samuel schüttelte den Kopf. »Hat der Junge euch je im Stich gelassen?«

»Nein, aber …«

»Er hat euch nicht im Stich gelassen, du Dramalama. Er ist mit seiner Mutter in Santa Fe, wegen dieser Schulsache. Ich bin nur gekommen, um die Hebebühne abzuholen.«

»Santa Fe … das Plätzchenprojekt?« Meine Wangen wurden heiß. Ich hatte den Ausflug ganz vergessen, seit ich vor Ewigkeiten die letzten Plätzchen vertilgt hatte.

»Da guck sich einer dein Gesicht an«, sagte Samuel. »Mensch, ich habe ihn den ganzen Abend Trübsal blasen sehen, und jetzt du … Oh, euch zwei hat es schwer erwischt. Es ist irgendwie krank. Süß, aber krank.«

»Ich … warte. Er hat Trübsal geblasen? Den ganzen Abend über? Wie lange hat er Trübsal geblasen? Was genau hat er gemacht?«

Samuel hob abwehrend die Hände. »Sorry, ich muss zur Arbeit. Ich bin sicher, du findest einen Seelenklempner in den Gelben Seiten, der sich eure schmalzigen Beziehungsprobleme mit Begeisterung anhört.«

»Geht es dir gut, *queridita*?« Papi schlenderte mit Pancake und einem weiteren Celi-Becher, den ich hervorgekramt hatte, in den Schuppen. Auf diesem regneten rosafarbene und silberne Herzen aus blauen Wolken. Er trug eine unbekümmerte Gutenmorgenlaune zur Schau, und als er Samuel sah, lächelte er. »Sie sind aus dem Duchess, stimmt's? Sie arbeiten mit Emilio zusammen?«

Meine Augen fingen bei der Erwähnung von Emilios Namen erneut an zu brennen, aber ich blinzelte dagegen an und stellte die beiden einander vor.

»*¿Quieres un café?*«, fragte Papi Samuel.

»*No, gracias*«, erwiderte er. »Ich muss diese Hebebühne zurück zum Duchess bringen. Wir bekommen heute zwei Hogs rein und haben sonst nicht genug vor Ort.«

Papi stellte seinen Becher ab, um Samuel mit der Hebebühne zu helfen, und nachdem sie sie in den Jeep geladen hatten, fand Papi mich genau dort wieder, wo er mich zurückgelassen hatte: auf der Werkbank, wo ich mich in einer Pfütze Selbstmitleid suhlte und meiner Rolle als dickes, fettes Dramalama nur allzu gerecht wurde.

Papi setzte sich neben mich und legte einen Arm um meine Schulter. Ich schmiegte mich an ihn, sog die vertraute Stärke in mich auf, und mein Herz schmerzte, als ich mir einhundert aufgeschlagene Knie in Erinnerung rief, sämtliche Textzeilen, die ich je auf der Bühne vergessen hatte, die unerwarteten Probleme, über die ich gestolpert war, und all die Monster unter dem Bett. Papi hatte sie alle verjagt, mich über jeden Schmerz hinweggetröstet, und jetzt schloss ich die Augen und gestattete mir, so zu tun – nur eine Minute lang –, als würde er wieder zu seiner alten Stärke zurückfinden. Als wäre er da, um meine Tränen zu trocknen, Mond und Sterne wieder aufzuhängen, wenn sie vom Himmel gefallen waren. Als würde er stets der Kluge sein, derjenige mit den richtigen Worten und Versprechen. Als würden wir niemals die Plätze auf dieser Bank tauschen müssen.

Aber das würden wir. Auf so vielerlei Arten hatten wir es bereits getan. Und egal, wie nahe das Unvermeidliche rückte, ich würde niemals bereit dafür sein, nicht in einem Jahr, nicht in fünf Jahren oder zehn oder hundert. Als er also meinen Arm drückte und mich fragte, was passiert sei, warum ich so traurig aussähe, beichtete ich ihm alles. Gab mich der Illusion hin, es würde immer so zwischen uns sein. Das Alter, das der Jugend half. Die Weisheit, die der Unerfahrenheit den Weg wies. Der Vater, der die Tochter liebte.

»Emilio und ich haben uns gestern gestritten«, sagte ich.

»Schon wieder?«, sagte Papi eine Oktave höher als normal. Sogar Pancake hob bei meinen Worten den Kopf, als wollte er sagen: *Jude, hast du deinen bekloppten Mist nicht mal für fünf Minuten unter Kontrolle? Du hast die Aufmerksamkeitsspanne eines … sieh doch! Omeingott! HÄSCHEN!*

Pancake trottete in den Garten davon und ich nickte. »Emilio wird nie wieder ein Wort mit mir reden.«

»*Que*? Das bezweifle ich. Was bringt dich darauf?«

»Ich bin ihm gegenüber ziemlich ausgeflippt. Und dann habe ich ihm befohlen, abzuhauen.«

»Ah.« Papi streckte die Hand nach seinem Kaffeebecher aus und nahm einen Schluck. Sein anderer Arm lag noch immer kraftspendend auf meiner Schulter. »Das kommt ab und zu vor, *querida*. Besonders bei den Hernandez-Frauen. Glaub mir, ich muss es wissen.«

»Du bist keine große Hilfe, *viejito*.«

»Nein?« Papi schenkte mir ein warmes Lächeln. »Entschuldige, Juju. Erzähl mir genau, was passiert ist.«

Ich holte zitternd Luft und versuchte die Bilder zu ignorieren, die in meinem Kopf aufblitzten; Papi, der auf der Straße lag, Emilios Gesicht, nachdem ich ihn weggestoßen hatte. »Im Wesentlichen hat er gesagt, ich solle auf Mari hören und dich nicht Motorrad fahren lassen, weil es gefährlich sei und er sich Sorgen mache und er nicht will, dass ich mich schuldig fühle, falls etwas passiert … was nicht heißt, dass etwas passieren würde, aber … er hat unrecht, Papi.«

»Er hat nicht unrecht, was die Risiken angeht. Motorräder *sind* gefährlich, *querida*. Aber es ist nicht seine Entscheidung – mein Entschluss steht fest. Emilio wird das Motorrad bald fertig haben. Dann werde ich fahren.« Papis Seufzer war schwer, doch im nächsten Moment lächelte er und zupfte an meinen Haaren. »Du hast diesen *viejito* hier also verteidigt, hm?«

»Ich habe ihm befohlen, abzuschwirren. Ich meine, er hat immer weiter darauf rumgeritten … Vergiss es. Er hat keine Ahnung, wovon er redet.«

Ich schloss den Mund, weil es sich plötzlich so anfühlte, als würde ich Emilio verraten, ihn ans Messer liefern. Aber Papi nippte bloß an seinem Kaffee, als sei er gar nicht überrascht oder wütend oder sonst irgendetwas. Ich wartete darauf, dass er es mit einer Handbewegung abtun würde, mir sagte, ich benähme mich albern, und mir versprach, dass schon bald kein Hahn mehr danach krähen würde. Stattdessen stand er von der Werkbank auf, stellte seinen Becher ab und hielt mir die Hand hin.

»Lass uns einen Spaziergang machen«, sagte er. »Ich habe Mari versprochen, ich würde diese Woche mindestens zweimal zum Fluss hinuntergehen.«

Mari hatte sich an diesem Morgen schon mit der Morgendämmerung aus dem Haus geschlichen, um zuerst nach Denver zu fahren und sich dann mit ihrer Autorin in New York zu treffen. Sie hatte einen Zettel mit der strikten Anweisung unter meiner Zimmertür hindurchgeschoben, Papi auf keinen Fall Motorrad fahren zu lassen, und sie dreimal unterstrichen.

»Wie gut kennst du Emilio?«, fragte Papi, während wir den Weg zum Fluss entlanggingen, wie immer begleitet von Pancake. Er würde sich niemals eine Chance entgehen lassen, Fische zu erschrecken.

»Nicht supergut oder so. Wir sind … Freunde.« Meine Wangen brannten, aber Papi fragte nach unserer Historie, nicht danach, womit ich den Sommer verbracht hatte, nach meinen verbotenen Tagträumen, der Wahrheit in meinem Herzen, die nach wie vor Gültigkeit besaß, egal wie sehr wir uns gestritten hatten. »Er war ein paar Stufen über mir, und er ist früher abgegangen, daher … kenn ich ihn nur von diesem Sommer. Ich weiß nicht viel über ihn.« Die Erinnerungen an jene Nacht im Wald, an die Motorradfahrt, den Geschmack seiner Lippen, den Schmerz in seinen Augen am Tag zuvor … sie alle zogen an mir vorüber.

»Hat er dir erzählt, warum er die Schule geschmissen hat?«, fragte Papi.

»Nein. Ich habe ihn ein Mal danach gefragt, aber ein komisches Signal bekommen. So als wollte er nicht darüber reden. Es ist seltsam mit ihm, Papi. Wenn er keine Scherze macht oder über Motorräder redet, sagt er nicht allzu viel. Wenn es um seine Familie geht, ist er genauso. Es ist, als verspüre er im tiefsten Innern den Wunsch, überhaupt nichts von sich preiszugeben.«

Aber du fragst mich nicht die Dinge, auf die es ankommt. Wer ich bin oder wo ich gewesen bin. Was ich sehe, wenn ich dich anschaue. Was ich will …

Echos. Worte von jenem Abend in unserer Einfahrt, nach *Alice im Wunderland.* Sie hingen wie Rauch in der Luft und ich riss sie vom Himmel und vergrub sie zusammen mit den Erinnerungen an all die guten Dinge tief in mir.

Wir folgten dem Pfad durch die Bäume – nach Karamell duftende Ponderosa-Kiefern, wie ich inzwischen wusste –, der hinunter zum Animas führte. Das Wasser strömte an diesem Tag gemächlich und träge dahin, im Gegensatz zu allem, was in mir brodelte und schäumte, und wir fanden ein trockenes Plätzchen am Flussufer und zogen unsere Schuhe aus und tauchten unsere Zehen ins Wasser.

Papi ließ die Füße ins Wasser klatschen, beobachtete, wie die Wellen, die er geschlagen hatte, flussabwärts trieben. »Vor ein paar Jahren hatte ein Junge, der kaum älter war als du jetzt, auf der Phantom Road einen Motorradunfall. In jener Nacht herrschte Nebel in den Bergen und die Sicht war schlecht. Sie vermuteten, er habe die Straße aus den Augen verloren und sei auf dem Seitenstreifen gelandet und habe dann die Kontrolle über sein Motorrad verloren, als er es zurück auf die Straße lenken wollte.«

Mich schauderte. Menschen verunglückten mit Motorrädern, das war mir klar gewesen, aber als ich jetzt davon hörte, konnte ich nicht anders, als Emilio vor mir zu sehen. Es durchfuhr mich schneidend und schnell, der Schnitt ging tiefer als anderntags, als ich mir Papi vorgestellt hatte, weil Emilio nach wie vor Motorrad fuhr. Ständig und überall.

War er nachts auf der Phantom Canyon Road unterwegs? Hatte er von dieser Geschichte gehört? Mein Herz schlug plötzlich schneller, und ich hielt den Atem an, als Papi fortfuhr.

»Er prallte gegen einen Baum, wurde in dem Wrack eingekeilt … neunzehn Jahre alt, wie Emilio.«

Pancake lief am Ufer auf und ab, schnüffelte an Blumen und Käfern und anderen Lebewesen und tapste über Papis Füße, wenn sie ihm im Weg waren.

»Ich habe davon gelesen, als es passiert ist.« Papi beugte sich vor, um ein paar Steine vom Boden aufzuheben. »Wir kannten die Familie natürlich, wegen deiner Schwester … Ay, *Dios.*« Er ließ die Steine von einer Hand in die andere fallen, hin und her, und als er mich schließlich ansah, schimmerten seine Augen feucht. »Es war sein Cousin, *querida.* Sie standen sich sehr, sehr nahe. Er hat mir ein wenig über ihn erzählt.«

Ein weiterer Schauer, kalt wie Eis, rieselte von meinem Schädel bis hinunter zu meinen Zehen. Papi musste nicht sagen, wessen Cousin. Ich spürte in den Knochen, dass er von Danny sprach, und mein Herz wurde schwer, als einige der Puzzleteile ihren Platz fanden. Das Bild in Emilios Zimmer, zwei schlammverschmierte Jungen. Susanas Spielzeug-und-Kerzen-Schrein. Die viele Zeit, die Emilio und Papi allein im Schuppen verbracht hatten, das Band, das zwischen ihnen bestand.

Papi warf die Steine ins Wasser und wandte mir sein Gesicht zu. In seinen Augen standen Tränen, aber er blinzelte sie nicht weg oder räusperte sich, als handle es sich nur um ein Kratzen im Hals, ein Niesen, das nicht herauswollte.

»Juju, Emilio war dort. Dieser Danny … er war ungefähr eine halbe Meile vor ihm auf der Straße. Emilio hat nicht gesehen, wie der Unfall passiert ist, aber er hat es gehört. Als er um die Kurve bog, sah er das Wrack. Er kam schlingernd zum Stehen und ließ sein Motorrad mehr oder weniger einfach fallen …« Papi presste die Nasenwurzel zwischen Daumen und Zeigefinger zusammen, und als er weitersprach, wurden seine Worte von seiner Hand gedämpft.

»Er schoss zu dem Baum, versuchte, das Motorrad von Danny runterzuzerren, aber es war zu schwer und übel zugerichtet. So viel verbogenes Metall … alles scharkantig und glühend heiß … Ay, was für ein Schlamassel. Bei dem Versuch, Danny unter der Maschine hervorzuziehen, hat er sich selbst ziemlich schlimm verletzt. Aber es gab keine … Es war zu spät.« Papi versagte die Stimme und mich traf die volle Wucht des Ganzen.

Ich vergrub mein Gesicht an den Knien, als die übrigen Puzzleteile ineinandergriffen und das schreckliche Bild vervollständigten.

Sie waren immer schrecklich wild, diese Jungen … Emilio schleifte Danny überallhin mit hin …

Hab ihn seit zwei Jahren nicht gesehen. Er fehlt mir. Ja, verflucht, er fehlt mir.

Seine Mutter hasst mich praktisch …

Emilio hatte erzählt, Danny sei in Puerto Rico, aber da war er nicht. Er war gestorben. War sein Tod die Tragödie, die Emilios Familie entzweigerissen hatte? Oder hing es damit zusammen, dass Emilio entschieden hatte, weiter Motorrad zu fahren, weiter die Maschinen zu bauen, die seinen Cousin getötet hatten? Gaben sie ihm die Schuld an jener Fahrt auf der Phantom Canyon Road? Wünschten sie sich, es hätte stattdessen Emilio getroffen? Gaben sie ihm die Schuld dafür, dass er es nicht geschafft hatte, Danny zu …

»Die Narben.« Die Worte waren so leise, dass ich nicht sicher war, ob ich sie laut ausgesprochen oder nur gedacht hatte. Ich schloss die Augen, erinnerte mich an die dünnen

Linien auf Emilios Armen, die elfenbeinfarbenen Belege einer lange zurückliegenden Verletzung, die eine sengende Spur quer über seinen Bauch gezogen hatte. Obwohl ich sie schließlich berührt hatte, hatte ich nicht den Mut aufgebracht, ihn danach zu fragen. Ich hatte gewusst, dass es da eine dunkle Geschichte geben musste, die vielleicht etwas mit einem Motorrad zu tun hatte.

Aber doch nicht das.

Pancake trottete mit irgendeinem Schatz, den er ausgebuddelt hatte, zu uns herüber. Einem schlammverkrusteten Bündel aus Stöcken und Steinen. Er ließ es auf den Boden fallen und vergrub seinen Kopf in meinem Schoß, als wüsste er, dass es genau das war, was ich brauchte.

»Emilio Vargas ist ein guter Junge.« Papis Stimme war belegt, so viel Gefühl schwang darin mit. »Er ist ebenso wenig wie seine Brüder, wie du wie Araceli oder Mariposa oder Lourdes bist. Er hat viel durchgemacht. Er ist immer noch ein Junge, und ihm wurde das Herz schon schlimmer gebrochen, als wir uns vorstellen können. Gib ihm eine Chance, *queridita*.«

Ich holte scharf Luft, als mir die Erkenntnis dämmerte. »Du wusstest, dass er ein Vargas ist?«

Papis Stirn war in traurige Sorgenfalten gelegt, aber er lächelte über meine Frage. »Ihr Mädchen haltet mich schon für völlig senil. Ich sage euch, ihr könnt nichts vor mir verbergen.«

»Die ganze Zeit über?«

»Nein, nein. Erst seitdem deine Schwester ihm begegnet ist. Ich dachte immer wieder, warum regt Mari sich so schrecklich auf, verflixt noch mal. Jedes Mal, wenn ich es beinah hatte, hat dieser Schrottapparat hier den Geist aufgegeben.« Er klopfte sich an die Stirn. »Aber dann bin ich mitten in der Nacht aufgewacht und es hat endlich klick gemacht. Emilio Vargas! Ja! Ach, was soll man machen?«

»Aber … warst du nicht sauer, wegen der Hochzeit und so?«

Papi zuckte mit den Schultern. »Das hat nichts mit Emilio zu tun und es hat nichts mit dir zu tun.«

»Aber seine Familie …«

»Seine Familie besteht aus vielen verschiedenen Menschen. Einige von ihnen haben Fehler gemacht. Einige machen noch immer Fehler. Aber man darf jemanden nicht danach beurteilen, mit wem er verwandt ist. Überleg nur, wohin das bei dir führen würde.« Er tippte sich wieder an die Stirn und zwinkerte mir zu.

Ich lachte, weil er es tat und weil ich dankbar für die vorübergehende Leichtigkeit war. Aber über seine Alzheimerwitze zu lachen hatte dieselbe Wirkung auf mich wie die Krankheit auf ihn – es zehrte jedes Mal ein kleines Stück von mir auf, eines, das ich niemals wiederbekommen würde.

Papi kniete sich hin, um Pancakes Ohren zu kraulen. »Emilio wird bald fertig sein. Dann drehe ich eine Runde.«

Beim Klang von Emilios Namen versteifte ich mich wieder, und in mir stieg der Wunsch auf, ich hätte ihn damals schon gekannt, ihn irgendwie trösten können. Der Wunsch, ich könnte ihn jetzt trösten; zurücknehmen, was ich getan hatte, was ich gesagt hatte.

Papi ließ Pancakes Ohren los. »Sieh in dein Herz, *querida*.«

Ich wusste nicht, ob es ihm um Emilio ging oder seine Fahrt oder Streicheleinheiten für den Hund oder etwas vollkommen anderes, aber mir fehlte die Kraft, ihn danach zu fragen.

Als wir wieder zu Hause waren, küsste Papi mich auf die Stirn und ging nach drinnen, und ich setzte mich den Rest des Tages mit Pancake auf die vordere Veranda. Wir sahen zu, wie die Sonne hinter den Bergen versank, und dann war sie verschwunden, und Pancake legte seinen Kopf in meinen Schoß, und wir seufzten beide. Hunde kannten die Wahrheit.

Manchmal war ein Seufzer alles, was einem an Kampfgeist geblieben war.

27

»Habt ihr zwei meinen großen Spaten gesehen?« Papi preschte in dreckverschmierten Jeans in den Schuppen, die Gartenhandschuhe schwarz vor Erde. Er hatte darauf bestanden, an diesem Morgen im Garten zu arbeiten, um mir und Emilio die Gelegenheit zu geben, uns auszusprechen, auch wenn er uns auf der Suche nach Pflanzenerde und Schaufeln und weiteren Werkzeugen, wie jetzt dem Spaten, bereits fünfmal unterbrochen hatte. »Deine Mutter hat ihn vor ein paar Wochen benutzt.«

Ich konnte mich nicht entsinnen, dass Mom je Gartenarbeit verrichtet hätte, und ich war mir nicht einmal sicher, ob wir einen großen Spaten besaßen, aber Papi entdeckte ihn schließlich in einer Ecke, wo er neben den Rechen hing. Er schleifte ihn mit sich in den Garten und Pancake trottete hinter ihm her.

Emilio lehnte mit vor der Brust verschränkten Armen an der Werkbank. Er war seit dem Ausflug nach Santa Fe das erste Mal wieder bei uns, und seine Augen waren dunkel und matt, blutunterlaufen, als hätte er nicht geschlafen. Ich hatte den ganzen Morgen über versucht, die Worte auszusprechen, die in meinem Herzen waren – wie sehr ich es hasste, mit ihm zu streiten. Wie sehr ich es vermisste, in seinen Armen zu liegen. Wie leid mir das mit Danny tat, dass ich verstand, warum er fortmusste, warum er stets hinter der nächsten wunderbaren Sache herjagte. Ich verstand sogar, warum er diese Dinge über Papi und die bohrende Schuld gesagt hatte, die einen nie verlässt.

Ich verstand, warum er sich wünschte, nicht mit ansehen zu müssen, wie ich das durchmachte. Mich zerriss es ja ebenfalls, ihn diese Last tragen zu sehen.

Es tut mir leid, dass dein Herz gebrochen wurde.

Alles davon klang richtig in meinem Kopf, aber ich fand meine Stimme einfach nicht.

Emilio ergriff stattdessen das Wort. »Was ich gesagt habe, tut mir leid. Über deinen Paps und das Motorrad … ich war wütend. Ich habe es nicht so gemeint.«

Ich nickte, wartete darauf, dass er fortfuhr. *Mein Cousin ist gestorben. Ich hatte nie die Möglichkeit, mich von ihm zu verabschieden. Ich fühle mich immer noch schuldig …*

Aber das war alles, was er mir anbot, und dann gab er einen tiefen Seufzer von sich und kehrte an die Arbeit zurück. Während er in einem Einmachglas mit Schrauben kramte, gab ich vor, einen Karton mit alten Halloweenkostümen zu durchwühlen, Feen und Frösche und Clowns und Darth Vader, aber mein Blick blieb an seinen Armen hängen. Ich hatte mich daran gewöhnt, seine Narben als etwas Geheimnisvolles und zugleich Permanentes zu betrachten, das ebenso Teil von ihm war wie seine wuscheligen schwarzen Haare und die sanften braunen Augen. Aber durch die Geschichte, die mein Vater mir erzählt hatte, erschienen sie mir plötzlich anders. Alles an Emilio war anders, seit wir uns das letzte Mal gesprochen hatten. Es kam mir vor, als sei es Jahre her.

»Möchtest du was zu trinken?« Ich warf einen Zauberstab und eine gelbblonde Miss-Piggy-Perücke in den Müll und wandte mich zur Tür, wo ich beinah mit Papi zusammengestoßen wäre. Sein Gesicht war panisch verzerrt, seine Fingerknöchel hoben sich weiß vom Stiel des Spatens ab.

»Ich kann ihn nicht finden, Juju. Ich habe überall gesucht, aber er ist nicht da.«

»Papi. Schon gut. Du hast ihn doch gefunden. Neben dem Rechen, erinnerst du dich?«

Er schüttelte den Kopf. »Jemand hat ihn gestohlen. Wir hätten vorsichtiger sein müssen, Juju!«

»Du hältst ihn in der Hand. Sieh doch.« Ich streckte die Hand nach dem Spaten aus, aber er riss ihn mir weg und rannte wieder zurück in den Garten.

Es war offensichtlich, dass Papi nicht länger von Gartengeräten sprach. Das vertraute Grauen drehte mir den Magen um, und ich zählte bis zehn und wartete darauf, dass es vorbeiginge, dass die Schluss-mit-dem-Unsinn-Ruhe mich überkam, die mich dazu bewegen würde, nach draußen zu marschieren und alles wieder in Ordnung zu bringen, so wie ich es in der Eisdiele getan hatte.

Aber dieses Mal blieben meine Nerven zum Zerreißen gespannt. Meine Arme und Beine fühlten sich kalt an, meine Knochen schwach und steif. Anstatt von Ruhe wurde mein Körper von umfassender und äußerster Erschöpfung übermannt.

Alles, was ich gewollt hatte, war, das Chaos mit Emilio wieder in Ordnung zu bringen, einen Weg zurück zu dem Moment zu finden, bevor wir zu streiten begonnen hatten. Aber draußen im Garten zeterte Papi wieder, wurde mit jeder Sekunde lauter, und endlich legte Emilio seine Werkzeuge aus der Hand, um nach dem Rechten zu sehen.

»Ich kümmere mich darum.« Er drückte meine Schulter, als er an mir vorbeikam, und in meinem Hals bildete sich ein Kloß. Ich sackte gegen das verzogene Holz der Werkbank und wünschte mir, Celis alter Zauberstab würde dem allen ein Ende bereiten.

»Jude«, rief Emilio aus dem Garten. Durch die Schuppenwand klang seine Stimme verzerrt, aber auch drängend. Panik verlieh ihr eine zusätzliche Schärfe. »Komm schnell her.«

»Papi, was … was hast du gemacht?« Ich starrte das Desaster, das bis dato unser Garten gewesen war, mit offenem Mund an. Er war kreuz und quer umgegraben worden, hatte sich in eine Mondlandschaft mit zahllosen Kratern und dazu passenden Gras- und Erdhügeln verwandelt.

»Hilf mir, ihn zu finden, Juju!« Papi überließ mir den Spaten, aber als ich ihn vor meine Füße ins Gras legte, schnappte er ihn sich wieder und begann, das nächste Loch zu graben. »Den Schatz, *querida*.«

Emilio versuchte ihn mit einem Update über Valentina abzulenken, aber Papi grub unbeirrt weiter. Meine sogenannte engelsgleiche Stimme versagte ebenfalls – *Thoroughly Modern Millie* stieß auf taube Ohren. Mari war noch immer in New York. Mom war auf der Arbeit. Ich war mit meinem Latein am Ende.

»Er ist neben dem Grab verbuddelt«, sagte Papi. »Ich weiß es – er hat es mir selbst erzählt. Aber ich kann ihn nicht finden. Jemand muss ihn an einer neuen Stelle vergraben haben.«

»Papi.« Ich sprach mit tiefer, beruhigender Stimme, aber in mir brandete Panik auf, bereit, in meine Kehle vorzustoßen. »Es gibt gar keinen Schatz. Versprochen.«

Er schüttelte den Kopf, weigerte sich, mich anzusehen, als er auf die Kante des Spatens sprang und ihn in die Erde trieb. »Es gibt zwei Arten Menschen.«

Ich beobachtete ihn genau, wartete verzweifelt auf meinen Einsatz, den Witz, der alles erklären würde. »Und welche?«

»Die einen haben geladene Waffen und die anderen graben. Ich grabe.«

»Papi, hier gibt es keinen ...«

»Er hat gesagt, er sei unter dem Grab von Arch ... nein, neben dem Grab von Arch Stanton begraben. Das war's. Hilf mir, den Grabstein zu finden.«

Die Erkenntnis traf mich mitten ins Herz. *Arch Stanton. Der Schatz.* Es war eine Szene aus *Zwei glorreiche Halunken.* Papi sah mich mit wildem Blick an, aufs Äußerste entschlossen, den Schatz zu finden, überzeugt davon, er wäre irgendwo in unserem Garten, dass die Figuren aus dem Film in seinem Leben vorkamen.

Er dachte, es sei real.

»Nein, der Schatz kam in deinem Film vor, weißt du noch?«, sagte ich. »Dem mit Tuco. Zwei Arten von Menschen?«

»Tuco will das Geld für sich selbst!« Papi fuchtelte mit dem Zeigefinger vor meiner Nase herum. »Du stellst dich besser nicht auf seine Seite. Arbeitest du für Sentenza?« Er musterte mich aus schmalen Augen, sah mir forschend ins Gesicht. Selbst Pancake war das unheimlich. Er bellte immer weiter, obwohl Emilio sich bemühte, ihn zu beruhigen. Wahrscheinlich fragte er sich, wieso Papi mit dieser Art von

Grundstücksverwüstung davonkam, während er dafür in sein Körbchen geschickt wurde.

»Ich arbeite für niemanden, Papi«, sagte ich. »Ich bin auf deiner Seite. Aber vielleicht sollten wir uns eine Pause gönnen und erst mal etwas zu Mittag essen?«

»Ich will keine Zeit verlieren.« Papi stützte sich auf den Spaten und wischte sich über die Stirn, ihm entschlüpfte ein Gähnen. »Es ist viel Geld, *queridita.* Wir könnten es gebrauchen, um Lourdes das College zu finanzieren.«

»Du siehst müde aus, *viejito.*«

Er versuchte, abzuwinken, musste aber erneut gähnen, und ich ergriff die Gelegenheit, die sich mir bot.

»Warum überlässt du die Schatzsuche nicht uns? Emilio ist sehr stark, er kann tiefer graben als du.«

Er stupste die Löcher um sich herum mit dem Spaten an. »Aber …«

»Lass uns reingehen«, sagte ich. »Emilio wird ihn finden. Versprochen.«

Emilio stand auf, als ich in den Schuppen zurückkehrte. Er trat hinter dem Motorrad hervor, um zu mir zu kommen. Nah. Mega, irre nah. Zimtatem streifte meine Lippen, und ein wirbelnder Strudel tobte hinter meinem Bauchnabel, als würde ich fallen, als wäre ich im Fieberwahn.

»Kommt *el jefe* drinnen allein zurecht?«, fragte er.

»Ich habe ihn ins Bett gebracht.« Ich schloss die Augen und fasste mir ein Herz, zwang mich, die Worte auszusprechen, bevor sie noch etwas unterbrechen konnte, bevor Papi aufwachte und nach dem Schatz verlangte, bevor Emilio sich wieder Valentina zuwandte, bevor ich den Mut verlor.

»Mein Vater hat mir das mit Danny erzählt. Letztens, als Samuel die Hebebühne abgeholt hat.«

Er wich sofort zurück.

Ich spürte die Kälte zwischen uns und schlug die Augen auf. »Es tut mir leid. Ich weiß, warum du die Sachen über Papi gesagt hast, warum du dir solche Sorgen um uns machst. Und es tut mir leid, dass Danny gestorben ist, und ich wünschte, ich könnte …«

»Ich möchte jetzt nicht darüber reden. Bitte, Jude. Ich kann nicht.«

Ich klappte den Mund zu. Natürlich wollte er nicht darüber reden – ich war mit dem Unsensibelsten überhaupt herausgeplatzt, den Worten, vor denen mir graute, wann immer jemand von Papis Diagnose erfuhr: *Es tut mir ja so, so leid.*

»Ich sollte wahrscheinlich …« Emilio nickte dem Motorrad zu. »Ich bin nah dran. Fast fertig.«

»Ich wollte nicht …«

»Ich weiß. Ich bin nur … ich pack das heute nicht.«

»Aber …«

»Warum kannst du es nicht dabei belassen?« Emilio riss einen Lappen aus seiner hinteren Hosentasche und wischte sich die Hände damit ab. »Du bist, ich weiß auch nicht, *besessen* von der Vergangenheit. Nur zur Info, Jude: Nicht alle von uns wollen ständig zurückblicken.«

Seine Rohheit versetzte mir einen Stich, aber ich ließ nicht locker. »Ich weiß, du …«

»Nein, tust du nicht.« Er baute sich wieder vor mir auf, nur waren dieses Mal die Grübchen verschwunden und die Wärme in seinen Augen durch brennend heiße Wut ersetzt worden. »Du weißt rein gar nichts darüber. Und das wirst du auch nie. Willst du wissen, wieso? Du kommst damit nicht klar. Du bist der ängstlichste Mensch, den ich kenne.«

Tränen schossen mir in die Augen. Ich verschränkte die Arme vor der Brust und richtete den Blick auf Pancake, der mit einem verblichenen Hundeknochen von draußen hereingewandert war, den er wahrscheinlich aus einem von Papis Schatzlöchern zutage gefördert hatte.

»In dir ist so viel«, sagte Emilio. »Aber du lässt es nicht raus, weil ... ach, ich ... Es ist, als bräuchtest du eine Erlaubnis, einfach nur *du* zu sein.« Er tigerte auf dem Lehmboden hin und her, raufte sich frustriert die Haare. »Du wartest darauf, dass deine alten Freunde dich aus dem Nichts anrufen, obwohl sie deine ganze Familie im Stich gelassen haben. Du wartest darauf, dass dir deine Schwester sagt, was du zu tun hast und wie du es tun sollst – und ich rede hier nicht von Valentina. Ich meine *dein* Zeug. Ich wünschte, ich könnte ... Gott!«

Er geriet ins Stocken und fuhr mit den Fingerspitzen über die Stelle, an der mein Herz schlug, doch dann zog er seine Hand wieder weg und fing erneut an, auf und ab zu laufen. »Du sitzt hier, machst Fotos und träumst davon, wie es früher war. So, als würde das alles zurückkommen, wenn du es dir nur fest genug wünschst. Am lebendigsten und wahrhaftigsten habe ich dich an dem Tag auf dem Motorrad mit mir erlebt. Es war, als hätte die schlechte Nachricht über diese genetische Sache dich gerade lang genug aufgeweckt, um dir klarzumachen, dass das Leben kurz ist ... aber dann hast du dem wieder keine Beachtung geschenkt, es vergessen oder so. Es ist, als würdest du darauf warten, dass jemand eine

Zeitmaschine erfindet, anstatt da rauszugehen und dein Leben zu leben.«

Die Worte klingelten in meinen Ohren. Alles, was er gesagt hatte, war richtig. Wahr. Ich konnte mich nicht davor verstecken.

»Mach dir was klar.« Seine Stimme war zu diesem Zeitpunkt schon leiser geworden, aber Hitze strahlte von seinem Herzen ab, durch seine Haut hindurch, und schlug in Wellen über mir zusammen. »Die Vergangenheit kommt nicht zurück. Sie ist vorbei. Keine zweiten Versuche. Man hat, was man hat. Das geht uns allen so.«

Staubpartikel schwebten in dem Licht zwischen uns, und draußen legte sich der Wind, und Pancake hörte auf, seinen Knochen abzunagen. Es war, als hätte jemand die Pausetaste gedrückt.

»Ich vesteh das«, flüsterte Emilio. »Seit dem Tag, an dem Danny starb, war ich ebenfalls auf dem Sprung. Denn er war gegangen, und mein Paps war gegangen und dann meine Brüder. Und ich brannte darauf, an der Reihe zu sein. So als würde alles wieder gut, wenn ich nur schnell und weit genug davonführe. Aber ich sage dir, dieser Sommer hat die Dinge verändert. Alles hat sich verändert. Ich habe es nicht mal kommen sehen. Du …«

Er musterte mich in der staubigen Luft mit schmalen Augen, sein prüfender Blick ließ gleißende Funken in meinem Bauch aufstieben. »Du weißt nicht mal, wovon ich rede, oder?«

Die Funken in meinem Innern fielen in sich zusammen und erloschen, wie die Freudenfeuer vom vierten Juli in der Bowl. Ich schüttelte den Kopf, verschloss die Augen vor der Wahrheit. Sie war zu gewaltig, zu unmöglich.

»Mach die Augen auf, Jude. Sieh mich an. Sag etwas.«

Ich öffnete sie. Sah ihn an. Sagte etwas. »Angst. Du hast recht. Ich habe total Angst vor allem.«

Pancake gähnte und legte seinen Kopf auf meinen Fuß und einfach so durchströmte mich dieses merkwürdige Gefühl von Frieden. Es war, als hätte ich die ganze Zeit schon nur diese Worte aussprechen müssen, es laut zugeben müssen, und alles würde sich finden. Ich blinzelte ein paar Tränen weg und Emilio lächelte. Wahrhaftig, von Herzen kommend, sanft.

Wir setzten uns zusammen auf die Bank. Er legte seinen Arm um mich und rieb beruhigend meinen Rücken und eine ganze Weile verharrten wir so. Atmeten einfach, genossen es einfach, einträchtig nebeneinanderzusitzen.

»Danny Vargas«, sagte Emilio schließlich. Seine Stimme war leise und weich, voller Ehrerbietung. »Er war neunzehn, genau wie ich jetzt. Er war Vegetarier, okay? Sehr unpopulär in einem puerto-ricanischen Haushalt. Konnte ums Verrecken nicht buchstabieren. Benutzte seit der Siebten dasselbe Aftershave. Liebte Comics. Guckte nie Fernsehen. Er war immer draußen, bei jeder Gelegenheit, schnupperte an Bäumen oder jagte Tieren hinterher.«

Ich lächelte, als ich an das Foto in Emilios Zimmer denken musste.

»Er wartete darauf, dass ich meinen Abschluss machte«, erzählte Emilio weiter. »Wir planten, direkt danach gemeinsam auf Tour zu gehen. Als er starb, wollten alle, dass ich mit dem Motorradfahren aufhöre – alle bis auf Ma. Sie sagte, es wäre nicht das, was Danny gewollt hätte. Sie ließ nicht zu, dass ich die Maschine verkaufte. Jedes Mal, wenn ich sie mit einem Schild vors Haus stellte, schleifte sie sie zurück in die Garage. Jetzt bin ich froh darüber, aber, weißt du … ein paar Leute aus meiner Familie reden deswegen nicht mehr mit uns.« Sein Arm hielt mich fester, sein Atem war schwer in meinen Haaren.

»Auf seiner Beerdigung habe ich ihm ein Versprechen gegeben«, sagte er. »Ich weiß nicht, ob er es gehört hat oder so. Aber ich habe ihm versprochen, ich würde die Tour trotzdem machen, mir all die Dinge ansehen, über die wir geredet hatten. Ich habe ihm gesagt, ich würde aufbrechen, sobald ich mit der Schule fertig wäre und genug Geld gespart hätte. Ich brauchte eine Auszeit, verstehst du, musste meinen Kram auf die Kette kriegen. Ich habe die Highschool online abgeschlossen. Ich wollte diesen Sommer endlich aufbrechen, alles sehen. Ich dachte, es gäbe für mich nichts anderes zu tun, nichts, für das es sich zurückzukommen lohnte.«

Emilio zitterte und ich nahm seine Hand und presste sie an meine Lippen. Das war mehr, als er mir je über seine Familie, sein Leben anvertraut hatte. Ich wollte nicht, dass er aufhörte.

»Du hättest ihn geliebt«, sagte Emilio. »Er war verrückt. Er hat das Gleiche immer von mir behauptet, aber er war ebenfalls *loco*. Ich schätze, das waren wir beide. Wir lachten ständig über irgendwas, stellten ständig irgendwelche verrückten, hirnverbrannten Sachen an oder …«

»Warte kurz.« Ich sprang auf und sah zu Pancake hinüber. Er hatte seinen Knochen fallen lassen und presste jetzt tief knurrend die Schnauze gegen den Boden, das Fell vom Nacken bis zum Schweif gesträubt. Ich hatte ihn erst einmal so erlebt – wir waren im Wald gewesen und über einen

Koyoten gestolpert, hatten ihn von hinten kommend aufgescheucht.

»Pancake?«, sagte ich.

Er knurrte wieder, lauter diesmal. Ich machte einen Schritt auf ihn zu, aber er preschte aus dem Schuppen, flitzte quer durch den Garten und zur Hundeklappe ins Haus hinein. Einen Herzschlag später kam er auf demselben Weg wie eine Kanonenkugel wieder herausgeschossen, bellte und jaulte und raste auf mich zu, als wäre ich ein Kaninchen.

Ich brauchte eine Sekunde, um zur Schuppentür zu gelangen, und es war genau die Sekunde, in der ein schreckliches Kreischen die Luft zerriss, ein tödlicher, elektronischer Geier.

»Papi!« Ich raste aufs Haus zu, Pancake an den Fersen. Emilio war dicht hinter uns.

»Jude, warte! Ruf die Feuer…«

Durch die Fliegengittertür quollen Rauchwolken nach draußen, und ich stürzte ins Haus, ohne ihren Griff anzufassen, und riss sie dabei aus den Angeln. Die Küche war grau, voller Rauch und Asche. Emilio hustete und drängte sich an mir vorbei ins Wohnzimmer. Ich hörte ihn die Treppe zu den Schlafzimmern hinaufpoltern und nach Papi rufen.

Kurz darauf knallte etwas und begann zu zischen und ich folgte den entsetzlichen Geräuschen bis zum Herd. Hitze rollte über meine Schultern, mein Gesicht, und im nächsten Augenblick lag ich auf den Knien und tastete unter dem Schrank blind nach dem Feuerlöscher.

Wir waren nicht länger in unmittelbarer Gefahr. Papi und ich saßen im Wohnzimmer, während Emilio mit der Feuerwehr telefonierte, aber meine Beine zitterten immer noch, so viel überschüssiges Adrenalin zirkulierte in meinem Blut. Papi streichelte meine Haare, als ich ihn umarmte und mein Gesicht in seinem Hemd vergrub.

»Hast du den Rauchmelder nicht gehört?«, murmelte ich an seiner Brust. Das schreckliche Tschilpen klang immer noch in meinen Ohren, obwohl Emilio ihn ausgeschaltet hatte.

»Ich dachte … ich weiß auch nicht. Der Fernseher?« Papi löste sich aus meiner Umarmung und sah mich mit verschleiertem, desorientiertem Blick an. »Ich dachte, du guckst vielleicht was. Ich hatte mir Musik angemacht.« Er deutete auf den Kopfhörer, der um seinen Nacken lag; diesen großen aus den Achtzigerjahren mit einem Stecker von der Größe eines Schraubenziehers. Wir besaßen nicht einmal ein Gerät, an das man ihn hätte anschließen können.

»Wir waren draußen«, sagte ich. »Ich dachte, du schläfst.«

Er musterte den Stecker des Kopfhöhrers mit zusammengekniffenen Augen und kratzte sich am Kopf, als versuche er, das mysteriöse Rätsel zu lösen. »Ich wollte etwas kochen, denke ich. Aber ich weiß nicht … ich war wohl hungrig? Es tut mir leid, *querida*. Ich erinnere mich nicht.«

Er zuckte mit den Schultern, als sei es im Grunde nicht wichtig, sondern nur eine weitere, lustige Geschichte über ihn – wie die, dass er Socken anzog, die nicht zueinander passten, den Garten umgrub oder vergaß, dass er nicht mehr zur Arbeit zu fahren brauchte.

»Sie sind unterwegs.« Emilio schob das Handy zurück in die Hosentasche. »Ich werde draußen warten und sie herlotsen.«

Papi erinnerte sich nicht an weitere Einzelheiten, und ich wollte nicht, dass er sich aufregte, also saßen wir schweigend auf dem Sofa. Ein paar Minuten später standen zwei Löschzüge mit heulender Sirene in der Einfahrt und gelb gekleidete Männer stürmten in die Küche.

»Wissen Sie, wie es ausgebrochen ist?«, fragte Feuerwehrmann Jeff. Ich wusste, dass es Feuerwehrmann Jeff war und nicht Bob oder Larry oder Ferdinand, weil ich an dem Abend, als Jeff das Freiwilligentraining beendete und seiner Wache zugeteilt wurde, am Festessen teilgenommen hatte.

Jeff war Zoes Bruder.

Ich hatte entgegen alle Wahrscheinlichkeit gehofft, dass er an diesem Tag keinen Dienst haben würde, aber natürlich war dem nicht so, und jetzt sah er mich mit derselben Mischung aus Traurigkeit und Mitleid an, die nach dem BHS-Picknick in Zoes Augen gestanden hatte.

»Ich war draußen«, sagte ich. »Ich glaube, mein Vater hat den Herd angeschaltet und dann vergessen. Etwas muss Feuer gefangen haben. Papi, erinnerst du dich noch an irgendetwas anderes?«

Zwei Feuerwehrmänner stapften an uns vorbei, um den ersten Stock zu überprüfen. Bei jedem dröhnenden Schritt ihrer Stiefel, jedem Klopfen an der Wand zuckte Papi zusammen.

»Mr Hernandez?« Jeffs Stimme war sanft, aber bestimmt, doch Papi hob den Blick noch immer nicht.

»Alles ist gut«, sagte ich. »Erzähl ihnen, woran du dich erinnerst. Sie müssen sichergehen, dass keine Gefahr mehr besteht.«

Er wandte seine Aufmerksamkeit wieder dem Kopfhörer

zu, zupfte am Kabel, untersuchte den Stecker. Emilio hatte Pancake draußen angeleint, damit er nicht vollkommen durchdrehte, und Jeff ragte immer noch über uns auf, und seine roten Haare erinnerten mich an Zoe, und Papi machte einfach den Mund nicht auf, und alles roch nach Lagerfeuer, und von einem schrecklichen Ort tief in mir sickerte Schwärze in mein Blut, überschwemmte mich mit einer Flut aus Tränen und Hass.

Auf die Krankheit.

Auf den Sommer.

Auf die Zukunft.

Auf ihn.

Und den Bruchteil eines Augenblicks, den Bruchteil eines Herzschlags lang sah ich meinen Vater an und wünschte mir das grauenvolle *Was wäre wenn.*

Was wäre, wenn ich einfach die Augen geschlossen hätte.

Was wäre, wenn ich den Feueralarm einfach ignoriert hätte.

Was wäre, wenn ich ihn einfach hätte gehen lassen.

»Was ist nur los mit dir!«, schrie ich, blind vor Schuld und Gram, die über mich hereinbrachen. Es war mir egal, dass Jeff noch immer zusah, dass all diese Fremden in unserem Haus waren und über unsere Teppiche trampelten und durch die Schlüssellöcher in unser Leben spähten. »Du darfst den Herd nicht benutzen! Das darfst du nicht machen, okay?« Ich tippte ihm mit dem Zeigefinger an die Stirn. »Da drin ist etwas kaputt. Kapierst du das nicht?«

Papi blickte von der verkohlten Küche zur schief hängenden Fliegengittertür zu meinen rußverschmierten Händen. Er schlug die Hand vor den Mund, als sei ihm gerade erst klar geworden, wie groß das Ausmaß des Schadens war, wie nah er daran gewesen war, das ganze Haus niederzubrennen. Sich umzubringen. Für immer zu verschwinden.

»Es tut mir leid, *querida* … Ich habe nicht …« Er vergrub den Kopf in den Händen, und mein Herz verdörrte, alle Luft wich aus meiner Lunge.

Ich hatte wegen des Gartens, des dummen Schatzes, Arch Stanton die Fassung verloren. Ich hatte ihn ins Haus geschafft, um ihn aus dem Weg zu haben.

Und dann hatte ich mir gewünscht, er wäre tot.

Es war nur ein Aufblitzen gewesen, ein nicht mal zu Ende gedachter Gedanke, aber er war da gewesen. Der Beweis dafür ruhte immer noch schwarz und verrußt tief in mir. Jetzt brannte meine Kehle vor Scham, mein ganzer Körper zitterte vor Trauer und Furcht.

Ich griff nach Papis Hand. Obwohl ich den entsetzlichen Gedanken nicht ausgesprochen hatte, musste ich ihn wissen lassen, dass ich es nicht so gemeint hatte. Dass ich ihn liebte. Ich musste wissen, dass er mich ebenfalls liebte.

Dass er sich immer an mich erinnern würde.

»Papi?«, flüsterte ich.

Die Feuerwehrmänner trampelten und lärmten und schrien weiter um uns herum, oben wie unten. Meine Hand umfasste sein Knie, und Papi schloss erschöpft die Augen, das Gesicht von Scham gezeichnet.

28

Ich saß am Ufer des Animas und bemühte mich verzweifelt zu tun, was Emilio mir aufgetragen hatte: meine Fassung wiederzufinden.

Was für ein blöder Ausdruck: Seine Fassung wiederfinden. Als wäre ich ein Stein, der sich aus der Fassung eines Ringes gelöst hatte und nun auf der Suche nach ihr war.

Es fühlte sich falsch an, meine Füße im Wasser baumeln zu lassen, während Emilio zu Hause bei Papi war. Es fühlte sich falsch an, die süße Sommerluft einzuatmen und gleichzeitig zu wissen, dass sie dem beißenden Dunst ausgesetzt waren, der nach wie vor durch unser Haus zog.

Aber Emilio hatte mir befohlen, es zu versuchen, und ich hätte es nicht ertragen, an diesem Tag noch einmal zu versagen. Also saß ich hier. Und hielt Ausschau nach meiner Fassung.

Der Fluss gurgelte um meine Zehen; ich verlor mich in der Kühle, überlegte, ob ich mich hineingleiten lassen, den Fluss hinuntertreiben und am Lebensufer einer anderen Person wieder an Land gehen könnte.

Alle meine Fantasien endeten damit, dass Emilio mir vom Ufer aus die Hand entgegenstreckte.

Ich konnte nicht aufhören, an Papi zu denken, ahnungslos und verwirrt wie er war, der mich angesehen hatte, als hätte ich die Antworten, als wüsste ich, was das Feuer ausgelöst hatte, als hätte ich selbst das Streichholz entzündet, nur um es brennen zu sehen. Und an Emilio, der die Treppe hinaufgestürmt war, um ihn zu finden. Der die Feuerwehr gerufen hatte. Der selbst jetzt inmitten von Ground Zero verharrte und dafür sorgte, dass es Papi gut ging, während die Feuerwehrmänner ihre Arbeit machten und wir darauf warteten, dass Mom nach Hause kam.

Das war das Entscheidende an Emilio. Ihn gab es nicht in einer Vor-Alzheimer- und einer Nach-Alzheimer-Version. Er hatte Papi von Anfang an in seiner schlimmsten Verfassung erlebt und dennoch hatte in seinem Blick nie Verurteilung gelegen. Seine Sätze waren nicht vorsichtig und mitleidig geworden, peinlich berührt oder hölzern aufgrund dessen, was ungesagt blieb. Er nahm die Dinge, wie sie kamen. Tag für Tag. Egal, welche Überraschungen Papi im Ärmel seines Flanellhemds verbarg. Egal, wie Mari ihn behandelte. Egal, wie oft ich Mist baute, mich entschuldigte, wieder Mist baute.

Bis Emilio aufgetaucht war, hatte ich fast vergessen gehabt, wie es war, einen echten Freund zu haben. Jemanden, dem ich voll und ganz vertraute. Er war nur wegen des Motorrads in mein Leben getreten, und ich hatte Valentina nur ausgegraben, weil ich dachte, sie könnte den Dämon vielleicht in Schach halten.

Mir fiel etwas ein, was der Arzt gesagt hatte, als er uns die Diagnose mitteilte.

Alzheimer ist eine schreckliche Krankheit, aber man weiß nie, wen oder was sie womöglich in unser Leben bringt.

Begleitet von einem übelerregenden, dumpfen Schlag meines Herzens stellte ich mir die Frage, ob ich die beiden immer zusammendenken würde: Emilio Vargas und diese Krankheit, diesen abscheulichen Albtraum. Den Jungen, der meinem Herzen Leben einhauchte, und das bösartige, gesichtlose Ding, das mir den Vater nahm.

El Demonio.

Das war der Name, den ich auf meine Seite in dem schwarzen Buch schreiben würde, auf das alte vergilbte Papier, das geduldig auf die gebrochenen Herzen wartete, die ich in Bälde sammeln würde.

Wir standen auf der Veranda. Emilio sah mich mit geröteten Augen an. »Lass mich wenigstens bleiben, bis deine Mutter zu Hause ist.«

»Wir kommen klar«, sagte ich. »Du hast bereits … Du hast eine Menge für uns getan.«

Ich konnte ihm nicht ins Gesicht blicken, ohne vor mir zu sehen, wie der Rauch zur Küchentür hinausquoll, wie Emilio ins Haus stürmte, um meinen Vater zu retten. Die Dinge, die ich zu Papi gesagt hatte … die Dinge in meinem Kopf … sie waren tausendmal verwerflicher, als zuzulassen, dass meine Schwestern mich herumschubsten, oder darauf zu warten, dass alte Freunde anriefen.

Emilio hatte mich von meiner absolut schlimmsten Seite erlebt und keine noch so starke Fassung oder frische Luft der Welt würden das wieder in Ordnung bringen.

»Ich werde nicht gehen«, sagte er.

»Danke für …«, flüsterte ich. Es war nur ein halber Satz und ich sah ihm dabei nicht einmal in die Augen. Ich konnte es nicht. Ich schloss die Haustür trotz seines Protests und wandte mich mit einem hoffnungsvollen, aber zutiefst unaufrichtigen Lächeln zu Papi um.

»Hast du noch Hunger? Wir könnten uns Tacos holen oder … vielleicht ein Eis? Mom kommt frühestens in einer Stunde nach Hause.« Ich setzte mich neben Papi aufs Sofa und legte meine Hand zurück auf sein Knie, in der stillen Hoffnung, dass er Ja sagen würde. Dass er einen Witz über seine missglückten Kochkünste machen und ich mir die Schlüssel schnappen würde und wir nach Old Town hineinfahren würden, um zwei fette Eisbecher zu verputzen und den Nachtisch zur Hauptmahlzeit zu erklären.

Um zusammen darüber zu lachen, wie knapp es gewesen war. *Puh!*

Denn solange er darüber lachen konnte, solange er den Silberstreifen sah, wusste ich, dass wir klarkommen würden. Dass das hier vorübergehen würde. Dass wir die Erinnerung an diesen Tag wie ein Geheimnis betrachten konnten, das wir teilten, unser gemeinsames Versehen, unseren gemeinsamen Fehlschlag.

Bitte, Papi, dachte ich. *Bitte lass uns ein Eis essen gehen.*

»Wir kümmern uns später um die Sauerei.« Ich stand vom Sofa auf und wartete darauf, dass er es mir gleichtat. »Bereit?«

»Nein, *queridita*. Ich habe keinen Hunger.«

»Wie wäre es mit einer Partie Scrabble? Ich habe dich schon eine Weile nicht mehr gewinnen lassen.« Ich nahm die Schachtel von ihrem Brett unter dem Wohnzimmertisch, aber Papi rührte sich nicht vom Fleck.

Er war nicht bereit, vom Sofa aufzustehen oder den Blick vom Boden zu heben.

»Westernkanal?« Ich griff nach der Fernbedienung, aber er schüttelte den Kopf.

»Na schön. Dann lass uns wenigstens rausgehen. Wir könnten einen Blick auf Valentina werfen«, sagte ich fröhlich. »Emilio hat gesagt, sie sei fast fertig.«

Papi blinzelte, er zog die Nase kraus, als wäre ihm der Gestank im Haus gerade erst aufgefallen. »Wer ist fertig?«

»Valentina.«

»Deine Schwester lebt in New York, *querida*.«

»Nicht Araceli«, sagte ich, dieses Mal lauter. »Das Motorrad. Valentina.«

Er winkte ab und ließ sich zurück aufs Sofa sinken. »Valentina hat kein Motorrad. Sie ist zu jung dafür.«

Unsere Küche war ein Schlachtfeld, das zu dem in unserem Garten passte, schwarze Löcher und verbrannte Wände um den Herd herum, zerbrochene Teller auf der Anrichte. Ich schlich im Haus umher und öffnete die restlichen Fenster, stellte die Ventilatoren auf die höchste Stufe, spritzte mir am Waschbecken im Bad kaltes Wasser ins Gesicht. Am liebsten hätte ich mich in meinem Bett verkrochen, nur um später aufzuwachen und zu erleben, dass alles bloß ein Traum gewesen war. Ein langer, abscheulicher Traum.

Aber ich wusste, dem war nicht so, und ich konnte Papi nicht schon wieder allein lassen.

»Möchtest du etwas trinken?«, fragte ich, als ich zu ihm zurückkehrte. »Limonade? Matetee?«

Er schüttelte den Kopf, sein Blick jedoch war auf die Wand über dem Fernseher geheftet. Er studierte die Fotografien, die dort seit Jahr und Tag hingen und inzwischen mit Beschriftung versehen waren.

Tochter Lourdes, Fahrprüfung.

Tochter Mariposa, Highschoolabschluss.

Tochter Araceli, Collegeabschluss.

Tochter Jude, lächelt.

Lächelt. Das tat ich tatsächlich. Es war Sommer, ich war vielleicht zehn. Ich hatte gerade einen Fisch gefangen, eine Regenbogenforelle, und hielt sie stolz in die Kamera.

In unserem Haus war kein richtiges Geräusch zu vernehmen. Nur das leise Surren der Ventilatoren und das Flattern der Zeitschriften, die auf dem Tisch im Flur gestapelt waren und von der Brise gestreift wurden, und das ununterbrochene Ticken der Standuhr. Sogar Pancake hatte seine übliche Lautstärke gedämpft und sich still zu Papis Füßen zusammengerollt.

Ich setzte mich wieder neben Papi und verschränkte meinen kleinen Finger mit seinem. Ich wünschte mir so sehr, dass er einen Witz über die ganze Sache machte oder ausrastete und mir befahl, sauberzumachen, ehe Mom nach Hause kam, oder sogar wieder anfangen würde, über den Schatz zu zetern.

Aber er saß zusammengesackt auf dem Sofa und starrte blinzelnd die Wand an, während er gleichzeitig schwer durch den Mund ein- und ausatmete und darum kämpfte, sich die Bilder der Mädchen einzuprägen, die er eines Tages – bald – vergessen würde.

29

Wenn man in Betracht zog, wie ungern Mom Fremde im Haus hatte, war es erstaunlich, dass das Gemäuer innerhalb von vier Tagen mehr Fremde zu Gesicht bekommen hatte als in meinem ganzen bisherigen Leben. Fremde Menschen. Fremde Stimmen. Fremde Schuhabdrücke. Fremde Münder auf unseren blauen Kaffeebechern, fremde Hände auf den kalten *empanadas* und *medialunas,* fremde Finger, die Küchlein in die *dulce de leche* tunkten, die Lourdes uns geschickt hatte. Susana hatte ebenfalls ein Festmahl für uns zubereitet und jetzt stand das viele Essen der Familien Hernandez und Vargas in mit Folie bedeckten Schüsseln nebeneinander auf dem Esszimmertisch.

Man hätte meinen können, wir feierten eine Party, ein Fest, aber es war nichts dergleichen. Es fühlte sich kaum noch wie unser Zuhause an, und mit jedem Hammerschlag und jeder Umdrehung der Bohrmaschine zersplitterte mein Herz ein bisschen mehr.

Emilio und Samuel kannten da jemanden, und die drei waren an diesem Morgen gekommen, um die Küche wieder herzurichten. Emilio und Sam bearbeiteten die Wände, während der andere Typ sich um die Elektrik kümmerte und den neuen Herd anschloss. Mom hatte Bargeld für alles dagelassen – die Arbeit, das Material. Sie wollte die Instandsetzung nicht aus nächster Nähe mit ansehen müssen.

Nach allem, was ich anderntags zu Papi gesagt hatte, wollte ich das ebenso wenig. Emilio versuchte mit seiner warmen, sanften Stimme mit mir zu reden, als wären wir auf einer Beerdigung, als wäre ich aus Glas. Er bewies Geduld, er war unglaublich, aber jedes Mal, wenn ich ihm in die Augen sah, erkannte ich darin meine eigene Schande, und mein Mund füllte sich mit Staub, und ich brachte kein Wort heraus.

Jetzt stellte ich eine frische Kanne Kaffee zusammen mit einigen Bechern aus Celis Kollektion auf den Tisch – diese drei waren mit Vögeln verziert. Eine zueinanderpassende Serie. Für mich häufte ich Susanas selbst gemachte Spezialitäten auf einen Teller: frittierte Kochbanane, irgendwas mit Hühnchen, Reis und Bohnen, *pasteles*. Ich hatte keinen Hunger, aber seit der Herd in Flammen aufgegangen war, hatte ich nichts Warmes mehr gegessen, und alles roch so gut, daher tat ich mir so viel auf wie ich konnte und huschte mit einem überladenen Teller und einem hungrigen Hund zur nach wie vor kaputten Küchentür hinaus.

Bitte lass was fallen, oh bitte, bitte, bitte. Ich liebe pasteles*! Ich liebe alles! Das ist besser als Häschen! Augenblick, Häschen? HÄSCHEN!* Und schon war er auf und davon und ließ mich mit meinem puerto-ricanischen Festmahl und dem Anblick des Motorrads, an dem wir den ganzen Sommer gearbeitet hatten, allein im Schuppen zurück.

Valentina strahlte, als sei sie gerade erst vom Band gerollt. Tags zuvor hatte Emilio ein Paar fransenbesetzter Satteltaschen aus weißem Leder angebracht – die Papi an dem Tag heimlich bei Duke bestellt hatte, als er davonspaziert war, um sich ein Eis zu holen. Sie waren das letzte i-Tüpfelchen, und als Emilio fertig war, war es bereits dunkel, und Papi schlief schon, und ich stand im Dämmerlicht des Schuppens und sah zu, wie er mit einem weichen Tuch das rote Harley-Davidson-Logo auf dem Tank polierte.

Nach alldem hatte er sein Werkzeug zusammengepackt. Valentina war wieder völlig hergestellt.

Im Gegensatz zu meinem Vater.

Ich hatte ihn im Stich gelassen, hatte tatenlos zugesehen, wie nach dem Brand das Licht in seinen Augen erlosch. Und jetzt saß ich im Schuppen, betrachtete seinen kostbaren Besitz, seine Valentina, und dachte über alles nach, was sich verändert hatte, alles, was bald ein Ende nehmen würde.

»Worüber denkst du nach?« Emilio tauchte ein paar Minuten später mit Pancake auf. Beide waren mit einer Schicht aus Sägemehl bedeckt, unter der ihre Augen hervorleuchteten.

Ich hatte gedacht, ich wäre lieber allein, aber als ich ihn hier draußen im Schuppen sah, an dem Ort, der irgendwie zu unserem geworden war, wurde mir leichter ums Herz.

»Enden. Das Leben. Zeitmaschinen.« Ich lächelte. Wie üblich schwang in seiner Stimme keine Verurteilung mit, keine Ablehnung. Es war völlig unnötig gewesen, ihm die ganze Zeit aus dem Weg zu gehen, und jetzt war ich froh, dass er mich gefunden hatte. »Du weißt schon, lauter lustige Dinge.«

»Kann nicht lustiger sein, als Samuel dabei zuzusehen, wie er versucht, einem Elektriker vorzuschreiben, wie er eine

Steckdose anzubringen hat. So viel Spaß hatte ich lange nicht.« Emilio setzte sich neben mich auf die Werkbank. »*El jefe* liegt heute flach?«

»Sie sind gestern nach Denver gefahren. Mari ist wieder aus New York zurück und Lourdes und Celi sind heute Morgen dort gelandet.« Ich stocherte in dem Hühnchen auf meinem Teller herum. Nach dem Brand hatten meine Schwestern den ersten Flug gebucht, den sie finden konnten. Von langer Vorausplanung oder Abwarten war keine Rede mehr gewesen. »Mom dachte, es würde Papi guttun, einen Tag hier rauszukommen. Sie sind jetzt alle auf dem Weg nach Hause.«

Papi hatte nicht mit ansehen wollen, wie die Küche renoviert wurde. Er war deswegen tief beschämt – so viel hatte Mom mir verraten. Er erinnerte sich noch immer nicht, wie das Feuer ausgebrochen war, nur daran, dass es seine Schuld war. Aber ich war überzeugt, dass er sich an das erinnerte, was danach passiert war: Die Feuerwehrmänner. Der Gestank. Emilio, der bei ihm geblieben war, nachdem ich ausgerastet war.

Er hatte mir seitdem nicht mehr in die Augen geblickt.

Ich versuchte, etwas Essen in mich hineinzuschaufeln, aber es hatte keinen Sinn. Ich stellte den Teller auf den Boden und ließ Pancake alles bis auf den letzten Krümel verputzen.

»Valentina … sie ist perfekt, weißt du? Wie neu. Und ich weiß, das klingt jetzt blöd und total hirnverbrannt, aber ein Teil von mir hat sich gewünscht … ich weiß auch nicht.« Ich blickte zum ersten Mal seit einer gefühlten Ewigkeit in Emilios karamellfarbene Augen. »Papi hat sich an so viel erinnert, was mit diesem Motorrad zu tun hat. Ich dachte wirklich, wenn wir es reparieren, würde das auch ihn irgendwie heilen.«

Ich hatte ihnen nicht glauben wollen – meinen Schwestern, den Ärzten, Mom, den vielen Studien und den Internetseiten –, aber sie hatten recht behalten. Das Motorrad konnte Papi nicht heilen. Es war eine vergebliche Hoffnung gewesen, eine Träumerei, die nirgends eine Chance gehabt hatte, außer dort, wo mein Herz am weichsten war. Wenn Motorräder – oder irgendein anderer Gegenstand aus der Vergangenheit einer Person – diese Krankheit heilen könnten, würde sie nicht länger existieren. Die Leute würden ihre Familienschätze ausgraben, alle alten Sachen aufpolieren und ihre geliebten Menschen vom Mond zurückholen.

»Es ist nicht blöd, Jude. Du liebst ihn.« Emilio beugte sich zu mir, streichelte mit der Hand über meine Haare. »Du hast diesen Sommer so viel für ihn getan. Du bist keine Ärztin, okay? Und ich weiß nicht, wie das mit deinen Schwestern ist. Aber jeder kann sehen, wie glücklich du ihn machst. Du hast ihn jeden einzelnen Tag zum Lächeln gebracht.«

Ich legte meinen Kopf auf seine Schulter. Weit weg und gedämpft setzten die Bohrmaschinen und Hämmer ihre unablässige Marschmusik fort.

»Wir sind da drinnen fast fertig.« Emilio strich mir die Haare hinters Ohr. »Müssen nur noch den neuen Türrahmen anbringen. Danach habe ich noch nichts geplant. Hast du Lust, eine Runde zu drehen? Zur Eisdiele oder so?«

»Ich sollte besser auf meine Schwestern warten«, sagte ich. »Vielleicht in ein paar Tagen, wenn sich alles beruhigt hat?«

»Jude …« Emilio fegte eine Schicht Sägemehl von seiner Shorts. »Ich breche morgen auf.«

So sanft sie auch waren, die Worte polterten in meinen Magen wie Flusskiesel. Ich hatte gewusst, dass der Moment kommen würde, gewusst, dass er sich am Horizont abzeichnete. Er würde die Straße davonfahren und auf einen wilden, wunderschönen Ort stoßen, den die Zeit noch nicht berührt hatte, und er würde diesen Sommer hinter sich lassen, unsere Fahrt hinauf in die Berge, unsere Lippen, die sich unter dem Firmament aufeinandergepresst hatten. Er würde die ganze Strecke bis zum Meer fahren, so wie er es geplant hatte, und wenn er dann das Rauschen der Brandung vernahm, würde ich nur noch eine Erinnerung sein.

Es war ein weiterer unvermeidbarer Abschied, und ich hatte angenommen, ich sei darauf vorbereitet. Aber nun gab es da diese gigantische Leere in mir, ein schwarzes Loch, das ihn bereits vermisste und sich einen Weg zu meinem Herzen bahnte.

»Mein Angebot steht immer noch, *princesa*«, wisperte er. Er sah mir fest ins Gesicht, als versuche er, es sich einzuprägen, als kenne er meine Antwort bereits. »Ich habe gemeint, was ich gesagt habe. Ich möchte, dass du mit mir kommst.«

Ich hatte Emilio versprochen, über seine Einladung nachzudenken, sie ernsthaft in Erwägung zu ziehen. Und das hatte ich, nur dass es mir jetzt so vorkam, als hätte ich Wunschträumen nachgehangen. Damals hatte ich noch geglaubt, Papi würde seine letzte Fahrt vielleicht bekommen. Ich war noch davon ausgegangen, meine Schwestern würden ihren Besuch aufschieben und damit auch den genetischen Test, der uns verraten würde, wer von uns Papis Erbe in sich trug.

Ich hatte angenommen, ich hätte ausreichend Zeit, dem Dämon davonzulaufen, ihm mitten in der Nacht zu entwischen, während er in die andere Richtung sah.

Doch jetzt kannte ich die Wahrheit. Keiner von uns hatte Zeit. Die Zeit hatte uns.

»Du hast dich diesen Sommer gut um Papi gekümmert«, sagte ich. »Und um mich. Das werde ich dir nie vergessen.« Der letzte Teil war ein Flüstern, ein Wispern. »Ich wäre so gern mit dir gekommen. Ich wollte all diese Orte sehen, sämtliche Reißzwecken auf deiner Karte.«

Emilios Augenbraue schoss nach oben. Er hatte den Dreh endlich raus und der Anblick traf mich mitten ins Herz. »Du warst in meinem Zimmer, was?«

Ich lächelte, trotz meiner Traurigkeit. »Schon möglich.«

»Ich wusste, dass du eine Stalkerin bist.«

»Nein«, sagte ich. »Nur … okay. Ein bisschen stalkerisch. Deine Mutter war dabei. Äh, einen Teil der Zeit.«

»Als würde es dadurch besser.« Emilio lachte, aber seine Grübchen wurden bald schwächer, und er nahm meine Hand und legte seine Finger um meine. »Du hast vor, Nein zu sagen, oder?«

»Ich kann nicht mit dir kommen.«

Sein Blick verdüsterte sich, die Grübchen verschwanden völlig. »Du fährst also nach Sand Dunes? Mit Zoe und so?«

Ein Erdhörnchen wetzte über unseren Köpfen einen Dachbalken entlang. Ich wandte mein Gesicht dem Geräusch zu. Es war schnell, ein kleiner beigefarbener Blitz, der sich hell von dem alten Holz abhob.

»Christina«, sagte ich. »Zoe hat mich nach dem Brand angerufen. Der Feuerwehrmann, Jeff? Er ist ihr Bruder. Er hat ihr erzählt, was passiert ist. Sie hat gesagt, ich solle unbedingt mit ihnen kommen, ich müsste mal auf andere Gedanken kommen.«

Zoe und ich hatten seit der Vorpremiere von *Alice im Wunderland* nicht mehr miteinander gesprochen, und sie machte sich Sorgen um mich, hatte sie gesagt. Sie fand es unerträglich, dass wir den ganzen Sommer getrennt verbracht hatten. Sie wollte, dass wir die verlorene Zeit während des Urlaubs nachholten und all die dummen Dinge hinter uns ließen, ehe wir aufs College gingen.

»Sand Dunes ist ein cooler Ort.« Emilio bemühte sich, die Verbitterung aus seiner Stimme zu verbannen, aber ich spürte sie dennoch, sie verlieh seinen Worten eine gewisse Schärfe. Er trat mit der Ferse seines Arbeitsstiefels gegen den Lehmboden. »Ich war mal dort. Es wird dir gefallen. Gibt schöne Fotos.«

Ich ließ meinen Blick über sein Gesicht wandern, den vollen Schwung seiner Lippen, die winzige Narbe an seinem Kinn. »Ich habe ihr abgesagt. Ich werde nicht mitfahren. Es hat sich nicht richtig angefühlt, nicht nach allem, was diesen Sommer passiert ist.«

Seine Augen weiteten sich und er packte meine Hand. »Dann komm mit mir. Wir könnten …«

»Meine Schwestern kommen heute Abend. Ich muss mich dem ganzen Familienkram stellen. Herausfinden, was sie wegen Papi entschieden haben.«

»Ich muss nicht diese Woche los«, sagte Emilio. »Wir könnten deine Schwestern erst mal ankommen lassen, abwarten, wie die Dinge sich im Laufe des Monats entwickeln, ja?«

Sein Lächeln war voller Hoffnung, aber auch fragil und

flüchtig, nicht stark genug, um all die Felsbrocken zu überwinden, die unseren Weg blockierten. Abwarten bedeutete, noch mehr Diskussionen und Streitereien und schmerzhafte Entscheidungen über Papis Pflege, über das Schicksal der vier Hernandez-Schwestern, über Mom. Abwarten bedeutete, sich der Realität namens College zu stellen, mein Leben in Kartons zu packen, weiterzuziehen, erwachsen zu werden, ein neues Kapitel aufzuschlagen.

So oder so stand Emilio und mir ein Abschied bevor.

Ich verschränkte meine Finger mit seinen. »Du kannst nicht ewig auf mich warten. Du musst los. Für Danny, wie du es versprochen hast.«

Emilio betrachtete mich mit brennendem Blick, seine Augen waren tiefe Brunnen, voller Feuer, voller Möglichkeiten. Ich wartete darauf, dass er mich erneut bitten würde, dass er darauf beharrte, ich solle mit ihm kommen, dass er mir versicherte, bis ich ihm begegnet sei, habe ihm nichts je etwas bedeutet. Ich wartete darauf, dass er mich bei den Schultern packte und gegen die Wand stieß, dass er meinen Mund mit seinem verschloss und jeden Protest und Zweifel im Keim erstickte.

Ich wollte, dass er mich küsste und mich von Neuem überzeugte, dass er mir sagte, er wünsche sich nichts sehnlicher, als mich auf seinem Motorrad von hier wegzubringen, als uns den ganzen Weg bis ans Meer zu bringen.

Vielleicht hätte ich Ja gesagt, wenn er mich noch ein Mal gefragt hätte.

Vielleicht hätte ich alles stehen und liegen gelassen, wäre auf den Rücksitz seines Motorrads gehüpft und hätte niemals zurückgeblickt.

Aber er fragte nicht noch mal, und als ich die Arme um ihn schlang, presste er seine Lippen an meine Stirn, und wir verharrten eine Ewigkeit so. Als er sich schließlich von mir löste, sah ich ihm in die Augen und lächelte.

Er drückte meine Hand, hauchte meinen Namen.

Mein Herz flatterte.

Mein Herz schmerzt.

Begierig, es zu fühlen.

Begierig, es zu leugnen.

Das Leben.

Den Tod.

Möglichkeiten.

Enden.

30

Die heilige Dreifaltigkeit war eingetroffen. Ein Segen und Fluch zugleich, wie es bei meinen Schwestern schon immer der Fall gewesen war.

Ich hatte mich im Schuppen versteckt, wo ich abgewartet hatte, bis sie das Gepäck ausgeladen und den Smalltalk hinter sich gebracht hatten. Mein Herz war immer noch wund vom Nachmittag, davon, Emilio dabei zuzusehen, wie er ein letztes Mal die Küchentür testete, sein Werkzeug zusammenpackte, sein Motorrad anwarf. Ich hatte mir den Geruch seiner Lederjacke, das Gefühl seiner Lippen auf meiner Haut, die Art, wie das tiefe Grollen des Motorrads meinen Brustkorb vibrieren ließ, eingeprägt. Ich hatte das alles archiviert, es noch hundertmal abgespielt, um auf Nummer sicher zu gehen, weil er am nächsten Tag fort sein würde, unterwegs in ein neues Leben.

Ich hatte ihm keinen Grund gegeben zu warten. Ich musste ihn gehen lassen.

Als ich nun dem Pfad zum Haus folgte, wurde jeder Schritt von einem pochenden, dumpfen Schmerz begleitet.

Lourdes, Celi und Mari saßen mit meinen Eltern im Esszimmer. Ihr Geplauder schwirrte zum Fenster hinaus wie lauter kleine Vögelchen. Sie spielten das »Alles wird gut«-Spiel. In dieser Runde reichten sie Moms *empanadas* herum, die frisch aus dem neuen Ofen kamen, und den Wein, den Lourdes von ihrem Weingut in Mendoza mitgebracht hatte.

Ich lehnte mich gegen die Hauswand und lauschte, ließ ihr Lachen in mein Herz strömen. So wollte ich uns in Erinnerung behalten. Glücklich. Sorgenfrei. Zusammen. Ungebrochen. Ich ließ mich randvoll damit laufen, meine Erinnerungen davon durchdringen. Falls ich Glück hatte, würde der Dämon mir diese hier lassen, wenn er zuschlug.

Ich huschte ins Haus. Schlich auf Zehenspitzen durch die Küche, in deren Luft noch immer der Geruch nach Rauch und Sägemehl hing, nach Dingen, die zerstört und wiederhergestellt worden waren. Ich stand eine Weile in der Tür zum Esszimmer, ehe mich jemand bemerkte. Sie sahen in natura so anders aus als über Skype. Lourdes war sonnengebräunt, ihr Gesicht strahlte jugendliche Frische aus, und ihre dunklen Haare glänzten. Celi wurde ihr mit jedem Jahr ähnlicher, und jetzt trugen sie ihre Haare auch noch gleich, lang und voll wie meine. Mari saß zwischen unseren Eltern und die beiden sahen ebenfalls glücklich aus. Ihre Augen leuchteten, die Stimmung war trügerisch heiter.

»Willkommen zu Hause«, sagte ich.

»Juju! Wo bist du gewesen?« Meine Schwestern kreischten im Chor und zogen mich in eine Umarmung und das Wunderbare des Ganzen überwältigte mich aufs Neue.

Zum ersten Mal seit fünf Jahren waren alle vier Hernandez-Schwestern unter unserem Dach in Blackfeather vereint. Wir waren alle vier zu Hause.

Liebe Angehörige, wir haben uns hier versammelt, um Abschied zu nehmen.

Mom saß mir am Küchentisch gegenüber, nachdem sie Papi ins Bett gebracht hatte, die Hände um eine von Celis Vogeltassen gelegt. Sie hatte ihren üblichen spätnächtlichen Matetee durch Kaffee ersetzt.

»Papi geht es nicht gut«, sagte sie. »Juju, du hast diesen Sommer wahre Wunder für ihn vollbracht, *mi amor*. Aber er … Er wird schon sehr bald professionelle Hilfe brauchen.«

Auf dem Stuhl neben mir griff Mari unter den Tisch und fand meine Hand.

»Ein häuslicher Pflegedienst ist viel zu teuer«, erzählte Lourdes mir. So fühlte es sich an; als würde sie es mir erzählen, als hätten sie das alles bereits ohne mich diskutiert. »Daher kommt das für uns nicht wirklich in Betracht.«

Ich hatte gewusst, dass dieses Gespräch stattfinden würde, aber nun, da ich plötzlich mittendrin steckte, kam es mir surreal und verdreht vor, und unter dem Tisch zitterten meine Beine. »Also sehen wir einfach zu, wie sich sein Zustand verschlimmert? Ignorieren ihn?«

»Nein, Juju«, sagte Celi. »Mom?«

Mom zog einen Brief unter ihrem Platzdeckchen hervor. »Wir ignorieren ihn nicht, *querida*. Niemals.«

Ich nahm das Blatt aus ihren Händen, und sobald ich den Briefkopf gesehen hatte, war mir alles klar.

Neue Wege.

Es war ein Begrüßungsschreiben.

Sie hatten die Vorkehrungen bereits getroffen.

»Es ist ein schönes Heim, Juju«, sagte Mom. »Vom Feinsten. Und sie bieten ausgezeichnete Unterstützung bei allen finanziellen Fragen. Es liegt direkt neben dem Krankenhaus. Ich werde jeden Tag in der Mittagspause hingehen und nach der Arbeit. Du kannst ihn ebenfalls besuchen, wann immer du möchtest.«

Ich drückte Maris Hand, zerquetschte sie unter dem Tisch, während ich darauf wartete, dass sie anfing zu kämpfen. Dass sie aufsprang und ihren Stuhl umstieß und Mom und Lourdes davon überzeugte, dass wir eine Möglichkeit finden würden, Papi zu Hause zu behalten. Aber sie sah mich nur tief besorgt und mitfühlend an, und da traf mich die Erkenntnis.

»Du wusstest es«, flüsterte ich. »Die ganze Zeit …« Die restlichen Puzzleteile fügten sich zusammen und die zerfetzten Nebelschleier enthüllten ein Bild. Ich riss meine Hand weg. »Ihr alle wusstet es.«

»Du gehst bald aufs College«, sagte Mom. »Es ist zu gefährlich für Papi, allein zu Hause zu bleiben. Und eine Pflegekraft können wir uns nicht leisten.«

»Was ist mit eurer Rente?«, fragte ich.

»Ich bin alles durchgegangen.« Lourdes blätterte mit dem Daumen einen Stapel Papiere durch, der auf dem Tisch lag. »Sie können ihre Rente nicht in Anspruch nehmen, ohne mit Abzügen bestraft zu werden, weil Papi noch so jung ist. Selbst wenn sie einen Teil ihrer Anlagen zu Geld machen würden, würde das nicht reichen. Nicht auf lange Sicht. Und wo würde Mom bei alldem bleiben?«

»Nehmt mein Collegegeld«, sagte ich. »Ich kann einen höheren Studienkredit aufnehmen.«

Celi seufzte. »Nein, Juju. Es würde sowieso nicht reichen.«

»Aber das sind Zehntausende …«

»Celi hat recht«, sagte Lourdes. »Es wäre im Nu aufgebraucht. Das Pflegeheim ist die beste Option.«

»Aber Papi …«

»Papi weiß auch, was das Beste ist. Es ist das, wozu er sich entschieden hat.« Mom versuchte entschlossen zu klingen, aber ihre Stimme wankte, als ob sie an der Last einer einzigen weiteren Entscheidung zerbrechen würde. »Das Beste, was wir jetzt tun können, ist zu leben. Lebe dein Leben, Juju. Schmiede Collegepläne. Triff dich mit deinen Freunden. *Das* ist dein Leben, *querida*. Es ist Papi wichtig, dass du es genießt.«

»*Das* hier ist mein Leben«, erwiderte ich. »Ihr alle. Und Papi.«

»Sei nicht traurig, Juju«, sagte Celi, die eindeutig traurig war. Sie schnäuzte sich immer wieder mit einer Serviette. »Uns bleibt trotzdem noch Zeit mit ihm. Es wird wahrscheinlich nicht gleich passieren – es könnte sein, dass wir über Wochen reden. Wahrscheinlicher sogar über Monate. Die Ärzte können nicht vorhersagen …«

»Warum habt ihr dann die Papiere schon unterzeichnet?«, fragte ich.

»Wir mussten vorbereitet sein«, sagte Mom. »Und jetzt, nach dem Brand … jetzt wissen wir, dass es eher früher als später passieren wird.«

»Es war ein Unfall«, sagte ich. »Es hätte jedem passieren können.«

»Aber das ist es nicht.« Mom schüttelte den Kopf. »Es ist deinem Vater passiert.«

»Es war meine Schuld. Ich hätte ihn nicht allein lassen dürfen und …«

»Er ist krank, *mi amor*«, sagte Mom. »Er kann nicht für immer mit dir zu Hause bleiben. Wir müssen neue Wege gehen.«

Neue Wege. Wenn ich diese Worte nie wieder hören würde, wäre das immer noch zu früh.

Mom hatte offenbar alle Vorkehrungen getroffen, und meine Schwestern hatten es gewusst, und niemand hatte es mir verraten, und bald würden sie Papi in ein neues Zuhause verfrachten, einen fremden Ort, ein Zimmer ohne scharfe Kanten und Herde und andere gefährliche Objekte.

Meine Schwestern blickten einander mit traurigen Augen und Sorgenfalten und gerunzelter Stirn an, und ich machte den Mund auf, um zu schreien, zu kämpfen, um Stellung zu beziehen, weil Mari es nicht tat. Aber ich blieb vollkommen stumm.

Unter all der Wut darüber, von der Entscheidung ausgeschlossen worden zu sein, hinter der Scham darüber, dass ich es nicht schaffen würde, mich um Papi zu kümmern, lauerte ein einsames Gefühl, das nun aus dem dunkelsten Winkel meines Herzens emporstieg. Es verschluckte meine Stimme, alle Luft, allen Kampfgeist, der mir geblieben war. Das Gefühl war schwärzer als alles, was ich je empfunden hatte, selbst am Tag des Feuers.

Erleichterung.

Ich schloss die Augen und presste meine Wange an das Platzdeckchen. Es roch nach Kaffee, und Pancake trottete in die Küche und legte seinen Kopf in meinen Schoß.

Mari legte ihren Kopf auf meine Schulter, ihre Finger fuhren durch meine Haare. Der Knoten in meinem Bauch löste sich und ich ließ mich von ihrer Berührung einlullen.

»Da ist noch etwas, Juju«, flüsterte sie, und ich wusste, was kommen würde. Es verbarg sich im federleichten Streicheln ihrer Hände, in der Sanftheit ihrer Stimme. Sie wollte es nicht aussprechen, aber ihr blieb keine Wahl, und ich kniff die Augen noch fester zu, konzentrierte mich auf Pancakes warmen Atem an meinen Beinen, sein Fell, das meine Knie kitzelte.

Sie würden das Motorrad verkaufen.

31

Valentina stand einer Statue gleich schweigend im Licht des frühen Morgens in unserem alten Schuppen.

Sonnenstrahlen fielen durch die Ritzen zwischen den Holzbrettern, und Staubpartikel tanzten vor meinen Augen, aber nicht ein Körnchen landete auf dem Motorrad. Im Haus flitzten und schwirrten meine Schwestern umher, machten Frühstück, teilten die Zeitung unter sich auf. Aber zu Ehren des Tages, der offiziell meinen Sommer einläutete, hatte ich die zu enge, abgeschnittene Jeans und das zerrissene Van-Halen-T-Shirt angezogen und mich allein in den Garten geschlichen.

Jetzt trank ich meinen Kaffee im staubigen Schuppen, teilte die Einsamkeit mit Valentina.

Ein beigefarbener Umschlag guckte zwischen dem Tacho und den Handgriffen hervor. Er war an mich adressiert.

Nach der Familiensitzung mit meinen Schwestern und Mom hatte ich den Rest des Abends in meinem Zimmer verbracht, wo ich meine langen Abschiede auf den letzten Seiten des *Buchs der gebrochenen Herzen* festhielt. Emilio. Papi. Valentina. Ich war darüber eingeschlafen, das Buch ein kaltes Gewicht in meinem Schoß, während meine Seele durch eine Schattenlandschaft wanderte. Es dämmerte bereits, als ich die Augen wieder aufschlug. Etwas hatte mich aus dem Schlaf gerissen, ein leises, vertrautes Geräusch, das mich dazu verleitete, die Augen zu öffnen, aber schon wieder verklungen war, als ich endlich vollkommen wach war, unwiederbringlich wie ein langsam verblassender Traum.

Nur dass es kein Traum gewesen war.

Es war Emilio gewesen, das Grummeln seines Motorrads. Er hatte sich in der Morgendämmerung in den Schuppen geschlichen und seinen endgültigen Abschied in einem Umschlag hinterlassen, auf den er meinen Namen gekritzelt und zweimal unterstrichen hatte.

Ich stellte meinen Kaffee auf die Werkbank und setzte mich rittlings auf das Motorrad, dann drehte ich den Zündschlüssel. Ich brauchte sieben Versuche, um den Motor mithilfe des Kickstarts anzuwerfen, und hielt zwischendurch immer wieder inne, um die unmöglichen Shorts aus der Poritze zu zupfen, aber endlich hatte ich es. Valentina knatterte unter mir, heiß darauf, nach einer dreißigjährigen Ruhepause auf die Straße zurückzukehren.

Papi hatte recht – es war der Klang purer Glückseligkeit.

Niemand hörte ihn außer mir.

Ich konnte mich nicht mit meinen Schwestern wegen des Verkaufs anlegen. Papi musste sich jetzt auf wichtigere Dinge konzentrieren, und das Geld würde helfen, und es war schließlich nicht so, als hielte das Heim eine Motorradgarage für die Ex-Biker-Klientel bereit, nur für den Fall, dass einer ihrer Patienten eine Runde auf den alten Mädchen drehen wollte.

Ich zupfte den Umschlag zwischen den Handgriffen hervor. Er war schwerer, als ich erwartet hatte, und dick, weil sich darin ein Brief und ein Anhänger befanden. Ich nahm den Zettel zuerst heraus. Er war zerknittert und weich, als wäre er vor Jahrzehnten geschrieben worden und nicht vor Stunden. Er sah aus wie etwas aus dem Buch, wo er auch landen würde, ans Ende der vielen Geschichten gebrochener Herzen geheftet.

Es war unser Vermächtnis, Hernandez-Schwestern und unsägliche Vargas-Brüder. Mari hatte die ganze Zeit über recht gehabt, und nun war auch mein Herz von einem Vargas gebrochen worden, selbst wenn er es nicht absichtlich getan hatte. Selbst wenn er mein Herz zuerst gerettet hatte.

Das Resultat war dasselbe.

Ich faltete den Brief auseinander.

J.

Hey. Mit der Maschine sollte alles so weit okay sein.

Wenn Probleme auftauchen, ruf Duke oder Samuel an. NICHT Marcus – er ist ein bisschen zu scharf drauf, Dir zu helfen, wenn Du verstehst, was ich meine.

Ich wollte Dich noch ein letztes Mal sehen.

Ich schreibe Dir das hier, weil ich weiß, dass Du noch vor Dich hin schnarchen wirst, wenn ich bei Euch vorbeischaue. Ich hoffe, Du träumst wenigstens was Schönes (von mir, haha). Jedenfalls werden wir uns heute wahrscheinlich nicht sehen, bevor ich aufbreche. Ich fahre direkt nach der Arbeit los. Mein letzter Tag im Duchess.

~~Ich glaube nicht Ich bin nicht Egal, wie es mit Deiner Familie weitergeht oder mit sonst was~~

~~Egal, was passiert~~

Tut mir leid wegen des Gekritzels. Ich sage Dir jetzt was, das wirklich wichtig ist. Gib dich nicht mit zu wenig zufrieden, okay? Egal, was es ist. Das meine ich ernst. Man bekommt nur diese eine Chance zu leben, soweit ich weiß. Ergreife sie. Selbst wenn Du es nicht mit mir tust.

Mann. Wenn ich weiter so rumphilosophiere, wird Samuel mir ordentlich in den Arsch treten. Das bleibt besser unser kleines Geheimnis.

Du bist in meinen Gedanken. Für immer.

Von Herzen

E.

PS: Ich habe an dem Abend in der Bowl die Blume aus Deinem Haar mitgehen lassen (noch etwas, das Du Samuel nicht verraten darfst, versteht sich). Sorry, aber ich behalte sie. Ich lasse Dir dafür einen fairen Tausch hier. Etwas, das Dich an mich erinnern wird.

PPS: Bereue nichts, princesa.

Ich schüttete den Briefumschlag in meine Hand aus und musterte Emilios *fairen Tausch*, der im Sonnenlicht glitzerte wie das erste Mal, als ich ihn von seinem Finger hatte baumeln sehen. Der Schlüsselanhänger, die puerto-ricanische

Flagge mit dem silbernen Stern, etwas, das mich an ihn erinnern würde. Ich schloss meine Finger darum und machte die Augen zu, spürte das Vibrieren des Motorrads tief in meinen Knochen.

Bereue nichts …

War das überhaupt möglich?

Ich bereute eine Menge. Bereute, dass ich in diesem Moment nicht bei ihm war. Bereute, dass ich nicht mehr Zeit mit Papi hatte verbringen können, bevor er krank wurde, oder dass ich meine Schwestern nicht gebeten hatte, eher nach Hause zu kommen, damit wir alle zusammen sein konnten. Ich bereute sogar, wie sich alles zwischen mir und Zoe und Christina verändert hatte.

Aber am meisten bereute ich, dass ich Emilio nie gesagt hatte, was ich für ihn empfand.

Er hatte recht – wir hatten nur dieses eine Leben. Wir konnten uns den ganzen Tag lang wünschen, dass die Vergangenheit zurückkehrte. Wir konnten uns alte Fotos ansehen und einander immer wieder dieselben alten Geschichten erzählen, aber sie waren bloß das: Geschichten. Erinnerungen. Sie hatten sich ereignet. Und sie mochten wunderbar und unglaublich gewesen sein und unser Leben auf eine Weise verändert haben, wie uns nie wieder etwas verändern würde, aber sie existierten nicht länger.

Augenblicke waren wie Fotografien. Wenn man schließlich innehielt, um einen davon zu betrachten, war er bereits vorüber, und der nächste hielt uns in Atem; ebenso dazu bestimmt, der Vergänglichkeit anheimzufallen.

Ich vermisse uns, Jude. Ich vermisse die alten Zeiten, das uns *aus dem Erinnerungsalbum.*

Zoe hatte es anderntags gesagt, als sei das *uns* aus dem Erinnerungsalbum ein anderes, als das *uns* aus der Realität, eine bessere Version, zu der wir zurückkehren konnten, wenn wir nur wollten. Ich vermisste sie auch, vermisste unsere sorglosen gemeinsamen Zeiten, aber ich hatte den ganzen Sommer damit verbracht, auf jene Zeitmaschine zu warten, und so funktionierte das mit der Zeit nun mal nicht. Die alten Zeiten existierten nicht. Egal, wie lange man wartete, egal, wie sehr man es sich wünschte, egal, wie sehr einem die Vergangenheit fehlte, die Zeit marschierte vorwärts. Alles nahm irgendwann ein Ende: Gewitterstürme, Freundschaften, Tage, Gesundheit, Liebe, das Leben. Und was mich und Zoe betraf … Vielleicht musste unsere Freundschaft diesen Sommer nicht enden, aber unsere Vergangenheit – das, was wir füreinander gewesen waren – musste enden. Diese Momente waren bereits Geschichte, sie hatten bereits ihr Ende gefunden. Wir waren nur zu beschäftigt gewesen, uns zu wünschen, es wäre anders, um es zu bemerken.

Ich war fertig mit dem Wünschen.

Fertig mit dem Warten.

Fertig damit, Angst zu haben.

Fertig damit, die Tatsache zu ignorieren, dass Papi nicht wieder gesund werden würde.

Fertig damit, vor meinen Gefühlen für Emilio davonzulaufen und so zu tun, als könne ich mich einfach von ihm verabschieden, als würde es mich nicht umbringen, ihn gehen zu sehen.

Fertig damit, mir von meinen Schwestern vorschreiben zu lassen, wie ich zu leben hatte.

Fertig damit, in der Vergangenheit zu leben.

Ich stellte den Motor aus und öffnete meine Finger wie eine Blume. Ich starrte den Flaggenschlüsselanhänger an, das Rot und Blau, das sich von dem Silber abhob, und plötzlich traf es mich mit voller Wucht, wie die geballte Kraft des Windes und des Flusses und der Sonne.

Es gab kein Zurück zu dem, was gewesen *war*, weil alles, was man bekam, stets das war, was *ist*. Ein Augenblick. Dann noch einer. Was man mit dem Augenblick anfing, lag ganz bei einem selbst.

Bereue nichts.

»Das Motorrad wird nicht verkauft!« Ich stürmte schnaufend wie der Hund zur Küchentür herein, und Celi und Mari sahen von ihrer Zeitung auf und stießen wie verabredet einen Seufzer aus, den Pancake diensteifrig nachahmte.

»Wir haben doch schon darüber gesprochen«, sagte Celi. Sie und Mari wechselten einen Blick, einen von der Sorte: Geht das schon wieder los? »Was zum Teufel hast du da an? Sind das meine Shorts?«

»Ihr versteht das nicht. Wo ist Papi?« Ich spähte ins Wohnzimmer, aber der Fernseher war stumm.

»Lourdes ist mit ihm oben und hilft ihm, seine Kleider durchzusehen«, sagte Mari. »Mom möchte, dass wir anfangen, einiges von seinen Sachen auszusortieren.«

Ich bemühte mich, nicht darüber nachzudenken, was das bedeutete. »Wir behalten das Motorrad.«

Celi faltete das Feuilleton der Zeitung, legte sie ordentlich auf den Tisch zurück und strich ein paar Falten glatt.

Mari schüttelte den Kopf. »Setz dich, Juju. Es ist …«

»Ich lasse nicht zu, dass ihr das Motorrad verkauft. Wir haben diesen Sommer echt schwer daran gearbeitet. Papi hatte nie vor, es zu verkaufen.«

Celi verdrehte die Augen. »Juju, jetzt spinnst du aber ein bisschen. Er kann es nicht fahren. Nie wieder.«

»Er hat praktisch das Haus abgefackelt!«, sagte Mari.

»Wir wissen nicht mal, ob man es gefahrlos fahren kann«, gab Celi zu bedenken. »Nur weil du irgendeinen Typen angeheuert hast …«

»Er ist nicht irgendein Typ«, erwiderte ich.

Mari räusperte sich. *Danke sehr, Oberst Augenfällig.* »Der Punkt ist, dass Papi nicht damit fahren kann.«

»Er ist nicht irgendein Typ«, wiederholte ich. Emilio mochte mit Valentina fertig sein, unterwegs, aus unserem Leben verschwunden, aber mein Herz kannte die Wahrheit. Ich hatte gegen den Schwur verstoßen, indem ich mich mit einem Vargas einließ, und ich hatte mich in ihn verliebt. Und selbst wenn ich nie wieder die Gelegenheit bekommen würde, ihn zu küssen, war den Schwur gebrochen zu haben etwas, das ich *nicht* bereute.

»Er ist Emilio Vargas«, sagte ich.

Celi atmete scharf ein, ihre Augen weiteten sich schockiert, und ich fuhr fort.

»Emilio Vargas ist derjenige, der das Motorrad repariert hat. Es tut mir leid, dass ich es dir nicht erzählt habe, und es tut mir leid, dass sein Bruder dir wehgetan hat, aber das hat nichts mit Emilio zu tun. Er hat uns den ganzen Sommer über geholfen, und wir haben es endlich geschafft, das Motorrad zum Laufen zu kriegen, und ich werde auf gar keinen Fall zulassen, dass ihr es verkauft.«

»Was ist hier los?« Lourdes erschien in dem Bogen zwischen Küche und Wohnzimmer, ein Handtuch um den Kopf geschlungen. »Hey, ist das mein Van-Halen-Shirt? Wo hast du …«

»Nicht jetzt, Lourdes«, sagte Mari.

»Streitet ihr euch etwa ohne mich?« Lourdes' neckendes Grinsen verblasste, sobald ihr klar wurde, dass wir uns tatsächlich ohne sie stritten.

»Sag mir bitte, dass ich mich verhört habe.« Celis Stimme bebte, als habe die bloße Erwähnung des Namens Vargas all die Erinnerungen aus dem Dunkel hervorgezerrt, die sie schon so lange verdrängte.

»Hast du nicht«, sagte ich. »Ich …«

»Juju!« Mari funkelte mich drohend an. »Dies ist nicht der richtige Zeitpunkt …«

»Wann würde es dir denn besser passen?«, fragte ich. »Nächste Woche? Nächstes Jahr?«

»Stop«, sagte Lourdes. »Worum es auch geht, lasst uns darüber reden. Komm schon, Juju. Setz dich.«

»Ich werde mich nicht setzen«, erwiderte ich.

»Du wusstest davon?«, fragte Celi Mari.

»Wusstest wovon?«, warf Lourdes ein.

»Lange Geschichte«, sagte Mari.

»Es ist meine Geschichte«, beharrte ich. »Und ich sage …«

»Halt.« Celi hob zähneknirschend die Hände. »Würde mir bitte mal jemand verraten, was Emilio *fucking* Vargas mit unserer Familie zu tun hat?«

Lourdes legte die Stirn in Falten. »Emilio Vargas? Was?«

»Juju …« Mari sackte gegen die Rückenlehne ihres Stuhls. »Vielleicht solltest du dich besser setzen.«

»Ich setze mich nicht hin. Ich liebe ihn.« Sobald die Worte aus meinem Mund waren, flitzten sie auf dem Küchenboden herum wie eine Horde Ameisen.

»Ahh, Juju ist verliebt?«, sagte Lourdes. »Aber du warst doch gerade noch … Wartet, über wen reden wir hier?«

Mari, Celi und ich spuckten es gleichzeitig aus: »Emilio fucking Vargas!«

Die heilige Dreifaltigkeit starrte mich in Grund und Boden, Lourdes mit heilloser Bestürzung, Celi mit einer furchterregenden Mischung aus Schmerz und Wut und Mari mit jenem subtilen »Ich hab es dir ja gesagt«-Flackern im Blick. Die Sekunden verstrichen, während meine Schwestern mir mit ihren Blicken Löcher ins Gesicht brannten.

Celi stand schließlich von ihrem Stuhl auf. Sie kam quer durch die Küche auf mich zu und drängte mich gegen die Anrichte, aber bevor sie mich anschreien oder an meinen Haaren ziehen konnte, jaulte Pancake auf und schoss zur Hundeklappe hinaus.

Mari riss die Augen auf. »Hey, Leute, wo ist Papi?«

Lourdes zuckte mit den Schultern. »Ich dachte, er sei hier unten bei euch.«

»Du wolltest doch die Sachen mit ihm durchsehen«, sagte Mari.

»Wir haben damit aufgehört«, erwiderte Lourdes. »Er hatte keine Lust mehr, und ich wollte duschen, also …«

»Du kannst ihn doch nicht einfach allein lassen!«, rief Mari.

»Aber ich dachte … und dann der Streit … es tut mir leid.«

Ich stieß Celis Arme weg. »Haltet alle mal die Klappe!«

Pancake jaulte wieder auf, lauter diesmal, und Valentinas Hubschraubergestotter durchschnitt die Luft.

Alle vier Hernandez-Schwestern stürzten zur neu reparierten Küchentür hinaus, rissen sie dabei zum zweiten Mal in diesem Sommer aus den Angeln und rannten zum Schuppen.

Papi saß auf der Harley und sah mit seinem alten Helm und der *Las Arañas Blancas*-Jacke wie der König der Straße aus. Auf seinem Gesicht lag das breiteste Grinsen, das ich je bei ihm gesehen hatte.

Mein Herz machte einen Rückwärtssalto. Er hatte sich aus dem Haus geschlichen, während wir uns zankten, und war schnurstracks zu Valentina gegangen. Er gehörte auf dieses Motorrad, und dreißig Jahre waren mit dem Umdrehen des kleinen Messingschlüssels und dem Sprung auf den Kickstarter wie aus seinem Gesicht gewischt, und jetzt sah er uns an wie Clint Eastwood in *Der Texaner,* in der Szene, wo er sagt: *Entweder zieht ihr eure Pistolen oder ihr pfeift den Dixie!*

Papi sagte das zwar nicht, aber trotzdem. Es war alles in allem ein irre starker Cowboy-Moment. Ja, es war beängstigend. Ich wusste nicht, ob er es packen würde, ob er stürzen würde, ob er irgendeinen entscheidenden Schritt vergessen und gegen eine Wand brettern würde. Aber es war seine Entscheidung.

Die ganze Zeit schon hatte Papi sich eine letzte Fahrt gewünscht. Und jetzt würde er sie bekommen.

Meine Schwestern waren sprachlos, sie standen mit weit aufgerissenem Mund und schreckgeweiteten Augen an meiner Seite, und ich wusste, sie sahen es auch. Den Glorienschein. Die Zeitlosigkeit.

Fuck, yeah. Unser Vater war ein unerschrockener Hurensohn.

Valentina grollte unter ihm, röhrte lauter, als Papi am Gas drehte. Er schien mit der Maschine zu verschmelzen, als sei das Motorrad die schiere Verlängerung seiner Gliedmaßen, der schnurrende Motor sein Herz und seine Seele. Mein Bauch füllte sich mit Schmetterlingen.

Papi zwinkerte mir zu.

Falls eine meiner Schwestern vorgehabt hatte, ihn aufzuhalten, hatte es ihr die Sprache verschlagen. Wir standen alle vollkommen stumm da, als er die Füße vom Boden nahm. Das Motorrad rollte zur Schuppentür hinaus und brauste davon, Glück tanzte in der Luft hinterdrein.

Pancake führte die Hatz aus dem Schuppen an und Papi fuhr kreuz und quer über das Grundstück. Valentina schoss ums Haus, die Einfahrt runter, durch den Vorgarten, hinter den Schuppen und wieder hervor. Er fuhr zu schnell, als dass wir sein Gesicht hätten sehen können, aber in meinem Herzen wusste ich, dass er lächelte. Valentina und Papi waren eins, ein Blitz aus Chrom und schwarzem Leder, die Sonne schien auf uns alle herab, und für einen kurzen Moment fragte ich mich, ob er vielleicht doch einen Weg gefunden hatte, El Demonio davonzulaufen.

Ich wünschte, Emilio wäre hier.

Der Gedanke löste sich von einem Ort tief in mir und heftete sich an mein Herz. Ich vermisste ihn. Ich brauchte ihn. Er hätte hier sein sollen, um Papis Fahrt mitzuerleben.

Bei der dritten Runde tauchten Papi und Valentina wieder hinter dem Schuppen ab, und unsere Köpfe fuhren wie einer herum, damit unser Blick ihnen folgen konnte. Sekunden später schoss das Motorrad als verschwommener Blitz wieder hervor. Blau und weiß und Chrom, kein Leder.

Der Neigunswinkel war total verkehrt.

Die Geschwindigkeit ließ nach.

Beinah augenblicklich fing Valentina an zu stottern und brach im Gras zusammen, kippte einfach auf die Seite.

Papi war nicht bei ihr.

32

Der Arzt wollte uns keine Auskunft geben, solange Mom noch nicht da war, aber während unseres kurzen Aufenthalts im Blackfeather General hatte Mari sich bereits einen gewissen Ruf beim Personal erworben. Sie brauchte nur ihre Augenbrauen hochzuziehen und der frisch von der Uni kommende Arzt im Praktikum sang wie ein Kanarienvogel.

Papi hatte eine ausgekugelte Schulter und ein paar geprellte Rippen. Auf der letzten Runde um den Schuppen musste er einen Aussetzer gehabt und vergessen haben, wo er war, und daraufhin hatte er das Motorrad losgelassen. Ohne sein Zutun fuhr es zwar stotternd noch ein Stück, warf ihn aber vorher ab. Er krachte auf die Erde, landete auf der Seite. Er habe Glück gehabt, sagte der junge Arzt.

Glück, dass er im Gras und Dreck gelandet war und nicht auf Beton oder Schotter.

Glück, dass er einen Helm und Leder trug.

Glück, dass er zu dem Zeitpunkt nicht besonders schnell unterwegs gewesen war.

Es war meine Schuld, dass Papi hier war, verstaut in einem Krankenbett, das demjenigen nicht unähnlich war, in dem er vermutlich sterben würde. Es war meine Schuld, dass er den Garten umgegraben hatte. Meine Schuld, dass er den

Brand ausgelöst hatte. Ich hatte ihm nur helfen wollen, hatte ihn glücklich machen wollen und gesund. Doch es schien, als wäre es mir bloß gelungen, den Verlauf seiner Krankheit zu beschleunigen, ihn ein paar Schritte näher Richtung Todesschwelle zu schubsen.

Es spielte keine Rolle, was meine Schwestern mir als Nächstes an den Kopf werfen würden; kein Wort, keine Drohung hätte vermocht, dass ich mich noch miserabler fühlte. Ich zog das Van-Halen-T-Shirt über meine Knie und kauerte mich von dem Wunsch erfüllt zusammen, verschwinden zu können, mich in einen Steppenläufer zu verwandeln und die Straße entlang davonwirbeln zu lassen.

Ich bin Staub.

»Schon gut, Juju«, flüsterte Mari in meine Haare. Ich wurde von ihrem Geruch nach Lavendel und Zigaretten eingehüllt, als sie meinen Rücken rieb. »Papi geht es gut. Es ist nicht deine Schuld.«

Ich sah ihr ins Gesicht. Sie schenkte mir ein winziges Lächeln und wischte meine Tränen mit den Daumen ab.

»Ich glaube, du hattest womöglich recht«, sagte sie. »Papi hatte diese Fahrt verdient.«

Celi und Lourdes nickten, auch wenn Celi ihre Beine so übereinandergeschlagen hatte, dass sie von mir weg zeigten, und die Arme vor der Brust verschränkte.

»Es war dumm und gefährlich und irre«, sagte Mari. »Er hätte dabei draufgehen können. Aber es ist nicht deine Schuld. Es war allein seine Entscheidung.«

Lourdes warf die Haare zurück und kniete sich vor mich hin. Sie drückte meine Hände. »Unser Vater ist sehr krank, Baby. An manchen Tagen scheint es ihm gut zu gehen, an anderen nicht, aber so oder so ist er krank. Wir sind jetzt an dem Punkt angelangt, an dem jeder Tag einer wie heute sein könnte. Sein Zustand verschlechtert sich.«

Ein Flüstern war alles, was ich herausbrachte. »Ich weiß.«

»Aber du hast deine Sache sehr gut gemacht«, sagte sie. »Du hast ihm etwas zurückgegeben, das er verloren hatte. Er ist echt stolz auf dich, Juju. Das sind wir alle.«

Lourdes setzte sich auf den Stuhl neben mir. Mari saß immer noch auf meiner anderen Seite – ein Hernandez-Sandwich. Ich fühlte mich warm und geborgen, auf eine Weise, wie meine Schwestern sie mir schon lange nicht mehr vermittelt hatten, und nichts wäre leichter gewesen, als in diesem Zustand zu verharren. Zuzulassen, dass sie sich den Kopf zerbrachen und mir sagten, was ich zu tun hatte. Ihre Regeln zu befolgen.

Aber das konnte ich nicht. Nicht mehr.

»Ich werde mich nicht testen lassen«, sagte ich.

Mari drückte mich fester an sich. »Wir werden es gemeinsam durchstehen. Egal, was passiert.«

»Es ist okay, Angst zu haben«, sagte Lourdes.

Ich löste mich aus Maris Umarmung. »Ich denke seit Wochen darüber nach. Es ist nicht, weil ich Angst davor habe. Es ist, weil ich es nicht wissen will.«

»Juju, wir müssen darauf vorbereitet sein«, sagte Mari. »Sobald wir es wissen, können wir Pläne für die Zukunft machen. Oder so etwas …« Sie verstummte, fuhr sich mit der Hand durch die verstrubbelten Haare. »Mist. Um ehrlich zu sein, will ich es auch nicht wissen.«

»Ich schon«, sagte Celi endlich. Sie sah mich immer noch

nicht an, aber Reden war besser als Schweigen. »Ich brauche das Gefühl, einen Plan zu haben.«

Lourdes nickte. »Ich werde den Test auch machen lassen. Warum reden wir nicht später darüber, Juju. Wir …«

»Da ist noch mehr.« Ich holte tief Luft. Ich hatte ihre volle Aufmerksamkeit. Es war sinnlos, mit irgendetwas hinterm Berg zu halten. »Ich verschiebe meine Einschreibung an der DU um ein Semester. Nur eines, damit ich diesen Herbst vor Ort bin, wenn wir uns darüber klar werden, wie es mit Papi weitergehen soll.«

Mari schüttelte den Kopf, meine Schulter wurde in ihrem Griff zerquetscht, der plötzlich wie ein Schraubstock war. »Juju, du kannst nicht …«

»Wer von Ihnen ist Juju?« Eine Krankenschwester näherte sich den Plastikstühlen, und ich blickte nach oben in ihr rundes Gesicht, das so rosig schimmerte, als habe sie es kräftig geschrubbt. »Dein Vater hat nach dir gefragt, Liebes. Er ist stabil – er scheint sich der Situation und wie er hierhergekommen ist bewusst zu sein, das ist ein gutes Zeichen.«

Meine Schwestern erhoben sich gleichzeitig, Blumen, die aus dem Beton sprossen. Große, penetrante Blumen.

»Ich zuerst«, sagte Mari.

»Ich werde gehen«, widersprach Lourdes. »Ihr bleibt hier und wartet auf Mom.«

»Du und Mari, ihr solltet bei Juju bleiben«, sagte Celi.

Mari schüttelte den Kopf. »Ich regle das. Juju, bleib bei Lourdes und Celi und …«

»Ich bleibe nicht hier«, sagte Celi. »Ich will Papi sehen.«

»Ich bin Juju«, sagte ich zu der Krankenschwester. Ich stand von meinem Stuhl auf und hob die Hand, damit sie die Klappe hielten, und zum ersten Mal in unserer gemeinsamen Geschichte gehorchte die heilige Dreifaltigkeit.

Die Schwester ließ mich in Papis Zimmer allein und der Anblick verschlug mir den Atem. Er lag in dem Bett ausgestreckt und sah klein und erschöpft aus, ein Arm hing in einer Schlinge. Mit dem anderen zupfte er an dem Krankenhauskittel herum, der an seinem sehnigen Körper hing.

»Jujube«, sagte Papi mit einem entrüsteten Schnauben. »Ich glaube, Grün ist nicht meine Farbe, *queridita.*«

»Sch, sch, nicht doch.« Papi küsste mich auf die Stirn, dann legte er sich in seinem Bett zurück und gab mir mit einem Nicken zu verstehen, ich solle auf dem Stuhl neben ihm Platz nehmen. »Hey, Jude, don't be afraid …«

Papis Akzent brachte mich zum Lächeln, und ich ließ ihn die ersten paar Zeilen singen. Im Gegensatz zu Emilios Freunden kannte er den Text.

»Warum lachst du? Ich bin ein ausgezeichneter Sänger«, sagte er.

»Ich weiß. Ich kriege diesen Song ständig vorgesungen, aber du bist der Einzige, der ihn richtig hinbekommt.«

»Natürlich, *querida*. Was glaubst du, wie du zu deinem Namen gekommen bist?«

Ich zuckte mit den Achseln. »Das Medaillon. Der heilige Judas.«

»Ay, *Dios mío*. Er stammt von den Beatles, als wir angefangen haben, Englisch zu lernen.«

Ich zog meinen Stuhl näher ans Bett heran und legte meine Hand auf Papis gesunden Arm. »Ich dachte, ihr hättet einen Englischkurs besucht oder so.«

»Ja«, erwiderte er, »und der Dozent hat uns ermuntert, eine Fernsehsendung oder Musik zu finden, die uns beim Lernen half. Mom und mir gelang es nie, uns auf etwas zu einigen, und die Sache endete jedes Mal mit einem großen Streit, den wir immer auf Spanisch führten, was uns also auch nicht weiterbrachte.« Papi nahm einen Schluck Wasser aus einem Plastikbecher, der auf seinem Nachttischchen stand.

»Eines Abends schaltete Mom durch die Kanäle, und sie stieß auf dieses Beatles-Konzert, also guckten wir das. Es war ein paar Stunden lang, und am Ende sagte sie: ›Sieht so aus, als hätten wir endlich etwas gefunden, auf das wir uns einigen können.‹ Am nächsten Tag habe ich sämtliche Kassetten der Beatles gekauft, die ich finden konnte. Wir haben sie uns jeden Abend beim Essen angehört, die Worte aufgeschrieben und für unseren Sprachkurs geübt. Als deine Schwestern auf der Welt waren, konnten wir so gut Englisch wie jedermann. Was gut war, weil wir wegen der vielen Babys kaum noch Zeit für gemeinsame Mahlzeiten hatten, geschweige denn für Musik und Gespräche.«

Ich wusste, dass sie hierher ausgewandert waren, bevor meine Schwestern geboren wurden, wusste, dass sie erst Englisch hatten lernen und Wurzeln hatten schlagen müssen. Ich wusste auch, dass es zwischen ihnen nicht immer perfekt gelaufen war, aber sie liebten sich über alles. Man erkannte es daran, wie Mom die Hand auf seine Schulter legte, wenn sie sich vorbeugte, um *ensalada rusa* auf seinen Teller zu häufen. Man sah es an den Blicken, die Papi ihr schenkte; selbst durch den Schleier des Dämons leuchteten seine Augen noch immer auf, sobald sie nach der Arbeit zur

Tür hereinkam. Sie hatten sich ihr *für immer* gemeinsam aufgebaut, vier Kinder großgezogen, ein ganzes Leben aus Erinnerungen und Lachen und Weinen gewoben.

Und nun gab es da dieses Ding, diese furchtbare Krankheit, die sie letztendlich auseinanderbringen würde, die ihr Papi wegnehmen würde – Erinnerung um Erinnerung.

»Wein nicht, *mi querida*. Das Beste habe ich dir doch noch gar nicht erzählt«, sagte er. »Spulen wir viele Jahre vor. Mom merkte, dass sie schwanger mit dir war. Sie kam zu mir auf die Arbeit, um es mir zu erzählen. Ich dachte, sie wollte sich einen Scherz mit mir erlauben. Sie sagte: ›Das habe ich dem Arzt auch gesagt. Gott muss sich einen Scherz mit mir erlauben.‹«

»Und jetzt soll ich mich besser fühlen?«

Papi tätschelte meine Hand. »Wir waren überrascht, das ist alles. Wir dachten, das mit dem Babykriegen läge hinter uns. Aber wir haben uns gefreut, Juju. Wir sind an dem Abend tanzen gegangen, um es zu feiern, nur dass Mom zu müde zum Tanzen war und wir stattdessen eine Menge gegessen haben.

Es stellte sich heraus, dass du ein unruhiges Baby warst«, erzählte er. »Mom konnte nicht schlafen, weil du immer Purzelbäume geschlagen hast, als könntest du es nicht erwarten, auf die Welt zu kommen. Eines Abends habe ich dir etwas vorgesungen, um zu sehen, ob es dich beruhigen würde. Das Problem war nur, dass du anfingst, zu treten und dich zu melden, wann immer ich aufhörte. Also habe ich überlegt, was das längste Lied war, das ich kannte, und dir Abend für Abend *Hey, Jude* vorgesungen. Nach einer Weile wurde es unser Lied – deins und meins. Ich habe zu Mom gesagt, es sei, als hättest du dir deinen Namen schon ausgesucht, und ich könnte mir nicht vorstellen, dich anders zu nennen, und wenn er ihr nicht gefiele, würden wir uns wieder auf Spanisch streiten.«

Papi trank noch einen Schluck Wasser. Er schloss die Augen, und ich dachte, er sei vielleicht eingenickt, aber stattdessen fing er wieder an, das Lied zu summen. Unser Lied. Mein Name war nichts an mich Weitergereichtes oder ein Strohhalm, zu dem sie in letzter Minute gegriffen hatten, weil ihnen die Ideen ausgegangen waren. Er gehörte mir und ihm, genau wie Valentina.

»Es ist meine Schuld«, sagte ich schließlich, weil ich ihn bereits vermisste, weil ich den Westernkanal bereits vermisste und seine Flanellhemden und das Motorrad und all seine Geschichten über Argentinien. »Der Brand und das hier … und jetzt schicken sie dich weg …«

»Nein, nein, *queridita.* Ist es das, was du glaubst? Nein.« Er schüttelte den Kopf. »Sie schicken mich nicht weg. Mom und ich … wir haben das vor langer Zeit besprochen. Als wir die Diagnose bekamen. Wir haben die Entscheidung gemeinsam getroffen. Und ich habe schon vor Monaten die Papiere unterzeichnet, nachdem wir die beste Einrichtung gefunden hatten. Alles andere sind nur noch Formalitäten.«

»Formalitäten? Aber ich habe die Broschüre gefunden und Mom hat gesagt …«

»Sie wollte anfangs nicht, dass ich unterschreibe; sie hatte Angst. Vielleicht dachte sie, die Ärzte hätten unrecht. Aber ich wusste, wenn es richtig schlimm würde, wärt du und deine Schwestern und deine Mutter … ihr wärt dann nicht mehr in der Lage, euch um mich zu kümmern. Ich wollte nicht, dass sich eine von euch deswegen schlecht fühlt. Es ist eben, wie es ist.«

»Das ist verrückt.« Ich rückte den Stuhl noch näher an ihn heran. »Wir kommen doch gut zurecht.«

»Mom wollte nicht, dass ich es dir erzähle. Sie wollte, dass wir diesen Sommer Zeit miteinander verbringen. Nur du und ich.« Er senkte den Blick auf seine Verbände und lachte. »Ich nehme nicht an, dass sie das hier dabei im Sinn hatte.«

Vor lauter Tränen sah ich alles verschwommen. Papi lächelte. Seine Augen waren ebenfalls feucht, aber klar. »Du bist wirklich etwas Besonderes, weißt du das? Von allen meinen Mädchen bist du diejenige, deren Flamme am hellsten brennt. Ich weiß, dass du dir als Jüngste manchmal ein bisschen verloren vorgekommen bist, schließlich sind deine Schwestern so viel älter … Ich wünschte, ich hätte mehr Zeit mit dir verbringen können, Jujube.«

Das wünschte ich mir auch, aber ich sprach es nicht aus. Ich konnte es nicht, mein Hals war wie zugeschnürt und kratzte.

Er legte sich die Hand aufs Herz. »Wir haben El Demonio diesen Sommer auf jeden Fall einen harten Kampf geliefert, eh? Du und ich. Emilio auch.«

Mein Kopf fuhr bei der Erwähnung seines Namens ruckartig hoch.

»Er ist ein guter Junge, *querida*. Du hast Glück, dass er ein Teil deines Lebens ist.«

»Er ist kein Teil meines Lebens mehr. Im Moment ist er wahrscheinlich schon auf halbem Weg zum Grand Canyon.«

»Unsinn.« Papi wischte meine Zweifel abwinkend beiseite. »Ruf ihn an. Vertrau mir. Ich weiß Dinge.«

Ich wischte mir noch mehr Tränen ab. »Was für Dinge, *viejito*?«

»Ich weiß, du fühlst dich schuldig wegen deiner Schwester und Johnny«, sagte Papi. »Ich weiß, du möchtest deine eigenen Abenteuer erleben, nicht immer das tun, was deine Schwestern sagen. Sie haben alle ihre Wahl getroffen. Jetzt bist du an der Reihe. Du magst Emilio, er mag dich. Ruf ihn an.«

»So einfach ist das nicht. Emilio …«

»Hör zu, Juju.« Papi pochte mit dem Finger auf das Tischchen. »Es gibt zwei Arten von Menschen. Die einen lassen sich von anderen Leuten sagen, was sie zu tun haben, und die anderen lassen sich nicht von anderen Leuten sagen, was sie zu tun haben. Ruf ihn an.«

»*Du* sagst mir gerade, was ich zu tun habe.«

»Das ist etwas anderes. Ich sage dir, was du in deinem Herzen bereits weißt. *Yo sigo siendo tu padre*.«

Ich sackte auf meinem Stuhl zusammen.

»Ich hatte wirklich gehofft, es würde nicht so weit kommen, aber du lässt mir keine Wahl.« Papi hustete und runzelte übertrieben die Stirn. Er sah aus wie ein großer trauriger Clown. Einer mit Erkältung, denn er behielt das falsche Husten bei. »Schlage einem sterbenden Mann nicht seinen letzten Wunsch ab.«

»Netter Versuch. Die Fahrt auf der Harley war dein letzter Wunsch. *Puff!*« Ich malte mit den Händen eine Sternexplosion in die Luft.

»Wie bitte? Das war mein Aufwärmwunsch.«

»Du willst deinen wahren letzten Wunsch also darauf verschwenden, mich Emilio anrufen zu lassen?«

»Nein. Mein wahrer Wunsch wäre, dass du dir ein paar Klamotten besorgst, die dir passen.« Er ließ den Blick über mein Outfit schweifen und schüttelte den Kopf. »Warum trägst du dieses T-Shirt mit den vielen Löchern, *querida*? Du siehst aus wie eine …«

»Hey! Ich bin hier nicht derjenige im mintgrünen Kleidchen, *viejito.* Was würden deine Motorradkumpel dazu sagen?« Ich zupfte an seinem Ärmel. »Verrat mir deinen Wunsch. Den wahren. Und *empanadas* gelten ebenfalls nicht. Du weißt, dass Mari dich jetzt auf widerliche Schonkost setzen wird.«

»Das werden wir noch sehen.« Papi nahm meine Hände und drückte sie an seine Brust. Unter dem kratzigen Krankenhaushemd schlug sein Herz sacht gegen meine Finger, gleichmäßig, ruhig, stark. »Okay. Keine Witze mehr, *mi querida.* Ich möchte, dass du etwas für mich tust. Mir einen letzten Wunsch erfüllst.«

Ich sah ihn an und lächelte. Er hatte gewonnen, sich seinen Platz auf dem Siegerpodest ergaunert. Wie gewöhnlich.

»*Sí*, Papi. Alles.«

Irgendwann nickte Papi ein. Als er die Augen wieder aufschlug, waren sie verhangen und unruhig, und er blickte sich im Raum um, als versuche er, sich zu orientieren.

»Ich sollte … jetzt gehen«, sagte er. »Meine Familie sucht nach mir.«

»Sie wissen Bescheid«, sagte ich sanft. Die Krankenschwester hatte mich gewarnt, dass das passieren könnte. Der Stress, die Beruhigungsmittel. Seine Erinnerungen.

»Gut, gut. Ich möchte nicht, dass sie sich Sorgen machen.«

Hinter ihm piepste der Herzmonitor in einem beständigem Rhythmus, leuchtend grüne Anhöhen und Täler verschwammen zu einer Zickzacklinie. »Haben Sie Kinder?«

»Nein, noch nicht«, flüsterte ich.

Ein Lächeln breitete sich auf seinem Gesicht aus. »Wir haben drei Mädchen und ein weiteres ist unterwegs. Meine Frau liegt gerade in den Wehen.«

»Herzlichen Glückwunsch«, sagte ich. »Ruhen Sie sich aus, ja?«

Er nickte, mit leerem, höflichem Blick. Der Monitor piepste weiter, und ich saß auf dem Stuhl neben seinem Bett, bis sein Herzrhythmus sich verlangsamte und er zurück in den Schlaf driftete.

Er sah wieder jung und unbekümmert und wohlbehalten aus, aber das war nur vorübergehend. Es gab keine Heilung; die brutale Macht, mit der die Krankheit über ihn hereingebrochen war, glich dem Animas im Frühling, sie stieg an und schwemmte alles fort, was die vorangegangenen Jahreszeiten so mühsam abgelagert hatten.

Es heißt, man könne nicht zweimal in denselben Fluss steigen. Und vielleicht war es jetzt für Papi so. Seine Erinnerungen verlagerten und veränderten sich geräuschlos unter ihm, während wir übrigen am Ufer saßen und zusahen. Es ging ihm mit jedem Tag schlechter, mit jedem Tag brauchte er länger, um zu uns zurückzufinden. Niemand konnte uns genau sagen wann, aber ich wusste es in diesem Moment – das Unvermeidliche, vor dem ich davongelaufen war, seit wir die Diagnose erhalten hatten, war eingetroffen. Und schon bald – vielleicht morgen, vielleicht nächsten Monat – würde er die Augen öffnen und mich ansehen, und keine noch so große Anzahl an Geschichten oder Videos oder Songs würde ihn daran erinnern, dass ich seine Tochter war.

Dass wir diesen Sommer zusammen verbracht und seine alte Harley repariert hatten.

Dass er mich liebte.

Mein Vater würde fort sein.

Aber Emilio und ich hatten ihm diese letzte Fahrt geschenkt. Und einen Moment lang war er lebendiger gewesen, als ich ihn je erlebt hatte. Nicht früher irgendwann, sondern jetzt. Aus diesem Grund lächelte ich trotz der Tatsache, dass ich ihn Stück für Stück verlor.

»*Te quiero*, Papi«, flüsterte ich.

»Ich dich auch, Jude.« Seine Stimme klang erschöpft und belegt von den Medikamenten, aber er hatte meinen Namen gesagt, da war ich mir sicher, und ich klammerte mich an diese Worte und verstaute sie in meinem Herzen.

Leck mich, Alzheimer.

Ich blieb am Eingang zum Wartezimmer stehen und lehnte mich an die Wand. Mein Herz war seltsam leicht, von Frieden erfüllt. Mom war eingetroffen, sie saß auf einem der harten Plastikstühle und presste den Rücken an die Lehne, Celis Kopf massierte ihre linke Schulter. Auf dem Stuhl rechts von ihr saß Lourdes. Sie hielt sich aufrecht und streichelte Mom abwesend über die Haare. Mari saß ihnen gegenüber, und als unsere Blicke sich trafen, nahm ich an, sie würde mich vielleicht zu sich winken und mich um den neuesten Stand bitten.

Aber sie grinste mich nur an und legte den Kopf schief, und wir teilten einen Moment stummen Einvernehmens. Ihr Blick wanderte zur Seite, und meiner folgte ihm zu dem

Jungen, der neben ihr saß und an seinem Daumennagel kaute.

Emilio Vargas hob den Kopf und sah mir quer durch das Wartezimmer in die Augen.

Ich senkte den Blick und lächelte. Zaghaft. Zitternd. Und dann hob ich ihn wieder, auf das Schlimmste gefasst und zugleich auf eine Chance hoffend.

Jene Grübchen verrieten mir alles, was ich wissen musste.

33

Wahre Bekenntnisse. Ich habe mich mindestens sechs Mal in meinem Leben geirrt (ohne näher auf diese Male einzugehen, ich sage nur, es kommt ab und zu vor). Aber eins weiß ich mit absoluter Sicherheit.

In diesem Augenblick ist es noch viel zu früh, um wach zu sein.

Ich werde die Augen nicht aufmachen – das brauche ich nicht. Ein frostiger Schauer kriecht über meine Haut und bringt die feuchte Kälte mit sich, die vom Anbruch der Morgendämmerung kündet, und als ein warmer Kuss auf meinen Lippen landet, ist mir egal, ob ich noch träume.

»Es ist fast Morgen«, sagt eine liebevolle Stimme. Er zieht langsam den Reißverschluss meines Schlafsacks auf, reibt mir über den Bauch. »Kaffee ist heiß. Die Vögel zwitschern wie verrückt.«

»Hm-mm. Worüber?«, frage ich, gefangen in meiner schlaftrunkenen Benommenheit.

»Über dich. Sie konnten nicht schlafen, weil du so schlimm geschnarcht hast.«

Ich öffne die Augen und fahre hoch, unsere Nasen berühren sich fast. »Lass uns eins klarstellen, Vargas. Ich schnarche nicht.«

»*Bueno, mi osita.*«

»Nenn mich noch einmal eine Bärin und ich werde deine Unterhose in rohem Fleisch wälzen. Dann bekommst du einen echten Bären zu Gesicht.«

Er lässt seine Grübchen aufblitzen. Ich bin geliefert.

Am Ende siegt der Drang nach Kaffee und Nahrung über den Drang, ihn zu küssen, aber nur sehr knapp, und ich krabble aus dem Zelt und zittere im blauen Schimmer der Dämmerung. Emilio legt seinen Fleecepulli um meine Schultern und reicht mir einen dampfenden Becher Kaffee. Hinter ihm knackt das Feuer, und hier ist, was ich denke:

Wow. Entgegen all seinen aberwitzigen Unvollkommenheiten ist das Leben manchmal verdammt perfekt.

Der erste rosa Streifen zeichnet sich am dunkelblauen Himmel ab und Emilio lächelt. »Mach einen Kaffee to go draus.«

Ich nehme meinen Becher und folge ihm die zehn kurzen Meter bis zur Felskante. Wir finden eine gute Stelle, setzen uns und lassen unsere Beine über den Rand baumeln.

Fünfzehn Meilen entfernt, auf der anderen Seite des in der Erde klaffenden Risses, bringen Touristen ihre Kameras in Position, wild entschlossen, jeden Moment mit der Linse festzuhalten. Aber auf dieser Seite, weit ab von den beliebten Plätzen, sind Emilio und ich allein, und keiner von uns hat einen Fotoapparat dabei.

Ich trinke den Rest meiner Dark-Moon-Mischung und lasse meine Hand in Emilios gleiten. Das letzte bisschen Morgenkälte verflüchtigt sich. Danach sind Worte zwischen uns überflüssig, nur das Gefühl seiner Hand in meiner existiert, seiner Lippen auf meiner Wange. Der Horizont zersplittert, rosa und gelbe Risse bilden sich, dann streckt plötzlich das Licht seine goldenen Finger durch die Wolken, streichelt den Himmel und lässt den felsigen roten Grund in der Tiefe erstrahlen.

Die Sonne erhebt sich über den Grand Canyon, entzündet Felsen, die schon zwei Milliarden Jahre, ehe wir geboren wurden, hier waren, und wahrscheinlich noch zwei Milliarden Jahre, nachdem wir die Erde verlassen haben, hier sein werden. Mein Herz schmerzt ob der grausamen und unvorstellbaren Schönheit des Ganzen. Wir sind nichts. Wir sind alles.

Ich bin Staub.

Emilio erweckt die glimmende Asche in unserer Feuerstelle wieder zum Leben. »Bereit, wenn du es bist, *princesa.*«

Ich nicke einmal. Er gibt mir den Raum, den ich brauche.

Das Feuer ist perfekt in der morgendlichen, frischen Luft und ich setze mich auf einen roten Felsbrocken davor. Dann ziehe ich das schwere schwarze Buch aus meinem Rucksack und lege es mir in den Schoß, während ich an das zurückdenke, was meine Schwestern mir erzählt haben …

»Ich kann nicht glauben, dass du es wiedergefunden hast.« Celi blätterte das schwarze Buch durch. Wir hatten uns nach Mitternacht in ihrem Zimmer versammelt, so wie das letzte Mal. Emilio würde am Morgen kommen, um mich abzuholen, um uns dem Horizont entgegenzutragen.

Ich hatte Papi versprochen, dass ich mitfahren würde. Es war der erste einer nicht enden wollenden Serie von letzten Wünschen – *viejito loco.*

Sobald ich die Einladung offiziell angenommen hatte, stimmten meine Schwestern und Mom zu, mit der weiteren Diskussion über Papis Zukunft abzuwarten, bis ich wieder da wäre – wahrscheinlich ein weiterer letzter Wunsch auf Papis unendlicher Liste. Er wurde am Tag nach dem Unfall aus dem Krankenhaus entlassen, und Mari und Celi planten, den Rest des Sommers in Blackfeather zu bleiben. Lourdes würde im Herbst wiederkommen. Uns blieb nicht unendlich viel Zeit, aber wir mussten auch nicht innerhalb eines Tages eine Lösung finden.

»Es ist ein Buch der Anrüchigkeiten.« Ich beugte mich über Celis Schulter und überflog eine Seite, auf der Lourdes festgehalten hatte, wie sie sich mit irgendeinem Jungen zum Fluss hinuntergeschlichen hatte.

»Es ist kein Buch der Anrüchigkeiten«, widersprach Celi. »Es ist …« Ihre Stimme verklang, als sie die Seite umblätterte und zu einer weiteren Erinnerung an ein gebrochenes Herz gelangte.

»Ich hatte ja keine Ahnung, dass ihr es so wild getrieben habt«, sagte ich.

»Für Jungs zu schwärmen ist nicht das Gleiche, wie es wild zu treiben«, sagte Mari. »Einige der Jungs waren bloß … na beispielsweise jemand, mit dem man ein einziges Mal getanzt hat, in der Junior High.«

»Trotzdem«, sagte ich. »Kein Wunder, dass ihr es mir nie zeigen wolltet. Es hätte meine jungfräulichen Augen beleidigt.«

Lourdes keuchte auf. »Du bist immer noch …«

»Es ist ein Buch voll alter Gespenster.« Celi hatte auf der Seite mit Johnnys Sachen innegehalten. »Seht euch diesen

Müll an! Hochzeitseinladungen? Babynamen? Wir waren nicht mal … Gott, ich dachte, er wäre meine ganze Zukunft.« Sie war in ihrer eigenen Welt versunken, kämpfte aufs Neue mit den Erinnerungen.

Scham und Trauer ließen meine Wangen glühen, und ich sah aus dem Fenster und wartete darauf, dass der Moment vorüberging.

»Es geht nur um Liebeskummer«, flüsterte Celi. »Warum haben wir das alles festgehalten?«

»Damals schien es eine gute Idee zu sein.« Mari schnippte die Asche ihrer Zigarette in eine leere Coladose. »Und es hat mir geholfen, über Ham Camari hinwegzukommen.«

»Du warst mit einem Typen namens *Ham* zusammen?«, fragte ich, dankbar für den Themenwechsel. »Du hast ihn ihm Buch nicht erwähnt.«

»Ich habe ein Pseudonym verwandt«, sagte Mari. »Harry Smith. Es hat nur einen Monat gehalten.«

»Gott sei Dank.« Celi schloss das Kapitel über Johnny und lächelte. Sie war vermutlich ebenso dankbar für den Themenwechsel wie ich. »Wenn du ihn geheiratet hättest, wäre dein Name Mari Camari gewesen.«

»Oh. Mein. Gott!« Mari krümmte sich vor Lachen. »Darüber habe ich nie nachgedacht!«

»Machst du Witze?«, fragte ich. »Das liegt doch auf der Hand.«

»Sein Name war Ham!«, sagte sie. »Das hat mir schon gereicht, verstehst du?«

»Hallo, Simon and Schuster?« Ich gab meine überzeugendste Mari-Imitation zum Besten, die ziemlich beeindruckend war, um ehrlich zu sein. »Ich rufe wegen des Fünf-

Millionen-Dollar-Buchs an, das ich Ihnen verkauft habe? Hier spricht Mari Camari. Ja, das ist mein voller Ernst. Mari Camari. C, A, – nein, das ist kein Witz.«

»Wenigstens hatte er keine Wesley Laytonitis«, sagte sie.

»Mari!«, kreischte Celi im selben Moment, in dem Lourdes Celi einen bitterbösen Blick zuwarf.

»Das solltest du doch niemandem verraten!«, sagte Lourdes zu Celi. »Ich habe ihn nicht mal ins Buch geschrieben.«

»Was ist Wesley Laytonitis?«, fragte ich.

»Erklär du es ihr«, sagte Lourdes zu Mari. »Da du ja alles darüber weißt, dank Miss Großmaul da drüben.«

»Als ob ich das für mich hätte behalten können«, sagte Celi lachend.

»Die *ganze* Geschichte?«, fragte Mari Lourdes.

»Na, jetzt musst du sie ja erzählen, oder?«, entgegnete Lourdes.

Mari ließ ihre Zigarettenkippe in die Dose fallen und machte es sich rasch auf den Boden bequem. Sie war total aufgedreht. Sehr unmarisch. Mich überlief eine Gänsehaut, als sie mich ansah. »Wesley sagte Lourdes, er liebe sie, okay? Gleich vom ersten Tag an. Und sie gingen sechs Monate miteinander.«

»Sieben«, warf Lourdes ein.

»Hey, willst du die Geschichte lieber erzählen?«

Lourdes schüttelte den Kopf. »Mach weiter.«

»Sechs oder sieben Monate. Jedenfalls, eines Abends beschließt sie, dass er der Richtige ist und sie es tun werden.«

»Nicht so laut!« Lourdes war feuerrot angelaufen. Ich hatte sie noch nie so peinlich berührt erlebt.

»Tut mir leid«, sagte Mari. Nicht, dass sie die Stimme gesenkt hätte oder so. »Sie wollten also miteinander … du weißt schon. Nur als es dann richtig zur Sache ging, fing er an …« Sie hielt sich den Bauch, um eine weitere Lachsalve zu unterdrücken. »Der Typ fing an zu bellen.«

»Er hat sie … angeschrien?«, fragte ich.

»Angebellt«, sagte Mari. »Einwandfreies Gebell wie Pancakes. A-ruuu! Wuff, wuff, wuff!«

Lourdes kicherte und schlug mit einem Kissen nach uns. »Ihr seid schrecklich.«

»Jedenfalls«, fuhr Mari fort, »hat sie sich was einfallen lassen, warum sie es nicht durchziehen sollten, weil sie dachte, er sei vielleicht nervös, und nächstes Mal würde es kein Thema mehr sein. Nur, dass es sehr wohl der Fall war.«

»Noch vier Mal«, sagte Celi.

»Fünf«, korrigierte Lourdes. »Das eine Mal im Haus seiner Eltern mitgezählt, die im Erdgeschoss fernsehen. Und selbst das hat nicht geholfen.«

»Ich schätze, er stand auf die Hündchenstellung«, sagte Celi.

Mari krümmte sich unter einem erneuten Kicheranfall, und als sie sich wieder aufrichtete, war ihr Gesicht tränenüberströmt.

»Entschuldige, wie war das, Mari Camari?«, fragte Lourdes. »Hast du etwas gesagt, Mari Camari?«

Mari schlug sie mit einem Kissen.

»Siehst du, was die Zukunft für dich bereithält, Juju?«, fragte Lourdes. »Sag nicht, wir hätten dich nicht vor … Jungs gewarnt.« Sie blickte kurz zu Celi, dann zurück zu mir, und ich wusste, sie hätte beinah *Vargas-Jungs* gesagt.

Mari hatte ihre Meinung über Emilio geändert, sie mochte ihn inzwischen sogar, so schwer es ihr auch fiel, das zuzugeben. Und nach dem anfänglichen Schock schien auch Lourdes mit ihm klarzukommen; sie hatte seitdem ständig mit ihm geplaudert, ihm Fragen über das Motorrad gestellt, wo er gelernt hatte, es zu reparieren, woher er wusste, was genau er da tat.

Aber Celi hatte nach wie vor damit zu kämpfen. Inzwischen zeigte sie ihm nicht mehr die kalte Schulter, sondern rang sich belangloses Geplauder ab, wenn er da war, aber sie erfand nach wie vor Ausreden, um das Zimmer zu verlassen, wenn er vorbeikam, früh ins Bett zu gehen oder zum Fluss zu spazieren, und ging ihm auf diese Weise aus dem Weg. Ich wusste, dass sie noch nicht über Johnny hinweg war, und vielleicht würde sie nie damit zurechtkommen, dass Emilio und ich ein Paar waren. Aber sie bemühte sich und dafür liebte ich sie.

Zur Abwechslung hatten sich die heilige Dreifaltigkeit und ich offenbar endlich auf eine Sache geeinigt: Ich musste mein eigenes Leben führen, meine eigenen Chancen ergreifen, meine eigenen Fehler machen, genau wie sie es vor mir getan hatten.

Und vielleicht würden es letzten Endes gar keine Fehler sein.

Meine Schwestern und ich verfielen irgendwann in behagliches Schweigen, während jede für sich über die Geschichte des Buches nachsann oder vielleicht auch darüber, was wir als Familie durchgestanden hatten und welcher Kummer uns noch bevorstand. Ich dachte an Zoe und Christina, die auf dem Weg zum Sand-Dunes-Nationalpark waren, an die

Dinge, die sie gemeinsam sehen würden. Ich hatte beiden Briefe geschickt, in denen ich ihnen eine gute Reise wünschte. Vielleicht würden sie mir eine Postkarte schicken. Vielleicht würden sie anrufen, wenn sie wieder da waren oder wenn sie sich im College eingelebt hatten. Vielleicht würden sie das aber auch nicht tun und in dem Buch enden. Genau wie das Leben war es ungewiss.

Ich fing an, damit klarzukommen.

»Mädels.« Mari klatschte einmal in die Hände und riss uns mit der üblichen Melodramatik aus unseren Gedanken. »Ein letzter Schwur.« Sie stand auf und kramte in Celis Schrank herum. »Damit es offiziell wird.«

»Nicht das schon wieder«, sagte Lourdes.

»Mari, entspann dich mal«, sagte Celi. »Das mein ich ernst. Du kriegst irgendwann noch 'nen Herzinfarkt von so viel Theater.«

Ich hob die Hand. »Wenn du das Messer holst, bin ich raus.«

»Keine Messer.« Mari setzte sich wieder zu uns auf den Boden. Sie hatte ein kleines Teelicht in einem Keramikosterei gefunden und hielt ihr Feuerzeug an den Docht. »Kommt schon, Leute. Es ist für Juju.« Mari schloss die Augen und holte tief Luft. »Jude Catherine Hernandez, es ist an der Zeit, dich angemessen einzuweihen.«

Jetzt, am Rand dieses gewaltigen klaffenden Risses, der unsere Erde durchzieht, drücke ich das Buch an meine Brust und flüsterte den neuen Schwur, den meine Schwestern mir geschenkt haben.

Ich, Jude Hernandez, schwöre für immer und ewig, unter

allen Umständen, egal, ob sie sich meiner Kontrolle entziehen oder nicht ...

»Den Rest musst du dir selbst überlegen«, sagte Mari. Und das war der Augenblick, in dem sie mir das Buch überreichte.

Hier sitze ich nun also auf einem Felsen, im Kreis von Milliarden Jahren aus allem und nichts, und überlege.

Das Feuer sprüht erwartungsvolle Funken.

Es scheint nur angemessen, dass das Buch, das die umfangreichen und akribischen Niederschriften der gebrochenen Hernandez-Herzen enthält, hier sein Ende finden wird, und ich werfe einen letzten Blick auf den Buchdeckel, fahre mit den Fingerspitzen den Schriftzug nach. *Das Buch der gebrochenen Herzen.*

Ich werfe es ins Feuer.

Es wirft Blasen, das Papier rollt sich auf und qualmt, und ich sehe zu, wie es verbrennt, verabschiede mich für immer von der Vergangenheit.

Irgendwann ist das kleine Feuer völlig heruntergebrannt und ich lösche die letzten Reste mit Wasser. Der Schwur, die Bilder, die Blumen, die Worte, die Geschichten der gebrochenen Herzen, die alten Gespenster ... nichts als Asche und Rauch, und ich hole befriedigt Luft und stoße sie über den Canyon wieder aus.

Ich sehe zur Felskante hinüber, wo wir bei Sonnenaufgang unseren Kaffee getrunken haben, wo Emilio so geduldig auf mich wartet. Er lächelt, als er mich sieht. Stoppeln, Grübchen, Narbe. Mein Herz leuchtet von innen heraus auf.

Er legt den Kopf schief, lässt meinen Schlüsselanhänger, die silberne puerto-ricanische Flagge, herausfordernd klimpern, und ich antworte mit einer hochgezogenen Augenbraue, einem Grinsen.

Ja, ich bin so weit.

Er hat bereits alles zusammengepackt. Wir sind seit zwei Wochen unterwegs; er beherrscht den Zeltauf- und -abbau aus dem Effeff. Wir haben immer noch einen weiten Weg vor uns, und wenn wir schließlich zurück nach Hause kommen, wird Papi ein anderer sein, das weiß ich. Er ist an einem Punkt angelangt, an dem jeder Tag ihn ein wenig mehr kostet.

Ja, ich habe ihm versprochen, ich würde diese Reise machen, aber nicht, weil es tatsächlich sein letzter Wunsch war. Ich habe es getan, weil er recht hatte – mein Herz hat mir dazu geraten. Und selbst wenn es hier endete, wenn Emilio das Motorrad wenden und den Heimweg nach Colorado einschlagen würde, wäre ich dennoch überzeugt, die unglaublichste Erfahrung meines Lebens gemacht zu haben. Ich habe uraltes Gestein und Höhlenmalereien gesehen, bin ein Muli bis zum Grund des Canyons hinunter und wieder hinauf geritten, habe Kalifornische Kondore mit einer Spannweite von drei Metern auf Luftströmen über die Schlucht segeln sehen. Ich habe den Colorado River in einem Schlauchboot befahren und in einer Höhle mit Babyfledermäusen geschlafen und Sterne gezählt, bis mir die Zahlen ausgingen, den Großen Bären eingeschlossen, der uns auf unserer Reise behütet, uns auf jeder Straße folgt, in jeden Wald und jedes uralte Flussbett.

Und ich habe das alles Seite an Seite mit Emilio Vargas getan, dem Jungen, vor dem man mich mein ganzes Leben gewarnt hat.

Ich lächle, als ich an den ersten Tag im Duchess zurückdenke, daran, wie viel sich seitdem verändert hat, wie viel ich in dem Rauch zurücklasse, der sich langsam verflüchtigt, während ich auf das Motorrad zugehe.

Wortlos streckt Emilio die Hand aus, und ich ergreife sie, kein Zweifel dieses Mal. Ich schwinge mein Bein hoch und über den Sitz, setze den Helm auf und schlinge die Arme um seine Taille.

Er dreht den Schlüssel um.

Springt auf den Kickstarter.

Valentina erwacht röhrend zum Leben.

Wir schießen als funkelnder Blitz aus Saphirblau und Weiß und Chrom zurück auf die Straße, den Wind im Rücken, die Morgensonne warm auf dem Gesicht, und dann ist der Moment auch schon vorbei.

Ich habe keine Ahnung, was der nächste bringen wird.

Aber es ist ein neuer Tag. Ich trage eine supersüße brandneue Jeans. Und ich liebe den Wind in meinen Haaren.

Ich bin bereit für das Ungewisse.

Bereue nichts, princesa.

Joanna Philbin

Strawberry Summer

400 Seiten, ISBN 978-3-570-30894-3

Sonne, Strand und Meer wünscht sich Rory neben ihrem Sommerjob. Als „Mädchen für alles" wird sie ihre Ferien bei der wohlhabenden Familie Rule in den legendären Hamptons verbringen. Doch es kommt alles anders: Die verwöhnte Tochter macht ihr das Leben schwer, und sobald Rory Connor, den Sohn, kennenlernt, ist es um sie geschehen. Die Rules halten Rory allerdings nicht gerade für den richtigen Umgang für ihren Nachwuchs. Und Rory steht plötzlich vor der Entscheidung: Kämpft sie um ihre große Liebe, oder verschwindet sie und kehrt in ihr altes Leben zurück, als sei nichts gewesen?